Missie Bravo two z

Mike Coburn

Missie Bravo two zero

Het waar gebeurde verhaal van de geheime militaire eenheid in de Golfoorlog

TIRION *TRUE CRIME*

Dit boek is gepubliceerd door
Tirion Uitgevers BV
Postbus 309
3740 AH Baarn
www.tirionuitgevers.nl

Omslagontwerp: Myosotis Reclame Studio
Vertaling: Lisa Scargo

ISBN 90.4390.703.0
NUR 330

Voor het eerst gepubliceerd in Groot-Brittannië in 2004 door Mainstream Publishing Company (Edinburgh) Ltd.
Oorspronkelijke titel: *Soldier Five: The Real Truth about the Bravo Two Zero Mission*

Het boek dat de Britse regering probeerde te verbieden!

'... een spannend en ontzagwekkend relaas van een operatie die verschrikkelijk verkeerd afliep...'- *Daily Mail*

Dit boek is opgedragen ter nagedachtenis van Vince, Bob en Steve, en aan mijn liefhebbende vrouw Sue, die het allemaal de moeite waard maakte om naar huis terug te keren.

Inhoud

Woord vooraf

Kort na de terreuraanslag op het *World Trade Center* in New York kreeg ik de gelegenheid enkele dagen mee te draaien met een van de paradepaardjes van onze krijgsmacht: de Bijzondere Bijstandseenheid (BBE) van het korps mariniers. Van zeer nabij maakte ik de loodzware trainingen van deze elitetroepen mee. Ik was getuige van spectaculaire oefeningen: het bestormen van huizen, olieplatforms en vliegtuigen om terroristen uit te schakelen.

Ook ondervond ik zelf aan den lijve hoe loodzwaar het is met dertig kilo bepakking een woning binnen te dringen om vervolgens de vijand met precisievuur uit te schakelen. In vertrouwelijke gesprekken vertelden de BBE'ers me over spannende missies tijdens de Golfoorlog en in voormalig Joegoslavië, waarbij in vijandelijk gebied oorlogsmisdadigers werden gearresteerd.

Door dit boek moest ik terugdenken aan mijn bezoeken aan de BBE.

Missie Bravo two zero beschrijft de soms bloedstollende avonturen van Mike Coburn, een soldaat van de SAS (Special Air Service), de Britse Special Forces. Waar de Nederlandse Special Forces zich contractueel hebben verplicht minstens tien jaar te zwijgen over hun geheime missies, neemt Mike bepaald geen blad voor de mond.

Hij onthult in *Missie Bravo two zero* precies hoe zijn eenheid tijdens de Golfoorlog achter de vijandelijke linies wordt gedropt en welke enorme militaire blunders uiteindelijk leiden tot een debacle waarbij drie makkers van Mike om het leven komen.

Ademloos las ik de tot mislukken gedoemde missie van de heldhaftige SAS-commando's in Irak die er op zoek waren naar de scudraketten waarmee Saddam Hoessein duizenden Israëli's de dood in wilde jagen.

De Britse militaire inlichtingendienst heeft tot het laatst geprobeerd de uitgave van dit boek tegen te houden. Niet voor niets, want Mike Coburn legt haarfijn de vinger op de zere plek en toont aan dat zijn eenheid meer werd dwarsgezeten door falende meerderen dan door de vijand. Een situatie die soms ook bij onze eigen speciale troepen van toepassing is, zo leerden mij de gesprekken met de BBE'ers. Na het lezen van *Missie Bravo two zero* past alleen maar heel veel respect voor elitesoldaten als Mike Coburn, die hun leven in de waagschaal stellen in de strijd tegen internationaal terrorisme.

John van den Heuvel

Voorwoord

Dit is niet alleen Mikes verhaal, maar ook het mijne.

Ik had de gebeurtenissen niet waarheidsgetrouwer en objectiever kunnen vertellen dan hij dat heeft gedaan. Mike legt de gevoelens vast van frustratie, verraad en onzekerheid die we ervoeren tijdens de noodlottige missie met de codenaam Bravo two zero. Hoewel we opgegeven waren, slaagden we er toch in naar huis terug te keren, niet ongedeerd, maar wel in staat om het verhaal na te vertellen. En het was een verhaal dat naverteld diende te worden, aan elkaar, aan het regiment en niet in de laatste plaats aan de families van degenen die waren omgekomen.

Velen van ons waren geschokt toen de details van deze operatie uitlekten en openbaar werden gemaakt. Ruim tien jaar later zijn de kwesties rond de mislukking van de patrouille echter nog altijd niet opgelost. Voor degenen onder ons die tot voor kort bij de SAS zijn gebleven en dus tot geheimhouding verplicht waren, is dit op zijn zachtst gezegd zeer frustrerend geweest.

Nu kan ik dit betrouwbare verslag van de gebeurtenissen onderschrijven. Hoewel het hard en zonder omhaal is, geeft het een intelligente analyse van de gebeurtenissen zoals ze zich ontwikkelden. Mike is er niet voor teruggeschrokken enkele onverteerbare incidenten te vermelden, en hij heeft de mannen die erbij betrokken waren niet mooier afgeschilderd dan ze waren. Als hij dat wel had gedaan, zou dat zijn ingegaan tegen alles waar de Special Air Service voor staat. Met dit verslag heeft hij de idealen van David Stirling hooggehouden, met name die van professionele integriteit en bescheidenheid. Mike is een SAS-man, een doorzetter die niet bang is voor de waarheid, en zijn boeiende relaas geeft ook een indrukwekkend beeld van de man zelf. Bovenal is het een passend eerbetoon aan 'de enige echte helden van Bravo two zero', onze kameraden die het niet hebben gered, onze vrienden die we nooit zullen vergeten: Bob, Vince en Legs.

Mal

Noot van de auteur

Missie Bravo two zero is voornamelijk uit frustratie ontstaan: jaren van frustratie omdat ik gedwongen was mijn mond te houden, omdat ik niet kon reageren op aantijgingen of verdraaiingen met betrekking tot Bravo two zero en de gebeurtenissen en persoonlijkheden ervan, jaren waarin ik mijn stem niet kon laten horen.

De nasleep van de Golfoorlog van 1991 gaf een gestage afbraak te zien van de geheimzinnigheid rond de SAS-operaties in Irak. Het is niet nodig om ze hier allemaal op te noemen, maar ik wil wel zeggen dat het voor degenen die bij het SAS-regiment bleven en hun mond hielden een zeer moeilijke periode was. De onthullingen, met name over operatie Bravo two zero, werden steeds afschuwelijker, culminerend in het boek en de film *The One that Got Away* (in het Nederlands vertaald onder de titel *De achtste man*), waarin een van de overleden patrouilleleden, sergeant Vince Phillips, op een onredelijke en onwaardige manier werd afgeschilderd. Een voormalig bevelhebber van 22 SAS beschreef in een terechtzitting met open deuren de kwaadsprekerij over sergeant Phillips als 'een uiterst walgelijke daad', een opmerking die het standpunt van het merendeel van de SAS in die tijd weergaf en een opvatting die enkele jaren later door de Hoge Raad werd erkend.

In 1996 vonden de drie overlevende patrouilleleden die hun versie van de gebeurtenissen nog niet hadden gepubliceerd (Mal, Dinger en ikzelf) dat het 'geen commentaar'-beleid van de SAS en het ministerie van Defensie over Bravo two zero een punt had bereikt waarop het in feite schadelijk was voor de reputatie van zowel het regiment als de Bravo two zero-patrouille. Daarom verzochten we het regiment officieel antwoord te geven op de onwaarheden en de verkeerde voorstelling van zaken die nu in het openbaar de ronde deden. Hoewel de toenmalige bevelhebber van 22 SAS het ermee eens was dat er iets wezenlijkers moest gebeuren, sloot de weigering van het ministerie om een dergelijke actie te steunen elk commentaar uit. Het regiment in het algemeen en de drie patrouilleleden die nog in dienst waren in het bijzonder, waren erg teleurgesteld over de weigering van het ministerie. Mal, Dinger en ik kregen echter wel toestemming om persoonlijke brieven te schrijven naar de familie Phillips om hun en de nagedachtenis van Vince onze steun te betuigen. Enkele jaren later maakte dit incident, samen met verscheidene andere, deel uit van de 'langzaam smeulende lont' die me er uiteindelijk in 1998 toe bracht om *Missie Bravo two zero* te schrijven.

Er zijn verscheidene verslagen geschreven over wat intussen een berucht verhaal is geworden, dus voor ik begin wil ik eerst het volgende zeggen: *Missie Bravo two zero* probeert alleen maar een realistische kijk te geven op de gebeurtenissen die hebben geleid tot de dood van drie en de gevangenneming van vier van de mannen van Bravo two zero. Tijdens het schrijven heb ik sommige gebeurtenissen en personen veranderd om hun veiligheid te waarborgen.

Toen ik begon te schrijven, dacht ik dat ik de belangrijkste periode van strijd al lang achter de rug had, maar helaas bleek dat niet het geval te zijn. Hoewel ik besefte dat ik met het voorleggen van mijn manuscript aan het ministerie van Defensie een reactie zou uitlokken, viel deze reactie heel anders uit dan men onder normale omstandigheden zou verwachten. Het zou redelijk zijn geweest als het ministerie een praktische dialoog en overleg had willen aangaan, iets dat hopelijk zou hebben geleid tot een redelijke conclusie die aanvaardbaar was voor beide partijen. De werkelijkheid was echter heel anders: er volgden draconische dreigementen, intimidatie en een overweldigende vijandigheid, die niet verminderden in de loop van de viereneenhalf jaar procesvoering die erop volgde.

Gedurende deze jaren kwamen er nog meer onthullingen over Bravo two zero (waarnaar verwezen werd in terechtzittingen met open deuren of in latere publicaties), vergezeld van deskundig commentaar, dat in de meeste gevallen afkomstig was van mensen die er niet bij waren geweest, maar toch het gevoel hadden dat ze een redelijke mening te bieden hadden. Het was op zijn zachtst gezegd ergerlijk om dit alles gemuilkorfd te moeten aanhoren.

Ondanks verwoede pogingen van het leger van juristen van het ministerie hebben de gerechtshoven me nu echter eindelijk de gelegenheid gegeven me uit te spreken. Het is ironisch dat verdere onthullingen door anderen me de mogelijkheid hebben geboden om wat meer uit te weiden over het verhaal van Bravo two zero, zodanig dat de nieuwe onthullingen een completer en accurater verslag van de gebeurtenissen bieden.

Als ik terugkijk op de gebeurtenissen die mijn leven gevormd hebben, en met name op mijn tijd bij de Special Air Service, vind ik het vaak moeilijk om deze gebeurtenissen met mezelf in verband te brengen. Wat mij betreft was er nooit iets bijzonders aan wat ik deed of hoe ik het deed; het hoorde gewoon bij mijn werk, als logisch gevolg van mijn opleiding. Nu, als burger, heb ik andere prioriteiten en misschien kan ik daarom nu het verhaal vertellen.

Het is niet gemakkelijk om een verslag van je eigen leven te schrijven. De wetenschap dat je daden, emoties en standpunten publiekelijk worden beoordeeld is uitermate afschrikwekkend. Maar men kan ook zeggen dat dit voor mij een onderdeel is geweest van mijn genezingsproces, want het schrijven van dit verslag was een louterende ervaring die lang weggestopte herinneringen losmaakte, goede zowel als slechte. Op sommige momenten was het emotioneel zeer uitputtend.

Met het schrijven van dit boek en de daaropvolgende strijd om het gepubliceerd te krijgen, heb ik echter gelukkig steun gekregen van vele goede vrienden en familieleden, zowel oude als nieuwe, van Auckland tot Hereford, en als zij er niet waren geweest had ik dit ongetwijfeld al lang geleden opgegeven.

Tot slot kan worden gezegd dat dit het verhaal is van moed in tijden van tegenslag en rampspoed, want uiteindelijk hebben al deze factoren tezamen ertoe geleid dat drie families werden beroofd van hun echtgenoten, vaders en zoons. Vince Phillips, Bob Consiglio en Steve Lane zijn de helden die niet zijn teruggekomen: verdwenen maar nooit vergeten.

Dankbetuiging

Vele mensen hebben me geholpen bij het schrijven van *Missie Bravo two zero* en ook in de strijd om het boek gepubliceerd te krijgen.

Ik wil in de eerste plaats mijn goede vriend en wapenbroeder Mal bedanken. Zonder jouw steun, inzet en bijdrage aan zowel de inhoud van het boek als aan de rechtszaak, zou dit project nooit van de grond zijn gekomen.

Ik ben ook veel dank verschuldigd aan Warren Templeton. Zonder zijn bekwaamheid als advocaat, zijn visie, kracht en geduld, gecombineerd met ons gepassioneerde geloof in de morele rechtvaardigheid van dit boek, zouden we de rechtszaak nooit hebben gewonnen, laat staan het boek gepubliceerd hebben gekregen. Dankzij zijn niet aflatende enthousiasme, thuis bekwaam gesteund door Barbara, is wat eerst niet meer dan een klein kansje leek ten slotte realiteit geworden.

Paul Rishworth, Raynor Asher, Rick Bigwood, Julie Maxton, Peter Twist en Grant Illingworth hebben allen belangrijke bijdragen aan de zaak geleverd, evenals vele andere vrienden en collega's van Warren. Ik blijf jullie altijd dankbaar.

Dinger, wiens steun in stilte bekend was, maar niet kon worden bekendgemaakt en Ken, wiens steun en getuigenis kwamen toen ze het hardst nodig waren, bedankt jongens!

Ik ben ook dank verschuldigd aan de Raad voor rechtsbijstand van Nieuw-Zeeland, die de problemen getoetst heeft en concludeerde dat dit een strijd was die financiële steun verdiende.

Ik bedank voorts alle hier niet genoemde vrienden, die geholpen hebben de spanningen van de afgelopen jaren te verminderen. Jullie vriendschap heeft veel gedaan om mijn dagelijkse leven zo normaal te maken als onder de omstandigheden mogelijk was.

Tot slot wil ik mijn vrouw Sue bedanken die in de afgelopen jaren meer heeft moeten doorstaan dan ze kon vermoeden toen we in de echt werden verbonden. Bij alles wat er gebeurd is, hebben haar steun en bemoediging ertoe bijgedragen dat we gezamenlijk hebben volgehouden.

'Niet wie kritiek levert is belangrijk, niet wie wijst op de fouten die de sterke man maakt, of wie vertelt hoe degene die handelt het beter had kunnen doen. De verdienste ligt bij de man die daadwerkelijk in het strijdperk staat... die worstelt... die zich uitput... en die, als hij faalt, het er tenminste op gewaagd heeft, zodat hij zich nooit zal hoeven scharen onder de kille en bange zielen die overwinning noch nederlaag kennen!'

Theodore Roosevelt

Proloog

Engeland, maart 1991

Ik staarde uit het beregende raampje van de Augusta 109 die richting Hereford vloog en ik zag ondergelopen weilanden waar geen eind aan leek te komen. Dit zou een van de natste geregistreerde winters worden. Ik nam de vlucht van de helikopter waar, maar het was nog niet echt tot me doorgedrongen dat ik weer in Engeland was. De beperkte ruimte in de helikopter deed me aan een andere helikoptervlucht denken, een vlucht die acht weken eerder had plaatsgevonden, maar veel langer geleden leek. De hevigheid en het tempo van de Golfoorlog hadden een conflict dat jarenlang had kunnen voortduren in enkele korte maanden samengeperst. De nasleep van dat conflict kon echter niet zo snel worden uitgewist.

Ik wierp een blik over mijn rechterschouder naar Mal, die ook in gedachten verzonken leek te zijn. Met wat we allemaal hadden meegemaakt, zou je verwachten dat we in een opgewekte stemming zouden verkeren. We hadden het tenslotte overleefd en gingen naar huis; we hadden de race tegen de klok gewonnen, al was het maar net. We leken ons echter in een beschermende cocon van zwijgzaamheid terug te trekken. Als we er niet over spraken, was het misschien wel niet gebeurd. Was dit soms het schuldgevoel van de overlevende?

De twintig minuten durende vlucht vanaf Lyneham leek slechts enkele seconden te duren. Er flitsten zo veel gedachten door mijn hoofd dat ik niet merkte dat de tijd verstreek. Een onverwachte verandering in het geluid van de motor en het overhellen van de helikopter brachten me terug in het heden. Plotseling ving ik een glimp op van mijn door regen geteisterde thuishaven en ik herkende de indrukwekkende contouren van de beroemde kathedraal van Hereford, een baken en een welkom-thuisteken voor iedereen die deze saaie stad kent.

Onze snelheid nam af toen de rode waarschuwingslichten van de hoge communicatiemast die het kamp domineert, de piloten de weg wezen voor hun aanvliegroute. De Augusta 109 manoeuvreerde zich in positie en kwam vervolgens op de harde ondergrond van Stirling Lines neer; de heli met Dinger en Andy aan boord landde een moment later.

Aan de rand van de landingsplaats had zich een klein ontvangstcomité verzameld, dat geduldig wachtte totdat de rotorbladen stilstonden. Ik zag het strakke gezicht van de adjudant ertussen. De gedrongen bouw van de Yorkshireman was onmiskenbaar, ondanks de lagen camouflagekleding die hem tegen de elementen beschermden.

Mal hielp me toen ik onhandig uit de cabine klom en vaste voet op het gladde asfalt probeerde te krijgen. Ik was nog niet aan de luxe van vrijheid gewend, laat staan aan het lopen met krukken en een gipsbeen. De adjudant kwam naderbij om ons de hand te schudden. Zijn stoïcijnse uitdrukking veranderde niet toen hij van de een naar de ander ging. Hij bleef staan en bekeek ons allemaal even: vier uitgemergelde, bleke figuren die nauwelijks leken op de mannen die zo'n twee maanden geleden uit Hereford waren vertrokken.

'Welkom thuis, mannen,' was het enige wat hij zei voordat hij zich abrupt omdraaide en ons opdroeg hem te volgen naar het hoofdkwartier van het regiment, waar de bevelvoerende officier van het 22ste Special Air Service Regiment op ons wachtte.

DEEL I

In actie

Hoofdstuk 1

Vooruitgeschoven operatiebasis, Saoedi-Arabië, 22 januari 1991

Ik slaakte een zucht van verlichting toen Dinger en ik onze laatste voorraden op de achterklep van de gecamoufleerde Chinook neersmeten. Hoewel ik pas door de selectie was gekomen, hadden Dinger en ik elkaar al eerder ontmoet toen ik in Nieuw-Zeeland bij de SAS was. Zijn squadron was het jaar daarvoor naar Nieuw-Zeeland gekomen voor een oefening van twee maanden, en tussen het werken, parachutespringen en zuipen door hadden we het goed met elkaar kunnen vinden. Dingers kwalificaties waren onberispelijk. Hij was lang, slank en verraderlijk sterk, een ex-para, Falkland-veteraan en bovendien een suicidale rugbyspeler. Hij speelde hartstikke slecht, maar hij stortte zich voor alles wat bewoog. Omdat hij altijd een brandende peuk in zijn mond had, was hij niet te verstaan als hij sprak.

'Kom op, Nieuw-Zeelandse zak, laten we maken dat we wegkomen voordat iemand anders vindt dat we nog 20 kilo extra spullen moeten meenemen!' gromde hij terwijl hij een diepe haal van zijn sjekkie nam. Ik vond de minachtende toon niet erg – zo spraken we allemaal tegen elkaar; ik zou me zelfs zorgen hebben gemaakt als hij beleefd was geweest.

Ik ging een eindje van de heli vandaan staan en bekeek de hoeveelheid spullen die we mee zouden nemen. Onze persoonlijke rugzakken wogen waarschijnlijk zo'n 65 kilo. Daar kwamen nog specialistische spullen bij, extra rantsoenen en water, allemaal dingen die noodzakelijk waren voor een missie waarbij we diep in vijandelijk gebied moesten dringen om observatieposten te installeren. Het zag er ontmoedigend zwaar uit.

Ik richtte mijn blik op de andere jongens, die aan een kant van de landingsstrook heen en weer liepen. Andy, die aangewezen was als commandant van de patrouille, stond met de ladingmeester te praten. Ook Andy had ik kort in Nieuw-Zeeland ontmoet, en hij leek me een verstandige vent. Hij was een rasechte Cockney, met bijbehorend accent en gedrag. Als er ergens iets over te zeggen viel, kon je er donder op zeggen dat Andy er een mening over had, ongeacht het onderwerp.

De onderbevelhebber van de patrouille was Vince. Eigenlijk was hij ouder dan Andy, maar dit was een operatie van het B-squadron en Vince en ik waren overgeplaatst van het B-squadron. Vince was een taaie oude rakker die al jaren in het regiment zat. Hij was gespecialiseerd in bergbeklimmen en duiken en had heel wat SAS-ervaring, naast een nogal wispelturig humeur.

Aussie Mal stond zich samen met Bob rot te lachen om een van onze piloten die voor de vlucht zijn vliegtuig inspecteerde. De squadronleider van de RAF was niet een van de grootsten, maar hij had een kogelvrij kevlar luchtafweergeschutjack aan, compleet met keramische platen, waardoor hij eruitzag als Kleinduimpje.

Ik slenterde naar Mal toe. 'Wat denk je, Squeezer, weet hij iets wat wij niet weten?'

'Wat moet jij nou, uit de klei getrokken Kiwi! De enige Squeezer hier ben jij,' was het gebruikelijke antwoord. Nu moet ik toegeven dat dit bijna twee meter lange gevaarte een geweldige kerel was, ondanks zijn Australische afkomst, maar de natuurlijke rivaliteit tussen Australiërs en Nieuw-Zeelanders gebood dat we elkaar altijd op de huid zaten.

We vonden allemaal dat Mal een geschikte James Bond zou kunnen spelen als hij acteerambities zou hebben gehad. Hij had het uiterlijk, de maniertjes, stijl van kleden en hij kon zich uit elke lastige situatie lullen, vooral als het met vrouwen te maken had. Het nationale en internationale spoor van gebroken harten dat hij achterliet was daar het bewijs van.

Toen Mal rechtop ging staan, stak hij huizenhoog boven Bob uit, die zo'n één meter vijfenzestig was. We hadden ons even daarvoor rot gelachen toen Bob zijn rugzak om had gedaan en er van achteren alleen maar een paar in laarzen gestoken gecamoufleerde beentjes van hem te zien waren. Zijn rugzak was bijna net zo groot als zijn hele lijf. Maar wat Bob aan lengte te kort kwam, werd ruimschoots gecompenseerd door zijn kracht en moed. Hij was marinecommando geweest voordat hij bij de SAS kwam.

Geordie (Chris) was bezig met een laatste inspectie om zich ervan te verzekeren dat hij alles bij zich had wat hij nodig had om te overleven, maar ook om een eventueel medisch drama het hoofd te kunnen bieden. Hij was zwijgzaam en wekte de indruk altijd bloedserieus te zijn, tenzij je hem in de stad tegenkwam met een slok op.

Legs Lane was het laatste lid van ons bonte gezelschap. Net als Dinger was hij een ex-para en Falkland-veteraan en hij was naar de genie overgeplaatst voordat hij bij de SAS terechtkwam. Legs was de seingoeroe van de patrouille, en hij zat bijna voortdurend codeboeken en handleidingen door te werken of golflengtes te controleren. Hij was altijd erg professioneel en zou nooit iets aan het toeval overlaten.

Intussen was iedereen van de patrouille verzameld. Het zou niet lang meer duren voor het donker werd en we zouden vertrekken. Toen ik de hele luchtmachtbasis overzag, raakte ik onwillekeurig onder de indruk van de omvang van het hele gebeuren. Omdat ik uit een land kwam waar je van geluk mocht spreken als je twee Hercules transportvliegtuigen vond die het allebei deden, voelde ik me erg onbeduidend in het grote geheel bij de aanblik van de bijna grenzeloze uitstalling van oorlogstuig en vliegtoestellen die zich over de gehele lengte van de landingsbaan uitstrekten: rijen Apache strike helikopters, gevechtsbommenwerpers, F111's, F15's, A10 tankbusters, tanks, artillerie en luchtafweergeschut. Ik kreeg zowaar medelijden met de Irakezen, want ik betwijfelde of ze enige notie hadden van waar hun leiders hen in hadden meegesleept.

Het leek een eeuwigheid geleden sinds ik me bij het B-Squadron op de uitvalsbasis had gemeld, mijn bepakking had neergegooid en de hoge pieten vervloekt had omdat ze me hadden overgeplaatst.

Vier dagen eerder, regimentsuitvalsbasis, VAE (Verenigde Arabische Emiraten)

Ik stond te kletsen met Pete, een andere Kiwi die gelijk met mij door de selectie en naar het A-squadron was gekomen. Pete was een oude makker. In Nieuw-Zeeland had hij bij de infanterie en de SAS gezeten, en de wegen die hij en ik hadden bewandeld in onze legercarrières vertoonden opmerkelijke gelijkenissen. We hadden zelfs op dezelfde dag het Nieuw-Zeelandse leger verlaten om naar Engeland te gaan en ons bij de SAS aan te sluiten. We hadden elkaar voor het eerst ontmoet in Singapore toen we daar met het RNZIR gelegerd waren, en sloten een vriendschap die versterkt werd toen we allebei bij de NZSAS waren. Zijn afgeleefde boksersgezicht en zijn grijzende haar waren in tegenspraak met de fitte, intelligente en professionele soldaat die hij was. Hij was hier echter een echte freak geworden tussen de uitgestalde verzameling helikopters, vooral de bewapende. Omdat hij zelf van oorsprong helikopterpiloot was, bleef hij maar kletsen over de uitrusting hier op het asfalt.

We zaten op zijn veldbed toen de sergeant-majoor van het squadron op ons afkwam. Ik zag meteen aan zijn gezicht dat hij slecht nieuws had; het was alleen maar de vraag voor wie, voor Pete of voor mij.

Mac, een voormalig bokskampioen van het leger, was iemand die dingen altijd recht voor zijn raap zei, maar toch kwam zijn nieuws hard aan.

'Mike, pak je spullen. Je moet je bij B voegen tot de rest van hen op het actieterrein arriveert. Ga naar Vince, Bob en de andere jongens en meld je om twee uur bij de sergeant-majoor.' Zonder verder nog iets te zeggen, draaide hij zich abrupt om en verdween om iemand anders van zijn goede nieuws op de hoogte te stellen.

Pete keek me aan en zei: 'Pech, man, maar ik ben blij dat ik het niet ben.'

Het A-squadron had opdracht gekregen van het hoofdkwartier om het B-squadron van acht man te voorzien. B was al onderbemand, omdat de helft van hun mensen nog in Engeland zat en sommigen waren aangewezen voor het team dat op het operatieterrein gijzelaars moest gaan redden. Dus omdat ik net door de selectie heen was gekomen, werd ik met vijf andere jongens van A en twee patrouillecommandanten overgeplaatst.

Toen ik door de hangar heen en weer liep om al mijn spullen te verzamelen, zag ik de blikken van de andere jongens. Ze leefden met me mee, maar waren tegelijkertijd opgelucht dat zij niet waren overgeplaatst.

'Dat is echt lullig,' zei een van de jongens terwijl hij me hielp mijn rugzak en rantsoenkist uit de Landrover te halen die enkele minuten daarvoor nog van mij was geweest. 'Mensen uit het squadron halen vlak voordat we weggaan.'

Toen ik mijn spullen naar mijn nieuwe verblijf sleepte, kwam Pete aangerend. Het zou niet lang duren voordat hij zou vertrekken om de grens over te gaan. 'Mike,' zei hij enigszins buiten adem. 'Goed dat ik je nog tref. We maken ons klaar om te vertrekken, dus ik zie je wel weer.'

Ik stak mijn hand uit, jaloers wensend dat de rollen omgedraaid waren. 'Hou je gedeisd, man.'

'Kia, Kaha' antwoordde hij terwijl hij mijn hand schudde. 'Jij ook.'

Ik voelde de golf van jaloezie afnemen toen ik hem nakeek terwijl hij terugrende in de richting vanwaar hij gekomen was. 'Pas goed op jezelf, Pete,' zei ik met een plotseling gevoel van ongerustheid. Het zou vele maanden duren voor we elkaar weer zouden zien.

Neerslachtig zocht ik een slaapplaats in de B-gelederen, me afvragend wat de rest van het A-Squadron aan het doen was. Niet dat er iets mis was met het B-Squadron. In tegendeel, het was op dat moment het sterkste squadron van het regiment. Ik was echter al enige weken bij A, en we hadden voortdurend getraind voor de operatie van die avond.

Het leek me niet waarschijnlijk dat ik me weer bij hen kon aansluiten als we eenmaal in Irak waren – tenzij er slachtoffers vielen zou niemand voorlopig zijn plaats willen afstaan.

Alsof het allemaal nog niet erg genoeg was, had ik die middag gezien hoe de zwaar beladen pinkies (110 landrovers die speciaal ontworpen waren voor gebruik door de SAS), inclusief de mijne, op een Galaxy-transportwagen werden geladen, en tegen de avond zouden de jongens zich voorbereiden om de grens over te gaan. Het enige wat ik mezelf voorlopig zag doen was patrouilleren en de radio bemannen.

Ik was net bezig mijn uitrusting opnieuw in te delen toen Bob een stoel bijschoof om te praten over zware wapentraining van het squadron. Bob, een stafsergeant en PSI (Permanent Staff Instructor) verbonden aan het R-Squadron, had de leiding gehad van de organisatie van de logistieke, administratieve en trainingsbenodigdheden van het parttime squadron. Hij had Pete en mij in R-Squadron geïnstalleerd toen we in Engeland aankwamen, en had ons vervolgens om het andere weekend afgebeuld in de Brecon Beacons. ‘Zoals je traint, vecht je,’ was zijn lijfspreuk, en hij gaf altijd het goede voorbeeld. Hoewel hij intussen in de veertig was, was hij fitter en sterker dan de meeste jongens die half zo oud waren, en hij kon uit een enorme ervaring putten.

Hij was met het A-Squadron meegelift in de hoop wat actie te zullen meemaken, en zijn overplaatsing naar het B-Squadron als een van de patrouilleleiders had niet tot zijn plan behoord.

‘Hoor eens, Mike,’ begon hij met zijn sterke Schotse accent. ‘Deze jongens hebben helemaal niet meer met zware wapens getraind sinds ze het team (anti-terreurteam) hebben verlaten. Ze willen graag oefenen, maar hun sergeant-majoor voelt er niets voor, dus wil ik iets voor ze organiseren. Jij kunt toch met de .50 en mortieren omgaan, hè?’

Dit was typisch Bob. Als hij een probleem zag, ging hij dat meteen oplossen. ‘Ja, hoor, daar kan ik wel mee helpen. Geen probleem.’

‘Mooi, dan scholen we degenen die het nodig hebben even bij.’

‘Denk je dat we kans maken om met het B-Squadron de grens over te gaan?’ vroeg ik. Dit was de vraag die me het meest bezighield.

‘Niet echt, op dit moment. Ik heb geruchten gehoord dat er misschien een paar observatieposten worden ingericht, maar er is weinig kans dat wij voorgaan op de B-jongens.’

Hij stond op en gaf me een klap op mijn schouder. ‘Maak je niet druk, Kiwi, ik blijf zeuren bij de bevelhebbers om ons ergens in te zetten. Of ze ook luisteren is een ander verhaal...’

Toen hij verdween in de wirwar van lichamen, uitrustingen en veldbedden, op zoek naar de andere jongens van het A-Squadron die met de training konden helpen, vroeg ik me af wat de toekomst zou brengen.

Ik zat naar de demonstratievideo te kijken over hoe je een M19-40 mm-granaatwerper uit elkaar moet halen en weer in elkaar moet zetten toen Vince grinnikend naast me kwam staan. Dit was ongebruikelijk, want Vince liep nooit met zijn emoties te koop. 'Schiet op, Kiwi, we hebben een klus, en een grote ook nog!' Mijn stemming sloeg onmiddellijk om – misschien zou ik de actie toch niet mislopen.

We liepen snel naar de geïmproviseerde commandopost, die met behulp van jute lappen in verscheidene delen was onderverdeeld. Vince ging me voor door een gordijn waar 'Kaartenkamer' op stond. Daar troffen we de rest van de patrouille rond een enorme kaart van Irak aan.

Ik was nog niet in de kamer of ze begonnen al te schreeuwen. 'Hé, Kiwi, ouwe rukker, kom je nu hier voor het echte soldatenwerk?' Dat was het warme welkom uit de mond van Dinger, onmiddellijk gevolgd door allerlei geestigheden van de meeste anderen die niet voor herhaling vatbaar zijn. Ik riep het een en ander terug voordat Andy ons tot de orde riep.

'Kom eens wat dichterbij zitten, jongens, en luister goed.' Het werd snel stil. 'Dit is een waarschuwingsbevel voor een observatiepostmissie op deze aan- en afvoerroute.' Net als de andere jongens strekte ik mijn hals uit om te zien wat hij aanwees. De lijn waar Andy's vinger op lag, strekte zich uit van Bagdad tot aan de grens met Syrië in het noordwesten, en het betreffende gebied was ver van vriendschappelijk terrein verwijderd.

Bob zei hardop wat we allemaal dachten. 'Jezus, nog verder naar het noorden en we zitten in Syrië. Ik hoop niet dat we in geforceerde mars moeten.'

'We hebben geen keus,' zei Vince. 'We staan onder aan de lijst. Alle pinkies zijn al toegewezen aan andere patrouilles en squadrons. Het wordt het ouderwetse benenwerk.'

Op dat moment kwam de commandant van het B-squadron binnen, onmiddellijk gevolgd door de onderofficier die belast was met het seinen. De commandant leek slecht op zijn gemak in zijn camouflagepak; ik vermoedde dat hij zich meer thuis voelde met een geweer onder zijn arm, een pijp in zijn mond en een labrador op zijn hielen.

'Het B-Squadron heeft eindelijk enkele belangrijke taken toegewezen gekregen,' was het eerste wat hij zei. 'We zijn het squadron dat het diepst in Irak infiltreert en jullie patrouille gaat het verst.' Hij zweeg even om zijn woorden tot ons te laten doordringen.

'Er zullen nog twee patrouilles in jullie gebied opereren, elk op een van deze aan- en afvoerroutes,' vulde de onderofficier aan, wijzend naar de twee andere lijnen op de kaart direct onder de onze. 'Ze hebben allemaal codenamen, en die van jullie is Bravo two zero.' Hij richtte zich tot Legs. 'Ik zal het communicatieplan voor dat gebied tegen de avond wel van het hoofdkwartier binnen hebben, dus als je om een uur of acht bij me komt, kunnen we het doornemen.'

'Ik weet dat het erop lijkt dat jullie min of meer op jezelf aangewezen bent,' vervolgde de commandant, 'maar als er nog een scud op Tel Aviv of een andere plaats terechtkomt en de Israëli's ook oorlog gaan voeren, kan dat het eind van de coalitie betekenen. De hele regio kan dan gedestabiliseerd raken. Het hoofdkwartier komt met het plan om de noordelijke aan- en afvoerroutes te verkennen, in de hoop dat we een lanceertruck kunnen onderscheppen. Het voorkomen van de lancering van een scud-raket kan al van vitaal belang zijn. Als jullie scuds zien, moet je dat onmiddellijk melden via de satcom; er staan vierentwintig uur per dag jachtbommenwerpers voor jullie klaar.'

Hij keek ons allemaal even aan alvorens verder te gaan.

'Het operatieterrein wordt ook vierentwintig uur per dag in de gaten gehouden door AWACS. Als alles misloopt, hebben jullie je TACBE (tactisch radiobaken) nog. Boodschappen met jullie codenaam worden onmiddellijk onderschept. Jullie krijgen binnen twintig seconden antwoord en dan komt het reddingsteam jullie te hulp. Omdat jullie zo ver van de Saoedi-Arabische grens zitten, heb ik besloten dat jullie ontsnappingsroute noordwaarts naar Syrië moet lopen. Dat is veel dichterbij, en de CIA heeft veilige huizen bemand in de bewoonde grensdorpen. Ze zijn te herkennen aan witte gordijnen voor de ramen.'

'Jullie dekmantel, als je die nodig mocht hebben, is dat jullie een reddingsteam zijn dat Irak in is gestuurd om uit de lucht geschoten piloten van de coalitie op te sporen. Dat geeft jullie een plausibele reden om je zo ver achter de vijandelijke linies te bevinden.'

De commandant keek naar de gezichten om hem heen en vervolgde: 'Vanaf nu staan jullie er alleen voor; de operationele veiligheid moet te allen tijde worden gehandhaafd. Ik verwacht dat het squadron een dezer dagen naar de vooruitgeschoven commandopost gaat, en eenmaal daar kunnen jullie binnen 24 uur worden opgehaald.'

Hij zweeg weer even. 'Vragen? Mooi. Ga maar verder, Andy.' En hij vertrok.

'Witte gordijnen voor de ramen – is dat een geintje?' vroeg ik toen hij weg was.

'Wat maakt het uit, Kiwi, ik ben niet van plan om zelfs maar in de buurt van Syrië te komen. Als we problemen hebben, geven we snel een bericht door via de TACBE en voor we het weten komen de jongens ons ophalen. Makkelijker kan het toch niet?'

Toen zei Andy tegen Vince: 'Ik weet dat er geen 110's zijn, maar ik ben er zeker van dat er nog een paar dinkies rondzwerven.'

'Dat klopt,' antwoordde Vince. 'Drie stuks. Alleen heeft een van de andere patrouilles er al twee ingepikt, en ik denk niet dat we met acht man plus bepakking in een driekwart landrover passen.'

'En waar zouden we hem moeten verbergen?' zei Geordie. 'Dit is een opdracht voor het inrichten van een observatiepost, geen verkenning.'

De discussie ging nog een paar uur door, waarbij allerlei plannen en opties werden geopperd (een proces dat in het regiment informeel bekend stond als het 'Chinese parlement'). Toen het debat was afgelopen, had iedereen globaal voor ogen wat hem te doen stond en hoe de patrouille zou worden geleid. De details van het plan werden aan Andy overgelaten.

'Isolatie' was een term die gebruikt werd om de administratieve, logistieke en planningsfasen van een patrouille te beschrijven voordat hij achter vijandelijke linies werd gedropt. Dit hield meestal in dat de patrouille van de rest van het squadron werd gescheiden om de operationele veiligheid te handhaven.

In werkelijkheid hielden de beperkingen, waar niet alleen de patrouille maar ook het squadron in die tijd mee te maken had, in dat het concept van operationele veiligheid werd losgelaten en noodgedwongen werd aangepast om degenen die konden helpen de gelegenheid te geven dat te doen.

De volgende zesendertig uur waren hectisch. Het tekort aan pinkies hield in dat we alleen de spullen mee konden nemen die we op onze rug konden dragen. Bob en ik gingen over de satcom, een apparaat dat geen van ons ooit eerder gezien, laat staan gebruikt had.

De satcom was een onderdeel van de communicatiestructuur van de patrouille. De PRC 319 was ons voornaamste communicatiemiddel. Dit was een gecodeerde hoge-frequentiezender die zeer veilig was. We hadden ook TACBE-noodbakens; kleine radiootjes die werkten op ongecodeerde internationale frequenties.

De satcom zelf was een real-time-communicatiemiddel, bedoeld om zowel bevelhebbers in het veld als in de achterhoede meer flexibiliteit en grotere nauwkeurigheid te bieden.

Omdat hij nogal groot was – hij bestond uit twee grote aparte eenheden plus accessoires – hadden we besloten dat Bob en ik ieder een deel zouden dragen. We moesten een spoedcursus volgen over de techniek, theorie en operationele procedures die noodzakelijk waren om het satellietcommunicatiesysteem in werking te stellen. Dit zou normaal een week duren, maar wij hadden slechts enkele uren de tijd.

'Oké,' begon de onderofficier die belast was met het seinen. 'Het eerste wat je moet weten met dit apparaat is dat het een kenmerkend signaal afgeeft bij het zenden waardoor de hele wereld weet waar je zit. Als je langer dan vijftien tot twintig seconden in de lucht bent, heeft de vijand je zo met een richtingzoeker gevonden.'

Richting zoeken of direction find (DF) hield in dat er diverse luisterposten werden gebruikt die voortdurend het hele spectrum van radiofrequenties aftastten op zoek naar vijandelijke communicatie. Als een post een frequentie heeft bepaald, probeert hij andere luisterposten op dezelfde band te krijgen om zo de herkomst van de uitzending in een driehoek te kunnen plaatsen. Hoe meer stations de uitzending kunnen ontvangen, hoe betrouwbaarder de plaatsbepaling is.

'Je gebruikt hem dus alleen in geval van nood of als je een scud hebt ontdekt. Is dat duidelijk?' We knikten bevestigend.

'Als de antenne op de juiste frequentie is afgestemd, krijg je een reeks balkjes op deze display te zien en hoor je vrij veel verkeer op het net. Jullie codes staan achter in het memorandum.'

Na een paar uur gingen we weg om gewoon met het ding te oefenen. Het voornaamste was dat we het aan de praat konden krijgen. Zolang er tenminste een heli was die ons snel op zou komen halen.

Dinger en Mal oefenden zich in het inrichten van een observatiepost in de woestijn. Ze probeerden hem zo simpel en functioneel mogelijk te houden. Oefeningen zijn zeer belangrijk voor een operatie, en omdat we onze hele uitrusting moesten dragen, was het van groot belang dat we zo min mogelijk spullen meenamen. Door van te voren de inrichting van de schuilplaats vast te stellen, wisten ze hoe we dat het beste konden doen.

Geordie, die gespecialiseerd was in bergbeklimmen, was de hospik van de patrouille. Elke SAS-patrouille heeft een eerstehulpkist bij zich waarmee de meeste noodgevallen waar je in het veld mee te maken krijgt, behandeld kunnen worden, van diarree tot een borstwond. Het gaat erom dat je de gewonde in leven houdt tot er echte medische hulp kan worden geboden. Alle leden van de patrouille hebben enige medische basiskennis, maar een hospik heeft een intensieve cursus van drie maanden over anatomie en fysiologie gevolgd, en heeft ook meer geleerd over het verzorgen van wonden en het in leven houden van zwaargewonden. Hij moet ook minimaal zes weken op de eerstehulpafdeling in een ziekenhuis werken. Hospikken krijgen aan het eind van hun opleiding een bevoegdheid die niet onderdoet voor die van een volleerd paramedicus.

Geordie moest proberen zijn medische voorraden tot een minimum te beperken, controleren of de houdbaarheidsdatum van de medicijnen niet was overschreden en de medische dossiers van alle leden van de patrouille doornemen.

Legs was het grootste deel van de tijd in gesprek met de onderofficier die belast was met het seinen om de ingewikkelde serie code- en frequentiewijzigingen uit te zoeken die niet alleen essentieel waren voor het slagen van onze missie, maar ook voor onze veiligheid in geval van nood.

De 319 was gevoelig voor veranderingen in ionosferische omstandigheden, en dus moest de frequentievoorspelling voor het operatiegebied uiterst accuraat zijn. Dit was gelukkig niet het probleem van de patrouille, maar van de seiners op het regimentshoofdkwartier. De moeilijkheid was dat we de frequentievoorspellingen niet konden testen omdat we ons zo ver van ons doel bevonden. We moesten dus maar op het systeem vertrouwen.

Als onderbevelhebber was Vince de logistieke en administratieve coördinator van de patrouille. Munitie, rantsoenen, explosieven, Vince was degene die het moest vragen, lenen of stelen.

Het hoge tempo waarin de oorlog en met name de SAS-operaties verliepen, hield in dat er tekorten waren aan zaken die normaal als essentieel werden gezien, zoals claymore-mijnen. Gewoonlijk had iedereen er minstens één bij zich als we op patrouille gingen.

Een claymore is licht en compact en bestaat uit een mengsel van explosieven en honderden kogellagers, omgeven door plastic en licht gebogen van vorm om de kracht van de explosie naar één kant te richten. Sinds zijn introductie door de Amerikanen tijdens de Vietnam-oorlog, heeft hij veelvuldig zijn waarde bewezen, zowel als een verdedigings- als een aanvalswapen.

Vince's oplossing voor dit tekort was kneedexplosieven, lege ijsdozen, moeren en bouten en ontstekingskoord. Al gauw zaten we 'geïmproviseerde claymores' te maken, die bijna net zo goed waren als de echte.

Deze bezigheid ging grotendeels langs Andy heen, omdat hij zich concentreerde op de werkwijze van de missie en op de orders die hij binnenkort geacht werd te geven aan de patrouille en de hoge pieten van het squadron.

Missieorders zijn een ingewikkeld onderdeel van elke militaire operatie. Orders worden van hoog naar laag doorgegeven, vanaf het eerste concept van de operaties van de opperbevelhebber, via de diverse brigade-, regiments- en compagniecommandanten tot uiteindelijk de individuele taken van de eenheid worden toegewezen. Als een bevelhebber van een eenheid zijn orders ontvangt, gaat hij weg om die specifieke taak te plannen, waarna hij zijn orders aan zijn mannen geeft. Vanwege het strategische belang dat aan SAS-operaties wordt gehecht, let de leiding van het squadron ook op de orders van de patrouille en brengt verslag uit aan het hoofdkwartier van het regiment, zodat het proces in omgekeerde volgorde wordt doorlopen. Hierdoor worden onduidelijkheden en misverstanden langs de hele linie uitgesloten.

Af en toe riep Andy de patrouille bij elkaar om bepaalde punten in het plan te bespreken, naar onze mening te vragen en om tot overeenstemming te komen. Omdat haast geboden was, gebeurde dit echter niet vaak.

De periode voorafgaand aan de voorwaartse beweging van het squadron was een gekkenhuis. Frustraties en irritaties vierden hoogtij, maar desondanks hielpen mannen van het squadron waar ze konden temidden van de wanorde, en de constante grappen over en weer hielpen de spanning binnen de perken te houden. Tussen de bedrijven door verzamelden we de relevante informatie en instructies, woonden parades bij en aten en sliepen nu en dan. Oorlog bleek op zijn zachtst gezegd chaotisch te zijn.

Onze anderhalve dag vloog angstwekkend snel om en we moesten de werkzaamheden stopzetten omdat de missie van het squadron voorrang had. Auto's, motoren, voorraden van van alles en nog wat... er kwam geen eind aan de lijst, en het moest allemaal op pallets en in de Hercules worden geladen.

Al gauw zaten we dicht opeengepakt achter in een C130, boven op een berg explosieven en munitie bestemd voor Saoedi-Arabië en de vooruitgeschoven commandopost.

Dinger, die nooit een gelegenheid voorbij liet gaan, stak een sjekkie op en ging op een kist met mortiergranaten zitten.

'Jezus, man, de jongens van de RAF worden helemaal gek als ze je hier zien roken,' zei ik, zelf ook niet bepaald op mijn gemak.

'Als je kijkt naar wat er hier allemaal ligt, stelt die peuk van mij niks voor. Of doe je het zelf soms in je broek?'

'Ach man, krijg toch de klere!'

Dinger grijnsde naar me en nam een lange haal aan zijn sjekkie, waarna hij een oude krant te voorschijn haalde en zich installeerde voor de vlucht.

Avondschemering, 22 januari

Een uiterst bekakte stem onderbrak mijn gedachten. 'Oké, mannen. We vertrekken over ongeveer tien minuten. Hetzelfde als de vorige keer, één stop om bij te tanken en dan volle kracht vooruit.'

Het was nu duimen dat het doorging, want 24 uur daarvoor was de missie afgeblazen omdat de Amerikanen op onze route aan het bombarderen waren.

De ladingmeester kwam naar me toe. 'Ik moet nu de rugzakken op de laadklep hebben.'

Tegelijkertijd stopte er een jeep, waar Fred, de vorige sergeant-majoor van het B-Squadron, en twee van de jongens, Paul en Mick uitsprongen, een van hen met een fototoestel in de hand.

'Momentje nog,' zei Dinger, terwijl hij op de nieuwkomers toe liep. 'Hoi, Fred.'

Fred kwam naar ons toe en gaf ons allebei een hand. Met luide stem om boven het lawaai van de opladende turbines van de Chinook uit te komen, zei hij: 'Wees voorzichtig, jongens, en goede jacht.'

Ik merkte dat zijn aanwezigheid zeer op prijs werd gesteld door de jongens van het B-Squadron, en ik was verbaasd dat de rest van de leiding er niet was.

'Alles goed, Kiwi?' vroeg Paul terwijl hij mij een hand gaf. 'Je moet uitkijken voor die zelfmoordoperaties. Zo ging het bij mij ook toen ik bij het squadron kwam: ik moest meteen naar de Falkland Eilanden voor een aanval van het squadron op Argentinië.'

Ik wist niet of hij serieus was of niet, dus zei ik maar: 'Bedankt voor je morele steun.'

Hij lachte en sloeg me op mijn schouder. 'Jullie redden het wel.'

'Kom op, jongens,' riep Mick met het fototoestel in zijn hand. 'Laten we er eentje maken voor de archieven.'

We kropen allemaal op de laadklep, vechtend om in beeld te komen. Andy zat constant te schelden en Mal en Geordie zaten zich op te doffen alsof het een schoonheidswedstrijd was. Toen klikte het fototoestel plotseling en was het even stil. Misschien voelden we allemaal wat die foto betekende. Hij was inderdaad voor de archieven, want hij zou nooit opnieuw gemaakt kunnen worden. Vijf dagen later waren Vince, Bob en Legs dood.

Hoofdstuk 2

Vooruitgeschoven bijtankpost, Saoedi-Arabië, 22 januari 1991

Toen de Chinook de grond raakte, sprong de ladingmeester eruit en rende naar de tankwagens om het bijtanken te coördineren. Ik liep naar de achterkant van het vliegtuig, waar ik frisse lucht kon inademen. Het klinkt misschien belachelijk, maar ik heb altijd vreselijk veel last van luchtziekte, en de combinatie van tactisch laag vliegen en de stank van de brandstof deed er geen goed aan. (Tijdens mijn vrije-valcursus bij de NZSAS was ik na tweeëneenhalf uur laag vliegen en misselijkheid zo opgelucht dat ik op 3000 meter uit het vliegtuig mocht, dat ik totaal niet bang was om te springen. Het resultaat was een voorbeeldige sprong en landing; maar mijn maten namen me natuurlijk verschrikkelijk in de maling.)

Ik ademde een paar keer diep in en uit en voelde me gelijk een stuk beter. De technici waren dichtbij met de enorme slang van de tankwagen aan het worstelen. In de halfverlichte nacht leek hij op een grote anaconda, en door de wind van de rotorbladen hadden ze er evenveel moeilijkheden mee. Uiteindelijk slaagden ze er in hem aan de zijkant van de Chinook vast te zetten en bijna meteen daarna strekte de slang zich onder de enorme druk van de brandstof die er doorheen werd gepompt.

Het was ongeveer negen uur, en toen ik omhoog keek, zag ik een ongelooflijk schouwspel. De lucht vol van allerlei vliegtuigen - bommenwerpers, gevechtsvliegtuigen en tankvliegtuigen - die alleen maar zichtbaar waren door de landingslichten. De enige vliegtuigen die herkenbaar waren, waren de Amerikaans B52-bommenwerpers, omdat ze zo enorm groot zijn. Toen de eerste golf vliegtuigen naderde, verdwenen ze plotseling allemaal tegelijk, omdat ze de opdracht hadden gekregen op hetzelfde tijdstip alle lichten te doven. De ene golf na de andere bereikte hetzelfde punt en doorliep dan precies dezelfde procedure.

Aanvankelijk voelde ik me nogal een nietig onderdeeltje van deze oorlog terwijl ik naar deze gigantische parade van vliegtuigen stond te kijken. Door de superioriteit van de coalitietroepen in de lucht, te land en op zee, ging je je afvragen wat een kleine SAS-patrouille midden in de woestijn nou eigenlijk kon uitrichten. Als we er echter in slaagden de lancering van een scudraket te voorkomen, konden we waarschijnlijk talloze mensenlevens redden. Je voelt je toch wel trots op jezelf en op je regiment als je weet dat iemand je een dergelijke verantwoordelijkheid heeft toevertrouwd.

Het duurde wel zo'n zeven of acht minuten voordat alle vliegtuigen over waren gevlogen, en al gauw was er niets meer van te zien en kwam de nachtelijke hemel weer in zicht. Vijf minuten later klom de ladingmeester aan boord en gingen ook wij op weg naar Irak.

Het was ongeveer twee uur vliegen van de bijtankpost naar het punt waar we gedropt zouden worden, omdat de piloten moesten zigzaggen om alle bekende luchtafweerposities te ontwijken. We naderden de grens op ongeveer honderdvijftig meter en honderdtwintig knopen. Plotseling werd het vliegtuig 'zwart'. Alle verlichting ging uit en er was alleen nog de dieprode gloed van de lampjes op het bedieningspaneel die bedoeld waren om het nachtzicht te beschermen en toch redelijk te kunnen functioneren binnen de helikopter.

Ik keek naar Andy, die met een koptelefoon op naar de berichten van de bemanning zat te luisteren. Hij leunde naar voren en schreeuwde boven het lawaai van de motoren uit: 'We zijn de grens over!'

De helikopter daalde tot op zo'n dertig meter, schijnbaar zonder vaart te minderen. Toen ik uit het raampje keek, zag ik de rotorbladen geel en zilverachtig glimmen in het donker doordat ze enorme hoeveelheden zand opzwiepten.

Mijn hart ging tekeer en de adrenaline pompte door mijn aderen. Dit was het, we waren in Irak. Jaren van training zouden zich nu doen gelden; dit was niet meer een fictieve oefening, dit was echt. Grijnzend als een jongetje dat op avontuur gaat, keek ik Dinger aan. Hij lachte terug en knikte terwijl hij een diepe haal van zijn altijd aanwezige peuk nam. Hij had het al vaker meegemaakt.

Er leek geen eind aan de vlucht te komen. Na de kick van de grensovergang kreeg ik door het gebrek aan activiteit het gevoel dat het weer een gewone oefening was. Na ongeveer anderhalf uur vliegen, kwamen we echter allemaal weer met beide benen op de grond te staan.

De piloten zwenkten van links naar rechts, gooiden staniolstroken uit en brachten de Chinook zo laag mogelijk naar de grond om aan de radar te ontkomen. Plotseling begonnen er echter lichten te knipperen; de ladingmeesters riepen God mag weten wat terwijl ze over ons heen klauterden, en de heli stuiterde alle kanten op – het was complete chaos. Als je op dertig meter hoogte met honderd knopen boven vijandelijk gebied vliegt, zit je flink in de stront, want je kunt geen kant op.

Wij passagiers baden intussen om vergeving, in de wetenschap dat wij de situatie niet in de hand hadden. Na wat een eeuwigheid leek te duren, maar in werkelijkheid slechts een minuut was, trok de heli vlak en vervolgde zijn normale koers. De crisis was amper begonnen of hij was alweer voorbij.

Daarna kon ik alleen nog maar denken: 'Ik moet hier uit!' Als het vechten werd, had ik liever vaste grond onder mijn voeten dan dat ik in deze verduisterde doodkist vloog. Je kunt beter nog een kans hebben. Ik benijdde de bemanning de terugvlucht niet, ook al zouden ze een andere route nemen.

Alle drie de patrouilles werden die avond met twee Chinooks Irak binnengebracht. Bravo One Zero was over twee vliegtuigen verdeeld en moest als eerste worden gedropt. Zij moesten iets met de meest zuidelijke aan- en afvoerroute doen, en ze hadden het geluk dat ze twee dinkies ter beschikking hadden. Het waren kleine voertuigen waar niet veel in kon, maar het was beter dan niets.

De in formatie vliegende Chinooks daalden snel, en de onze raakte met een klinkende klap de grond. De jongens zaten al in hun wagen, en toen de laadklep zakte, schoot het voertuig naar buiten, de zandstorm in die door de rotorbladen veroorzaakt werd.

'Alles veilig.' De ladingmeester gaf het signaal en schreeuwde in zijn microfoon. De helikopter was al opgestegen voordat het luik dicht ging.

Hoewel ik wist dat het zo mijn beurt zou zijn, had het iets onwerkelijks om ze te zien wegrijden. Ik probeerde me voor te stellen wat er nu door hen heen ging; waren ze bang, opgewonden of gewoon zo druk bezig dat ze niets van emoties merkten?

Een kwartier later werden we gewaarschuwd dat we er over tien minuten uit moesten, dus ik zou weldra antwoord op mijn vragen krijgen. Ik haalde de zachte gehoorbeschermers uit mijn oren en hoorde weinig verschil. Ik vergewiste me er voor de duizendste keer van dat mijn spullen in orde waren en haalde toen mijn *shamag* (Arabische sjaal) uit mijn zak en wond die strak om mijn gezicht en hoofd. We hadden honderden keren geoefend wat we voor de landing moesten doen, in allerlei situaties, bij ontelbare andere missies, missies die slechts oefeningen waren. We hadden de schijn bij de Irakese grens achtergelaten. Het verschil was tastbaar.

Ik zette een stofbril op om mijn ogen te beschermen tegen de zandstorm die door de rotorbladen zou worden opgeworpen bij de landing en controleerde de veiligheidspal van de Minimi. Er was geen tijd meer om te denken; het was nu tijd voor actie.

De achterklep was al neergelaten toen de Chinook voor het landen stil ging hangen. Bob en ik zaten zo dicht bij de rand als de veiligheid toeliet, klaar om naar buiten te springen als we de grond raakten. Ik was zo geconcentreerd dat ik maar net het lawaai van de motoren boven mijn bonkende hartslag uit hoorde. Ik zag de ladingmeester vaag afsteken tegen de gedempte rode binnenkant van de heli terwijl hij met uitgestoken nek de hoogte aftelde.

Beng. We waren amper geland of Bob en ik waren al uit de helikopter gesprongen en raceten door het opgeworpen zand op zoek naar een uitkijkpunt om de landingszone te beveiligen. Legs en Mal volgden ons op de hielen, en elk paar nam een positie in op het hoge terrein boven de wadi (droogstaande waterloop) om de omgeving te bekijken en dekking te geven terwijl de rest van de patrouille de helikopter uitlaadde.

De wadi zelf was ongeveer twintig meter breed en zeven meter diep, met flauw hellende zijkanten van kiezel. We stonden nog maar net boven aan de wadi toen we aan het veranderende geluid van de motoren hoorden dat de Chinook weer vertrok. Hij steeg langzaam op uit de droge rivierbedding en won geleidelijk snelheid en hoogte tot hij in de nacht opging. Het duurde nog enkele minuten voordat het gedreun van de motor ook wegstierf, en toen dat gebeurde viel er een oorverdovende stilte.

Het was verbazend licht dankzij een volle maan en een ongelooflijke sterrenhemel. Dit was echter niet bepaald in ons voordeel, want we hadden gehoopt ons in het donker ongezien te kunnen voortbewegen. Onder deze omstandigheden vielen we juist op.

Ik bewoog mijn bovenlijf een beetje om het mezelf wat makkelijker te maken op de rotsige grond en speurde onderwijl onafgebroken het terrein rondom mij af naar onverwachte dingen en bewegingen die op gevaar konden duiden. Tegelijkertijd activeerde ik de Magellan om onze positie te bepalen en de afstand te schatten tot ons voorlopige basiskamp.

Beneden in de wadi organiseerde de rest van de patrouille systematisch de voorraden die verborgen moesten worden. De plooien in de rotsen vormden natuurlijke bergplaatsen voor de extra voorraden. Dit was alleen als tijdelijke bergplaats bedoeld tot we iets beters vonden.

De Magellan was klaar met het downloaden van informatie van de satellieten en berekende onze positie. Het verwachte resultaat had slechts enkele graden mogen verschillen met wat ik uit mijn hoofd had geleerd, namelijk zo'n twaalf kilometer ten zuiden van ons doel. Tot mijn verbazing en schrik kwamen de coördinaten totaal niet overeen; het verschil was zelfs zo groot dat ik geen idee had waar we konden zitten. Ik hoorde iets schuiven onder me en zag Andy langzaam naar me toe komen.

'Heb je de positie al, Kiwi?' fluisterde hij toen hij naast me neerknielde.

'Ja, maar je zult er niet blij mee zijn,' antwoordde ik. 'Ik denk dat de RAF ons op de verkeerde plek heeft gedropt, maar ik moet het eerst op de kaart nakijken.'

'Verdomme,' vloekte Andy meteen. 'Echt iets voor de RAF om een echte klus te verkloten en ons in de kou te laten staan.'

Ik fluisterde in zijn oor: 'Neem het hier even over, dan kan ik deze coördinaten in kaart brengen. We kunnen nergens heen voor we weten waar we uithangen!'

Andy schuifelde dichter naar de bovenkant van de oever en ik zakte een stukje, trok de kaart te voorschijn en bepaalde grofweg onze positie. Binnen enkele minuten zat ik binnensmonds te vloeken. De RAF had al zijn goede werk om ons heelhuids hier te krijgen ongedaan gemaakt door ons bijna boven op ons doel te droppen, op slechts twee kilometer afstand van de aan- en afvoerroute, en veel dichterbij dan tactisch verstandig was.

Beneden ons floot Vince zachtjes om aan te geven dat alle voorraden verborgen waren en de rest van de spullen klaar stond voor vertrek. Langzaam liepen we naar de rugzakken toe.

Mijn ogen waren intussen aan het gebied gewend, en toen ik naar de anderen toe liep, zag ik tot mijn schrik dat we midden in een soort geïmproviseerde begraafplaats terecht waren gekomen. Overal lagen stapeltjes keien ter grootte van menselijke lichamen, stevig in de zijkanten van de wadi gedrukt. In de haast om het vliegtuig te verlaten had ik hun vorm niet herkend en ze genegeerd.

'Zeker de plaatselijke begraafplaats,' mompelde Vince toen we dichterbij kwamen. Ik hoopte dat het niet een slecht voorteken was.

'We hebben belangrijkere dingen aan ons hoofd,' zei Andy. 'Oké, Kiwi, waar zitten we nu?'

Ik vertelde in het kort hoe het met onze positie zat. Legs kwam meteen met nog een stukje informatie.

'Dat is niet het enige goede nieuws. Zo'n vijfhonderd meter naar het westen zijn lichten, en het lijkt een redelijk grote nederzetting.'

'De militaire inlichtingendienst slaat weer toe,' zei Bob.

Volgens onze informatie zou de dichtstbijzijnde nederzetting in dit gebied op vijftien kilometer afstand moeten liggen. Uit wat Legs beschreef viel echter op te maken dat we een paar minuten lopen van een dorp zaten. Wat nog verontrustender was, was dat het bijna onmogelijk was dat niemand de Chinook had gehoord. De vraag was: zouden ze reageren?

Het was net na middernacht, zodat we zo'n vijf uur duisternis hadden, en het was van het grootste belang dat we een goed voorlopig basiskamp vonden voordat het licht werd. Na een korte discussie besloten we twee verkenningsexpedities eropuit te sturen, één naar het noorden langs de loop van de wadi, en één die de wadi naar het zuiden volgde. Andy en Dinger namen de noordelijke route, terwijl Vince en Geordie naar het zuiden gingen. De rest bleef bij de spullen.

Binnen het uur waren beide groepen terug en werd de informatie uitgewisseld, maar helaas was het nieuws even mistroostig als het terrein.

Vince sprak als eerste. 'Nou, die kant op is helemaal niets, het is daar zo kaal als een luis.' Door zijn gefluister heen was zijn frustratie te horen, een gevoel dat we allemaal deelden.

'Dan moeten we maar de kant van de aan- en afvoerroute op,' antwoordde Andy, om zich heen kijkend of er nog iemand een suggestie had.

Uit Andy's verslag maakten we op dat de beste positie zo'n twaalfhonderd meter naar het noorden lag, een klein ravijn dat ons enigszins aan het zicht zou onttrekken. Het probleem was dat we naar het boveneinde van de wadi moesten, dat aan de voet van het hoger gelegen terrein naast de aan- en afvoerroute lag. Naarmate je dichterbij kwam, werd de wadi steeds ondieper, en de kans om een goed basiskamp te vinden werd daardoor steeds kleiner.

De beslissing werd in feite voor ons genomen. Gezien de beperkte tijd konden we ons niet de luxe veroorloven om uitgebreid naar een betere plek te zoeken. We hadden te veel spullen mee te slepen, en het ravijn was de beste optie. Ik had net mijn eerste oorlogsles geleerd: niets gaat volgens plan.

Iedereen pakte zijn rugzak en maakte zich gereed. Terwijl Bob me dekking gaf, ging ik op één knie zitten en hees mijn achtenzestig kilo wegende rugzak op mijn rug. Ik voelde dat mijn lichaam zich probeerde te verzetten tegen het buitensporige gewicht. Het duurt altijd enkele minuten voordat je spieren, ledematen en geest gewend zijn aan de extra last die ze mee moeten slepen.

Toen mijn rugzak goed zat, pakte ik mijn wapen en gaf Bob dekking terwijl hij zijn rugzak om deed. De rest van de patrouille volgde dezelfde procedure. Het werken in tweetallen bevordert de veiligheid van de patrouille en is een proces dat na verloop van tijd automatisch gaat. Ik moest weer lachen toen ik Bobs beentjes net onder zijn bepakking uit zag komen.

Bob had het in de gaten en vormde met zijn lippen de woorden 'Lazer op!' terwijl we ons in patrouilleformatie groepeerden. Bob en ik vormden de achterhoede.

Geordie nam de leiding, omdat hij de enige was met een nachtkijker. De rest van ons volgde hem zwijgend. Onze ogen en wapens bewogen tegelijk, nooit te lang op één punt gericht, maar constant het terrein afspeurend.

We bewogen ons opzettelijk langzaam voort, zo'n vijfhonderd meter per uur, en we stopten vaak, niet alleen vanwege de rugzakken, maar ook met het oog op de tactische situatie. Je moet je 's nachts vooral niet te snel op onbekend terrein begeven; heimelijkheid was geboden.

Elke stap leek te weerklinken. De stilte van de nacht leek het bijna geluidloze gekraak van zand en grind te versterken als een schoen de grond raakte. Van tijd tot tijd verdween de wadi bijna en stond de patrouille op een open vlakte, wanhopig op zoek naar het spoor van de wadi, dat meestal binnen zo'n honderd meter weer begon. Ondanks de lage temperatuur baadde ik na twintig minuten in het zweet door een combinatie van fysieke inspanning en adrenaline die door mijn lijf gierde.

Na een paar uur arriveerden we op de plek die voor de observatiepost was uitgekozen en het werd ons pijnlijk duidelijk dat het erg moeilijk zou zijn om ons daar met acht man plus bepakking schuil te houden. Daarom ging Andy opnieuw met iemand op verkenning om een betere plek te zoeken, en binnen een half uur was hij terug met goed nieuws.

'We hebben een goede positie gevonden aan het boveneind van de wadi. Het is een kleine kloof in de wand van de wadi met een enorm rotsblok ervoor, waardoor je hem niet ziet. Het is geweldig!' Eindelijk had Vrouwe Fortuna besloten ons eens goedgezind te zijn.

We bereikten de plek ongeveer een half uur later, en hij leek te mooi om waar te zijn. We konden makkelijk onszelf en de bepakking verbergen, hadden dekking als we beschoten zouden worden en zelfs ruimte voor de verstopte spullen. Het ging de goede kant op.

We moesten opschieten. De halve patrouille maakte het basiskamp gereed door de geïmproviseerde claymores te leggen, de observatiepost in te richten, de spullen te organiseren en de wacht te houden. De andere helft, onder wie ik, keerde terug naar de dropplaats om de voorraden op te halen. We liepen een stuk makkelijker met lichte bepakking, en omdat de route naar de bergplaats al enigszins was vrijgemaakt, konden we ook wat meer haast maken, zodat we in een half uur bij de begraafplaats waren. We begonnen meteen de voorraden naar het basiskamp te verslepen.

De voorraden waren met het oog op vervoer in twee jutezakken gestopt die met touw aan elkaar zaten zodat je een soort juk had. Er waren vier van deze stellen jute zakken en nog twee jerrycans met water.

We droegen om beurten de voorraden terwijl twee man voor dekking zorgden. De eerste keer waren Aussie en ik de koelies, een rol die Dinger wel passend vond voor ons 'klotebuitenlanders'.

De terugweg was zwaar en opnieuw tergend langzaam, maar gelukkig bereikten we zonder problemen het kamp. Vince moest ons de laatste vijftig meter door het verraderlijke mijnenveld loodsen dat hij had aangelegd.

Legs knikte naar ons toen we langs zijn post liepen die de ingang van het kamp bewaakte. Geordie en Andy waren al bezig het gebied te observeren en probeerden de aan- en afvoerroute te vinden.

'Mooi, zet die spullen maar achter het rotsblok en kom dan hier voor overleg,' fluisterde Vince toen we bij de rotswand kwamen.

Met Legs en Geordie op wacht kropen we bij elkaar aan de voet van het rotsblok terwijl het vage schijnsel van het eerste daglicht griezelige schaduwen om ons heen wierp. Andy begon.

'Oké, Vince heeft de lijst voor de wacht opgesteld, steeds twee uur. Het is hier nogal open, dus als de zon op is moeten we allemaal in de luwte van de wadi gaan zitten en uit het zicht blijven.'

Volgens de informatie die we over scud-activiteiten hadden gekregen, vond het vervoer alleen 's nachts plaats, zodat het geen zin had om ons overdag bloot te geven.

'Maak het je gemakkelijk, we blijven hier wel een tijdje,' vervolgde Andy. Tegen Legs zei hij: 'Maak de radio gereed. Ik heb over tien minuten een boodschap voor je.'

We gingen allemaal om de beurt naar Vince om te horen wanneer we de wacht moesten houden, en daarna gingen degenen die mazzel hadden in een bivakzak liggen om te slapen.

Al Jouf, Vooruitgeschoven commandopost SAS

Al Jouf was in duisternis gehuld. De zelf opgelegde verduistering was aangebracht om de basis tegen aanvallen van de Irakezen te beschermen. Maar degenen die zich in de met zandzakken versterkte gebouwen van het hoofdkwartier van het 22e SAS-regiment bevonden, waren zich daar niet van bewust. De operatieofficier en de commandant van het B-Squadron stonden over de radioman gebogen, wachtend op nieuws van de drie IR-patrouilles die die avond infiltreerden.

'Bravo two zero is veilig weg,' rapporteerde de radio-operator enthousiast terwijl hij zijn microfoon met een hand bedekte. 'De piloot schat dat hij zich op achtentwintig minuten van hun afzetpunt bevindt.'

'En Three zero?' vroeg de commandant gretig.

'Nog niets van gehoord.'

Binnen het uur kwam de bevestiging door dat Bravo two zero veilig was afgezet. 'Two zero is dus op weg, Three zero heeft zich nog niet gemeld.'

'Wat is er in godsnaam aan de hand? Three zero zou twintig minuten geleden worden ingezet. Vraag om een statusrapport.'

'We kunnen in dit stadium niet veel van hen verwachten. Ze minimaliseren hun codewoorden. Wacht even...' De operator duwde zijn koptelefoon stevig tegen zijn oren. Toen zei hij tegen de officieren: 'De dropping is afgelast. Three zero keert terug naar de basis.' Het B-Squadron bestond nu nog maar uit twee patrouilles.

Hoofdstuk 3

Irak, dag twee, januari 1991

Ik werd rillend en gedesoriënteerd wakker van het gefluister van Dinger en Andy boven me op de rand van de wadi, en ik hoorde meteen aan hun toon dat er iets aan de hand was. Tijdens het lopen die nacht had ik niet veel last van de kou gehad, maar nu ik niet meer verwarmd werd door lichamelijke inspanning, was ik me maar al te zeer bewust van de ijzige omstandigheden.

Uit het pijnlijke, korrelige, onuitgeslapen gevoel onder mijn ogen maakte ik op dat het vroeg was, zodat ik niet op mijn horloge hoefde te kijken. Ik rolde zachtjes van mijn slaapmat af om de anderen die nog sliepen niet wakker te maken en begaf me voorzichtig naar de bovenrand van de wadi. Naarmate ik dichterbij kwam, kon ik steeds meer van het gesprek verstaan.

'Ik heb ze gisteravond niet gezien, verdomme,' siste Andy, over de rand turend naar iets dat ik niet kon zien.

'Het is nu toch al te laat, we kunnen niet weg voor het donker wordt,' antwoordde Dinger. 'Ze bestrijken de hele wadi.'

Ze draaiden zich om toen ze me aan hoorden komen, ervoor zorgend dat ze niet boven de horizon uitkwamen.

'Wat is er aan de hand?'

'Zo te zien is er een luchtdoelbatterij op het hoge terrein direct ten noorden van ons, zo'n achthonderd tot duizend meter verderop,' antwoordde Andy.

'Ik zie een paar trucks en de silhouetten van het geschut zelf, maar het is niet te zien hoeveel troepen erbij zijn.'

'Je moet uitgaan van tenminste één peloton, naast de schutters zelf,' zei Dinger.

Ik kroop over de rand van de wadi en keek voorzichtig in de richting die Andy had aangewezen en kreeg onmiddellijk de door mensen gemaakte vormen in het oog die op middellange afstand tegen de lucht afstaken. Twee donkergroene canvas gevaarten stonden dicht bij elkaar, duidelijk de overhuiving van viertons trucks of het Irakese equivalent daarvan, samen met een radarplatform en de stukken artillerie zelf.

Ik kon net de vorm van een man onderscheiden die tussen de voertuigen heen en weer liep. Aan zijn nonchalante houding was te zien dat hij er geen idee van had dat wij ons op een kilometer afstand bevonden. 'Nou, ze hebben tenminste geen idee dat wij hier zijn,' zei ik toen ik teruggekropen was. 'Wat een wonder mag heten als je nagaat dat we bijna boven op ze zijn geland.'

'Ja,' zei Dinger, 'maar hun radar moet onze vliegroute hebben opgepikt, anders zijn ze wel erg stom!'

Andy brak het gesprek abrupt af. 'We hoeven er niet over te bekvechten, want we kunnen nu toch niets doen. Geef de informatie door aan de wachtposten als ze jullie aflossen, dan hebben we het er vanavond wel over.'

Hiermee gleed hij de helling af, de wadi in en maakte onderweg Legs wakker. 'Je moet de 319 installeren, Legs. Ik moet zo snel mogelijk een situatierapport aan het hoofdkwartier doorgeven.'

'Je kunt wel alvast gaan slapen,' zei ik tegen Dinger. 'Ik moet je toch over tien minuten aflossen.'

Dinger rolde zich op zijn zij om me aan te kunnen kijken. 'Bied je je aan om extra werk te doen?' vroeg hij sarcastisch. 'Ik weet niet wat ik hoor.'

'Ik heb medelijden met je oude lijf, en bovendien zie je eruit alsof je een nicotinestoot nodig hebt.' Dinger mompelde iets grofs wat ik niet kon verstaan en stak er een vinger bij omhoog die duidelijk bedoeld was als aanvulling op zijn opmerking, waarna hij naar de wadi terugging.

Ik ging weer naar de rand van de wadi en speurde de omgeving af om het asfalt van een wegdek en andere dingen te zoeken waarop ik me zou kunnen oriënteren. Na enkele ogenblikken werd het me duidelijk dat er geen wegdek was. De hele aan- en afvoerroute bleek in werkelijkheid een enorm stelsel van sporen door de woestijn te zijn van wel zeshonderd meter breed.

Ik kon er geen patroon in ontdekken. Het was gewoon een kale vlakte waarin de sporen de lijn van de glooiing naar het noorden volgden. De twee zuidelijke aan- en afvoerroutes waren wel met asfalt verhard en ze waren op de kaart op dezelfde manier aangegeven als deze, dus ik was nogal verbaasd toen ik zag dat hij niet verhard was. Bovendien zou dit ook problemen opleveren bij onze secundaire taak om vezelkabels op te sporen en te vernielen die geacht werden langs de weg te liggen.

Ik bleef er niet te lang bij stilstaan. Er zou binnenkort wel een patrouille op uitgestuurd worden om de aan- en afvoerroute te verkennen.

Mijn wacht verliep zonder incidenten, en ik had alleen maar last van de bijtende kou, ondanks de vroege ochtendzon. In Saoedi-Arabië en de Verenigde Arabische Emiraten was het beslist een stuk warmer.

Vince kwam naar me toe gekropen met zijn eeuwige shamag om zijn hoofd gewikkeld, zodat alleen zijn ogen te zien waren.

'Morgen, Kiwi, ik hoorde dat we buren hebben op deze kutplek.'

Hij legde zijn M203 voorzichtig naast me neer en kroop naar de rand, zich bewust van de mogelijkheid dat hij gezien kon worden, zelfs van deze afstand.

Ik wees hem de juiste richting. 'Precies op één uur ten opzichte van de steile wand op het hoge terrein.'

'Ik zie het,' antwoordde hij. 'Wat staan ze in godsnaam in die uithoek hier te bewaken? Er horen geen militaire installaties in de buurt te zijn.'

'Wat het ook is, het moet belangrijk zijn, want er zijn heel wat mensen. Ze zijn ongeveer een half uurtje op. Ik weet niet precies hoeveel het er zijn, maar toch zeker een man of tien.'

Vince gromde bevestigend en kwam toen weer naast me liggen.

'Is er behalve het feit dat er een Irakees peloton op een scheet afstand ligt nog meer dat ik moet weten?'

'Nee, zo staan we ervoor. En ik ga nu even wat oefeningen doen om warm te worden. Het is hartstikke koud.'

'Slappe tegenvoeters. Jullie moeten een paar goede Engelse winters en een paar tripjes naar Noorwegen meemaken, dan heb je wat om over te janken.'

Ik maakte me uit de voeten voordat Vince een van zijn oorlogsverhalen ging vertellen, anders zou ik daar nog twee uur zitten.

Zodra ik op de bodem van de wadi was, kwam Andy geagiteerd op me af.

'Jij kunt toch ook seinen, Mike?' vroeg hij.

'Ja, hoezo, wat is er dan?'

'Kijk eens of je Legs kunt helpen. Hij heeft een groot probleem met de communicatie.'

Ik vond het een beetje vreemd. Legs was de beste seiner onder ons, en als er een probleem was dat hij niet kon oplossen, zou ik het zeker niet kunnen.

Ik ging naar Legs toe die tegen een rotsblok geleund aandachtig naar de EMU (electronic message unit) op de 319 zat te staren.

'Kan ik je ergens mee helpen?' vroeg ik terwijl ik naast hem kroop.

Legs schudde zonder me aan te kijken zijn hoofd en controleerde met een verwarde blik zijn frequenties.

Op het laatst zei hij tegen me: 'Ik ontvang geen boodschappen. Helemaal niets.'

Er zat een koptelefoon aan de radio waaruit ik zacht geruis hoorde komen. Er ontbrak echter iets essentieels aan, namelijk de snelle punten en streepjes die berichten in morse kenmerken. Deze twee geluiden hadden samen moeten gaan, zodat de korte uitzendingen een kanaal boden waar het ontvangende station zich op kon richten.

Nog verontrustender was het feit dat het doorseinen van gegevens constant zou moeten gebeuren, en aangenomen dat we de juiste frequenties hadden gekregen, leek er geen logische reden voor hun afwezigheid te zijn, behalve een of ander enorm mechanisch defect.

De enige manier om met dit soort problemen om te gaan is bij het begin beginnen en alles systematisch doorlopen in de hoop dat de oplossing simpel is – een losse antennedraad of zoiets.

'Ik heb alle aansluitingen steeds opnieuw gecontroleerd, de test gedaan, de richting en de lengte van de antenne veranderd, maar het resultaat is elke keer hetzelfde: helemaal niks!'

'Hou jij er maar even mee op, dan doe ik hetzelfde nog een keer. Als het dan nog niet lukt, weten we in elk geval dat het niet aan jou ligt.'

Legs gaf de radio aan mij door, kwam langzaam overeind en ging weg om zijn bloedsomloop weer op gang te brengen na het lange stilzitten. Ik had er niet veel hoop op. Als Legs er al mee bezig was geweest sinds ik de wacht had betrokken, kon hem niet veel ontgaan zijn, maar eindeloos controleren hoorde bij ons werk, dus deed ik dat.

Een half uur later gaf ik het op. Ik had geen enkel idee waarom de radio geen boodschappen kon ontvangen. Theoretisch waren er nog slechts drie mogelijkheden: (a) de radio was uitgeput, maar dan zou het interne testmechanisme op de EMU en 319 dat aan moeten geven; (b) het station dat uitzond deed het niet meer; of (c) we hadden de verkeerde frequenties gekregen, wat erg onwaarschijnlijk was.

Intussen was iedereen wakker. Degenen die beschikbaar waren kwamen om de radio heen staan en begonnen te brainstormen. Iedereen probeerde zijn bijdrage te leveren aan de oplossing van het probleem.

Op een gegeven moment stonden Mal en ik ieder aan een kant van de wadi met de antenne strak gespannen boven ons hoofd. We hielden dit ruim twintig minuten vol, terwijl de maximale tijd tussen boodschappen slechts enkele minuten bedraagt. Het hielp echter allemaal niets; het scherm bleef leeg.

Tegen de middag hielden we een bespreking om onze opties af te wegen en een nieuw aanvalsplan op te stellen. Andy opende de vergadering en richtte zich allereerst tot Legs.

'We hebben zeker nog steeds geen contact?'

'Nee, en iedereen die iets van seinen weet heeft het geprobeerd. Ik heb zelfs morse geprobeerd op de noodfrequentie; de radio moet stuk zijn.'

'We hebben altijd nog de comsat,' zei Vince. 'Als we echt omhoog zitten, kunnen we die gebruiken.'

Het probleem met de comsat was dat hij een enorm duidelijk signaal afgaf tijdens het zenden, zodat de vijand hem makkelijk kon onderscheppen, met alle gevolgen van dien. Vandaar de strenge waarschuwingen voor het gebruik ervan: alleen als je een Scud signaleerde of diep in de shit zat.

'Morgen tussen de middag gaat de procedure voor verbroken contact van start, toch, Legs?'

Legs knikte bevestigend. 'Dan hoeven we dus niet te verwachten dat de heli voor morgennacht met een nieuwe radio komt.'

De procedure voor verbroken contact was een 'in geval van'-scenario, meestal in orders gegeven, waarbij een patrouille een vooraf bepaalde tijd en plaats noemde om een nieuwe radio te ontvangen of, als de situatie het vereiste, te worden opgehaald. Als er gedurende een bepaalde periode niets van een patrouille vernomen was, trad de procedure voor verbroken contact in werking.

'Maar naar welke verzamelplek gaan ze?' vroeg ik. 'Naar de plek waar ze ons hadden moeten droppen of naar de plek waar ze ons gedropt hebben, of, nu we uit eigen ervaring weten hoe geweldig hun navigatie is, naar een heel andere plek?'

Iedereen was stil. Wat ik gezegd had klonk als kritiek, maar het was een feit dat we niet konden weten waar de RAF zou komen opdagen.

Vince verbrak de stilte. 'Als het zover komt, moeten we de patrouille splitsen en naar beide verzamelplekken gaan, maar we moeten ook beslissen of we al dan niet deze positie handhaven. Ik vind het geen prettig idee dat we in drie aparte groepen door de woestijn zwerven zonder contact met elkaar te kunnen onderhouden. We zijn al een keer dicht bij ons doel geland; ik wil dat risico niet nog een keer nemen.'

Iedereen knikte instemmend. Het was een lastige situatie. Hoe je het probleem ook benaderde, het resultaat was altijd hetzelfde: we moesten deze positie opgeven en verder naar het zuiden trekken om een veilige achterhoedepost te betrekken. Zelfs als de heli op de oorspronkelijke dropplaats zou arriveren, zouden we deze post niet opnieuw kunnen betrekken als we hem eenmaal verlaten hadden. Dat zou een te groot risico zijn.

'Oké dan,' vervolgde Andy. 'De beslissing is al voor ons genomen. Als we morgen tegen de middag nog steeds geen contact hebben gekregen, bereiden we ons voor om deze locatie te verlaten en gaan we vlak voordat het donker wordt naar het zuiden, naar de plek waar de RAF ons had moeten droppen. Als we daar zijn, verbergen we de voorraden en dan ga ik met nog iemand naar de werkelijke dropplaats. Hopelijk komt de helikopter daar en krijgen we een nieuwe radio. In de tussentijd gaan we door met de observatiepostprocedure en blijven de radio proberen. Als alles misloopt en we ons terug moeten trekken, kan niemand zeggen dat we het niet geprobeerd hebben.'

Ik liet Andy en Vince in gesprek achter en ging naar mijn rugzak terug om me over te geven aan een overheerlijke gevriesdroogde maaltijd alvorens mijn communicatiepogingen te hervatten. Bob en ik zouden de radiowacht een tijdje van Legs overnemen. In werkelijkheid zaten we meer in over de radio dan over Legs – als blikken konden doden, had de radio al verscheidene malen het loodje gelegd.

De rest van de dag verliep vrijwel zonder incidenten. We zagen alleen burgerverkeer op de aan- en afvoerroute, af en toe een gedeukte pick-up of een four-wheel-drive die over het ruwe terrein hobbelde, met stofwolken achter zich aan die duizenden meters in alle richtingen zichtbaar waren. Maar zelfs die waren zeldzaam.

Er kwam een lang vergeten gezegde bij me op: 'Oorlog is negenennegentig procent verveling en één procent pure verschrikking.' Nou, dat van die verveling klopte wel op dat moment.

Tegen het eind van de middag werd de patrouille opgeschrikt door het geluid van belletjes die aan de nekken van ongeziene dieren bengelden op de kale grond net ten westen van ons. Een van deze dieren, een geit, kwam naar de rand van de wadi gelopen. We hielden onze adem in toen de geit nieuwsgierig in onze stelling staarde, zijn kop schuin van verbazing bij wat hij zag.

In de verte hoorden we de stem van een jonge jongen die de geiten opdreef, waarschijnlijk naar het dorp zo'n twee kilometer verderop. Maar de geit luisterde niet naar zijn herder. Hij bleef liever aan de rand van de wadi staan, genietend van de ongewone onderbreking van zijn dagelijkse routine.

Uiteraard beseften we dat als die geit niet opdonderde, de jongen ook naar ons toe zou komen, en dan zou de situatie snel veranderen van potentieel gevaarlijk in gevaarlijk.

Geordie zette als eerste de aanval in; hij gooide een steentje in de richting van het dier om hem weg te jagen. De geit bleef staan. Andy, die zich iets dichterbij bevond, slingerde een vrij groot projectiel naar het lastige beest, maar gooide er ver naast. Tot slot gooide Bob een knoert van een steen die de geit recht in zijn zij trof, waarna hij zich verontwaardigd blatend uit de voeten maakte.

Met gespitste oren wachtten we of er een reactie kwam, maar gelukkig was de jongen op enige afstand gebleven en had waarschijnlijk het afdwalen van de geit niet eens opgemerkt.

Opgelucht luisterden we naar de wegstervende geluiden van de kudde die zijn weg naar het dorp in het oosten vervolgde tot we op het laatst geen bellen meer hoorden.

We ontspanden ons. Het incident had geen nadelige gevolgen gehad. Waar we echter niet aan dachten, was het feit dat herders meestal dezelfde route nemen, zodat het er dik in zat dat dit voorval zich zou herhalen. Misschien hadden we de volgende keer wel minder geluk.

Hoofdstuk 4

Irak, avond dag twee, januari 1991

We omarmden de avond als een oude vriend, dankbaar voor de tijdelijke bescherming die hij bood. De maanloze nacht wierp een zwarte sluier over het landschap, wat ons zeer welkom was na het incident met de herdersjongen. Toen de duisternis viel, konden we de wadi verlaten om de omgeving te verkennen.

Behalve de wadi zelf was de omringende woestijn een open vlakte met alleen naar het noorden toe hoger terrein. De ruwheid van het terrein, die in het donker geaccentueerd werd, deed me aan foto's van de maan denken, een kale vlakte bezaaid met zand en keien.

Het werd al gauw duidelijk dat afgezien van de heuvels waar de Irakese troepen zaten, onze positie de enige was in de directe omgeving waar enige dekking te vinden was. Maar we zaten ook als ratten in de val. We zaten in een doodlopend stuk van de wadi en konden er alleen uit door terug te lopen door het ravijn of door omhoog te klimmen naar de omringende biljarttafel. Als het ons tegenzat en we gedwongen werden snel te vertrekken – het ergste scenario bij daglicht – zag de prognose voor een geslaagde ontsnapping er slecht uit. Met deze factoren werd rekening gehouden toen we bij elkaar kropen om opnieuw te overleggen.

Andy begon te herhalen wat we al wisten. 'Nog steeds geen contact, dus als het zo blijft, gaan we hier morgen weg, terug naar de dropplaats.'

'Ik heb met Vince gepraat en we vinden het geen slecht idee om die vijandelijke positie in het noorden te verkennen. Als we worden teruggehaald, lijkt het tenminste alsof we hier nog iets hebben gedaan.'

'Als ze ons terughalen kunnen ze ons beter naar Engeland terugsturen,' onderbrak Dinger hem. 'Ik hoor het commentaar van de jongens al.'

'We kunnen op zijn minst de positie nauwkeurig in kaart brengen voor een eventuele luchtaanval,' vervolgde Andy, 'en wie weet stuiten we wel op een Scud-commandocentrum of iets anders belangrijks. Als we niet gaan kijken, komen we het nooit te weten.'

Andy keek om zich heen of iedereen het met hem eens was, en alle hoofden knikten instemmend. De patrouille was al hard op weg een fiasco te worden; als we nog iets nuttigs uit de situatie konden halen zou dat een zegen zijn.

'Goed. Dan neem ik Dinger, Aussie en Mike mee vanavond.' Andy keek mij aan. 'Ik wil die positie in de Magellan opgeslagen hebben, en die van eventuele andere doelen die we tegenkomen ook.'

'Geen probleem. Ik zal hem zo instellen dat we onderweg coördinaten kunnen bepalen en niet naar satellieten hoeven te zoeken als het systeem opstart. Daar is wel veel stroom van de batterijen voor nodig, maar het scheelt ons erg veel tijd.'

'Oké' zei Andy. 'Ik geef om tien uur orders aan de betrokkenen.'

Vijf minuten voor het afgesproken tijdstip verzamelden we ons in een hoek van de wadi rond een geïmproviseerd model van de lange verheven rand van het terrein en de omgeving. Andy, Dinger, Mal, Vince en ik kropen dicht bij elkaar terwijl de rest rustte of de wacht hield.

Vince wilde precies weten wat de bedoelingen van de halve patrouille waren om te voorkomen dat we elkaar zouden beschieten, wat maar al te makkelijk kon gebeuren in het holst van de nacht in een vijandige omgeving.

Andy begon met het beschrijven van het 'model' van het gebied dat voor ons lag, compleet met pijl om het noorden aan te geven. Het voldeed perfect voor ons doel.

De 'Terrein'- en 'Situatie'-gedeelten werden snel besproken en waren eigenlijk meer een bevestiging van de feiten zoals we die kenden. Andy vatte de feiten met betrekking tot de vijand en onze huidige situatie kort samen alvorens door te gaan met de essentie van de orders.

'Missie om de vijandelijke positie te verkennen voor een mogelijke aanval in de toekomst.' Andy herhaalde het doel van de missie tweemaal.

'Uitvoering, algemene samenvatting.'

'Dit wordt een operatie in vijf fasen. Fase een: voorbereiding en oefening; fase twee: wegtrekken naar de verzamelplaats; fase drie: van verzamelplaats naar doelwit; fase vier: van doelwit naar verzamelplaats; fase vijf: van verzamelplaats terug naar observatiepost.'

En zo ging het door, tot elk aspect van de opdracht van die nacht was besproken en iedereen wist waar hij verantwoordelijk voor was.

We zouden om middernacht vertrekken, hetgeen ons ongeveer anderhalf uur de tijd gaf om ons voor te bereiden. Ik deed zelfs nog even een dutje. (Ik dacht aan het oude soldatengezegde: als de gelegenheid zich voordoet, ga dan even slapen. Je weet nooit wanneer je weer de kans krijgt.)

Tegen het middernachtelijk uur nam de patrouille de afgesproken plaatsen in: Andy voorop, ik, Mal en dan Dinger in de achterhoede.

We waren eerder uitgerust voor een directe aanval dan voor een verkenning. Onze woestijngevechtspakken, shamags en onze met camouflagecrème ingesmeerde gezichten vervaagden tot een geheel in de duistere Irakese nacht; de wapens maakten het tafereel helemaal sinister. Andy, die een M203 meesjouwde en zijn koppelriem had behangen met 40 mm handgranaten, zag eruit als iemand in een *Rambo*-film.

De rest van ons droeg Minimi's. De Minimi's waren voor de operatie verkozen boven hun beroemde en vertrouwde voorganger, de GPMG (general purpose machine gun). De GPMG had zich ontelbare malen bewezen, maar zijn gewicht en de logistieke problemen om talloze hoeveelheden 7.62-munitie mee te sjouwen, had zijn lot bezegeld waar het kleine tactische patrouilles betrof.

Vergelijkenderwijs bood de Minimi een licht, robuust en zeer efficiënt alternatief, met de extra bonus dat hij 5.56 mm-munitie gebruikte die lichter was en (wat belangrijker was voor de krentenkakkers van het ministerie van Defensie) goedkoper te produceren. Hierdoor konden soldaten meer dragen, en omdat de standaardkogel voor het Britse Leger (in de NAVO) 5.56 was, konden de kogels ook in andere wapensystemen in de patrouille worden gebruikt.

De jongens dromden samen bij de uitgang van de wadi, controleerden hun uitrusting nog eens en sprongen op en neer om te controleren op geluid en losse voorwerpen.

Dinger kwam naar me toe en deed of hij geïnteresseerd was in het boot-upsysteem van de Magellan. 'Dus je weet wel wat je moet doen,' zei hij behulpzaam terwijl ik wachtte tot het systeem was opgestart. Het regiment had deze kleine versies van de Magellan-GPS kort geleden aangeschaft, zodat nog maar weinig mensen geleerd hadden ermee om te gaan.

De Magellan was licht, draagbaar en accuraat tot op tien meter, waardoor hij van onschatbare waarde was in de woestijn, vooral als de kwaliteit van de kaarten dubieus was. Het was in wezen een kleine ontvanger die de hemel aftastte naar enkele van de vele satellieten die constant om de aarde draaien. Elk van deze satellieten zendt een signaal uit naar de aarde waardoor ook zijn eigen positie kan worden bepaald. Door informatie van drie of meer satellieten te vergaren, interpreteert de Magellan de gegevens en trianguleert ze om een uiterst exacte positie op de grond te kunnen geven. Hoe meer satellieten hij bereikt, hoe accurater de positiebepaling. Ik had tijdens mijn vorige reizen nog nooit zoiets gezien, en ik wist zeker dat het nog wel enige jaren zou duren voordat Nieuw-Zeeland ze zou gaan gebruiken.

Ik voerde alle relevante informatie in zodat we de GPS doorlopend zouden kunnen gebruiken. We zouden onderweg belangrijke posities in het geheugen van de Magellan kunnen opslaan die we later zouden kunnen opzoeken. Het laatste wat je kon gebruiken op een patrouille was dat je tien minuten moest wachten tot de GPS was opgestart en een satelliet had gevonden als je even snel je positie wilde bepalen.

'Je kunt daar waarschijnlijk half Nieuw-Zeeland voor kopen, hè? Niet dat iemand dat zou willen, natuurlijk.'

Ik wierp een grimmige blik op Dingers zelfingenomen grinnikende gezicht, waar verbazend genoeg niet zijn gewoonlijke sjekkie uitstak. Je moest snel reageren bij Dinger, anders raakte hij op dreef en liet hij je met je mond vol tanden staan. De aanval was dus de beste verdediging.

'Ja, dat is misschien wel zo, maar ik denk niet dat jij er ooit een krijgt. Je moet toch op zijn minst een beetje kunnen lezen en schrijven voordat je hiermee om mag gaan.'

'Jij durft. Kiwi's kunnen nauwelijks Engels spreken, laat staan lezen en schrijven!'

'Ja, dat vind ik ook,' mengde Aussie zich in het gesprek.

'Hoor hem, een diepzinnige uitspraak van de Squeezer in de hoek. Je moet je wel heel erg verloren en eenzaam voelen als je gaat samenspannen met een Brit!'

'Iedereen klaar om te gaan?' vroeg Andy net toen we op gang kwamen.

Precies om middernacht klom de patrouille uit de wadi de open vlakte naar het noorden op. Er was slechts een licht geknars van grind en zand onder onze voeten te horen.

Bob lag boven aan de wadi op wacht met zijn Minimi naast zich en keek door een nachtkijker. Andy bleef even naast hem staan, liet zich op een knie vallen en fluisterde zachtjes: 'Alles in orde, Bob, is er iets te zien?'

'Ik heb niets gezien of gehoord sinds ik om elf uur de wacht betrok.'

Andy knikte. 'Breek een infrarode cyalumestick als we voorbij zijn om je positie aan te geven, en zorg dat je een infraroodlantaarn bij de hand hebt voor de herkenningssignalen.'

Bob gaf de nachtkijker aan Andy toen deze opstond en omkeek naar de rest van ons. Hij knikte even en klom toen langzaam op de vlakte. Ik gaf Andy een paar meter voorsprong en volgde hem toen. Ik kwam op gelijke hoogte met Bob die plat op de grond lag en liet mijn voet tussen zijn benen glijden om hem een snelle schop onder zijn kont te geven. 'Niets voor een marinier om zijn achterdeur open te laten,' fluisterde ik. Bob rolde langzaam op zijn zij om me aan te kijken. 'Rot op, voor ik je neerschiet,' was het laatste wat ik hoorde toen we in de nacht verdwenen.

Langzaam, bijna aarzelend in het begin, liepen we noordwaarts naar de glooiing zo'n kilometer verder, ons bewust van het feit dat we erg in het oog liepen op de vlakte. Dit onbehaaglijke gevoel nam echter snel af toen we beseften dat de woestijn al het licht uit de omgeving absorbeerde. Je had maar enkele meters zicht in alle richtingen.

Binnen een paar seconden was niet alleen de wadi, maar ook Bob uit het zicht verdwenen. Het nachtelijke licht was misleidend en zorgde voor gezichtsbedrog doordat de duisternis varieerde in intensiteit. Vanaf de grond tot aan ons hoofd was het pikdonker in alle richtingen. Je kon maar een meter zien voordat vorm en substantie in de duisternis verdwenen. Maar als we hoger keken, had je aardig wat zicht, waardoor we ons nogal kwetsbaar voelden.

We hadden hooguit honderd meter gelopen toen Andy halt hield om onze positie te controleren ten opzichte van de observatiepost. Hij bracht zijn wapen naar zijn schouder en keek door het nachtvizier, op zoek naar de infrarode cyalumestick die ons baken zou zijn op de terugweg.

'Kom op, Bob, waar zit je, verdomme?' mompelde hij terwijl de M203 een paar graden links en rechts aftastte.

Een paar seconden later zei hij: 'Hebbes. Goh, wat is dat zwak. Weet je zeker dat je de coördinaten van de observatiepost in de GPS hebt, Kiwi?'

Ik wierp hem een snelle blik toe. 'Ja natuurlijk, Andy, geen paniek. De Magellan brengt ons terug, daar kun je op vertrouwen.'

'Hm,' gromde hij terwijl hij zich omdraaide en in de oorspronkelijke richting verder liep.

Ik keek naar Aussie en Dinger die op de grond geknield naar beide zijden uitkeken. Ik klakte bijna onhoorbaar met mijn tong om hun aandacht te trekken en gaf aan dat we verder zouden gaan. Toen ik me omdraaide en Andy's langzaam verdwijnende silhouet volgde, kwamen ze geruisloos achter me aan.

Na slechts enkele minuten zagen we de eerste diepe bandensporen die de rand van de aan- en afvoerroute markeerden. Hoe groter de afstand die we afgelegd hadden en hoe dichter we bij het hoge terrein kwamen, hoe meer bandensporen er waren, tot ze overgingen in een wirwar van geulen in de harde zand- en grindbodem.

Af en toe stopte de patrouille om een paar minuten te luisteren of er gevaar dreigde. Op het vlakke open terrein droeg het geluid nogal ver, vooral 's nachts. Dat kon worden benut om de patrouille ruim vooraf te alarmeren als er complicaties dreigden. Aan de andere kant moesten we zelf natuurlijk ook zo stil mogelijk zijn. Het voordeel kon makkelijk in een nadeel omslaan. Een kuchje of een onvoorzichtige klap van metalen voorwerpen kon een ramp inluiden.

We begaven ons ordelijk naar de helling, voorzichtig voortbewegend over het hobbelige terrein. De helling doemde steeds hoger voor ons op, wat ons nog bewuster maakte van het bekende vijandelijke geschut boven ons en van het geluid van onze eigen nauwelijks hoorbare voetstappen.

We bereikten eindelijk de voet van de helling en boven ons verrees een steile wand van veertig meter hard zand, gesteente en grind. De schaduw ervan creëerde een ondoordringbare muur van duisternis om ons heen, waardoor we de indruk hadden dat we onzichtbaar en veilig waren na de onzekerheid en openheid van de vlakte.

De patrouille sloot de gelederen om een defensieve houding aan te nemen bij onze vooraf vastgestelde laatste verzamelplaats. We vormden een klein kruis, waarbij ieder patrouillelid verantwoordelijk was voor dat deel van het terrein dat hij kon bestrijken. Met onze schouders bijna tegen elkaar was het makkelijk om fluisterend te communiceren.

We hadden ons het laatste uur gericht op een hoog punt op de horizon, en nu stonden we er direct onder. Ik voerde de exacte positie in het geheugen van de Magellan in en sloeg het op als wegwijzer.

'Luister,' fluisterde Andy. 'Dit is nu de verzamelplaats voor noodsituaties. We houden vijf minuten halt om te luisteren, en volgen daarna de helling naar het oosten. Kijken wat we tegenkomen.'

De verzamelplaats voor noodsituaties was een aangewezen herkenbaar punt waar de patrouilleleden naar konden terugkeren als ze gescheiden raakten of verdwaalden, wat makkelijk kon gebeuren bij nachtelijk contact. Er zouden veel van die plekken zijn, maar de laatstgenoemde had altijd prioriteit boven de rest.

'Kiwi, voer deze positie in op de GPS.'

'Dat heb ik al gedaan.'

'Mooi. Over een paar minuten gaan we weg.'

Iedereen ging op een knie zitten en tuurde met gespitste oren in het duister, alert op het minste geluidje.

De minuten verstreken snel, en Andy gaf aan dat het tijd was om verder te gaan door langzaam overeind te komen. We volgden zijn voorbeeld en namen de patrouilleformatie aan toen Andy op weg ging.

Voorzichtig patrouilleerden we langs de voet van de helling, luisterend of we tekenen van activiteit hoorden. Tegelijkertijd zochten we naar een praktische en veilige route waarlangs we naar boven konden gaan. Na korte tijd zagen we de eerste tekenen van menselijke bewoning. Weggegooide waterflessen, veelkleurige plastic zakken en nog veel meer rotzooi ontsierde de omgeving, duidelijke tekenen dat de vijandelijke militaire aanwezigheid niet uniek was voor dit deel van de woestijn. Hoe verder we naar het oosten gingen, hoe duidelijker het werd dat er een vorm van aanzienlijke bewoning in de nabijheid was, want intussen lagen er ook lege olievaten bij het afval.

Plotseling barstte een rauw gelach boven ons los, gevolgd door een stortvloed van Arabisch. We hielden allemaal halt en trokken ons terug in de luwte van de helling, klaar voor een eventuele reactie op ons binnendringen.

Ik deed mijn mond open om mijn trommelvliezen vrij te maken en hun gevoeligheid te vergroten. We bleven een eeuwigheid roerloos staan, om zoveel mogelijk informatie te vergaren over de activiteiten boven ons.

Het rumoer ging onverminderd door en zwol aan en nam af met de wind. Soms was het gesprek duidelijk te horen, alsof we erbij stonden, op andere momenten was het slechts een nauwelijks hoorbaar geluid op de achtergrond. Dit gaf een idee van de richting, afstand en grootte van het kampement, maar er zou nader onderzoek nodig zijn om deze details te bevestigen.

Ik zette mijn wapen zachtjes naast me neer en haalde voorzichtig de Magellan te voorschijn. Met mijn shamag over de GPS om het licht van de display te verbergen, toetste ik onze positie in om deze later als referentiepunt te kunnen gebruiken.

We hadden nog geen geschikte route gevonden om de top van de steile wand te bereiken. Eigenlijk bleek het hele ding een groter obstakel te zijn dan we gedacht hadden. Door de combinatie van steilheid en los grind en zand was een heimelijke beklimming vrijwel onmogelijk.

Andy kwam voorzichtig, met weloverwogen stappen op me af. Hij boog zich naar me toe en fluisterde: 'Ze hebben niet op onze aanwezigheid gereageerd, dus we gaan verder. Geef de anderen het teken.'

Ik knikte, richtte me tot Mal en gaf de boodschap door, waarna hij hem doorgaf aan Dinger. Opnieuw volgde de patrouille Andy toen hij wegsloop, misschien wat voorzichtiger dan eerst, en verderging in oostelijke richting.

De opdracht was ineens urgenter geworden. Hoewel we altijd voorbereid waren op de aanwezigheid van de vijand, voegde de wetenschap dat de vijand letterlijk boven op ons zat een nieuwe dimensie aan de situatie toe.

Ik voelde de spanning in de groep. Het was makkelijk om over een doelwitverkenning van dichtbij te praten, maar het was heel iets anders om er een uit te voeren. Bovendien had ik zoiets alleen eerder gedaan in de oerwouden van Maleisië en Brunei, of in de dichte bush van Nieuw-Zeeland. Dit was iets heel anders, en het ontbreken van dekking was zeer verontrustend.

Langs de steile wand lopend, ontdekten we kleine inspringende hoeken die uit de rots waren gehouwen, oude verweerde waterlopen die in geen eeuwen waren gebruikt. We onderzochten zorgvuldig of er tekenen van de vijand waren of een mogelijke toegang naar boven.

Toen we uit een van deze inspringende hoeken kwamen, stuitten we op het kamp, dat slecht te zien was in de inktzwarte duisternis. Andy bleef stokstijf voor me staan, en de anderen volgden meteen zijn voorbeeld. Hij bewoog zijn hoofd heen en weer in een poging iets aan de rand van zijn blikveld beter te kunnen zien. Hij bracht het nachtvizier naar zijn ogen en stelde het scherp.

Een vage gloed van een dovend kampvuur was zo'n vijftig meter voor ons uit zichtbaar. Af en toe vlamde het even op als een windvlaag over de smeulende sintels streek, zodat de omtrekken van een aantal haveloze tenten zichtbaar werden.

We lieten ons allemaal op een knie zakken en overwogen de voor- en nadelen van een nadere inspectie. Door de afstand en de duisternis was het niet te zien of hier burgers of militairen verbleven.

Met zijn blik op de tenten gericht, kwam Andy langzaam weer overeind en liep voorzichtig vooruit. De tenten zagen er niet militair uit, maar dat zei niets.

We hoorden opnieuw het geluid van stemmen, zodat we weer stokstijf bleven staan. Zelfs op dit late uur waren de bewoners nog niet naar bed. Andy bracht zijn mond naar mijn oor en fluisterde: 'We trekken er omheen naar het zuiden en proberen vanuit het oosten te naderen, buiten de gloed van dat vuur.'

We liepen voorzichtig verder op de buitenkant van onze schoenzolen om zo min mogelijk geluid te maken en lieten onze vingers op de trekkers van onze wapens rusten. We cirkelden langzaam om het kampement heen, niet alleen geconcentreerd op de tenten, maar op alles om ons heen. Fixatie op het doel kan een kostbare vergissing zijn.

Onze aandacht werd getrokken door een beweging bij het vuur, en weer bleven we stilstaan. Iemand hield de wacht of kon niet slapen. Wachtpost of herder, voor ons was het de vijand.

We hielden ons vijf minuten doodstil om de situatie in te schatten, met al onze zintuigen op scherp.

Omdat we nu dichterbij waren, konden we zien dat er vier grote tenten dicht bij de rotswand stonden, met een pick-up of Land Cruiser ernaast. Het leek meer op een militair kamp. Vier tenten, zes tot acht soldaten per tent: pelotonsterkte.

Toen hij er zeker van was dat we veilig door konden lopen, klakte Andy zachtjes met zijn tong. Ik knikte en wilde me net tot Mal richten toen een lichte beweging mijn aandacht trok; er kwam een kleine gedaante uit het donker naar ons toe.

Afgezien van het doel zelf is er een vijand van een verkenningsteam die tot de ondergang van vele missies heeft geleid: een dier. In dit geval was het er een van de ergste soort, een hond.

We hadden waarschijnlijk allemaal tegelijk door wat het was toen het mormel ons van opzij naderde. Er hoefde niets over te worden gezegd; we waren de sigaar als dat kreng begon te keffen.

De hond bleef op zo'n tien meter afstand staan, ongetwijfeld om uit te maken of we vriend of vijand waren. Andy had intussen zijn besluit al genomen, en we begonnen terug te lopen in de richting waar we vandaan gekomen waren. De hond begon inderdaad te grommen, waarna er vijf of zes andere honden uit het niets opdoemden, klaar voor de jacht.

'Laten we recht naar de aan- en afvoerroute gaan,' fluisterde ik tegen Andy toen we iets sneller gingen lopen. We waren ons bewust van het feit dat we op dit spoor regelrecht terug zouden gaan naar een vijandig kamp.

'Die mormels beginnen straks te blaffen, en als ze worden losgelaten als wij bij de luchtafweerpost zijn, kan het nog interessant worden.'

Andy was kennelijk tot dezelfde conclusie gekomen, want hij veranderde onmiddellijk van koers en ging in zuidelijke richting de aan- en afvoerroute over naar de open woestijn.

Het ging niet lang goed. We waren nog maar zo'n tweehonderd meter van het tentenkamp verwijderd toen een van de honden begon te blaffen, waarna de rest volgde. We begonnen sneller te lopen, zodat we de afstand tussen het kamp en onszelf in enkele minuten verdrievoudigden. De blaffende meute kon maar niet genoeg krijgen van dit spelletje en had ons al die tijd op een discrete afstand gevolgd. Ze waren al snel gestopt met blaffen, duidelijk blij dat we hun territorium hadden verlaten en niet langer een gevaar vormden. Dat weerhield hen er echter niet van om ons nog enkele honderden meters te volgen. De laatste gaf de achtervolging pas op toen we de aan- en afvoerroute al voor driekwart waren overgestoken.

Toen de laatste hond uit het zicht verdwenen was, hielden we halt om de situatie op te nemen.

'Waarschijnlijk een bedoeïenenkamp,' zei Dinger. Bedoeïenen, Arabische nomadenstammen, hielden honden om hun bezittingen te bewaken en schadelijke dieren op een afstand te houden.

'Als je paranoïde zou zijn, zou je het gevoel krijgen dat we behekst zijn,' zei ik terwijl ik op mijn hurken ging zitten. 'Ik heb nog nooit zo veel pech gehad in een paar dagen. Het is niet normaal.'

'Je kunt het ook vanuit een ander perspectief bekijken en zeggen dat we enorme mazzel hebben gehad dat het tot nu toe goed is gegaan,' wierp Mal tegen.

Andy had intussen de omgeving geïnspecteerd met de nachtkijker en zei: 'Ik ben het met Aussie eens, want niemand heeft op die honden gereageerd. Misschien gaan ze er elke nacht wel zo vandoor. Maar we kunnen beter stoppen voor vannacht, voordat het afgelopen is met ons geluk.' Daar was iedereen het mee eens.

'Je hebt de positie bepaald onder aan de helling, hè, Mike?'

'Ja, en ik kan die tenten zonder probleem in kaart brengen.'

'Dan hebben we dus een referentiepunt om de jets erbij te halen als dat nodig is.'

Andy bracht de nachtkijker weer naar zijn ogen en zocht naar de infrarode cyalumestick die onze observatiepost markeerde.

'Nou ja, het was te proberen. Laat eens zien of dat ding van jou werkt, Kiwi. Geef me een richting en peiling van de obeservatiepost.'

'Momentje,' antwoordde ik terwijl ik mijn Minimi neerlegde. Iedereen was stil toen ik het menu van de GPS doorwerkte en onze terugweg bepaalde.

'Zeshonderdvijftig meter naar het zuidwesten, koers tweehonderdveertig graden,' fluisterde ik tenslotte tegen Andy, die zijn kompas erop instelde.

Toen ik de Magellan weer opborg, knikte Andy ten teken dat we verdergingen.

'We doen het rustig aan. Het laatste wat we willen is een confrontatie.'

Om de paar minuten hielden we halt om te kijken of we de infrarode cyalume van de wachtpost zagen, die ons het punt zou geven waarop we onze herkenningscodes moesten richten.

De cyalumestick was pas zichtbaar toen we boven op de wachtpostpositie zaten. De patrouille hield onmiddellijk halt en ging op de grond liggen, terwijl Andy een stukje naar voren ging met een zaklantaarntje met een filter erop. In morse flitste hij 'Bravo' in de richting van de wachtpost en keek vervolgens door zijn nachtkijker om te zien of de wachtpost hetzelfde met infrarood terugflitste.

Daarna liep Andy verder om zijn identiteit te bevestigen bij de wachtpost. Wij bleven zo'n vijftig meter achter hem wachten.

Binnen een minuut was Andy terug. ‘Oké jongens, we gaan. Ik hoor mijn kuil al naar me roepen.’

We liepen een voor een langs Vince, die de hondenwacht had, en daalden in de wadi af voor een snelle debriefing.

Ik haalde de Magellan uit het etui en schakelde het systeem uit om de batterij te sparen. Er waren voldoende batterijen voor een week, maar als het systeem constant aanstond zouden we er veel sneller doorheen zijn.

‘Weten die Arabieren niet dat er in een straal van zo’n twinig kilometer geen nederzettingen horen te zijn? Luisteren ze niet naar de rapporten van de inlichtingendienst?’

‘Misschien moeten we de inlichtingendienst hierheen halen en ze een van hun eigen achterlijke debriefings geven. Dan mogen ze daarna weggaan en ons met rust laten,’ voegde Dinger eraan toe terwijl hij een veldfles te voorschijn haalde om een slok water te nemen.

Op het laatst voegde Andy zich bij ons in de wadi. ‘Ik heb Vince op de hoogte gebracht van de gebeurtenissen van vanavond, en hij geeft het aan de anderen door als ze de wacht betrekken. Ik heb gezegd dat we extra alert moeten zijn; het kan nog altijd dat de honden de boel gealarmeerd hebben of dat iemand morgen de zaak nader gaat onderzoeken.’

Andy keek of iemand iets wilde zeggen en vervolgde toen: ‘We hebben in elk geval de positie van de vijand grofweg bepaald, wat altijd nog beter is dan de kaart.’

‘Ja, en we weten ook dat het hier wemelt van mensen en honden!’ zei Mal geërgerd.

‘Ik heb geen weg naar boven gezien. Jullie?’

We schudden allemaal ons hoofd.

‘Aan het terrein te zien denk ik dat de toegang aan de achterkant van het kampement ligt,’ zei Mal, ‘verder naar het noorden of oosten.’

‘Ja, het terrein gaat over in een plateau aan de noordkant en loopt in het oosten af naar de aan- en afvoerroute op zo’n vijf kilometer van hier, volgens de kaart.’

‘We kunnen wel de hele dag speculeren,’ zei Andy, ‘maar ik geef gewoon door wat we wel en niet hebben gevonden, dan mogen de jongens van de inlichtingendienst het interpreteren zoals ze willen.’

‘Heeft er nog iemand iets aan toe te voegen?’

Andy keek op zijn horloge. ‘Het is tien over vier. Vince en de rest blijven tot negen uur op wacht. Daarna zijn wij weer aan de beurt. Laten we nu gaan slapen.’

Tot slot vroeg hij aan mij: ‘Mike, kun je me de coördinaten van het vijandelijke kamp geven? Dan hoef ik je er morgenochtend niet voor lastig te vallen.’

'Tuurlijk, ik heb ze over een paar minuten.'

Ik haalde de GPS op en noteerde de posities. Hopelijk betekenden die cijfers dat onze patrouille iets had bereikt, een succesje, mogelijk een degelijk doel voor een luchtaanval. Het zou het enige kunnen zijn wat we bereikt hadden, gezien het feit dat er verder niets volgens plan verliep.

Nadat ik de informatie aan Andy had doorgegeven, ging ik terug naar mijn rugzak en gleed dankbaar in mijn slaapzak. Ik viel in een diepe slaap, onbewust van de angst en ellende die op de loer lagen.

Hoofdstuk 5

Irak, dag drie, januari 1991

Opnieuw drong de ochtendkilte door de bivakzak en de lagen kleding die me bedekten, zodat ik wakker werd van de bijtende kou. Ik keek op mijn horloge en kreunde inwendig. De drie uur die ik had geslapen waren niet genoeg om mijn batterijen op te laden.

Er kwam een licht gesnurk uit de vormloze massa tegenover me, waar de bovenkant van Dingers pet boven de camouflagedeken uitstak. Even wilde ik iets naar hem gooien, jaloers omdat hij nog lag te slapen, onbewust van de omstandigheden. Maar de omstandigheden waren waarschijnlijk nog luxueus vergeleken met wat hij op de Falklands had moeten doorstaan.

Ik was intussen klaarwakker en het had geen zin om te proberen mijn lichaam van het tegendeel te overtuigen. Zachtjes, om de anderen niet te storen, pakte ik mijn slaapspullen in, door eerst mijn slaapzak strak op te rollen en hem daarna in de stuffbag te proppen. De weinige persoonlijke dingen/kleren die ik had waren op deze manier verpakt, omdat de stuffbags het mogelijk maakten om spullen heel klein in te pakken, zodat ze minder ruimte innamen in de rugzak. Ik maakte het me gemakkelijk aan de voet van een groot rotsblok en scheurde een zakje open waar mijn ontbijt in zat, dat ik hongerig naar binnen begon te werken.

'Je bent vroeg wakker, Kiwi,' fluisterde Vince toen hij naast me kwam zitten. 'Kun je niet slapen?'

Ik knikte tussen twee lepels perzik met peer.

'Dat komt wel. Nog een paar van dit soort dagen en je valt als een blok in slaap, kou of geen kou.'

Ik likte de resten van de siroop van mijn lepel en vroeg Vince wat hij van de activiteiten van de afgelopen nacht vond.

'Heeft Andy verslag uitgebracht?'

'Ja, het kunnen bedoeïenen zijn, die komen overal. Schooiende nomaden van de woestijn. Maar die legertenten en Land Cruiser zijn niet echt hun stijl.'

'En wat denk je van die honden?'

'De kans is groot dat niemand er acht op heeft geslagen. Net als aan de andere kant van het water; honden zijn een goed afschrikmiddel, maar meestal wordt hun geblaf genegeerd omdat het zo vaak gebeurt, tenzij er geen eind aan komt natuurlijk.'

'Aan de andere kant van het water' was een term die de jongens gebruikten voor Noord-Ierland. Ik was de enige van de patrouille die daar niet was geweest; zelfs de Squeezer was er voor korte tijd ingezet. Het doordrong me van het feit dat ik het 'groentje' van het stel was.

We kletsten nog een paar minuten en toen trok ik me terug om mijn behoefte te doen. Een van de vervelendste dingen van observatieopdrachten is dat je niets maar dan ook niets mag achterlaten.

De kunst om je in een zodanige positie te manoeuvreren dat je de inhoud van je darmen in een plastic zakje kunt deponeren was iets waar ik in de loop der jaren niet beter in was geworden. Nadat ik een niet zo opvallende plek had gevonden, was ik deze slangenmensact aan het uitvoeren toen ik plotseling een verontrustende onnatuurlijke klik hoorde. Toen ik angstig opkeek, werd mijn grootste vrees bewaarheid. Op slechts enkele meters afstand stond de van testosteron overlopende Aussie met een wegwerpcamera te zwaaien.

'Wat denk je, is het je een paar biertjes waard?'

Ik was nog bezig mijn kleren in orde te brengen en vloekte onderwijl in Mals richting. 'Wat denk je er verdomme mee te gaan doen?'

'Publiceren, maar er valt nog te onderhandelen,' antwoordde Mal.

Hij borg de camera op en ik grifte in mijn geheugen in welk vakje hij hem stopte. 'Denk maar niet dat dat ding heel blijft, Squeezer. Je moet toch een keer gaan slapen.'

Mal lachte zachtjes en liep terug naar de anderen.

Al Jouf, SAS Vooruitgeschoven operatiebasis, 12.30 uur

Het Communicatiecentrum gonsde van bedrijvigheid. Met tweeeneenhalf squadron in het veld was dit de grootste opstelling sinds Dhofar twintig jaar eerder.

'Sir.'

De officier draaide zich om en keek op van zijn bureau.

'We hebben nog steeds niets gehoord van Bravo two zero. Wilt u de procedure voor verbroken contact al starten?'

'Ze hebben een satcom, hè?'

'Jawel, maar ze hebben strikte instructies om hem alleen in noodgevallen te gebruiken of als ze een scud ontdekken.'

'Waren hun radiochecks in orde voordat ze werden ingezet?'

'Ja, maar ze konden alleen direct bevestigen met het basisstation van het squadron, niet met Forest Hero.'

('Forest Hero' was de centrale post van het regiment; alle communicatie verliep via deze post alvorens te worden doorgestuurd naar de vooruitgeschoven posten.)

'Oké, je hoort nog van me.'

De seiner maakte rechtsomkeert, opgelucht dat de verantwoordelijkheid hem uit handen was genomen.

Hij zei tegen zijn collega aan het bureau naast hem: 'Er is een patrouille op de terugweg naar de Saoedi-Arabische grens, missie afgebroken, een tweede die niet eens aan de grond is geweest, en nu een derde waar we geen contact mee kunnen krijgen. Het B-Squadron zal wel flink worden uitgelachen!'

'Nou, ze hebben duidelijk geen problemen, anders had je het wel gehoord op de satcom, en ik kan sowieso de Chinook vanavond niet naar ze toesturen, want die moeten de A- en D-Squadrons in het veld bevoorraden.'

'Tja, dan kan ik er niets meer aan doen. Als ze doorkomen via de satcom krijgen we een beter idee van hun situatie en kunnen we van daaruit verder zien. Hoe snel heb je een heli beschikbaar?'

'Moeilijk te zeggen in dit stadium, maar in ieder geval de eerste achtenveertig uur niet. Maar maak je geen zorgen, je krijgt vast de komende uren via de satcom te horen dat ze in Damascus de bloemetjes buiten zetten en of we ze volgende week willen ophalen.'

De mannen grinnikten bij dit idee voordat ze werden onderbroken door de onderofficier belast met het seinen, die er zeer bezorgd uitzag.

'Ja, wat is er?'

'Sir, we hebben net de frequentietabellen voor ons gebied nog eens doorgenomen, en toen heeft een van de jongens een afwijking ontdekt. Het klopt niet met de frequenties die Bravo two zero heeft gekregen. Ze hebben de frequenties voor het grensgebied rond Koeweit Stad.

'Wat houdt dat in?'

'Het komt er op neer dat ze met die frequenties geen enkele kans hebben om contact met ons te krijgen.'

De middag kwam en ging, en we namen automatisch de beslissing om die avond de observatiepost te verlaten. Het zou een lange tocht terug worden naar de verzamelplaats voor noodsituaties, maar er was geen alternatief, we hadden een nieuwe radio nodig.

'Bob,' riep Andy. 'Installeer de satcom en kijk of er een bericht is dat de Chinook vanavond aankomt, of iets anders wat met ons te maken heeft. Hou het gewoon in de gaten.'

Bob kwam naar me toe en zei: 'Andy wil dat we de satcom installeren en in de gaten houden.' Ik knikte en begon de noodzakelijke onderdelen uit mijn rugzak te halen. Bob haalde zijn onderdelen uit de zijne.

We hadden in tien minuten de radio in elkaar gezet. Hij bestond uit twee grote zwarte dozen, waarvan een de radio was en de andere de encoder/decoder, die met een reeks kabels met elkaar waren verbonden. Verder was er de antenne, die in een buis zat samen met een meter of twintig coaxkabel die je als een paraplu openvouwde tot een kleine satellietschotel.

Ik stelde de antenne in volgens de posities die Bob voorlas en wachtte toen op aanwijzingen van hem voor het fijn afstemmen. Door de LCD op ontvangen te zetten, kon de satcom een satelliet volgen en de signaalsterkte tonen. Dit kon je dus gebruiken om de antenne fijn af te stemmen; hoe meer streepjes er op de LCD verschenen, hoe beter de ontvangst.

'Links, ja, nog meer,' hield Bob vol tot het maximale aantal streepjes consequent te zien was. 'Daarmee moet het lukken.'

Ik klom voorzichtig van mijn hoge plek naar de bodem van de wadi om me bij Bob te voegen. 'Heb je al wat gehoord?'

We hadden de satcom al vele malen opgezet sinds we de observatiepost hadden betrokken, maar we hadden nog niets gehoord op het net. Dit was erg verontrustend, omdat men ons had doen geloven dat er vele instanties waren die van de aan ons gegeven frequenties gebruik maakten, zodat we toch zo langzamerhand wel eens iets zouden moeten horen.

Er kwam alleen wat zacht geruis uit de hoorn, hetgeen ons weinig hoop gaf.

'Misschien is dit de Bermudadriehoek van Irak,' fluisterde Bob. Het was inderdaad vreemd dat geen van onze communicatiemiddelen het deed.

Ik liep weg om verslag uit te brengen aan Andy, terwijl Bob bleef luisteren.

'De satcom staat, maar er is nog steeds niets te horen.'

'Shit. Doe een radiocheck. Kijk of er iemand luistert.'

'En de radiopeiler? We hebben die vijandelijke positie pal boven ons. Als iemand het gebied in de gaten houdt, zijn we de lul.'

Voordat we nog iets konden zeggen werden we onderbroken door Legs. 'Ik heb net een gedeelte van een boodschap ontvangen via de noodfrequentie. We moeten terug kunnen zenden.'

'Oké, geef onze locatiegegevens door en zeg tegen ze dat we vanavond naar de verzamelplek voor noodsituaties gaan om een nieuwe radio te halen. Zorg dat ze die boodschap over de vijandelijke positie ook krijgen.'

Tot slot zei Andy tegen mij: 'Jij en Bob blijven luisteren. Ik wil het weten zodra er iets op dat net komt.'

Ik stak mijn duim op naar Andy en ging terug naar Bob om de situatie uit te leggen.

'Godzijdank,' zei Bob heftig. 'Nu weten ze tenminste dat we nog leven.'

Een bijna tastbaar gevoel van opluchting daalde over de patrouille neer; zo gestresst waren we geweest dat we geen contact konden maken. Als het er nu op aan kwam, konden we tenminste hulp vragen.

'Het is ook goed om hier vanavond weg te gaan, om de nieuwe radio op te halen en een andere plek te zoeken voor een observatiepost. Deze plek heeft een slecht karma.'

Helaas duurde het optimisme niet lang. We kregen te horen dat Legs weliswaar zijn boodschap had kunnen versturen, maar dat hij geen ontvangstbevestiging had gekregen, iets wat automatisch binnen twee minuten na ontvangst op de basis hoort te gebeuren.

Nog frustrerender was dat de patrouille kennelijk weer in de communicatiekloof was gevallen. Legs had het contact via de noodfrequentie verloren.

Andy kwam weer naar ons toe, nu nog gestresster dan daarvoor. 'Doe een radiocheck op dat ding, ik wil godverdomme weten wat er aan de hand is!'

Ik begon meteen te zenden: 'Zero Bravo, Zero Bravo, dit is Bravo two zero, Bravo two zero, radiocheck, radiocheck, over.' Ik liet de zendknop los en wachtte op antwoord. De oproep had ongeveer tien seconden geduurd. Andy hield me nauwlettend in de gaten terwijl ik luisterde. 'Niks,' zei ik hoofdschuddend.

'Probeer het nog eens.'

'Zero Bravo, Zero Bravo, dit ...' Bob greep mijn arm stevig vast, waardoor ik halverwege ophield.

Kling, kling. Boven ons klonk het geluid van een belletje, weldra gevolgd door het geblaat van geiten.

'Shit!' vloekte Andy. 'Iedereen naar de luwte van de wadi!'

Ik zag Vince al aankomen van waar hij de wacht had gehouden om ons te waarschuwen voor het dreigende gevaar.

'Dat klotejoch is terug met zijn klotegeiten,' siste hij. 'Maar nu komt hij recht op ons af.'

We kropen allemaal naar de kant, waar we ons achter een groot rotsblok probeerden te drukken, in de hoop dat de herder ons niet zou zien. Maar als hij zo dichtbij zou komen, waren we de lul.

We konden ons onmogelijk allemaal voor hem verstoppen, en hij zou sowieso al lang daarvoor onze claymores en antennes zien. De vraag was dus of we hem recht onder de neus van de troepen boven ons zouden neerschieten of dat we het risico zouden nemen hem te laten gaan.

Ik hoopte dat ik niet degene zou zijn die die beslissing zou moeten nemen. Ik voelde er niets voor om de dood van een jongetje van negen of tien op mijn geweten te hebben.

'Sir.' Een jonge seiner duwde de officier een stuk papier onder zijn neus. 'Dit is van Bravo two zero. We hebben even contact gehad via de noodfrequentie, maar ze hebben onze boodschap die hun nieuwe frequenties opgaf nog niet bevestigd.'

'Betekent dat dat ze nog niet weten dat ze de verkeerde frequenties hebben?'

'Ja, precies, sir.'

'Hier staat dat ze vanavond de observatiepost verlaten en een nieuwe radio gaan halen bij de verzamelplaats voor noodsituaties. Is dat de procedure bij verbroken contact?'

'Ja, sir, wij worden geacht een heli te sturen als het donker wordt met een nieuwe radio of met versterking.'

'Nou, dat is nu niet meer nodig, want ze hebben contact gelegd.'

Hij gaf het communiqué door aan het andere bureau. 'Kijk eens.'

Zijn collega las het zorgvuldig door. 'Er staat hier dat er zich een S60 luchtafweerpost bij hun positie bevindt. Daar zou ik sowieso geen heli naar toe sturen.'

Op dat moment kwam Harry, een van de patrouillebevelhebbers van het B-Squadron naderbij. 'Hoe staan de zaken?' vroeg hij.

Harry was een ex-marinecommando, vol van de agressiviteit en heethoofdigheid waarmee de jonge jaren vaak gepaard gaan. Hij was lang en dun en was altijd op zoek naar actie.

'We hebben net bericht gekregen van Bravo two zero. Het gaat goed met ze, maar ze hebben communicatieproblemen.'

'Gaan we ze dan een andere radio sturen?' vroeg Harry. 'Ik kan wel een helikoptervlucht gebruiken om hier weg te komen.'

'Dat waren we juist aan het bespreken. Ik zal aan je denken.'

Er kwam weer een seiner aanrennen, die met trillende handen een stuk papier aan de officier gaf.

'Sir, boodschap van Bravo two zero.'

De officier las de boodschap en voelde het bloed in zijn aderen stollen. Onder de gecodeerde boodschap stond de vertaling:

GROTE KANS OP ONTDEKKING. VERZOEK EVACUATIE.

We konden ons met geen mogelijkheid met zijn allen achter het rotsblok verbergen. Vier man zou geen probleem zijn geweest, vijf had net gekund, maar acht was hopeloos.

Ik lag op mijn rug met mijn Minimi op mijn borst naar de bovenkant van de wadi te kijken. Ik kon de jongen duidelijk horen, pratend met een hoge, prepuberale stem. De geiten waren nu duidelijk zichtbaar. Door hun nieuwsgierige aard keken ze automatisch over de rand van de wadi, op zoek naar iets wat maar enigszins eetbaar was.

'Ksst, ksst,' zei de jongen, die probeerde ze bij de rand weg te krijgen.

Aan de ene kant waren Geordie en ik zichtbaar, en aan de andere kant Vince en Andy. Ik kon net de bovenkant van zijn krullende zwarte haar zien dat in en uit mijn zicht hobbelde tussen de ongelijke rotsformaties waar de richel boven ons mee bezaaid was. Hij hoefde alleen maar een nieuwsgierige blik over de rand te werpen en hij zou ons gegarandeerd zien.

Zijn doorlopende gepraat stopte abrupt, alsof iemand hem bij de keel gegrepen had. Omdat hij zich buiten mijn gezichtsveld bevond, kon ik niet vaststellen waarom hij ineens zijn mond hield, en voordat iemand had kunnen reageren begon hij weer, precies zoals daarvoor.

We zagen de geiten ongehaast langs de rand van de wadi scharrelen, en langzaam maar zeker vervolgden zij en de jongen hun weg.

'Heeft hij iemand gezien?' vroeg Andy zodra we de stem van de jongen niet meer konden horen.

'Hij heeft ons aan deze kant beslist niet gezien,' zei Geordie snel.

Andy draaide zich om. 'Wat denk jij, Vince?'

'Moeilijk te zeggen. Op een bepaald moment kon ik de hele zijkant van zijn gezicht zien, maar als hij mij heeft gezien, heeft hij dat niet laten merken.'

'Klim eens op de rand om te zien of hij haast heeft.'

Vince knikte en klom langzaam naar boven.

Bob fluisterde naar ons: 'Ik denk niet dat we het kunnen riskeren. We moeten van het ergste uitgaan.'

'Ja,' voegde ik er aan toe. 'Hij had blind moeten zijn om de claymores en de antennedraden niet te zien, vanwaar hij stond. We moeten aannemen dat dit een gevaarlijke situatie is, of hij nu iemand gezien heeft of niet.'

Een kleine lawine van grind ging vooraf aan Vince, die naar beneden kwam glijden. 'Het bevalt me niet; hij gaat naar het hoge terrein, wat het bedoeïenenkamp kan betekenen of de soldaten of allebei. God mag het weten!'

Andy keek ons een voor een aan. 'Wat denk jij, Dinger?'

'Ik denk dat het tijd is om ons uit de voeten te maken. Alles wat we niet per se nodig hebben achterlaten en ervandoor gaan. Het duurt nog een uur voordat het donker wordt, en ik voel er niets voor om te proberen de Republikeinse Garde op een afstand te houden bij daglicht.'

De meesten van ons knikten; het was beter om weg te gaan nu we nog de luxe hadden om te kunnen kiezen.

'Oké, dan doen we dat,' besloot Andy ten slotte. 'Dump alles wat we niet nodig hebben en maak je klaar om weg te trekken.'

Toen de beslissing eenmaal was genomen, hoefden we ons ook niet meer stil te houden. Rugzakken werden opengerukt en alles wat we niet nodig hadden werd in de spleet achter de grote kei gegooid. Kabeldetector, beschermende pakken, extra rantsoenen en jerrycans met water, het ging er allemaal in.

Ik was naar de satcom gegaan om hem uit elkaar te halen toen ik een geluid hoorde dat geen enkele soldaat in deze omstandigheden ooit wil horen: de rupsbanden van een tank. Een moment lang deed of zei niemand iets; door de schok stonden we allemaal als aan de grond genageld.

Het geluid kwam echter steeds dichterbij, en we waren soldaten. Als we het hier moesten uitvechten, dan moest het maar. De profs in ons kregen de overhand. We namen posities in achter de schaarse dekking die beschikbaar was. Ik rukte een lanceerbuis voor een M72-antitankraket uit mijn rugzak en slingerde hem om mijn schouder, greep de Minimi en rende naar het rotsblok voor dekking, terwijl Dinger dat aan de overkant deed.

Het geronk van de motor was nu bijna oorverdovend, en het geluid van de rupsbanden die over het grind en het zand knarsten, kwam steeds dichterbij. Terwijl ik de lanceerbuis uitschoof en klaarmaakte om te schieten, hoopte ik dat het geen T72 of iets dergelijks was die op ons af kwam. Anders zou deze raket niet meer uithalen dan wanneer ik een steen naar de tank zou gooien, zo dik was de bepantsering.

'Kijk uit, Mike,' riep Geordie ineens toen ik de lanceerbuis op mijn schouder legde. 'Dit gezicht moet nog scoren bij Sticky's, hoor.'

Sticky's was een club in Hereford, en Geordie bedoelde dat de uitstoot van een M72 op korte afstand net zo gevaarlijk was als wat er aan de voorkant uit kwam.

'Dan kan je beter je kop omlaag doen, man, want ik ga me echt niet druk maken om jouw smoel als die tank de hoek om komt!'

Er kwam iets zwarts om de bocht in de wadi op zo'n zestig meter afstand, en toen ik een oog dicht deed en me erop concentreerde, drong het tot me door dat er iets mis was. De tank had een vorm die ik nog nooit had gezien.

Ik besefte al gauw dat het geen tank was, maar een bulldozer, met een zeer verward uitziende Arabische bestuurder erop, die duidelijk probeerde de wadi uit te komen. Zelfs op deze afstand zag ik hoe hij schrok. Zijn ogen puilden bijna uit zijn hoofd bij het zien van het tafereel voor hem. In paniek draaide hij de bulldozer meteen naar rechts en verdween met gierende motor uit het zicht.

'Nou, als we nog niet waren opgemerkt, zijn we het nu in elk geval,' lachte Mal, de spanning doorbrekend. 'We kunnen maar beter gaan.'

We kregen nu ineens haast. Het zou nog ongeveer een uur duren voordat het donker werd, en de troepen boven ons bevonden zich op nog geen half uur rijden van ons vandaan. Ik ging snel achter de satcom zitten en probeerde voor de laatste keer de basis te bereiken om onze situatie te melden. 'Zero Bravo, Zero Bravo, dit is Bravo two zero, Bravo two zero, over.' Niets dan gestaag statisch geruis.

Tegelijkertijd pakte Legs de 319 en zond onze vooraf afgesproken codewoorden voor een noodsituatie uit via de noodfrequentie.

'Zero Bravo, Zero Bravo, dit is Bravo two zero. Patrouille in gevaar, verzoek onmiddellijke evacuatie.'

'Mike, Legs, stoppen,' riep Vince naar ons. 'We moeten hier weg.'

Bob en ik haalden de radio snel uit elkaar en stouwden de onderdelen in onze rugzakken, terwijl Legs hetzelfde deed met de 319.

Dinger rende de wadi rond om de mijnen onklaar te maken. Tot slot plaatste Vince boobytraps bij de achtergelaten voorraden.

'Oké, klootzakken,' mompelde hij in zichzelf, terwijl hij voorzichtig een witte fosforgranaat tussen de spullen legde. 'Hier is een cadeautje voor jullie.'

Ik dronk een veldfles leeg en vulde hem toen opnieuw vanuit een jerrycan. Vanaf nu was het water dat we bij ons droegen het enige wat er beschikbaar was.

'Gooi je fles eens op, Mal, dan vul ik hem voor je.' Mal gooide een halfvolle fles op en ging verder met het inpakken van zijn rugzak.

'Iedereen klaar?' vroeg Andy.

'Kom op, dan gaan we.'

We liepen in zuidelijke richting door de kronkelende wadi, zodat we tijdelijk aan het zicht onttrokken waren. Vince en Andy leidden de patrouille in een gestaag tempo, Dinger en ik vormden de achterhoede met twee Minimi's, en de rest liep in ganzenpas tussen ons in. Toen we de observatiepost verlieten, keerden we ons om beurten om naar het noorden. Ik nam een positie in om de achterhoede van de patrouille te dekken en liet Dinger passeren, waarna hij hetzelfde deed.

Hoewel onze rugzakken nu aanzienlijk lichter waren, vormden ze nog altijd een te grote last als we in contact met de vijand zouden komen. We hadden dringend duisternis nodig om ongezien weg te komen.

'Het duurt niet lang meer voor het donker wordt,' dacht ik. 'Nog een kwartiertje en dan zijn we veilig.'

Toen ik opstond uit mijn vuurpositie omdat Dinger naar me floot, merkte ik dat de patrouille zich over een aanzienlijke afstand had verspreid, zo'n honderd meter tussen de voorste en de achterste man. Plotseling zag ik Vince en een paar anderen met hun armen zwaaien alsof ze iemand groetten, en ik dacht: Wat is dat, verdomme?

Ik kreeg maar al te gauw antwoord toen het eerste geweervuur over mijn hoofd floot en ik het voorste deel van de patrouille de procedure voor contact met de vijand zag volgen.

'Contact links,'gilde ik naar Dinger en zwaaide meteen mijn Minimi in de richting vanwaar het gevaar dreigde, maar er was niets. De schoten die onze kant op kwamen waren vijftig meter voor mij uit gericht. Ik zat tegen een drie meter hoge steile rotswand op te staren, nog altijd aan het zicht onttrokken.

Er werd nu sneller achter elkaar gevuurd. De onzichtbare vijand had kennelijk meer geweren ingezet.

'Kom op, stomme Kiwi, breek uit naar rechts!' schreeuwde Dinger naar me toen de anderen uit het zicht verdwenen. Dinger bevond zich aan de overkant van de wadi en knielde neer met een Minimi in de aanslag om mijn oversteek te dekken. Ik rende langs hem, mijn rugzak vergetend alsof hij niets woog, en nam ongeveer vijftien meter achter hem een positie in. 'Lopen, Dinger!' schreeuwde ik om hem aan te moedigen voor de volgende ronde.

'Lopen!' riep Dinger weer een paar seconden later terwijl hij een salvo afschoot.

Toen ik me omdraaide en in Dingers richting liep, werd het me duidelijk hoe we er voor stonden. We werden plotseling zichtbaar voor de vijand aan de overkant van de wadi, en de helling waar we nu tegenop moesten was zo kaal als een luis. We vormden een makkelijk doelwit.

Mijn hersenen registreerden vaag de salvo's van Minimi's van verderop die nu het lawaai van inkomend vuur begonnen te overlappen. Mal en Bob richtten hun wapens, maar het terrein was zodanig dat we elkaar niet konden zien.

Er rees een lagere en langzamere melodie boven het geratel van machinegeweren en geweren uit toen het gebulder van een 12,7 mm-DSHKA zwaar machinegeweer zich in de strijd mengde.

Mijn longen brandden bij het inademen, en het bloed hamerde in mijn oren. Ik strompelde langs Dinger, wiens machinegeweer ritmisch salvo's van vier of vijf schoten afvuurde om mijn aftocht te dekken. De rugzak eiste zijn tol toen de helling steiler werd, en tegelijkertijd bood hij de vijand aan de overkant een makkelijker doelwit.

Dit was een nachtmerrie – zo'n moment waarop je het gevoel hebt dat je door water rent. Ik struikelde en viel op de grond. Overal om me heen werden stukjes grind en stenen opgeworpen wanneer onzichtbare projectielen de omringende woestijn raakten.

Ik rolde op mijn rug en trok aan de gesp van mijn rechter schouderband, maar de gesp stond onder zo'n zware spanning dat hij niet losging. De tijd leek stil te staan toen ik daar lag te worstelen om mijn rugzak af te krijgen. Bijna verlamd zag ik een stroom witte spoorkogels op me afkomen. De afstand tussen mij en de schutter was zodanig dat het dodelijke salvo als in slow motion binnenwaarts boog en op het laatste moment beangstigend versnelde.

Ironisch genoeg had ik in de VAE enige tijd met de DSHKA geschoten als onderdeel van een voorbereiding voor de inzet van het A-Squadron, en het was nooit mijn plan geweest om aan de andere kant terecht te komen.

Een tracer sloeg in het grind naast me in. Die vent werd verrekt goed. Het verontrustende was echter dat je voor elke tracer die je kon zien, er vier andere waren die er onaangekondigd achteraan kwamen. Waar ze terechtkwamen wilde ik liever niet aan denken.

'Dump die kloterugzak,' riep Dinger in het langsrennen.

'Dat probeer ik verdomme al!'

Ik kon onze vijand nu goed zien, en er waren er heel wat.

De DSHKA stond op een gepantserde troepentransportwagen op ongeveer zeshonderd meter afstand. Het gestage ritme van zijn salvo's kwam even na de lichtflitsen die uit de loop opvlamden. Ongeveer honderd meter ervoor stonden twee witte Toyota-pick-ups, die duidelijk ook troepen hadden vervoerd, die nu allemaal op de grond naar ons lagen te schieten.

Ik wist me eindelijk los te rukken en rende enkele meters voorbij Dinger om een vuurpositie in te nemen, klaar om hem dekking te geven.

De rijen donkergroene soldaten bevonden zich in dit stadium nog op ongeveer vierhonderd meter afstand, en het vuur uit hun kleine wapens was zeer onnauwkeurig op die afstand, maar ik bleef evengoed salvo's in hun richting afvuren. Dit zou geen eenrichtingsverkeer worden.

Boem. Er verscheen een zwarte wolk boven ons.

Ik keek omhoog en vroeg: 'Wat was dat?'

'Dit is niet te geloven,' riep Dinger, 'niet weer, hè. Dat zijn die klote-S60's die op ons schieten.'

Hij haalde een witte fosforgranaat te voorschijn en gooide hem vlak voor ons.

Er golfden onmiddellijk dikke witte rookwolken naar buiten, zodat we tijdelijk aan het oog waren onttrokken en konden ontsnappen.

'Schiet op!' riep ik naar Dinger, hoewel hij geen aansporing nodig had, en samen renden we de resterende vijftig meter naar de top en de betrekkelijke veiligheid.

Harry kwam naar het B-Squadron toe gerend en trok in het langslopen beschikbare mensen mee. 'Luister!' riep hij naar iedereen die hij zag, 'Two zero zit in de shit. We gaan er met een aantal van jullie naar toe. Mick, neem dat machinegeweer! Scouse, jij, John en Taff met mij in de heli. Pak je spullen, opschieten!'

'Zorg dat dat ding klaarstaat,' zei Harry tegen de nietsvermoedende RAF-piloot. 'We hebben een patrouille in de shit die teruggehaald moet worden.'

De jongens van het B-Squadron kwamen aangesneld, onderwijl gordels omgespend en wapens spannend. Op dat moment verscheen er een SAS-officier, die niet bepaald blij keek.

'Wat denk je dat je aan het doen bent? Die heli blijft hier.'

Niemand bewoog nog en iedereen keek naar de officier.

'Wat bedoel je daar godverdomme mee?' snauwde Harry, die de man zo vuil aankeek dat hij een stapje terug moest doen.

'Je kunt niet zomaar de grens over vliegen. Er moet worden uitgezocht of er geen deconflictie is, de route moet aan het hoofdkwartier worden voorgelegd en bovendien staat er een S60-batterij pal boven hun positie. Ik kan een helikopter met bemanning niet aan dergelijke risico's blootstellen.'

'Dat is gelul. Two zero's verzamelplaats ligt tien kilometer ten zuiden van die positie,' wierp Harry tegen.

'Luister goed, jullie. Ik beveel jullie om hier te blijven. We hebben de situatie onder controle. We sturen iemand naar ze toe.'

De piloot van de Chinook hield zich erbuiten. Als zes zwaar bewapende SAS-soldaten hem sommeerden naar Irak te vliegen om hun kameraden op te halen, ging hij beslist niet met ze in discussie. Dat was de taak van de SAS-officier.

'We houden de situatie zorgvuldig in de gaten. Ze hebben voldoende rantsoenen, communicatiemiddelen en munitie. Laten we allemaal rustig wachten tot Two zero zich meldt met meer informatie. Daarna kunnen we op een verstandige manier actie ondernemen.'

De impasse duurde nog een halve minuut voordat Harry eindelijk zei: 'Op de plaats rust, jongens.' Het was het moeilijkste wat hij ooit in zijn leven had moeten zeggen.

De soldaten hadden vernietigende blikken in hun ogen toen ze wegliepen. Ze zaten tenslotte in het leger en moesten bevelen uitvoeren, of ze het ermee eens waren of niet.

'Wat een gezeik...' Ze bleven mopperen tot ze bij hun tenten waren.

De waanzinnige sprint eindigde op de kam van de wadi, en Dinger en ik stortten ons eroverheen als sprinters over de finish. De kam was hoger dan de omringende woestijn en we bleven er even liggen, tijdelijk buiten gevaar, snakkend naar adem en dankbaar voor het respijt.

'Ik moet stoppen met roken. Ik ben hier verdomme te oud voor.' Dingers raspende stem klonk zoals ik me voelde. Het duurde minstens een halve minuut voordat ik voldoende op adem was gekomen om te antwoorden.

'Is dat alles waar je je druk over maakt? Ik zou thuis in het zonnetje op het strand moeten liggen, in plaats van aan flarden geschoten te worden in een of andere klotewoestijn. Ik had me mijn eerste contact met de vijand wel anders voorgesteld!'

Deze poging tot frivoliteit was waarschijnlijk een manier om onze opluchting te uiten dat we het er tot nu toe heelhuids van af hadden gebracht. Het besef dat we niet vol kogelgaten zaten, veroorzaakte een gevoel van succes, alsof we zojuist een wedstrijd hadden gewonnen.

Bij iedere minder moeizame inademing nam het branderige gevoel in mijn borst af, evenals het door de adrenaline versterkte geklop in mijn oren. Ik was minder fit dan ik had gedacht.

De schemering viel nu snel in; de nauwelijks zichtbare Irakese troepen aan de overkant in hun bruingroene uniformen gingen op in de nacht. Het had weinig gescheeld of ze hadden de race gewonnen. In dat opzicht waren wij tenminste de winnaars.

Het lawaai van de oprukkende voertuigen vergezeld door zware salvo's van machinegeweervuur onderbrak onze korte rust. Hoewel het niet erg nauwkeurig was, was het goed genoeg gericht om ons eraan te herinneren dat het gevaar nog niet was geweken.

Dinger zocht met zijn ogen het terrein om ons heen af en vroeg: 'Waar zijn de anderen eigenlijk?'

'Geen idee, man, maar we kunnen beter opschieten voordat iemand ons een lift aanbiedt.'

Gebukt begaven we ons in westelijke richting, met het geluid van sporadisch geweervuur nog steeds boven ons. In theorie moest de patrouille zich op korte afstand van het contactpunt verzamelen; maar ja, dat was de theorie in de jungle. Ik had er heel wat voor over om nu dikke groene vegetatie om me heen te hebben. Ik had negentig procent van mijn militaire loopbaan doorgebracht met trainen om in een oerwoudomgeving te vechten, en de eerste keer dat ik de kans krijg om te vechten, is er in de verste verten geen boom te bekennen. Geweldig.

'Wat bedoelde je daarstraks, Dinger, toen je "niet weer" zei?' vroeg ik toen we naast elkaar draafden op zoek naar de anderen.

'Op de Falkland Eilanden hadden de Argentijnen S60's die ze gebruikten tijdens onze grondaanval. Ik scheet in mijn broek van angst en wilde dat niet weer meemaken.'

'Daar.' Ik wees naar de vorm van een man in het halfdonker.

We versnelden onze pas en haalden Bob en Mal in, eveneens zonder rugzakken. Ze zagen er allebei ongeschonden uit. De vijandelijke voertuigen hadden we ver achter ons gelaten in de invallende duisternis.

'Wat is daar nou gebeurd?' vroeg Bob buiten adem toen we hem hijgend van de inspanning inhaalden.

'Ik denk dat iedereen op het open terrein de volle laag kreeg en dat we zo uit elkaar zijn geraakt. Mike en ik hadden de mazzel dat het terrein ons van hen afscheidde zodat we ons eruit konden vechten.'

'Ja, zoiets hadden wij ook,' zei Mal.

'Hebben jullie de anderen gezien?'

'Ik zag Andy en Geordie die kant op gaan,' zei Bob, in de richting wijzend waar we naartoe gingen.

'Laten we dan maar verdergaan,' zei Dinger. 'Ze wachten vast ergens op ons.' Hij nam de leiding toen we verder naar het westen liepen, op zoek naar een teken van de anderen.

Na een paar minuten hoorden we een zacht gefluit, en toen we dichterbij kwamen troffen we Andy, Geordie, Vince en Legs aan de voet van een kleine steile wand aan.

'Alles goed met iedereen?' vroeg Andy.

Geordie zat door de nachtkijker naar de vijandelijke koplampen in de verte te kijken die op en neer stuiterden over het oneffen terrein, op zoek naar ons. Af en toe schoten ze willekeurig rode en witte tracers af.

'Ze gaan naar het zuidwesten. Ze proberen kennelijk het gebied uit te kammen in de richting die we aanvankelijk namen. We hebben de tijd om ons opnieuw te organiseren.'

Dinger plofte naast Andy neer en vroeg onmiddellijk: 'Wat gebeurde daar in godsnaam, Andy? We zaten helemaal geïsoleerd.'

'De wadi hield op. Je weet wel, dat stuk waar hij voor een meter of honderd verdwijnt en dan weer terugkomt. We waren ongeveer halverwege toen de twee pick-ups en de geschutswagen eraan kwamen. We probeerden te bluffen door naar ze te zwaaien, maar de inkomende 7.62 maakte daar een eind aan. De rest weet je.'

Ik keek om me heen. Geen rugzak meer te bekennen. Kennelijk had iedereen zijn spullen moeten lozen. Nou ja, het was niet echt een probleem, want over een paar uur zou de helikopter hier zijn, en we hadden de TACBE nog voor de communicatie.

'Legs,' fluisterde Andy, 'Heb je de radio mee kunnen nemen?'

'Is dat een geintje?' vroeg Legs. 'Ik kon amper mezelf redden, laat staan die kloteradio. Maar ik heb wel de codes en de EMU, want die hou ik altijd bij me.'

De EMU was het elektronische brein van de 319 die alle communicatie en codering van boodschappen controleerde. Zonder de EMU was de radio een eenvoudige ontvanger/zender voor morse en gesprekken.

'Dan kan ik maar beter proberen de AWACS te bereiken om te zorgen dat ze hulp sturen.'

Andy haalde de TACBE te voorschijn en trok de pen eruit die onbedoeld uitzenden voorkomt. Er kwam een gestaag statisch geruis uit de kleine speaker, dat ophield zodra hij de zendknop losliet.

'Hallo Starlight, hallo Starlight, dit is Bravo two zero op Turbo, over.' Andy probeerde de vooraf afgesproken code voor de patrouille. Toen hij de schakelaar losliet, luisterden we allemaal gespannen, in de verwachting dat er een vriendelijke, Engelse stem zou antwoorden.

Er verstreken tien, twintig, dertig seconden waarin slechts het statische geruis de stilte verbrak

'Hallo Starlight, hallo Starlight,' begon Andy weer, ditmaal iets dringender. 'Dit is Bravo two zero, uitzendend op Turbo, hoort u mij, over!'

Er gebeurde weer niets.

'Shit! Laat iemand anders het maar proberen. Misschien is mijn batterij leeg of zo.'

Er waren vier TACBE's over de patrouille verspreid, en degenen die er een hadden haalden ze te voorschijn en probeerden contact te krijgen met de AWACS, maar ze kregen geen antwoord.

'De AWACS reageert binnen twintig seconden,' zei Mal. 'Weten jullie nog? Wat een gelul.'

We zagen nu vier of vijf stel koplampen op ongeveer een kilometer afstand langzaam door de woestijn kruipen om het gebied uit te kammen. Het was tijd om weg te gaan; het zou niet lang duren voordat er twee keer zoveel koplampen waren wanneer er steeds meer troepen werden opgeroepen om te helpen.

'We moeten snel een actieplan maken!' drong Bob aan. 'Ze laten ons echt niet de hele nacht zitten om een rookpauze te houden.'

'Wat vinden jullie?' vroeg Andy.

'De heli moet toen het donker werd zijn vertrokken, misschien eerder als onze boodschap is doorgekomen.' Legs keek op zijn horloge en vervolgde: 'We mogen dus aannemen dat hij op zijn laatst om elf uur op de verzamelplaats is.'

'Ja, maar de vijand gaat ook die kant op. De verzamelplaats is maar tien kilometer hier vandaan,' voegde Vince eraan toe.

De Magellan had onze positie berekend toen ik mijn kaart met schaal 1:250.000 uit mijn broekzak haalde. Ik schermde het lichtje af dat ik erop liet schijnen en opperde een plan dat ons in elk geval in de juiste richting zou voeren.

'We zitten hier.' Ik wees met mijn potlood een punt op de kaart aan. 'En de verzamelplaats is hier. We kunnen verder naar het zuiden gaan, evenwijdig aan de wadi voorbij de verzamelplaats, en dezelfde koers aanhouden tot de tweede verzamelplaats, hier.' Opnieuw prikte mijn potlood in de geplastificeerde kaart op een punt zo'n vijfentwintig kilometer naar het zuiden.

'De Chinook moet een noordelijke basiskoers aanhouden om over de twee verzamelplaatsen te vliegen, en aangezien de TACBE's een bereik van zo'n zeventig kilometer van de grond tot in de lucht hebben, kunnen we hem makkelijk bereiken.'

'Maar we kunnen niet te ver naar het zuiden,' zei Vince. 'Ze zullen de aan- en afvoerroute als natuurlijke barrière gebruiken, vol met troepen. Ze zullen ons aan deze kant onder druk houden en dan proberen ons naar de wachtende troepenmacht op te drijven. Net als bij de fazantenjacht.'

Dinger maakte een eind aan de discussie. 'Hoor eens, we hebben niet veel keus. Laten we naar het zuiden gaan, zoals Mike zei. Tegen de tijd dat we de tweede verzamelplaats bereiken, moet de Chinook er al zijn. Zo niet, dan gaan we een paar kilometer naar het westen, dan weer naar het noorden op weg naar Syrië. Dat was toch het noodplan, of niet?'

Andy keek de kring rond of er nog iemand commentaar had, maar zoals Dinger terecht had opgemerkt, hadden we niet veel keus meer. We konden beter een besluit nemen en daarnaar handelen dan hier blijven hangen en de gebeurtenissen afwachten.

'Oké, laten we dan gaan. Geordie, jij hebt de nachtkijker, dus jij gaat voorop, recht naar het zuiden. De rest volgt, met twee Minimi's in de achterhoede.'

Vooruitgeschoven operatiebasis, Al Jouf, Saoedi-Arabië / Hoofdkwartier Special Forces Group, Victor, VAE

De commandant van het 22ste SAS stapte het hoofdkwartier binnen en liep meteen naar de seinkamer. 'Geef me Victor op de comsat,' beval hij de seiner, 'Ik moet zo snel mogelijk de kolonel spreken.'

De seiner knikte, pakte een van de vele hoorns en bracht een beveiligde verbinding tot stand met zijn collega bij de operatiebasis van de Special Forces in de VAE.

'Goedemiddag, sir,' zei de commandant toen hij het gesprek met zijn superieur begon. Nadat de kolonel had teruggegroet, kwam de commandant meteen ter zake: 'We hebben een probleempje.'

'O, wat dan?' vroeg de stem in de verte, iets vertraagd door de gecompliceerde uplink-downlink mechanismen die inherent zijn aan satellietverbindingen.

'Bravo two zero: ze hebben problemen en verzoeken om onmiddellijke ex-filtratie.'

De stilte die volgde duurde verscheidene seconden, waarin het niet duidelijk was of het door de vertraagde verbinding kwam of doordat de kolonel moest nadenken. 'Ik zou denken dat dat een beetje voorbarig is, of niet?' was het antwoord.

'Dat vond de dienstdoende officier ook, en ik ben het met hem eens. Het reddingsteam is tot nader order teruggeroepen.'

'Tja,' onderbrak de plaatsvervangende leider hem, 'het lijkt me dat de beslissing niet aan ons is. Hou me op de hoogte, oké?'

De commandant gaf de hoorn aan de seiner terug en liep weg, zich niet bewust van het feit dat hun routinematige evaluatie van militaire omstandigheden van het ene moment op het andere tot iets was uitgegroeid dat veel meer omvatte. Binnen enkele uren was een punt bereikt en overschreden vanwaar geen weg terug meer was en werden beslissingen genomen die het lot van de acht mannen van Bravo two zero bezegelden.

Hoofdstuk 6

Irak, avond dag drie, januari 1991

Bevrijd van onze hinderlijke lasten trokken we vlot naar het zuiden, erop gebrand om onze ongewenste achtervolgers af te schudden. Meters werden kilometers en de vijandelijke lampen werden algauw door de duisternis opgeslokt. Hun zoektocht was een verloren zaak toen de nacht viel en we ongezien konden ontsnappen.

Ervan overtuigd dat de Irakezen niet zo snel een passende reactie in zuidelijke richting konden coördineren, joegen we onszelf gestaag voort, om de twintig minuten halt houdend om even te luisteren en de Magellan te controleren. Na iets meer dan een uur gaf ik de informatie van de Magellan aan Andy door. 'De verzamelplaats bevindt zich vijfhonderd meter ten oosten van ons. Als we nu naar links gaan, moeten we binnen een paar minuten bij de wadi komen.'

'Bedankt, Kiwi,' antwoordde Andy.

Zonder te stoppen veranderden we van koers en schakelden we over op een langzamer en voorzichtiger tempo. Het benaderen van verzamelplaatsen was altijd een hachelijke aangelegenheid, en helemaal onder deze omstandigheden. Binnen enkele minuten stonden we weer aan de rand van de wadi en hadden we het terrein eromheen verkend en vastgesteld dat er geen vijanden waren.

'Het is tien over tien,' zei Vince. 'Ik denk dat we beter zuidwaarts naar de tweede verzamelplaats kunnen gaan. Dat is veiliger dan hier blijven rondhangen. Tien kilometer is niks op dit terrein, het contactpunt is nog steeds te dichtbij.'

De tweede verzamelplaats was vijftien kilometer verder naar het zuiden en hoewel we het nooit hadden gezien, was het naar de kaart te oordelen een herkenbaar punt waar enkele grote wadi's bij elkaar kwamen.

'Ja,' stemde Andy in. 'Ik voel me nu ook niet zo op mijn gemak op deze plek. Tegen de tijd dat we bij de tweede verzamelplaats zijn, is het middernacht en ik zie geen enkele reden waarom de heli er niet zou zijn. Hij weet dat hij over beide verzamelplaatsen moet vliegen.'

‘Geordie, probeer je TACBE hier eens. Je weet maar nooit, misschien zaten we eerder op een dood punt.’

We namen aan alle kanten verdedigende posities in en wachtten terwijl Geordie probeerde de AWACS op te roepen. We hadden er echter bijzonder weinig vertrouwen in, zodat niemand verbaasd was dat we weer geen antwoord kregen.

‘Verdomme,’ vloekte Andy, ‘Ik vermoord iemand daar als we terug zijn. Kom op, laten we gaan.’

We trokken weer naar het zuiden. Het voelde tenminste goed om iets voor onszelf te doen en voorbereidende beslissingen te nemen. Dat hield de negatieve gedachten op een afstand.

We bereikten ruim voor middernacht de tweede verzamelplaats. We volgden dezelfde procedure als voorheen nadat we hadden vastgesteld dat het gebied veilig was. We gingen dicht bij elkaar op de helikopter liggen wachten.

Ongeveer een uur later begon iedereen zich erg onprettig te voelen. ‘Waar blijft die heli?’ fluisterde Bob tegen mij. We lagen tegen de helling van de wadi en hielden de woestijn om ons heen in de gaten.

‘God mag het weten. Hoe lang kunnen we blijven wachten?’

Ons gesprek werd onderbroken door een laag gefluit. Iemand anders had kennelijk dezelfde gedachten als wij.

‘Dit is kut!’ sputterde Geordie. ‘Wat is daar godverdomme aan de hand?’

Er leek geen logische verklaring te zijn waarom de heli niet was gekomen, vooral nu het al bijna één uur in de nacht was.

‘Andy,’ zei ik, ‘hoe langer we hier wachten, hoe kleiner de afstand wordt tussen ons en hun artillerie. Over een paar uur wordt het licht, en ik wil er niet bovenop liggen.’

‘Het wemelt hier van die gasten met die lappen om hun kop als het licht wordt,’ vervolgde Dinger. ‘Misschien is de heli uit de lucht geschoten of zo. Maar het is hoe dan ook tijd om naar Syrië te gaan.’

Ik zag dat Andy gekweld werd door besluiteloosheid; moesten we blijven en hopen dat de heli zou komen, waardoor we ons in een zeer kwetsbare positie zouden bevinden als hij niet kwam, of moesten we het zinkende schip verlaten en op weg gaan naar de Syrische grens op zo’n tweehonderd kilometer afstand.

We mochten dan een ontsnappingsplan hebben, het was nog niet zo eenvoudig om het uit te voeren. In feite stond je er alleen voor.

‘Andy, die heli komt niet meer,’ zei Mal kalm. ‘Laten we gaan.’

Andy knikte en we maakten aanstalten om te gaan. ‘Geordie, jij gaat voorop.’

‘We gaan tien kilometer naar het westen, en dan draaien we weer naar het noorden. Ik wil een heel eind voorbij de aan- en afvoerroute zijn voor het licht wordt. Elk uur vijf minuten pauze. Vragen?' Die waren er niet. 'Oké, dan gaan we.'

Het tempo was nog hoger dan daarvoor. We wilden maar één ding: de afstand vergroten tussen ons en de plaats waar we dachten dat de Irakese troepen geconcentreerd waren.

Door van koers te veranderen hoopten we onze achtervolgers op een dwaalspoor te brengen, hoewel ik betwijfelde of ze verwachtten dat we naar Syrië zouden gaan. Die noodzakelijke extra kilometers naar het westen baarden me echter ook zorgen, omdat we er kostbare tijd mee verloren die we hadden kunnen besteden aan de tocht naar de grens.

Het terrein verschilde enorm van wat we gewend waren. Een wirwar van steile wadi's, met rotsen bezaaide vlaktes en af en toe een steile rots boden voldoende schuilplaatsen, maar daar hadden we niet veel aan. We bevonden ons nog steeds op schootsafstand van de vijand, en ze zouden ongetwijfeld meteen aan dit terrein denken.

'Dat was tien kilometer,' gaf ik via de anderen door aan Andy.

'Oké, vijf minuten pauze.'

Ik nam de gelegenheid te baat om uit te rusten, want ik had het gevoel dat ik dagenlang ononderbroken in touw was geweest. Ik pakte mijn veldfles om mijn dorst te lessen, toen het plotseling tot me doordrong dat ik het voorlopig moest doen met de drie halveliterflessen die ik bij me had. Mijn gulzige slok veranderde acuut in een nipje. Het lichaam kan weken zonder voedsel, maar met water is het heel wat anders, en we waren ver verwijderd van een plek waar we dat konden aanvullen. Plotseling werd de nachtelijke hemel in het oosten verlicht alsof er een enorme explosie had plaatsgevonden, en daarna zagen we een heldere vuurbal die met een enorme snelheid de lucht in schoot.

'Moet je dat zien,' fluisterde Bob vol ontzag. 'Dat zal wel een scud zijn, hè?'

'Ja, maar daar hebben we nu niet veel aan,' antwoordde Geordie. 'We hadden het toch niet kunnen rapporteren. Daar heb je radio's voor nodig die het doen.'

Geordie klonk verbitterd, en zo voelden we ons allemaal. Maar het was nu eenmaal zo gelopen, en we konden er niets meer aan veranderen.

'Kom op, laten we verder gaan. We hebben nog vier uur tot het licht wordt, en we moeten nog een heel eind.'

We zagen die nacht nog twee lanceringen, hetgeen bewees dat hoewel onze briefing in bijna alle opzichten shit was, ze in ieder geval één ding goed hadden, namelijk dat we midden in de 'Scudsteeg' zaten.

De patrouille nam weer zijn formatie aan en we hadden er algauw de pas in. Een half uur later werd het tempo een stuk lager en begon Mal te wankelen. Geordie liet halt houden, bezorgd om Mals gebrek aan coördinatie. We vormden een verdedigingscirkel met Mal en Geordie in het midden.

'Wat is er aan de hand?' vroeg Andy toen Geordie boven Mals moeizaam ademende gestalte gebogen zat.

'Ik denk dat hij oververhit is,' antwoordde Geordie. 'De geforceerde mars, de lagen kleding, en het thermisch ondergoed hebben, in combinatie met te weinig vocht, zijn temperatuur omhoog gejaagd.'

Bob gaf ongevraagd een van zijn kostbare waterflessen aan Mal en zei: 'Er zit hydrateerpoeder in.'

Mal had hem in enkele seconden leeggedronken.

'We nemen twintig minuten pauze zodat Mal bij kan komen,' zei Andy. 'Als we weer verder gaan, moet je het tempo een beetje verlagen, Geordie.'

We waren nu allemaal erg moe. De tol van de laatste dagen, en vooral van de laatste paar uur, werd nu opgeëist, maar rust was een luxe die we ons niet konden veroorloven. We hadden geen tijd te verliezen.

Tien minuten later voelde Mal zich sterk genoeg om door te gaan. De patrouille ging weer op weg, met Mal direct achter Geordie, zodat hij het tempo kon bepalen.

Ik liep in de achterhoede en hield het terrein achter ons in de gaten, constant bedacht op koplampen die elk moment uit het niets te voorschijn konden komen. We liepen nog niet lang in onze nieuwe richting toen ik achtvormige condenssporen in de lucht in het zuidoosten opmerkte, waaraan een straalvliegtuig te herkennen is dat op zijn beurt wacht om aan te vallen.

'Bob,' siste ik dringend, 'laat Andy halt houden.'

Bob knikte en gaf de boodschap door.

Andy kwam op me af gerend. 'Wat is er?' vroeg hij. Zijn hoofd schoot heen en weer, op zoek naar de ongeziene dreiging.

'Moet je daar zien.' Hij keek in de richting die ik aanwees. 'Daar hangen straaljagers op hun beurt te wachten.'

'Ja, nou en?'

'Ze zijn hooguit zeventig kilometer hier vandaan, dus je kunt ze bereiken met je radio!'

Ik zag aan zijn gezicht dat het begon te dagen. Hij legde meteen zijn M16 neer en maakte een zak aan zijn koppelriem open.

We konden intussen de zware bommen in de verte horen vallen en zagen enorme flitsen die de hemel tijdelijk oplichtten.

'Hallo FGA zendercode, hallo FGA zendercode, dit is Bravo two zero op Turbo. Hoort u mij, over?'

We luisterden gespannen naar het statische geruis en smeekten bijna om antwoord. Niets.

Andy probeerde het nog eens. 'Hallo FGA zendercode, dit is Bravo two zero op Turbo, hoort u mij, over?'

'Bravo two zero, dit is FGA, je klinkt erg zwak, over,' kwam het antwoord in een lijmerig Texaans accent.

'Yes!' Ik sprong een gat in de lucht. Eindelijk was er hulp nabij.

Andy was zo opgewonden dat hij vergat te fluisteren. 'FGA, dit is Bravo two zero op Turbo. We zijn Britse speciale strijdkrachten en hebben onmiddellijk hulp nodig, over.'

'Bevestig Turbo, je valt weg, herhaal je bo...' De stem van de piloot viel weg.

'Vlieg naar het noorden, vlieg naar het noorden!' schreeuwde Andy. 'Hallo FGA, hoor je mij?' Het doodse gesis van witte ruis kwam terug. Onze boodschap was niet beantwoord en de condenssporen waren verdwenen.

'FGA, FGA, hoor je mij, over?'

'Andy, hij rapporteert het contact, nu of wanneer hij op de basis terug is. Hoe dan ook, CSAR en AWACS worden gealarmeerd.'

'Ja, geweldig! We zijn hier zo weg. Kom op, laten we het aan de anderen vertellen.'

We keerden ons weer naar het noorden in de verwachting de rest van de patrouille te zien, maar het enige wat we zagen was de kale woestijn en duisternis.

'Shit!,' zei ik, 'Waar zijn de anderen?'

We begonnen snel in de oorspronkelijke richting te lopen en stuitten na twintig meter op Bob, en daarna op Dinger en Legs, die geknield op ons zaten te wachten. Van Geordie, Mal en Vince was geen spoor te bekennen.

'Waar zijn de anderen, verdomme?' vroeg Andy meteen aan niemand in het bijzonder. 'Ik had tegen Geordie gezegd dat hij moest wachten.'

De vraag hoefde niet beantwoord te worden, het was voor iedereen duidelijk. Een combinatie van vermoeidheid, slecht doorgeven van informatie en inktzwarte duisternis hadden ertoe bijgedragen dat onze patrouille was opgesplitst. We konden alleen nog maar hopen dat Geordie en de anderen niet ver voor ons uit op ons lagen te wachten.

Andy haalde zijn TACBE weer te voorschijn en beval ons verspreid op te trekken.

'Chris, dit is Andy, over.' Stilte.

We trokken verder naar het noorden tot we na een half uur bij een kleine rotspartij kwamen, waarvan de omtrek zich in beide richtingen uitstrekte zo ver het oog reikte.

'Shit,' vloekte Dinger, 'van hier kunnen ze alle kanten op zijn gegaan.'

Andy probeerde de TACBE nog een keer, maar het resultaat was hetzelfde. We waren echt van elkaar gescheiden.

Met zijn vijven maakten we de balans op.

'We hebben nog twee uur voor het licht wordt,' begon Andy. 'Ik stel voor om zo snel mogelijk naar het noorden te trekken. We zijn de aan- en afvoerroute nog niet eens overgestoken.'

Andy had gelijk, hoewel niemand dat wilde toegeven. We konden het ons niet veroorloven om aan deze kant van de aan- en afvoerroute te blijven talmen in de hoop dat we de anderen weer zouden vinden. De tijd drong. Ik keek naar Dinger en zag dat hij het vreselijk vond, net als de rest. Er was veel mis gegaan tijdens deze missie, maar dit was zonder meer onze eigen schuld.

'Misschien komen we ze onderweg ergens tegen,' zei hij zacht. 'Ze moeten nog steeds naar het noorden gaan.'

'Precies,' zei Andy, 'dus laten we nou maar in godsnaam opschieten!'

Van de opluchting die we hadden gevoeld toen we contact kregen met het vliegtuig was niets meer over, en ik geloof dat het nieuws niet veel indruk op de anderen maakte toen ze het hoorden. Toen we weer verder gingen, dacht ik onwillekeurig: 'Kan er nu nog meer misgaan?' Ik hoefde niet lang op antwoord te wachten.

Kort nadat we de rotsen achter ons hadden gelaten, bereikten we de aan- en afvoerroute, die op dat punt slechts een paar honderd meter breed was. We wilden hem meteen oversteken, maar we werden voorzichtig vanwege het hoge terrein aan de overkant. Het terrein verschilde niet veel van een ander stuk woestijn iets verder naar het oosten.

'Shit!' vloekte Andy ineens. 'Geordie heeft de nachtkijker.'

Ik was de hele nachtkijker vergeten, maar nu drong het tot me door hoe belangrijk die was. Dat ene stuk uitrusting kon het verschil uitmaken tussen een juiste en een rampzalige beslissing, vooral omdat het zo donker was 's nachts.

'We kunnen hier niet de hele nacht rondhangen,' fluisterde Dinger met een wantrouwende blik op de heuvel voor ons. 'We moeten gewoon het risico nemen.'

'Nou, ik ben niet van plan om daar te treuzelen. Hoe eerder we aan de andere kant zijn, hoe beter.'

We aarzelden niet langer en staken in hoog tempo en met onze wapens in de aanslag de reeks sporen over, er bijna van overtuigd dat er elk moment een kogelregen op ons neer zou dalen. Tot onze opluchting was dat niet het geval, en we kwamen veilig aan de overkant, zodat we verder konden lopen langs de smalle rand naar de vlakte erachter.

Enkele kilometers voorbij de aan- en afvoerroute stuitten we op een twee meter diep betonnen kanaal dat droog stond en van oost naar west liep zover het oog reikte.

'Wat moet dat hier?' vroeg ik verbijsterd. Ik kon absoluut niet bedenken waar zo'n bouwwerk midden in de woestijn voor diende.

'Misschien maakt het deel uit van een groots plan om de woestijn te irrigeren, net als de Israëli's doen,' antwoordde Bob, maar hij leek er zelf ook niet van overtuigd.

We liepen een paar honderd meter in westelijke richting tot we een geschikte oversteekplaats vonden: een betonnen bruggetje. De brug werd ondersteund door een grote, duikerachtige buis die groot genoeg was om ons alle vijf dekking te bieden.

'Wat denken jullie?' vroeg Andy. 'Misschien is dit het beste wat er is, en over een uur wordt het licht.'

'Het is wel verdomd dicht bij de aan- en afvoerroute,' antwoordde Dinger. 'Ik denk niet dat we het risico moeten nemen.'

Al waren we nog zo moe, Dinger had gelijk. Het was een verleidelijke optie, vooral zo laat in de nacht, maar op zo'n afstand van de aan- en afvoerroute zouden we vragen om moeilijkheden.

'Oké dan,' vervolgde Andy, 'maar we moeten wel iets zien te vinden voordat het licht wordt. Ik voel er niets voor om hier open en bloot rond te lopen als de zon opkomt.'

Toen we verder naar het noorden liepen, werd het tempo aanzienlijk lager. Tegelijkertijd werd de lucht in het oosten onbehaaglijk lichter; onze bondgenoot liet ons in de steek toen de ochtendzon naderde. Wanhopig zochten we het terrein voor ons af naar een geschikte schuilplaats.

De nacht gaf zich uiteindelijk gewonnen zodat het terrein om ons heen zichtbaar werd. Naar het westen op nog geen kilometer afstand trok een groep grindheuveltjes onze aandacht. Tegen de tijd dat we ze bereikt hadden, was de bleke ochtendzon al op, maar gelukkig bevonden we ons nu tussen deze vreemde verzameling kronkelende heuveltjes, waarvan de hoogste nog geen vijftien meter hoog was.

Een van de heuveltjes leek ons wel min of meer aan het oog te kunnen onttrekken. Het zag er onopvallend uit en ging op in de omringende heuvels. Het had echter aan een van de kanten een stuk rotswand van zo'n dertig centimeter. We konden het ons niet veroorloven om kieskeurig te zijn; iets beters was er niet.

Er kwam een harde wind opzetten toen we de helling opklommen die ons naar de kam leidde; onze vermoeide lichamen schreeuwden om rust. Ik liet me naast het muurtje vallen, en Bob plofte naast me neer.

'Ik ben kapot,' zei ik vermoeid. 'Ik heb het gevoel dat ik wel een jaar kan slapen.'

'Ik ook. Ik denk dat ik hierna maar met pensioen ga.'

Andy ging aan de andere kant naast me zitten. 'Kun je onze positie vaststellen, Mike?

'Ja, tuurlijk, momentje.'

De wind begon nu echt aan te wakkeren, en de toch al grijze lucht begon er steeds zwarter uit te zien. 'Het zal toch niet gaan regenen, hè,' zei Bob.

Ik keek even op van het scherm van de Magellan. 'Ik zou het niet weten. Je zou denken dat het bijna niet regent in de woestijn, maar we hebben al zoveel pech gehad, dat het me niet zou verbazen.'

Toen ik eindelijk de gegevens op de display had, begon ik onze positie te berekenen. 'Godsamme, wat hebben we een eind gelopen gisteravond,' zei ik.

Ik liet onze positie aan Andy zien en vervolgde: 'Ik denk dat we in totaal zo'n vijfenzeventig kilometer hebben gelopen. Het is verbazend wat je kunt als iemand probeert een 7.62 in je reet te steken, hè?'

'Dan zitten we twintig kilometer ten noorden van de aan- en afvoerroute. Dat is niet slecht, daar kan ik wel mee leven.'

'Kom eens dichterbij, jongens.' Andy bracht de anderen op de hoogte van onze positie en nam vervolgens de routine voor ons verblijf hier door. 'Wachten van een uur, oké? Ik begin. De rest gaat slapen. Als we mazzel hebben, heeft die piloot intussen verslag uitgebracht, en kan er vandaag een reddingsmissie onderweg zijn, dus let op of je een vliegtuig hoort als je de wacht houdt.'

Vanaf onze hoge plaats op het heuveltje hadden we een redelijk zicht op de omringende woestijn, zodat we het lang van tevoren konden zien als er iemand naderde.

'Wat is dat?' Ik stootte Dinger aan en wees naar het noordwesten.

Dinger bekeek het ding met evenveel interesse. 'God mag het weten.'

Zo'n vierhonderd meter van ons vandaan zagen we een groot, cilindervormig, roestbruin metalen object op de woestijnbodem staan. De bovenkant van het kegelvormige dak was zo'n vijf meter hoog.

'Misschien is het een of ander baken.'

'Maak je maar geen zorgen, Kiwi, er kunnen geen horden Irakezen in zitten, en dat is momenteel het enige wat telt. Hier, neem een slokje hiervan.'

Dinger had hete, zoete thee gezet op zijn minibrander. Met ons vijven was de thee snel op en we werden ons weer bewust van de realiteit.

Ik zat met mijn Minimi over mijn knieën en bekeek de plastic doos die eronder was bevestigd waar oorspronkelijk tweehonderd 5.56-patronen in hadden gezeten. Het wapen vuurde zo snel dat een derde daarvan verbruikt was bij de korte schotenwisseling in het contact met de vijand. De twee andere dozen met munitie zaten in mijn rugzak, die op dit moment waarschijnlijk werd doorzocht door de Irakese geheime dienst.

Ik zag even een beeld voor me van een Irakese geheim agent die mijn spullen doorzocht met de verwachting allerlei geheime apparaten en codes te vinden, en tot zijn verbazing op mijn voorraad chocoladerepen stuitte. Ik ben een beetje een chocoholic en ik had twintig repen ingepakt voor de missie. De gedachte aan die repen in de handen van iemand anders terwijl ik zelf niets had, was erg deprimerend.

Binnen een half uur wist ik dat er niets van slapen zou komen. De extreme activiteit van de afgelopen nacht had een gevaar verbloemd dat we vergeten waren in onze poging om aan de vijandelijke troepen te ontkomen. Nu onze stofwisseling kalmeerde en we probeerden te ontspannen, doemde dat gevaar weer op terwijl een ijzige kou door onze ondeugdelijke kleding drong en ons tot op het bot verkilde. Mijn lichaam schreeuwde om slaap, maar dat was onmogelijk door de onbeheersbare rillingen. Ik probeerde me tegen het lage muurtje aan te drukken, maar het was zo klein dat het een derde van mijn lichaam onbeschut liet, blootgesteld aan de bijtende wind die rond raasde.

Het enige wat ik had om me tegen de elementen te beschermen was mijn woestijnkleding en een wollen legertrui. Mijn andere spullen zaten nog in mijn rugzak. Ik ging rechtop zitten en trok mijn trui en shirt uit om ze in omgekeerde volgorde weer aan te trekken zodat de wol tegen mijn huid zat. Het was niet veel beter, maar het scheelde iets. Het rillen hield echter niet op en leek zelfs steeds erger te worden. Ik keek naar Bob en zag dat hij er ongeveer hetzelfde aan toe was. Iedereen eigenlijk.

'Het moet nou maar eens afgelopen zijn met dat stoere gedrag,' dacht ik bij mezelf. 'We moeten tegen elkaar aan kruipen voordat we allemaal onderkoeld raken.'

Ik wierp jaloerse blikken op Andy's dikke donsjack dat me niet eerder was opgevallen. Niemand anders had iets wat daar in de verste verte op leek, maar zelfs dat was niet genoeg bij deze temperaturen.

'Hé, Andy,' fluisterde ik. 'Ik denk dat we tegen elkaar aan moeten gaan liggen. Onder deze omstandigheden duurt het anders niet lang voordat iemand het loodje legt.'

'Goed idee,' zei Andy. 'Zij die aan de buitenkant liggen, hebben minder beschutting dan de andere drie, dus we wisselen elk uur van plaats en combineren het met de wacht.'

Op het laatst vielen we af en toe in slaap, nu eens twintig minuten, dan weer vijf, niet veel, maar altijd beter dan niets.

Er kwam geen eind aan de dag. Er lette steeds iemand op of er gevaar dreigde terwijl de rest probeerde zo veel mogelijk te rusten. De natuur had echter nog iets anders voor ons in petto, zoals we 's middags merkten.

De temperatuur was al de hele ochtend gedaald, en de donkere wolken hadden al vanaf de ochtendschemering op regen geduid, maar niets van dat alles had ons voorbereid op de sneeuwstorm die volgde. Hij leek uit het niets te komen. Kleine druppeltjes die je voor regen aan kon zien werden al gauw gevolgd door grotere vlokken die zeer snel in een sneeuwstorm overgingen.

'Dit is toch godverdomme niet te geloven,' kreunde Legs. 'Sinds wanneer sneeuwt het in de woestijn?'

Binnen enkele minuten werd het hele landschap overspoeld door een witte stortvloed die alles aan het zicht onttrok. De vers gevallen sneeuw op onze kleren vormde zo'n dikke laag dat het niet de kans kreeg om te smelten, zodat we van top tot teen onder een bevroren deken lagen.

We lagen tegen elkaar aan als sardines in een blikje en probeerden zo goed mogelijk de kou te weren. Als je de pech had dat je aan de beurt was om aan de buitenkant te liggen, leken de minuten uren te duren terwijl de meedogenloze sneeuw, wind en kou een aanval deden op je onbeschutte lichaamsdelen.

Tegen vier uur was de patrouille één grote bibberende massa geworden.

Bob was de eerste die sprak. 'Luister, Andy,' begon hij, 'ik kan hier niet meer zo blijven liggen. Ik sterf van de kou. Ik geloof dat we beter kunnen gaan lopen, dan gaat ons bloed tenminste weer circuleren zodat we weer een beetje warm worden. Wat vind jij?'

Ik lag op dat moment aan de buitenkant en trilde als een drilboor. 'Helemaal mee eens,' zei ik. 'Er gaat beslist iemand dood aan onderkoeling als we zo blijven liggen. Laten we hier oplazeren.'

De anderen mompelden instemmend. Alles was beter dan dit.

'Oké dan,' zei Andy, 'ze zien ons toch niet in die klotesneeuw.'

Ik stond op en struikelde omdat mijn bevroren ledematen niet meewerkten. De anderen waren er net zo aan toe en wankelden als dronken mannen terwijl ze wanhopig probeerden hun coördinatie en evenwicht te hervinden.

'Liggen!' riep Legs plotseling. We waren amper opgestaan of we lagen alweer. We kropen naar de kant van de rotswand om ons zo goed mogelijk te verbergen. Ik hoorde het geronk van dieselmotoren, gevolgd door het geratel van rupsbanden. Er kwamen twee pantservoertuigen in zicht die elk een kleine oplegger trokken.

'Jezus, ze komen recht op ons af,' riep Andy.

'Shit, ik heb het te koud om te kunnen vechten,' zei ik terwijl ik met mijn verkleumde vingers de Minimi opstelde. De anderen deden hetzelfde aan weerszijden van mij.

De gepantserde voertuigen waren zo'n honderd meter van ons vandaan toen het voorste voertuig plotseling naar rechts afboog en recht op het metalen object ten oosten van ons afreed, onmiddellijk gevolgd door het tweede voertuig.

De twee voertuigen reden op niet meer dan vijftig meter afstand langs onze positie, onbewust van onze aanwezigheid. Toen ze bij het baken kwamen, veranderden ze weer iets van richting en reden verder naar het noordoosten. Ze waren al gauw onzichtbaar door de sneeuw die hen aan ons oog onttrok.

'Nou weet ik zeker dat we moeten maken dat we hier wegkomen,' zei Dinger toen ze verdwenen waren.

We stonden weer moeizaam op, dit keer een stuk gretiger om weg te gaan en ons te verwijderen van wat een routecontrolepost voor voertuigen in de woestijn leek. Wie weet wat er op ons af had kunnen komen.

Hoewel het nog middag was, gaf de sneeuw ons bijna evenveel dekking als de nacht, zodat we vrijelijk naar het noorden konden trekken. Aanvankelijk langzaam liepen we door de niet aflatende sneeuwstorm in de richting van de grens die naar schatting nu op zo'n drie nachten lopen lag. Aanvankelijk hadden we er aardig de pas in. Al lopend werden we weer warm, waardoor ons moreel werd opgepept. Maar de verlichting van de bittere kou was van korte duur. De inspanning van het lopen gaf alleen een indruk van warmte. De realiteit was dat het lopen in deze sneeuwstorm ons evenmin goed deed als onbeschut op een heuveltop liggen.

Weldra ging de dag over in de nacht, en het zag er niet naar uit dat het weer zou verbeteren. De ondergaande zon maakte de situatie zo mogelijk nog erger; het zielige beetje warmte dat hij nog naar deze kloteplek uitstraalde was nu helemaal verloren. Alsof het allemaal nog niet erg genoeg was, kwam de wind ook nog pal uit het noorden, zodat we er recht tegenin moesten lopen.

Hoe verder de nacht vorderde, hoe vermoeider we werden. We zagen er nu niet eens meer uit als een patrouille. Verspreid over zo'n vijftig tot zestig meter liepen we struikelend en in elkaar gedoken voort. De sneeuw was overgegaan in ijzel. Omdat we niet meer op onze omgeving letten, zou het niet lang duren voordat we weer iemand zouden kwijtraken of, erger nog, dat we zouden bezwijken aan de gevolgen van onderkoeling.

Dinger, die voorop liep, stopte en draaide zich om met zijn rug naar de wind. 'Andy, ik denk dat het tijd is om beschutting te zoeken. Dit is gekkenwerk.'

'Waar kunnen we dan beschutting vinden tegen dit kutweer?' riep Andy terug. Het was lastig om je verstaanbaar te maken boven de huilende wind uit.

De rest van ons haalde hen in. We waren allemaal doorweekt. Onze schamele kleding was niet bestand tegen dit weer. Deze route kon maar naar één ding leiden: onderkoeling, en ik wist dat dat niet lang op zich zou laten wachten als we doorgingen. Ik had het zo koud dat mijn hersenen praktisch niet meer functioneerden. Ik was net een automaat.

'Ik weet niet hoe het met jullie is,' zei ik, 'maar de kou van de wind snijdt dwars door me heen. Als het zo doorgaat, halen we de ochtend niet.'

'Mike heeft gelijk, Andy,' voegde Bob eraan toe. 'We hebben niet de juiste kleding voor dit weer, en als we die wel hadden, zou het evengoed niet te harden zijn.'

'Wat dachten jullie van die greppel waar we een uur geleden of zo langskwamen?' vroeg Dinger. 'Daar zit je tenminste uit de wind.'

Dat was de kern van ons probleem. Het terrein was zo open en onbeschut dat de elementen ons ongehinderd konden teisteren zonder kans op enige verlichting. Als we naar het noorden bleven lopen, zouden we misschien de eerste uren geen beschutting vinden. De weg die achter ons lag kenden we tenminste en we wisten dat er ergens beschutting was te vinden, zij het een eind terug.

Andy had niet veel overreding nodig. Zelfs zijn kleding was niet tegen deze omstandigheden opgewassen.

'Kom op dan, laten we die greppel gaan zoeken.'

Het was frustrerend om terug te moeten: voor die paar kilometers die we gewonnen hadden, hadden we een hoge prijs betaald. De enige troost was dat de storm onmiddellijk draaglijker werd zodra we ons omdraaiden. We vonden de greppel die slechts een meter diep was na een half uur. We waren opgelucht toen we dankbaar beschutting zochten binnen zijn ondiepe wanden en de storm uit lieten waaien over de open vlakte boven ons.

Omdat ik van het zuidelijk halfrond kwam, had mijn lichaam het zwaar te verduren, en Bob en Legs probeerden me een paar minuten lang warm te wrijven door mijn doorweekte kleding heen. Het hielp niet echt, maar iedereen was doordrongen van de noodzaak om voor elkaar te zorgen.

Dinger haalde zijn magische brandertje weer te voorschijn en had binnen enkele minuten een dampende kop mierzoete thee klaar. Toen de beker werd doorgegeven, verbeterde het moreel enorm. Er werd weer gelachen en er werden geintjes gemaakt, iets wat we allemaal nodig hadden.

'Kom op, Andy,' fluisterde Legs, 'heb je contactlijm aan je vingers of zo?'

Andy gaf de beker aan Legs door. 'Ja, en dat geldt voor jou ook!' zei de volgende in de rij.

Ik voelde me een stuk beter en ik haalde een zakje gemengde vruchten uit mijn zak. Ik had genoeg voor een week; het enige probleem was het water.

'Geef dit eens door, Bob,' zei ik al kauwend. 'Het lijkt wel een picknick, hè?'

Tot op de dag van vandaag vind ik het opmerkelijk dat temidden van alle ontberingen en stress, het drinken van een kop hete thee zo'n enorm effect kon hebben op onze emoties en ons denken. Gedurende een aantal belangrijke minuten waren al onze problemen vergeten en leek de situatie niet zo slecht.

Bob bracht ons echter weer terug naar de werkelijkheid. 'Ik vraag me af hoe het Geordie, Mal en Vince is vergaan.'

'Ja,' zei Legs, 'ik hoop dat ze zich uit deze shit hebben weten te redden.'

Het zou twee maanden duren voordat we het antwoord te weten kwamen, een antwoord waar we toen geen van allen aan wilden denken.

Geordie, Mal en Vince waren door de storm overvallen die dag en nacht. 's Avonds, toen de storm op zijn hevigst was, raakte Vince van de andere twee gescheiden en werd ondanks hun zoekpogingen niet teruggevonden. Zijn bevroren lichaam werd enkele dagen later door de Irakezen gevonden. Hij was gestorven aan onderkoeling. Bravo two zero was zijn eerste man kwijtgeraakt, en er zouden er spoedig nog twee volgen.

Hoofdstuk 7

Irak, dag vier, januari 1991

Tegen vier uur in de ochtend was de storm eindelijk gaan liggen en trokken we verder naar het noorden. Hoewel de gevoelstemperatuur nog steeds laag was, waren de omstandigheden een stuk gunstiger dan tevoren, ook al omdat het landschap eindelijk begon te veranderen. De vlakke, open woestijn maakte plaats voor meer verscheidenheid, wadi's en heuvels, die alle beschutting tegen de elementen boden.

Net voor de ochtendschemering bereikten we de hoofdweg van Bagdad naar Syrië en namen we een positie in een ondiepe wadi in op een kilometer afstand om ons schuil te houden en om de weg te observeren.

We hadden nog twee TACBE's die we om beurten gebruikten om de batterijen zo lang mogelijk mee te laten gaan, en we deden om de twaalf uur een oproep. Er kwam nooit antwoord. We begrepen niets van dit gebrek aan communicatie. Als we geen contact hadden gehad met de straaljagerpiloot, hadden we het kunnen wijten aan defecte apparatuur. Maar het feit dat we contact hadden gehad, bewees dat in ieder geval één van de radio's werkte, dus waarom kregen we dan geen antwoord van de AWACS? Het zou maanden duren voordat we antwoord op die vraag kregen.

Zodra de dag was begonnen, kwam er een constante stroom burgerverkeer op gang op de hoofdweg, schijnbaar onbewust van alles wat er elders in het land plaatsvond.

'Het lijkt wel of iedereen hier een four-wheel-drive heeft,' zei Andy. 'Hadden wij er maar een, dan zouden we in een paar uur de grens over zijn. Recht door de woestijn, niemand zou ons zien.'

'En hoe dacht je dat we er een kunnen laten stoppen zonder hem aan flarden te schieten?' vroeg Bob. 'Ze scheuren met honderdtwintig tot honderdvijftig kilometer langs die weg. Je weet hoe Arabische automobilisten zijn.'

'Ja,' zei ik, 'dat zou goed staan op je grafsteen. Omgekomen bij een verkeersongeval, vierhonderd kilometer achter de vijandelijke linies.'

‘Vergeet niet dat het nog zo’n honderdvijftig kilometer is tot de grens. Hoeveel nachten als afgelopen nacht denken jullie nog aan te kunnen?’

Daar had Andy gelijk in; nog een etmaal dat zelfs maar half zo erg was als het laatste en niemand zou nog op zijn benen kunnen staan. Het zaad was gezaaid, en Andy was al een plan aan het formuleren. Hij had een uitweg gezien; nu moesten we alleen nog bedenken hoe we het gingen aanpakken.

De tijd kroop om en door het constante geril van onze ijskoude lijven was het nog eentoniger. We bevonden ons echter in een kansloze situatie. We hadden de nacht nodig om ongezien verder te kunnen trekken, maar de gedachte aan de genadeloze kou die ermee gepaard ging maakte de dag des te aantrekkelijker. We konden echter in geen geval bij daglicht verder trekken, daarvoor waren de risico’s te groot. Het beetje warmte dat de zon verspreidde had echter één voordeel: onze zeiknatte kleren werden tenminste droog. Dat alleen al zou levens kunnen redden in de snijdende nachtwind.

Tegen het eind van de middag gooide Vrouwe Fortuna opnieuw roet in het eten. We zaten half te dutten toen Legs iedereen wakker schopte.

‘Opstaan, verdomme!’ fluisterde hij fel. ‘Er komt weer zo’n kloteherder deze kant op!’

Het gekreun was unaniem. ‘Dat meen je niet.’ Maar helaas was het wel zo. We hoorden al het geklingel van bellen. We drukten ons in de zijkanten van de wadi om ons profiel zo plat mogelijk te maken.

‘Er is een kans dat hij ons straal voorbij loopt,’ begon Dinger. ‘Deze wadi kronkelt alle kanten op. Misschien hebben we mazzel.’

Ik keek om me heen. We werden opgejaagd, en bij daglicht was dat aan onze gezichten te zien. Er werden drie messen getrokken, waaronder het mijne. Als de herder de pech had ons tegen het lijf te lopen, zou hij het niet lang meer maken.

Er was een recht stuk van een meter of tien in het deel van de wadi waar we ons hadden ingegraven, en we hadden een grote kans dat hij ons niet zou zien, dat wil zeggen zolang vier van zijn geiten niet besloten zich bij ons aan te sluiten.

Binnen enkele minuten stond een gerimpelde bedoeïen van minstens tachtig, gekleed in een dik zwart gewaad, onbewogen naar ons te kijken. Plotseling begon hij breed en tandeloos te grijnzen en brabbelde iets in een volslagen vreemde taal die zelfs niets van Arabisch weg had. Met een licht schuldgevoel borg ik mijn mes weer op. Ik zou dat oudje niet doden, en ik kon me niet voorstellen dat een van de anderen het zou doen.

'Die man heeft de hele Irakese woestijn ter beschikking,' begon ik, 'en hij moet uitgerekend recht op dit stukje wadi van tien meter aflopen. De Republikeinse Garde had het niet beter kunnen doen!'

'Maar wat moeten we met hem doen?' vroeg Bob. 'Het heeft geen zin om hem te doden.'

'*Hadj*, waar is de soek?' babbelde Andy terug. 'Hadj' is een beleefde aanspreekvorm voor iemand op leeftijd.

De bedoeïen wees naar het zuiden en ratelde iets onverstaanbaars waar af en toe het woord 'soek' in voorkwam.

'Da's een goeie, Andy,' lachte Dinger. 'Nou gaat hij ons vertellen waar we een paar kippen en een schaap kunnen kopen.'

Het oudje had geen haast en vond het wel gezellig om aan het eind van de wadi op zijn hurken te zitten en een praatje te maken met zijn vreemde, nieuwe metgezellen. Hij wees opnieuw naar het zuiden en begon met zijn handen te gebaren en geluiden te maken die volgens mij alleen maar te maken konden hebben met oorlogsvliegtuigen en luchtaanvallen. Hij hield zijn handen voor zijn oren en schudde tegelijkertijd met zijn hoofd. Het zou er bizar hebben uitgezien voor een toeschouwer, een Arabier die hurkend aan de kant van een wadi een geanimeerd gesprek voerde met zichzelf of zijn geiten. Maar dat is hoe het de volgende tien minuten verderging. We luisterden naar zijn onafgebroken geratel tot hij eindelijk opstond, zijn handen ten hemel hief en zei: '*Insha-Allah*' (als God het wil).

Daarmee beende hij weg naar het noorden achter zijn geiten aan, die verveeld door ons gezelschap allang waren doorgelopen.

Toen we de kleine gestalte van de hadj zagen verdwijnen tussen de toppen en dalen van de woestijn, voelde ik me ontzettend opgelucht dat niemand van ons het nodig had gevonden hem te doden. Het afmaken van onschuldige burgers was niet iets dat ik gelijkgesteld had met het leven in de SAS, en tegen de tijd dat hij iemand zou hebben gevonden die bereid was naar zijn ongelooflijke verhaal te luisteren zonder te denken dat hij een beetje te veel hasj had gerookt, waren wij allang weg.

'Wat doen we nu?' vroeg Bob toen het geklingel van de geitenbellen was weggestorven.

Andy keek op zijn horloge. 'Nog een uur voordat het donker wordt. Zullen we het risico nemen, of niet?'

Ik antwoordde als eerste. 'We moeten ervan uitgaan dat hij ergens onderweg zijn verhaal vertelt, dus we moeten maken dat we hier zo ver mogelijk vandaan komen, zelfs bij daglicht.'

'Er is ook vrij veel dekking,' voegde Dinger er aan toe, 'dus tot zonsondergang kunnen we waarschijnlijk wel uit het zicht blijven.'

'Oké dan, ik probeer de TACBE nog een keer, en daarna gaan we weg. Jij gaat voorop, Dinger, en hou ons tussen de wadi's.'

We knikten allemaal instemmend en Andy begon met de radiocheck, maar intussen waren we zo sceptisch dat we niet meer de moeite namen om mee te luisteren.

'Hallo, wie er ook luistert, dit is Bravo two zero op Turbo. Hoort u mij, over?' We hadden het opgegeven om direct contact op te nemen met de AWACS, en stelden nu onze oproepen open voor alle stations die toevallig luisterden op de noodfrequentie in de hoop dat er ergens iemand was die ons zou kunnen helpen.

'Kloteding.' Andy gooide de TACBE weer in zijn zak. Hij nam niet eens meer de moeite om de oproep te herhalen. 'Kom op.'

We liepen in noordelijke richting de woestijn weer in en voelden ons nu wat meer op ons gemak in die omgeving. Het golvende terrein bood meestal voldoende dekking zodat we vrijer konden bewegen dan voorheen.

Na ongeveer een half uur kregen we een schok die ons elke illusie die we over onze situatie konden hebben ontnam. Bob, die achteraan liep, merkte de voertuigen als eerste op.

'Shit! Er zijn net twee viertonners de weg afgegaan in de buurt van ons voorlopige basiskamp!'

Het was ongeveer anderhalve kilometer van onze huidige locatie naar het punt waar we hadden uitgerust, en op die afstand waren de twee olijfgroene trucks met hun lading makkelijk te herkennen.

Zonder in paniek te raken zochten we dekking.

'Wat denk je?' vroeg Andy met toegeknepen ogen om beter te kunnen zien hoeveel manschappen er uit de voertuigen stapten.

'Een man of twintig, dertig,' antwoordde Dinger. 'Weinig kans.'

'Nou, daar zijn we nu wel aan gewend, toch?' voegde Legs eraan toe. 'Iemand heeft iets tegen ons.'

'Het is raar,' begon ik, 'de trucks komen uit het zuiden, maar de oude hadj is naar het noorden gegaan, de woestijn in.'

'Ja, nou ja, hij zal wel meteen naar een paar soldaten zijn gegaan om het te vertellen,' antwoordde Andy met een stem waarin de frustratie doorklonk. 'We kunnen in elk geval niet verder. We zullen moeten wachten tot de zon ondergaat.'

Terwijl ik naar de tientallen kleine figuurtjes keek die uit de voertuigen sprongen, wist ik dat we er beroerd voor stonden. Theoretisch hadden de Irakezen moeten denken dat we naar het zuiden trokken, maar deze gebeurtenis rekende met dat idee af. We hadden meer last van spanning dan ooit tevoren; we voelden ons flink in de val zitten.

'Ik weet wat,' zei Andy plotseling. 'We pikken een voertuig.'

'Andy,' antwoordde Dinger, 'daar hebben we het al over gehad. Hoe kun je er een laten stoppen? Als je schietend de weg op gaat, heeft dat stelletje ons zo te pakken.'

'Luister. We doen alsof er iemand gewond is. Twee van ons gaan de weg op, een van hen doet alsof hij zwaar gewond is, en de ander houdt een auto aan. Met onze shamags om en in het donker, hebben ze het pas door als het al te laat is. Dan komt de rest te voorschijn en klaar is kees. Simpel.'

'Ik vind het maar niks,' zei Bob. 'Er kan veel te veel misgaan. Stel je voor dat de auto niet stopt en regelrecht naar het dichtstbijzijnde politiebureau of naar een legerpost rijdt.'

'Of dat hij niet stopt en je overrijdt,' voegde ik er aan toe.

'Godsamme, kijk dan toch eens hoe we er voor staan! We zijn allemaal halfdood van de kou, ons water is bijna op en er zijn veertig van die gasten op nog geen kilometer afstand naar ons op zoek! Heeft er soms iemand een beter idee?'

Niemand zei iets. Als je het zo stelde, hadden we inderdaad niet veel keus.

'Mooi,' zei Andy. 'Dat is dan afgesproken. Bob, jij en ik voeren het toneelstukje op. Wij zijn de kleinsten en zien er het minst gevaarlijk uit. Dinger, jij gaat met Mike en Legs in hinderlaag liggen en jullie komen in actie zodra de auto stopt. Oké?' Andy keek ons allemaal onderzoekend aan. 'Kom op dan, we gaan.'

Ik was dan wel niet het meest ervaren lid van de groep, maar zelfs ik wist dat dit een zeer gevaarlijke onderneming was. We stapten nu buiten de grenzen van onze training en namen een enorm risico om uit een situatie te geraken die steeds hachelijker werd. 'Een kat in het nauw maakt rare sprongen' was een gezegde dat in mij opkwam. Gek genoeg had ik tot op dat moment onze situatie niet op die manier bekeken, maar als je alles op een rijtje zette, stonden we er slecht voor. We zaten inderdaad behoorlijk in het nauw.

Zodra het donker begon te worden, gingen we naar de weg toe, onderwijl het gebied waar de vijand ons zocht scherp in het oog houdend. Andy vertraagde zijn pas om naast me te gaan lopen.

'Heb je weleens aan doodgaan gedacht?' vroeg hij. 'Ik bedoel, ben je daar bang voor?' Volkomen verrast door zijn vraag keek ik hem aan. 'Ik heb er nooit echt over nagedacht,' was het enige wat ik kon bedenken. 'Ik denk er wel aan. Ik heb een dochtertje, weet je.' In de volgende tien minuten vertelde Andy me hoe hij ervoor wilde zorgen dat zijn dochter goed verzorgd achterbleef als hem iets overkwam. Toen wist ik dat hij er ook niet van overtuigd was dat deze actie zou slagen.

Door het gesprek met Andy drong het plotseling tot me door hoe zwaar het moest zijn voor de jongens die een gezin hadden. Hun vrouwen en kinderen zaten thuis en hadden geen idee van de gevaren waar hun mannen en vaders zich in bevonden. Ik was nog niet zo lang met mijn vriendin, Sue, dus had ik niet dezelfde verantwoordelijkheden. Het moest enorm veel moed hebben gevergd om alleen maar in die heli te stappen en aan deze missie te beginnen, niet wetend of je je dierbaren nog terug zou zien. Ik leerde snel hoe het er in een oorlog werkelijk aan toeging, en het was beslist geen geweldig avontuur.

Het was donker toen we bij de weg kwamen, en we hadden al een tijdje geen voertuigen langs zien komen, wat ons wel verontrustte.

'Hoe weten we in godsnaam wat voor type auto we aanhouden?' vroeg Dinger. 'Je ziet alleen maar een stel koplampen op je af komen.'

'Als het grote, ronde koplampen zijn, is het een truck en laten we hem gaan. Kleine ronde koplampen zijn van een auto of zo en die houden we aan, oké?' Andy wilde er vaart achter zetten.

We vonden al gauw een geschikte plek, splitsten ons op in de afgesproken groepen en gingen zitten wachten. Binnen enkele minuten verscheen er vanuit het noorden een stel koplampen, die kilometers ver zichtbaar waren op het lange rechte stuk weg.

'Dit is hem,' zei Andy. Hij wikkelde zijn shamag om zijn hoofd en gezicht. 'Bob, steun op me alsof je gewond bent, en ga als de auto vlakbij is op de grond liggen. Dat stelt de bestuurder meer op zijn gemak.'

Andy en Bob lieten hun wapens achter in de kleine wadi waar de rest van ons zich schuilhield en liepen naar de kant van de weg. De auto was nu nog maar op ongeveer een minuut afstand. Toen hun silhouet in de straal van de koplampen zichtbaar werd, liep Andy de weg op, met Bob aan hem hangend. De auto minderde vaart, nog altijd niet goed zichtbaar door het verblindende licht, en Andy liet Bob op de grond vallen. Hij zwaaide naar de auto om hem te laten stoppen en dat deed hij ook. Zodra we de wielen tot stilstand hoorden komen, schoten Dinger, Legs en ik uit onze schuilplaats en versperden de auto de weg, hopend dat de bestuurder zo verrast zou zijn dat hij niet weg zou rijden.

Ik weet niet wie er verbaasder was toen ik naar de auto rende: de dikke bebaarde bestuurder of ik. Het was ons gelukt om een enorme, felgele taxi te kapen, compleet met vijf passagiers.

'Eruit!' schreeuwden we tegen de inzittenden. 'En vlug een beetje!' De motor van de auto sloeg af toen we er vlakbij waren.

Een voor een kwamen de doodsbange passagiers uit de taxi en werden meteen van de weg af de wadi in geleid. De taxichauffeur was lastiger. Hij keek alsof hij wilde proberen op de vlucht te slaan, duidelijk niet bereid afstand te doen van zijn trotse bezit. Ik sloeg met de loop van de Minimi tegen de zijkant van zijn hoofd toen hij zijn hand uitstak om de motor opnieuw te starten. Daarna probeerde ik hem naar buiten te sleuren, maar er zat geen beweging in.

'Eruit, godverdomme!' riep ik, terwijl ik hem met het machinegeweer prikte. Het gaf niet dat hij geen Engels sprak. De dreiging van een soldaat die met een wapen voor je gezicht zwaait wordt door iedereen begrepen.

Hij merkte dat mijn geduld opraakte en begon zich uit het voertuig los te maken. Nu begreep ik waarom ik hem er niet uit had gekregen. Hij was zo dik dat hij klem zat achter het stuur. Toen hij zich eindelijk bevrijd had, bracht ik hem naar de anderen.

'Wat doen we nu?' vroeg Bob. 'Het zijn er verdomme zes!'

Een van de Irakezen voelde zich duidelijk niet op zijn gemak, en een nadere inspectie onthulde waarom dat was.

'Hé, die vent draagt een uniform,' zei ik wijzend. 'Ziet eruit als politie of gendarme.'

Andy haastte zich naar hem toe, zette hem apart en fouilleerde hem snel. De man was als de dood. Hij haalde een crucifix te voorschijn die hij om zijn nek had hangen en zei: 'Christen, christen,' kennelijk in de veronderstelling dat dat in zijn voordeel zou werken.

'We kunnen hem als gids gebruiken. Hij kan ons zeggen waar de troepen zich bevinden.'

'Andy,' zei Dinger, 'hij spreekt geeneens Engels en hij schijt in zijn broek. Wat hebben we daar nou aan?'

'We nemen hem toch mee! Laat hen maar hier,' zei hij, gebarend naar de andere Irakezen. Hij draaide zich om naar de auto. 'Ik rijd. Mike en Bob, neem die smeris mee.'

Bob, de agent en ik persten ons op de achterbank terwijl Andy, Legs en Dinger voorin gingen zitten. Andy startte de motor, schakelde in zijn een en keerde de auto. 'Honderdtwintig kilometer te gaan. Over een uur zijn we in Syrië!' Hij drukte het gaspedaal in en de taxi spoedde zich noordwaarts, met achterlating van vijf verdwaasde voormalige passagiers aan de kant van de weg.

Al Jouf, SAS Vooruitgeschoven operatiebasis

De commandopost gonsde van bedrijvigheid. Tientallen seiners, veiligheidsmensen en officieren liepen heen en weer in de besloten ruimte die nu het centrum was dat de orders voor meer dan twee squadrons SAS-soldaten dirigeerde.

'Wanneer heb je voor het laatst een signaal van Bravo two zero ontvangen?' vroeg de commandant.

'Ongeveer achtenveertig uur geleden,' antwoordde de dienstdoende officier. 'Het kwam slecht door, maar het bevestigde dat ze in gevaar waren en onmiddellijk geëxfiltreerd wilden worden.'

'Hoe kunnen ze in godsnaam zijn ingezet met de verkeerde frequenties?'

'Dat zijn we nog aan het uitzoeken, sir.'

'En wat staat er precies in die boodschap van de Amerikanen?'

De operationeel officier overhandigde hem een vel papier. 'De straaljagerpiloot was de radioboodschap helemaal vergeten. Hij dacht er pas vanmiddag aan om er een rapport over in te dienen.'

'Maar hierin staat dat hij contact had met 'Turbo' ten noorden van de aan- en afvoerroute. Waarom gaan ze naar het noorden? In alle standaardoperatieprocedures die we voor de squadrons hebben opgesteld, staat specifiek dat ze in geval van nood naar de grens met Saoedi-Arabië moeten gaan. Zij bewegen zich verder weg van vriendschappelijke troepen.'

De dienstdoende officier schraapte zijn keel. 'Ik heb tegen ze gezegd dat ze naar Syrië moesten gaan, sir. Dat is veel dichterbij dan de Saoedi-Arabische grens.'

De bevelhebber keek de dienstdoende officier kil aan alvorens verder te gaan. 'Dit rapport zegt dat de uitzending plaatsvond om 02.15 uur, dus dat is nog altijd zo'n veertig uur geleden.' Hij wendde zich tot de operationeel officier. 'Hoe staat het met de beschikbaarheid van de Chinooks?'

'Die van ons zijn geen van alle vrij de eerste drie dagen. D-Squadron bevindt zich het dichtst bij dat gebied en ik heb ze al meegedeeld dat ze zich ervan bewust moeten zijn dat Two zero hun kant op kan komen, maar dat lijkt nu onwaarschijnlijk. Beide helften van D bevinden zich nu meer dan honderdvijftig kilometer ten zuidwesten van de oorspronkelijke observatiepost. God mag weten hoe ver ze nu zijn. Ik kan altijd de Amerikanen proberen, misschien willen die een reddingsmissie sturen.'

'Nee, we ruimen onze eigen rotzooi op. Geef Bravo two zero als vermist op. Breng alle zendercodes op de hoogte van de feiten en laat alle helipiloten de noodfrequenties in de gaten houden als ze zich ten noorden van de Saoedi-Arabische grens bevinden.'

'Familie waarschuwen?' vroeg de operationeel officier.

'Nee, daar wachten we nog even mee. Ik wil er honderd procent zeker van zijn dat we ze kwijt zijn voordat we familie op de hoogte gaan stellen. Anders maken ze zich onnodig ongerust.'

De bevelhebber draaide zich om naar de enorme kaart die aan de muur hing, waarop met pen, tape en spelden was aangegeven waar missies plaatsvonden en waar zich groepen bevonden. Zijn ogen zochten de kaart af tot ze zich ten slotte richtten op de plek waar Bravo two zero zich had moeten bevinden, naast de noordelijke aanvoerroute, ruim tweehonderd kilometer ten noordwesten van Bagdad.

'Het is een allemachtig eind lopen naar Syrië, vooral als je weet dat ze er alleen voor staan. En wat gebeurt er als ze daar aankomen? We weten niet eens hoe de Syriërs zullen reageren. Misschien leveren ze de patrouille wel aan de Irakezen uit.'

Hij draaide zich weer om naar de twee zwijgende officieren en vervolgde: 'Geen gunstige start voor onze campagne, hè? Laten we hopen dat ze het er heelhuids van af brengen.'

'Ik kan maar beter de kolonel op de hoogte gaan stellen. Hij is er vast blij mee. Wat een zootje!'

Hij vertrok en liet zijn twee onderbevelhebbers achter om te bedenken wat hun volgende zet zou zijn.

Het zou tot verscheidene dagen na de boodschap duren voordat een helikopter naar het operatieterrein van de patrouille kon worden gestuurd. Tegen die tijd was de meerderheid van de patrouille al niet meer te helpen.

Hoofdstuk 8

Irak, avond dag vier/dag vijf: de laatste uren vrijheid

De taxi was niet bedoeld om zes mensen te vervoeren, laat staan vijf met militaire uitrusting, dus de ruimte in de taxi was zeer beperkt.

'Dit lijkt er meer op, hè, jongens?' Andy was euforisch. 'Laten we de verwarming aanzetten.' Hij begon aan wat knoppen op het dashboard te rommelen, en algauw circuleerde er een zalige stroom warme lucht door de auto.

Ik pakte mijn kaart en Magellan en begon onze positie te bepalen; het laatste wat we wilden was recht op een grenspost afrijden zonder het te beseffen. Ik bescheen de route met een zaklantaarn en zag op een gegeven moment een pijl naar een weggetje ten noorden van ons dat van de weg afboog en in noordwestelijke richting naar de grens voerde.

'Andy, ongeveer zeventig kilometer verder is er een afslag naar links. Die moeten we nemen om van deze weg af te komen en dan moeten we dat weggetje volgen richting grens.'

'Oké, Kiwi,' antwoordde hij. 'Hé, vraag eens aan onze vriend daar wat er aan de grens is, of er soldaten zijn of zo.'

'Hoe moet ik dat dan doen? Hij spreekt geen Engels.'

'Wijs het aan op de kaart, dan snapt hij het wel.'

Ik keerde me naar de Arabier naast me. Zijn ogen waren zo groot dat ze bijna uit hun kassen vielen.

'Die man schijt in zijn broek,' zei ik tegen Bob. 'We hadden hem bij de anderen achter moeten laten.'

'Ja, maar daar is het nu te laat voor. Hij kan zich maar beter gedragen en geen stomme dingen uithalen.'

Het hoofd van de politieman draaide nerveus van de een naar de ander. Hij begreep kennelijk dat we het over hem hadden, maar wist niet of het goed of slecht was. Ik hield de kaart voor zijn neus en probeerde hem aan te wijzen wat Andy wilde weten.

'Syrië hier.' Ik wees met mijn vinger. 'Irak hier.' Ik wees weer. Ik volgde met mijn vinger de weg naar de grens met Syrië. 'Soldaten, politie, leger?' vroeg ik met mijn vinger bij de grens.

Hij bekeek de kaart even. Toen begreep hij wat ik bedoelde en hij raakte zeer geagiteerd. Hij begon in het Arabisch te ratelen, nu en dan afgewisseld met 'Soldaten, soldaten, veel...' Toen deed hij alsof hij een geweer afschoot, terwijl hij steeds nerveuzer werd. Ik denk dat hij zichzelf al ten onder zag gaan in een regen van glorie, een vuurgevecht aan de grens met een wagen vol gekke buitenlanders.

'Het is oké,' zei ik terwijl ik de man op zijn arm klopte om hem te kalmeren. Het laatste wat we konden gebruiken was dat hij hysterisch zou worden op de achterbank.

'Andy, ik denk dat hij bedoelt dat het stikt van de soldaten aan de grens.' Ik had niets anders verwacht.

'Oké, oké, ik snap het.'

We hadden al tien kilometer gereden toen ik naar de Magellan keek.

'Ik denk dat je over ongeveer veertig minuten naar die afslag moet gaan uitkijken.'

'Oké, Kiwi, doe ik.'

Het was nu erg heet in de auto, maar na de afgelopen dagen was dat alleen maar lekker. Naarmate de warmte onze stijve spieren ontspande, werden we steeds slaperiger. Na twintig minuten zaten we te knikkebollen.

Hoewel ik niet sliep, zat ik wel te dagdromen toen de verandering van richting me weer in het land der levenden terugbracht. De weg was eindelijk afgeweken van zijn vaste noordwestelijke koers en draaide nu zo'n twintig graden naar rechts, grofweg naar het noorden.

Toen ik uit het linker raampje tuurde, schrok ik meteen. De weg waar we af moesten slaan flitste langs zonder dat we vaart minderden.

'Andy, begon ik, daar hadden we af moeten slaan.'

'Maak je maar geen zorgen,' zei hij op een toon die duidelijk geen tegenspraak duldde. 'We blijven op deze weg, dumpen de auto en leggen de laatste kilometers naar de grens te voet af. Blijf jij maar de kaart in de gaten houden.'

'Hoe ver is de grens nu?' vroeg Andy. 'Hij kan niet ver meer zijn.'

Ik bestudeerde de kaart weer en schatte snel de afstand. 'Ongeveer veertig kilometer. Met deze snelheid zijn we er binnen een half uur.'

'Mooi. Geef me een gil als we er een paar kilometer vanaf zijn.'

Ik keek zwijgend opnieuw op de kaart. Ik wilde een heel eind van de grens vandaan zijn als we de auto dumpten. Een paar kilometer van de grens zouden we midden in het grensdorp terechtkomen dat zich daar ontwikkeld had. Bovendien liep de Eufraat praktisch langs het dorp, zodat er waarschijnlijk ook nog een hoop boeren waren. Geen goede plek om een auto te dumpen, en zeker niet vroeg in de avond.

Maar we hadden de buitenwijken van de stad al bereikt. Steeds vaker verlichtten de koplampen van de taxi haveloze gebouwen en tuintjes langs de weg. Iedereen in de auto was nu klaarwakker. Het was niet onopgemerkt gebleven dat we steeds vaker boerderijen en huizen passeerden.

'Ik denk dat we de auto maar beter gauw kunnen dumpen, Andy,' begon Dinger. 'Het wordt hier een beetje druk.'

Hij had het nauwelijks gezegd of we zagen aan de rechterkant een bord waarop in het Arabisch en het Engels 'controlepost' stond geschreven.

Andy stopte de auto achter een verlaten wrak aan de kant van de weg toen het eind van een rij auto's in zicht kwam. Ongeveer zevenhonderd meter verderop zagen we een zwak verlichte militaire wegversperring met soldaten die de rij auto's inspecteerden.

'Shit!' vloekte Andy. 'Hoe ver zitten we van de grens af?'

'Ongeveer zestien kilometer,' zei ik prompt.

'Doe de motorkap open,'zei Dinger. 'Dan lijkt het of we pech hebben.'

Hij sprong naar buiten en deed de motorkap open. Hoewel de soldaten ons van zo'n afstand niet konden zien in het donker, kon je maar beter het zekere voor het onzekere nemen.

Andy draaide zich om in zijn stoel en sprak de politieman aan. 'Jij rijdt naar de andere kant,' zei hij, met zijn handen de bewegingen makend die met autorijden worden geassocieerd. 'Pik ons op.'

'Doe niet zo idioot,' snauwde Bob. 'Je denkt toch niet dat hij dat zal doen, hè? Hij rent recht naar de controlepost om te vertellen waar we zitten.'

Dinger maakte een eind aan de discussie. 'Kom op,' siste hij door de open deur. 'We moeten opschieten.'

Ik deed de deur open en liep naar de achterkant van de taxi, op de voet gevolgd door Bob.

'Je weet dat we hem eigenlijk moeten doden,' zei Bob zacht. 'Hij rent natuurlijk meteen naar dat zootje daar en dan zitten we weer in de shit.'

Terwijl we overlegden, stapte de politieman uit en ging nerveus handenwringend naast de auto staan. Zijn hoofd ging alle kanten op.

Ik denk dat we diep vanbinnen allemaal wel wisten dat we hem hadden moeten doden, maar omdat we zo dicht bij de grens waren, waren we er zeker van dat we de weinige resterende kilometers makkelijk konden afleggen in het donker. Later bleek dat we ons lot alleen maar zouden hebben uitgesteld als we hem hadden gedood. Hoewel we het nog niet wisten, waren we al een eindje de brigadepositie binnen gereden. Er waren honderden troepen in barakken en ingegraven in defensieve posities overal om ons heen.

We namen snel een pad dat in westelijke richting liep, loodrecht ten opzichte van de weg en bogen daarna weer af naar het noorden. De taxirit had in ieder geval één ding opgeleverd: mijn kleren waren helemaal droog. Voor het eerst sinds dagen voelde ik me uitgerust en had ik nauwelijks erg in de kou.

We bleven evenwijdig aan de weg lopen op ongeveer een kilometer afstand en waren algauw voorbij de bemande wegversperring, waar alles normaal leek te verlopen.

Helaas was dat het einde van ons tijdelijke verlichting, want toen we over een heuveltje trokken, brak de hel los.

Een regen van automatisch geweervuur en lichtspoorkogels flitste boven ons hoofd, zodat we ons op de grond lieten vallen. We begonnen onmiddellijk terug te schieten en de tracers uit onze machinegeweren vormden een dodelijke boog naar de vijand die onder ons was opgesteld.

'Uitbreken naar links,' gilde Andy. Hij sprong overeind en rende naar een stel vervallen gebouwen die verleidelijk dichtbij stonden, op nog geen zeventig meter afstand.

De vijand leek een aanzienlijke macht, waarvan we het aantal niet konden schatten in het donker, maar naar hun vuurkracht te oordelen waren ze zwaar in de meerderheid. Gelukkig schoten ze, zoals meestal het geval is bij onervaren schutters, veel te hoog, omdat ze niet gewend waren 's nachts te schieten. Dit kon echter niet zo blijven – ze zouden het snel onder de knie krijgen.

Er kwamen twee voertuigen aanrijden achter de vijandelijke positie, die de tientallen soldaten die op de grond lagen even verlichtten voordat ze hun koplampen uitdeden en er nog meer soldaten uitstapten.

'Als de sodemieter wegwezen hier!' riep Legs. We volgden een voor een Andy's voorbeeld en renden naar de verlaten huizen terwijl het vijandelijke vuur nog altijd op onze oude plek was gericht.

'Ze moeten ons silhouet hebben gezien toen we over de kam kwamen,' hijgde Bob. 'Ze hebben ons duidelijk weer uit het oog verloren toen we ons lieten vallen.'

We renden tussen de huizen door in de richting van de grens, en passeerden de vijandelijke troepen, die nog enthousiast lagen te schieten, op honderd meter afstand.

Het geluk was eindelijk met ons toen een sirene een luchtaanval aankondigde, vrijwel onmiddellijk gevolgd door het gedreun van luchtafweergeschut. Geallieerde gevechtsvliegtuigen waren op jacht. De grond trilde door de hevigheid van het artilleriebombardement, en een grote paraplu van rode lichtspoorammunitie strekte zich in de Irakese hemel uit op zoek naar de gehate bommenwerpers.

Gebruikmakend van deze afleiding renden we in oostelijke richting naar de Eufraat om de afstand tot de grens te verkleinen en onze verwarde achtervolgers op een dwaalspoor te brengen. We waren weer snel bij de weg terug, maar we moesten wel enkele passerende legervoertuigen vermijden door ons aan de kant van de weg te verschuilen. Ze waren ongetwijfeld op weg om de troepen te versterken die achter ons het terrein uitkamden. Toen de voertuigen voorbij waren, renden we naar de overkant en kwamen meteen in een wirwar van lemen en stenen huizen. Dit was typerend voor vele kleine dorpen die langs de grens waren ontstaan; hier konden de mensen profiteren van het langskomende verkeer en van de vruchtbare landbouwgronden die langs de rivier lagen.

We snelden geruisloos over een onverhard pad tussen de huizen door en waren binnen enkele minuten bij de rivier.

'Wacht even,' fluisterde ik dringend tegen Andy. 'Laten we onze flessen vullen nu we de kans hebben.'

We waren allemaal bijna door ons water heen, en als we nu een minuutje de tijd namen om onze flessen in de Eufraat te vullen, kon dat later misschien onze levens redden. Toen ik naar beneden gleed naar de waterkant, zag ik de oude en machtige rivier voor het eerst. Hij was reusachtig, op dit punt zeker zeshonderd meter breed, en met een sterke stroming.

'Iedereen klaar?' vroeg Andy. Iedereen knikte. 'Dan gaan we.'

Andy liep voorop, dan kwam ik, gevolgd door Bob en Legs met Dinger in de achterhoede. Aanvankelijk liepen we over een smal pad langs het water. Gelukkig hadden we een oever van drie meter boven ons die ons aan het oog onttrok. Deze verdween echter al gauw, en het pad liep naar het dorp terug, zodat we genoodzaakt waren ons een weg naar het noorden te banen om onze koers te kunnen handhaven.

Terwijl we liepen was elke vezel van elke spier in mijn lichaam gespannen, klaar om in actie te komen. Het bloed klopte weer in mijn oren en mijn ogen boorden zich in het donker op zoek naar mogelijk gevaar. De Minimi in mijn handen, schietklaar, was nu heel licht, en ik wist dat na nog een schotenwisseling mijn munitie op zou zijn. Daarna had ik alleen nog maar een paar M16-magazijnen die ik bij me had voor noodgevallen (de Minimi had een verwisselbare behuizing waar M16-magazijnen in pasten).

We kwamen aan de rand van een ander dorpje en Andy pauzeerde even om zich te oriënteren.

'Hoe ver is het nu naar de grens, Mike?'

Ik keek naar het schermpje van de Magellan en zag het lampje flitsen dat aangaf dat de batterijen bijna op waren. 'Alsjeblieft niet, hou het nog een paar uur vol,' zei ik. Hij begon informatie te spuien.

'Iets meer dan zes kilometer.' Op de kaart werd de grens gemarkeerd door een telecommunicatiemast, en toen we heimelijk naar het noorden trokken, werden zijn rode waarschuwingslichten zichtbaar, zelfs op deze afstand. We waren nu dicht bij de grens.

Onze koers voerde ons over een akker. We bevonden ons weer in de vreemde situatie waarin je maar een paar meter zicht hebt in elke richting beneden het niveau van je hoofd en alles daarboven makkelijk te herkennen is, badend in het maanlicht. We voelden ons erg kwetsbaar.

Twintig minuten later begon het eind van onze poging de vrijheid te bereiken en waren we voor het laatst met zijn vijven als patrouille bij elkaar.

We hadden halt gehouden bij een grote steile wadi die onze weg versperde.

'Jij en ik klimmen naar beneden en kijken wat er aan de andere kant is,' zei Andy tegen mij. 'Geef het aan de anderen door.'

Ik knikte en stond op om naar Bob terug te lopen, die zich een meter of tien achter mij bevond. Op dat moment begon er sporadisch vuur te klinken vanaf de achterhoede van de patrouille, onmiddellijk gevolgd door een lang salvo van automatisch vuur dat alleen van Dingers Minimi afkomstig kon zijn.

Plotseling kwamen er lichtspoorkogels uit alle richtingen, inclusief de andere kant van de wadi. We waren recht op een ingegraven Irakese verdedigingspositie af gelopen.

Ik zwaaide naar links en dook naar de grond. Met mijn linkerhand trok ik de inklapbare poten uit die onder het machinegeweer zaten. Ik hoorde het prettige geluid van de werkende delen van de Minimi die naar voren gleden en een salvo afvuurden in de richting van de rode en witte flitsen die aan alle kanten oplichtten. Bobs Minimi deed hetzelfde.

De meeste schoten gingen weer ver boven mijn hoofd, maar dit keer was dat een schrale troost – we hadden niet veel mogelijkheden meer.

Klik. Mijn wapen stopte met vuren. 'Shit!' gilde ik naar niemand in het bijzonder en ontspande de haan. De gecompliceerde procedure om te herladen die we tijdens de training hadden geleerd, duurde te lang. Ik wist dat ik mijn laatste bandmunitie had verschoten, dus rolde ik op mijn rechterzij, trok een magazijn uit mijn patroontas en stopte hem in de tweede behuizing van mijn Minimi. Een miljoenste seconde later liet ik de werkende delen naar voren glijden.

Het vijandelijk vuur werd nu beter gericht. Ik keek naar rechts en zag dat Andy al verdwenen was naar de veiligheid van het ravijn, een verstandige zet gezien de omstandigheden, en ik keek om naar waar

Bob had gelegen om hem door te geven dat hij hetzelfde moest doen, maar hij was nergens te bekennen.

Ik moest een beslissing nemen. Als ik bleef waar ik was, zou ik in een gatenkaas veranderen. Ik kwam op een knie overeind, schoot mijn magazijn leeg in de richting vanwaar het meeste vuur leek te komen, en stormde naar het ravijn, waar ik me in liet vallen.

Een regen van stenen en aarde vergezelde me naar de bodem van het kleine ravijn, waar ik Andy aantrof.

'Waar zijn de anderen, verdomme?' vroeg hij, nauwelijks verstaanbaar boven het constante gehamer van geweer- en mitrailleurvuur.

'Weet ik niet!' gilde ik terug. Mijn hart klopte zo snel dat ik dacht dat het zou exploderen. 'Het is een nachtmerrie daarboven. Het ene moment was Bob nog naast me, het volgende was hij weg. Hij moet zich hebben teruggetrokken naar de rivier met Dinger en Legs.

'Oké, laten we naar de Eufraat gaan om te zien of ze daar zijn.'

Mijn hartslag werd weer wat normaler en sloeg waarschijnlijk nog maar honderdtachtig keer per minuut in tegenstelling tot de driehonderd van een paar minuten eerder.

'Kom op dan, man, laten we hier weggaan.'

Toen we verder liepen door de wadi begon het vuur om ons heen af te nemen tot er op het laatst slechts af en toe een schot klonk.

'Het klinkt alsof ze niets meer hebben om op te schieten,' zei ik. Ik haalde het lege magazijn uit mijn wapen en stopte hem in mijn patroongordel. Maar verder kwam ik niet met het verwisselen van mijn magazijnen. 'Shit!' siste ik.

Andy stopte en draaide zich om, wapen in de aanslag. 'Wat is er?'

'Ik ben mijn laatste magazijn verloren. Hij moet ergens gevallen zijn tijdens het vuurgevecht.'

'Godsamme, is dat alles? Maak je niet druk, man, we zijn over een uurtje over de grens en dan maakt het niets meer uit.'

Na een paar minuten stuitten we op een hindernis. De wadi werd doorsneden door een grote betonnen stuwdam die te hoog was om overheen te klimmen. Daardoor werden we gedwongen uit de wadi te klimmen naar de akkers en dan oostwaarts naar de rivier te gaan. Honderd meter verderop kwamen we bij de oever van de Eufraat en begonnen we naar sporen van Bob, Legs of Dinger te zoeken, maar we vonden niets.

'Shit!' vloekte Andy. 'Nou, dan zijn we nog maar met zijn tweeën, Kiwi. Gelukkig heb jij de Magellan.'

We tuurden over het donkere water en even kwam ik in de verleiding om erin te springen om aan de strop te ontsnappen die zich langzaam maar zeker rond onze nekken sloot. Maar ik wist dat het zinloos was om in onze conditie te proberen de ijskoude, snelstromende rivier over te zwemmen. Dat moesten we alleen doen als ons niets anders meer overbleef.

'We kunnen niet langs de oever,' begon Andy. 'Kijk, op die brug daar lopen wachtposten heen en weer.'

Inderdaad werd de rivier honderdvijftig meter noordelijker door een door wachtposten bewaakte brug overspannen.

Ik draaide me weer naar Andy om en zei: 'Ze hebben duidelijk een soort tirailleurslinie in dat gebied. De troepen zitten daar gewoon te wachten tot we eropaf stuntelen of wachten tot het licht wordt. Hoe dan ook, we moeten er langs. We hebben niet veel tijd meer tot het licht wordt.'

'Wat wou je doen?'

'Ik denk dat we er langs moeten tijgeren. Op die manier zien we hen voordat ze ons zien en kunnen we een confrontatie vermijden. Je hebt kans dat als we er eenmaal voorbij zijn, het maar een kippeneindje naar de grens is. Hoeveel munitie heb jij nog?'

'Ik ben er doorheen,' antwoordde Andy.

'Ik ben niet van plan mijn Minimi zonder slag of stoot aan het Irakese leger te schenken.'

Ik keek naar het stuk zwart met blauw metaal dat de laatste dagen deel van me was gaan uitmaken en liep naar de kant van de rivier, waar ik het wapen tussen het riet liet zakken dat langs de oever groeide.

Toen deed ik mijn gordel af en begon in de verschillende vakken te rommelen en dingen die ik kon gebruiken in mijn zakken te stoppen. Een volle veldfles, de Magellan, wat gevriesdroogd voedsel, mijn ontsnappingsset; de rest verdween in de Eufraat. Andy volgde zonder te aarzelen mijn voorbeeld. We moesten zo min mogelijk gehinderd worden op onze kruiptocht.

Na enkele minuten waren we klaar. 'Dat was het, Kiwi!' zei Andy. 'Ga jij maar voor.'

We liepen opnieuw in westelijke richting over de akkers. Ik voelde me naakt zonder wapen maar was er zeker van dat ik zou weten wanneer we moesten gaan kruipen. Na een minuut of tien liet ik me op een knie zakken vlak bij het punt waar ons laatste contact had plaatsgevonden en draaide me om naar Andy. 'Vanaf hier moeten we kruipen.'

'Doen we.'

Ik begon pijnlijk langzaam op mijn buik, knieën en ellebogen over de vlakke akker te kruipen en bracht slechts af en toe mijn lichaam enkele centimeters omhoog om een van de vele bermen over te steken die kriskras door het gebied liepen.

Onze route voerde ons langs drie vijandelijke posities. Een ervan was zo dichtbij dat ik de silhouetten zag van de vier soldaten in hun schuttersputje, die een sigaret lieten rondgaan en in het Arabisch met elkaar fluisterden. Als we zo dichtbij waren, bleef ik regelmatig even stil liggen om te zien of we waren ontdekt, maar de soldaten schenen zich niet bewust te zijn van onze aanwezigheid. Het was een van de meest zenuwslopende dingen die ik ooit heb gedaan.

Het leek een eeuwigheid te duren, maar in werkelijkheid kropen we maar een uur lang. Een uur om ongeveer honderd meter af te leggen. Omdat de tijd tegen ons werkte, was het een hoge prijs voor zo weinig terrein. Op het laatst zag het er naar uit dat we door de vijandelijke linie heen waren gebroken. Ik had al twintig minuten niets gehoord dat op het tegendeel wees, dus kwam ik aarzelend overeind. Ik bleef een paar minuten op een knie zitten om de situatie in te schatten.

'Het lijkt veilig, ' zei ik tegen Andy en begon me half hurkend voort te bewegen.

Zo gingen we een tijdje verder, om de paar minuten stoppend om het terrein af te speuren en te luisteren of we de vijand hoorden. Algauw kregen we echter het terrein tegen. Een combinatie van bebouwd terrein in het zuiden en de wadi in het noorden dwong ons in een richting die we niet uit wilden.

'We moeten de wadi oversteken, anders staan we zo dadelijk op de hoofdweg,' fluisterde ik.

'Kut, het stikt van de soldaten aan de overkant van de wadi. Net wat we nodig hebben!'

'Heb jij een beter voorstel? Ze zitten overal!'

Andy was even stil. 'We moeten het er maar op wagen. Misschien zitten we nu ook wel verder westelijk.'

Zonder verdere discussie vervolgden we onze weg naar het noorden en daalden af in de wadi. Ik was binnen een paar minuten op de top van de andere oever en bleef daar vijf minuten bewegingloos liggen, wachtend op aanwijzingen voor wat ons verderop te wachten stond, maar mijn onderzoekende ogen en oren werden slechts begroet door stilte en ondoordringbare duisternis.

Half gehurkt begon ik me weer langzaam voort te bewegen en met elke stap voelde ik me zekerder. Misschien was het inderdaad zoals Andy gedacht had, dat de troepen verder naar het oosten lagen. Ik bevond me zo'n vijftig meter van de wadi, met Andy vlak achter me, toen het gebeurde.

Het spannen van de haan van de AK47 heeft me mijn leven gered. Het scherpe geluid van metaal op metaal gaf me een fractie van een seconde om me op de grond te laten vallen voordat de hel losbrak. Ik zag nog net dat Andy als een haas wegschoot naar de veiligheid van de wadi voordat een regen van kogels om mij heen losbarstte uit een reeks schuttersputjes die zich zo ver het oog reikte van oost naar west uitstrekte. Ik wist dat ik goed in de puree zat.

De Irakezen bevonden zich zo'n twintig meter voor mij, met tussenruimten van een meter of tien, en gelukkig hadden ze zich in akkers ingegraven. Elke akker was gemarkeerd door kleine bermen van aangestampte aarde, waarvan er een nu al mijn genegenheid kreeg. Ik drukte me wanhopig in zijn schamele dekking en gebruikte hem om de kogels op te vangen die bijna hun beoogde doel troffen.

De soldaten moesten me uit het oog hebben verloren zodra ik ging liggen, want ze schoten nu in alle richtingen naar elke schaduw of elk bosje dat bewoog of een bedreiging leek te vormen. Een minuut of tien later was het schieten weer verminderd tot af en toe een salvo.

Toen raapten twee van de moedigste soldaten al hun moed bijeen om de 'killing ground' te inspecteren op sporen van wat een doorzeefd lijk had moeten zijn. Kwetterend als apen liepen ze naar de rand van de wadi en passeerden me op twee meter afstand. Toen ze over de oever uitkeken en met hun AK's in de diepte wezen, hield ik mijn adem in uit angst dat ze de damp zouden zien als ik uitademde.

'Schiet op, klootzakken,' dacht ik. 'Lazer op!'

Mijn ogen boorden zich in hun ruggen, in de hoop dat ik ze door pure wilskracht kon laten omkeren en weggaan zonder me op te merken.

Er kwam een voertuig door hun linie aanrijden en de bestuurder zette hem zo neer dat de koplampen de hele lengte van de wadi beschenen. Die ontsnappingsroute was afgesneden.

De twee soldaten keerden terug naar hun maten, zonder zelfs maar een blik in mijn richting te werpen, wel wetend dat niemand de wadi zou gebruiken om hen die nacht aan te vallen.

Ik probeerde razendsnel een plan te bedenken om heelhuids uit deze hachelijke situatie te geraken. Vreemd genoeg voelde ik me heel kalm toen ik de situatie en mijn overlevingskansen opnam.

Het eerste wat ik moest doen was bij de lampen van de auto vandaan zien te komen; daar was de aandacht van de soldaten beslist op gericht. Met rupsachtige bewegingen begon ik in tegenovergestelde richting te kruipen, me tegen het walletje aandrukkend alsof mijn leven er van afhing. Het kostte me een uur om twintig meter vooruit te bewegen om uit de straal van de lampen te komen.

Vanaf dit punt begon ik wat sneller langs de berm te kruipen tot ik op mijn eerste hindernis stuitte: een andere berm die haaks op de mijne stond. Om er overheen te gaan moest ik mijn lichaam blootstellen aan de soldaten boven mij, waar ik me niet bepaald op verheugde. Ik veranderde van houding zodat ik langs de nieuwe berm kwam te liggen en tilde mijn arm over de kam om hem als hefboom te gebruiken om de rest van mijn lichaam langzaam naar de top te manoeuvreren. Eenmaal daar rolde ik zo geluidloos mogelijk naar de andere kant. Ik bleef ademloos liggen wachten om te zien of iemand me had gehoord. Gelukkig vonden de Irakezen het prima om te wachten tot het licht werd, wat nu niet lang meer zou duren.

Ik keek op de verlichte wijzerplaat van mijn duikershorloge. 'Shit!' dacht ik, ik had nog maar anderhalf uur voordat het dag werd.

Doordat ik op een nieuwe akker was gekomen, was ik de dekking van het walletje kwijt en ik kroop dan ook met een snelheid waarvan ik hoopte dat hij geen aandacht zou trekken verder naar het oosten. De akker waar ik me nu op bevond gaf me een onbelemmerd uitzicht op de omgeving, en ik zag dat de Irakezen hun verdedigingslinie evenwijdig aan een smalle weg hadden opgeworpen, ongetwijfeld de weg die naar de nabij gelegen brug voerde. Zo'n honderd meter voor mij uit waren twee legertenten opgezet die, naar ik aannam, het commandocentrum van deze troepen uitmaakte.

Naar het zuiden, westen of oosten trekken was uitgesloten, en het trok me ook niet echt om te proberen langs de posities zo'n twintig meter ten noorden van mij te sluipen, maar ik moest toch iets doen. Ik zocht het gebied wanhopig af, op zoek naar een mogelijkheid, een of andere uitweg, en op het laatst werd mijn geduld beloond. Een kleine verandering in de contouren van de grond zo'n dertig meter van mij af duidde op de mogelijke aanwezigheid van een greppeltje of walletje dat van noord naar zuid liep en twee van de Irakese posities doorsneed. Het was niet veel, maar iets beters was er niet.

Zo snel als ik durfde kroop ik erheen en ik merkte tot mijn verbazing en opluchting dat het een afwateringsgeul was van zo'n halve meter diep – perfect. Ik gleed er in en voelde me meteen veiliger. Ze konden me absoluut niet zien hier. Mijn enige zorg was dat de bodem van de greppel bedekt was met grind, zodat ik moest uitkijken dat ik geen lawaai maakte.

Ieder ander zou het gekkenwerk hebben gevonden om naar de vijand toe te kruipen in een poging ongemerkt langs hun positie te komen. Onder andere omstandigheden zou ik dat misschien ook hebben gevonden, maar ik was bijna op een punt gekomen waarop niets me nog kon schelen. Ik moest iets doen en dit was mijn keuze. Met langzame, beheerste, rupsachtige bewegingen schuifelde ik langzaam vooruit, met mijn gezicht naar beneden zodat er geen licht op kon reflecteren.

Mijn hele wezen was op één ding gericht: steeds dichter naar de vijandelijke posities kruipen en naar de relatieve vrijheid die naar ik hoopte aan de andere kant bestond. Ik had mezelf ervan overtuigd dat ik het geklaard zou hebben als ik eenmaal hier voorbij was. Nog maar een paar kilometer naar de grens. Dat doel hield me in beweging.

Ik bevond me misschien op vijf meter van de dichtstbijzijnde Irakees toen mijn wanhopige gooi naar de vrijheid eindelijk voorbij was, en het ergste was nog dat ik er niets tegen kon doen.

Een Irakese soldaat klom uit een van de schuttersputjes en slenterde naar de greppel. Hij sprong erin en begon te lopen, onderwijl kletsend naar zijn maats, waarschijnlijk om te voorkomen dat ze hem zouden neerschieten. Ik besefte wat er zou gebeuren zodra hij zijn eerste voet in de greppel zette.

Liggend in de greppel met alleen een mes om me mee te verdedigen, was ik ervan overtuigd dat mijn laatste uur had geslagen. We hadden allemaal te horen gekregen dat de Irakezen geen gevangenen maakten, en er schoten verhalen door mijn hoofd over de SAS-soldaten van wie de hoofden op palen werden rondgedragen in de Dhofar-campagne. Bijna in slowmotion kwam ik overeind, mijn mes stevig in mijn rechterhand geklemd, klaar om uit te vallen naar de naderende soldaat, maar het was een hopeloos gebaar.

Hij zag mijn beweging van ongeveer twee meter afstand en sprong van schrik achteruit. Hij spande de haan van zijn AK47 die hij in zijn handen hield en riep naar zijn maats terwijl hij zijn wapen op automatisch in mijn richting leegschoot. Twee van zijn maten volgden zijn voorbeeld. Het was einde oefening.

DEEL II

Te wapen

Hoofdstuk 9

Begindagen

Ik werd geboren in Grey Lynn, Auckland, Nieuw-Zeeland, op 2 mei 1964. Bij mijn geboorte werd ik geadopteerd als eerste kind van een Brits echtpaar. Beiden waren officier in het leger.

Na de Tweede Wereldoorlog emigreerden veel Britten naar Australië en Nieuw-Zeeland en mijn ouders maakten ook deel uit van die golf. Mijn vader, afkomstig uit West Ham in Londen, emigreerde na het afzwaaien naar Nieuw-Zeeland. Als voormalig bommenwerpernavigator bij de RAF had hij gehoor gegeven aan een oproep van de Nieuw-Zeelandse luchtmacht, die in die tijd een ernstig tekort aan gekwalificeerde navigators had. Nadat hij de Nieuw-Zeelandse ambassade in Londen had bezocht voor een strenge medische keuring en om formulieren in te vullen, hoefde hij alleen nog maar te wachten op de uitslag van de keuring. Binnen enkele weken vloog hij op kosten van de Nieuw-Zeelandse luchtmacht naar Nieuw-Zeeland. Het eerste wat zijn familie in Engeland over de emigratie vernam was via een brief die hij zo'n twee jaar later naar zijn broer stuurde. Mijn vader heeft nooit de kans gehad om weer naar Engeland terug te gaan.

Hij werd aanvankelijk gestationeerd bij Hobsonville Air Base, ongeveer een half uur rijden ten noordwesten van het centrum van Auckland, dat in die tijd de basis was van een vloot Sunderland-vliegboten.

Mijn moeder, geboren in Johnston, Schotland, was de oudste van twee kinderen. Haar Engelse ouders, die beiden leraar waren, hadden besloten het door oorlog verwoeste Engeland te verlaten voor een betere toekomst in de dominions. Canada was de oorspronkelijke bestemming, maar omdat ze geen Canadese ambassade in Londen konden vinden, kwamen ze bij zijn Nieuw-Zeelandse tegenhanger uit. Mijn moeder was vijftien toen ze met haar ouders en broer vanaf de SS *Captain Cook* in Wellington aan land stapte.

Toen ze achttien was begon ze aan een verpleegstersopleiding aan het Wellington Hospital en daarna ging ze bij het Army Nursing Corps als luitenant en werd gestationeerd bij Whenupai, een vliegbasis dicht bij Hobsonville. Mijn ouders ontmoetten elkaar in het leger en trouwden uiteindelijk in 1962.

Omdat mijn moeder in die tijd een geslaagde carrière had, besloten zij en mijn vader dat ze op dat moment liever een kind wilden adopteren dan dat mijn moeder een tijd niet zou kunnen werken wegens zwangerschap. Mijn adoptie ging echter niet van een leien dakje. Omdat mijn ouders in die tijd in Fiji woonden omdat mijn vader daar bij het vliegboten in Sunderland was gestationeerd, wilden de overheidsinstanties me liever niet op zo jonge leeftijd het land uit laten gaan.

Na zes weken vruchteloos onderhandelen zat er nog steeds geen schot in de zaak. Mijn moeder had er ten slotte genoeg van en besloot een vriend in te schakelen, die toevallig parlementslid was. Daarna was de zaak snel geregeld en al gauw was ik onderweg naar Fiji, waar ik de volgende anderhalf jaar van mijn leven doorbracht.

Toen we terugkeerden naar Nieuw-Zeeland verhuisde mijn familie naar West Auckland en vestigde zich uiteindelijk in Te Atuta South, een buitenwijk die zeer handig was voor het centrum van Auckland en Whenuapai. Als extra bonus was het gunstig gelegen voor de prachtige stranden aan de oost- en westkust van Auckland en de schitterende rimboe van de Waitakere Ranges. Wat nog belangrijker was, was dat Eden Park, de bakermat van Auckland rugby, maar een half uur rijden was.

Men zegt weleens dat het leven in Nieuw-Zeeland tien jaar achterloopt bij Engeland, maar om eerlijk te zijn, zijn de verschillen veel groter. De Nieuw-Zeelandse levensstijl is uniek voor het 'Land van de Lange Witte Wolk', iets wat je pas kunt waarderen als je een tijd elders hebt gewoond.

Toen we weer in Nieuw-Zeeland waren, ging mijn vader terug naar Whenupai, en begon mijn moeder een carrière buiten het leger in de verpleegsector. Tussen de nachtdiensten en het huishouden door bracht ze nog drie andere kinderen groot, allen meisjes en lang niet zo lastig als ik. Na een paar jaar zat mijn vaders dienst bij de luchtmacht erop. Van zijn pensioen kon hij een bescheiden buurtwinkel annex boekhandel kopen, dicht bij ons huis in Te Atatu, die hij vele jaren heeft gehad tot hij met pensioen ging.

Tegen de tijd dat ik de basisschool had doorlopen, hadden mijn ouders besloten dat ik moest worden klaargestoomd voor grotere dingen. Ik bleek goed te kunnen leren en uiteindelijk werd besloten dat ik naar een middelbare school voor jongens zou gaan, met de bedoeling dat deze omgeving mijn academische capaciteiten zou bevorderen.

Mount Albert Grammar School (MAGS) speelde een enorm belangrijke rol in mijn vorming. Er werd ons gevoel voor traditie bijgebracht, vaderlandsliefde en loyaliteit, eigenschappen die me in het leger zeer goed van pas kwamen. Op die school begon ook het romantische idee van een jonge jongen te ontkiemen om heldhaftig zijn land te verdedigen tegen een of andere nationale of internationale dreiging.

Elk jaar op de dagen voor Anzac-dag, werd de aula versierd met foto's van oud-leerlingen die hun leven hadden gegeven om onze levenswijze te verdedigen. Ik slenterde dan door de aula, die heel groot was en een gewelfd plafond had, en staarde omhoog naar de jonge mannen met frisse gezichten, die allemaal het ultieme offer hadden gebracht. Zelfs op die leeftijd vond ik dat zeer roerend.

Wat ik ook op de middelbare school ontdekte was mijn liefde voor geschiedenis, met name van Europa. Met de hulp van een aantal zeer capabele en enthousiaste leraren blonk ik uit in het vak dat mij gedurende mijn gehele schooltijd bleef fascineren en slaagde ik cum laude.

De best uitgestippelde plannen worden echter vaak niet ten uitvoer gebracht, en zoals elke ouder weet, zijn de roerige tienerjaren waar kinderen doorheen moeten alvorens volwassen te worden, bezaaid met goede voornemens. Tegen het eind van mijn schooljaren op de MAGS gingen mijn ouders scheiden en sloeg ik een beetje los: Doc Martens, skinhead, stoer gedrag en slechte cijfers.

Mijn moeder en zussen verhuisden naar Wellington. Het was de bedoeling dat ik hen zou volgen, maar ik had geen zin om daar te wonen. Met mijn vader kon ik niet goed opschieten, zoals vaak gebeurt op die leeftijd, dus was het ook geen goed idee om bij hem te gaan wonen. De laatste en naar mijn mening beste optie, was om bij vrienden van de familie, Mike en Kaye Trubuhovich in te trekken.

En zo kwam ik bij het huishouden van Trubuhovich, een zeventienjarige skinhead die erop gebrand was om de hele wereld de schuld te geven van alles wat er misging in zijn leven. Met geduld en heel veel volharding wisten ze me op het rechte pad te krijgen en ervoor te zorgen dat er een redelijk verstandige en fatsoenlijke jongeman aan de andere kant te voorschijn kwam.

Mijn opleiding bij de MAGS ging door tot de zevende klas, en toen het eind van 1981 in zicht kwam, bevond ik me op een van de vele kruispunten in mijn leven. Ik was gezakt voor mijn New Zealand scholarship examen, maar geslaagd voor het Higher School Certificate, zodat ik naar de universiteit kon. Ik wist niet wat ik moest doen. Uiteindelijk besloot ik mezelf een adempauze te geven door een korte gecombineerde studie letteren en rechten te gaan doen aan Auckland University.

De volgende maanden maakte ik mezelf wijs dat dit was wat ik wilde. Ik volgde colleges over politieke wetenschappen, Engels uit de tijd van Shakespeare en andere interessante onderwerpen, maar diep vanbinnen wist ik al die tijd dat ik niet vooruitkwam. Maar waar wilde ik naartoe?

In april 1982 vielen de Argentijnse strijdkrachten een afgelegen en vrij onbekende groep eilanden in het zuiden van de Atlantische Oceaan binnen, dat in handen van Groot-Brittannië was, met de bewering dat ze tot het grondgebied van Argentinië behoorden. Ik volgde de gebeurtenissen tijdens de Falkland-oorlog en raakte gefascineerd door de heroïek die verbonden was aan namen als Goose Green en Wireless Ridge. Hier werden legendes geschreven, en het was wellicht het grootste moment voor Groot-Brittannië, de laatste grote koloniale oorlog. Ik voelde me zeer bevoorrecht dat ik, jaren later, dienst deed naast mannen die er waren geweest en 'de klus hadden geklaard'.

Toen het juni werd en de Falkland Eilanden weer in Britse handen waren, was ik vastbesloten om in het leger te gaan. Ik ging naar het wervingskantoor in Queen Street, Auckland, en omdat ik student was, werd ik doorverwezen naar de Regular Officer Selection Board. Binnen enkele weken vloog ik naar Burnham, Christchurch, samen met tientallen andere kandidaten om de testweek voor officieren bij te wonen die bedoeld was om potentiële officierskandidaten aan te merken voor een verdere opleiding en carrière in het leger.

Hoewel ik genoot van de cursus, slaagde ik niet en werd mijn hoop de bodem in geslagen. Ik had echter een voorproefje gehad van het militaire leven, en het trok mij aan.

Rond 1980 had het eerste New Zealand Special Air Service Squadron ernstig te kampen met een tekort aan mensen. De strenge selectie bleek een te grote hindernis te zijn voor het kleine aantal kandidaten dat opkwam om het te proberen. De toenmalige commandant en zijn adviseurs kwamen met een plan om de rekruteringsbasis voor potentiële kandidaten te verbreden door rechtstreeks uit de burgermaatschappij te rekruteren.

Dit was een nieuw concept. Toen de Nieuw-Zeelandse SAS in 1955 werd gevormd voor de Maleisische campagne, werd een grote rekruteringsactie in het land gehouden om geschikt personeel te vinden. In die tijd werkte het, dus waarom nu niet? Dus werd er een grootscheepse advertentiecampagne gestart, waarin iedereen tussen de twintig en vijfendertig werd aangemoedigd om te solliciteren bij de Special Air Service.

Ongeveer drienhonderdtwintig personen meldden zich aan. Tegen september was dat aantal geslonken tot twaalf, die voorafgaand aan de selectie drie maanden op trainingskamp moesten. Vijf mensen kwamen opdagen en namen deel aan de reguliere SAS selectiecursus van 1984; ik was een van die vijf, en met mijn negentien jaar de jongste kandidaat die ooit aan de selectie had deelgenomen. Ik kreeg leeftijdsdispensatie omdat ik twintig zou zijn tegen de tijd dat de procedure voorbij zou zijn.

Ik vond de drieweekse NZSAS-selectie een van de zwaarste beproevingen van mijn leven en beslist zwaarder dan de 22 SAS-cursus.

Terwijl in de Engelse selectie het accent op lange, vermoeiende marsen ligt, introduceerde de Nieuw-Zeelandse cursus in die tijd elementen als onthouding van slaap en voedsel, naast fysieke en psychologische kwellingen.

Ondanks dat alles vond ik de cursus toch opwindend en beslist avontuurlijk, en na drie weken behoorde ik tot de kandidaten die zich staande hadden weten te houden (trouwens, alle burgerkandidaten hadden de cursus overleefd).

De volgende drie maanden kregen we een gespecialiseerde training op allerlei gebieden die onmisbaar waren voor een SAS-trooper. Seinen, geneeskunde, SAS-tactieken en evacuatie en ontsnapping waren vaardigheden die werden onderwezen in de eerste fase van de trainingscyclus. Aan het eind van deze fase werden de kandidaten ingelijfd, afgedankt of (als ze niet helemaal voldeden maar wel potentieel hadden) ze mochten dienst nemen bij de infanterie. Dat laatste was mijn beloning.

Ik kan me nog levendig herinneren dat ik voor de trainingsofficier moest verschijnen. Kapitein Bill, Vietnam-veteraan en al twintig jaar in het leger, was het voorbeeld voor elke jonge SAS-trooper in wording. Hij dwong zoveel respect af, dat ik hem tot op de dag van vandaag beschouw als iemand die heel bepalend is geweest voor mijn militaire carrière. Het was erg demotiverend om voor hem te staan en te horen te krijgen dat ik weggestuurd zou worden om mijn basisvaardigheden te verbeteren.

Indertijd was het een enorme klap voor me dat ik de eenheid moest verlaten, maar achteraf gezien hebben kapitein Bill en zijn staf me een enorme dienst bewezen. Ik was beslist niet volwassen en geschoold genoeg om aan de gestelde eisen te voldoen, en de SAS had niet de tijd of de mankracht om me te helpen mijn achterstand in te halen.

Van de vijf oorspronkelijke burgerkandidaten werd een eruit gegooid wegens vechten voordat hij de cyclus had afgerond, twee besloten bij de nationale SAS-eenheid te gaan, een van hen, Big Ken, bleef en kwam een jaar of drie later bij het 22ste SAS-regiment, waar hij een zeer succesvolle carrière had. En ik werd dus voor een jaar bij de infanterie gedetacheerd.

Ik nam jaloers afscheid van degenen die terecht geslaagd waren, ging aan boord van een vliegtuig naar Christchurch om me bij het 1ste Battalion Royal New Zealand Infantry Regiment te melden.

Het leger van Nieuw-Zeeland is bij lange na niet een van de grootste, best uitgeruste of goed betaalde militaire organisaties ter wereld, maar beslist wel een van de meest professioneel getrainde en zeer gemotiveerde. Met name het Royal New Zealand Infantry Regiment, dat uit slechts twee bataljons bestaat, heeft een trotse, eervolle geschiedenis, en zijn soldaten worden over de hele wereld gerespecteerd.

Burnham, gelegen in de uitgestrekte Canterbury Plains op het South Island van Nieuw-Zeeland, was de basis van het operationele bataljon van de infanterie. De andere eenheid was in Singapore gestationeerd en werd het opleidingsbataljon genoemd. Toen ik daar aankwam, werd ik bij de basisopleiding geplaatst, waar alle nieuwelingen terechtkwamen, en ik werd meteen onderworpen aan de hardheid van de infanterist.

Het 'groene' leger was een schok voor me na de intense en veeleisende training bij de SAS. Ik bleek ook een beetje een dilemma te vormen voor mijn instructeurs, afdelingscommandanten en pelotonssergeanten, van wie velen niet door de SAS-selectie waren gekomen. Hier hadden ze een soldaat die uitstekend getraind was in gevechtstechnieken op korte afstand en in kleine teams, die op hoog niveau getraind was op het gebied van wapens, seinen en geneeskunde, maar die weinig snapte van infanterietactieken en formaties en niet kon marcheren of exerceren. Het was nogal een bizarre situatie.

Ik moet zeggen dat mijn instructeurs erg goed met de situatie omgingen en me zonder enige kwaadwilligheid zo goed in mijn compagnie, peloton en onderdeel integreerden dat het na enkele weken leek of ik nooit ergens anders was geweest. Drie maanden later promoveerde ik met de novemberlichting en nam ik mijn plaats in tussen de rest van de infanteristen in 2/1 RNZIR.

Ongeveer zes maanden later zag ik me voor een zwaar dilemma geplaatst. Iedereen wist dat er van me verwacht werd dat ik binnen een paar maanden naar de SAS terug zou gaan, maar de bevelhebber van mijn compagnie had me de optie gegeven om twee jaar naar Singapore te gaan. Ik loste de kwestie op door naar kapitein Bill te bellen, omdat ik bang was dat ik mijn recht om zonder nieuwe selectie naar de SAS terug te gaan verspeelde als ik naar Singapore zou gaan. Zijn antwoord gaf me de stimulans die ik nodig had: 'Maak dat je wegkomt, we zien je wel over twee jaar.' Drie weken later zat ik in het vliegtuig naar Singapore.

Singapore, 1985

Toen ik op Changi International Airport uit het vliegtuig stapte, viel ik bijna flauw door de vochtige benauwdheid. Binnen enkele minuten na aankomst droop ik van het zweet; mijn keurige tenue plakte als natte lappen aan mijn lijf.

Omdat ik sinds mijn tweede jaar niet meer in het buitenland was geweest, vond ik de hele ervaring een spannend avontuur, zoals de meeste debutanten.

Nadat de formaliteiten van douane en immigratie achter de rug waren, werden we naar een wachtruimte buiten de terminal geleid die duidelijk gereserveerd was voor grote groepen en vervolgens in de witte bussen gedreven die liefkozend 'witte olifanten' werden genoemd, die ons naar onze bestemming zouden brengen.

Dieppe Barracks aan de noordkant van het eiland was de basis van het 1ste Bataljon van het Nieuw-Zeelandse infanterieregiment, de enige buitenlandse strijdmacht die in Singapore was achtergebleven sinds de Britten zich in 1971 hadden terugtrokken. Het bataljon was bekend geworden in de streek tijdens de noodsituaties in Maleisië en Borneo, en later tijdens de oorlog in Vietnam; de meeste onderofficieren in het bataljon droegen Vietnamlintjes op hun borst.

Singapore zelf was de droom van elke jonge soldaat, een exotische, goed betaalde post waar hard werken en een harde aanpak voorop stonden. Het was het meest vooraanstaande trainingsinstituut van het Nieuw-Zeelandse leger en het nam een voorname plaats in onder de militaire instellingen van Nieuw-Zeeland.

De eerste week in Singapore brachten we door met de voorbereidingen voor onze terreininprentingscursus, door ons kortweg TIC genoemd. Iedereen die bij het bataljon kwam, of het nu voor de eerste of de tiende keer was, moest de training ondergaan. De cursus zelf was bedoeld om degenen die pas in Singapore en Maleisië waren aangekomen vertrouwd te maken met de wonderen van de Zuidoost-Aziatische jungle.

Vijf dagen later verlieten we Dieppe op weg naar Johor, de zuidelijke deelstaat van Maleisië. De oversteek tussen Singapore en Maleisië wordt meestal gemaakt via een lange brug die de eilandstaat met het Maleisische schiereiland verbindt. Een van de eerste welkomsttekens die we zagen in de buurt van de douaneposten was een reusachtige afbeelding van een hangend skelet met de teksten 'drugssmokkel' en 'dood' in het Maleis en het Engels. Dat was duidelijk.

Aan de andere kant van de brug wist je meteen dat je in een ander land was. Het contrast tussen de klinische rijkdom van Singapore en de ordeloze armoede van Johor Bahru had niet groter kunnen zijn.

De TIC-cursus was op zichzelf een unieke belevenis en bereikte duidelijk al zijn doelen. Gedurende drieëntwintig dagen zouden we worden onderworpen aan een intensieve training met onderdelen die varieerden van junglenavigatie en patrouilleren tot hygiëne en waterzuivering. Het onderste werd uit de kan gehaald en geen seconde werd verspild bij het streven om een capabele junglesoldaat van je te maken. Je aanvankelijke angst voor alle enge beestjes die je kwaad konden doen in de jungle verdween al gauw toen het werk zwaarder werd.

Hierbij werd steeds opnieuw hetzelfde verhaal verteld. Je eerste nachten in de jungle maakte je voordat je ging slapen een plek vrij zo groot als een heliplatform, maar na een paar dagen TIC-training had je dat afgeleerd, en uiteindelijk sliep je gewoon waar je halt hield, volkomen uitgeput en zonder je af te vragen wat zich onder je zou kunnen bevinden.

Drieëntwintig dagen later kwamen we dus een stuk dunner tussen de bomen vandaan, stinkend en een stuk beter op de hoogte van hoe het er in ons beroep aan toegaat. Toen we in Dieppe terug waren, verspreidden we ons over de compagnieën waarbij we waren ingedeeld om weer het gewone bataljonsleven te leiden.

Als jong soldaat in Singapore had ik een leven waar ik daarvoor niet eens van had kunnen dromen. De mengeling van diverse Aziatische culturen, samengesmolten tot een semi-westerse stijl, was bedwelmend en verslavend. Een ongelooflijk nachtleven, met bars en clubs die de hele nacht open waren (iets wat volslagen onbekend was in Nieuw-Zeeland in die tijd), de mogelijkheid om bijna willekeurig vreemde landen te bezoeken, gekoppeld aan de ongeëvenaarde kameraadschap, zorgden ervoor dat mijn twee jaar in Singapore voorbij vlogen.

Ik maakte reizen met de HQ compagnie en de A compagnie toen ik bij het 1ste RNZIR was, en ik had het geluk te mogen deelnemen aan een aantal representatieve taken als de Hong Kong Mortar Concentration, Brunei Shooting Competition en het Maleisische rugbytoernooi. Pas toen ik naar Nieuw-Zeeland en de SAS terug zou keren, besefte ik hoe veel competenter en zekerder ik was geworden.

Twee dagen voor mijn vertrek naar Nieuw-Zeeland kwam ik weer met beide benen op de grond te staan. Ik lag in de barak te slapen met de rest van het peloton, toen ik werd gewekt door de wachtcommandant.

'Mike, Mike,' zei hij terwijl hij me wakker schudde. Ik staarde hem met slaperige ogen aan en keek op mijn horloge. Het was halfvier in de nacht.

'Wat is er?' vroeg ik.

'Ik heb een telefoontje gekregen van de landmacht in Auckland. Het spijt me, je vader is zojuist overleden.' Het was erg bot, maar ja, er is waarschijnlijk geen gemakkelijke manier om tragisch nieuws over te brengen. Ik zou het zeker niet willen doen.

Zo'n vijf uur later vloog ik terug naar Nieuw-Zeeland. Ik geloofde nog steeds niet dat het waar kon zijn. Ik had mijn vader niet meer gezien of gesproken sinds ik naar Singapore was vertrokken; we hadden alleen een paar brieven geschreven, en het was een enorme klap dat hij twee dagen voor mijn terugkeer was gestorven.

Ik denk dat het pas na de begrafenis echt tot me doordrong. Het lijkt allemaal een beetje onwerkelijk, tot je het lichaam in een kist ziet liggen. Mijn vader was altijd nogal gereserveerd geweest. Hij woonde alleen sinds zijn scheiding, nam niemand in vertrouwen en wilde beslist niet van iemands hulp afhankelijk zijn. Op zijn sterfdag liep hij naar de plaatselijke ambulancepost op ongeveer een kwartier afstand en zei: 'Ik geloof dat ik zojuist een hartaanval heb gehad.' Zes uur later overleed hij in het ziekenhuis aan een zware hartaanval.

Een week na mijn terugkeer naar Nieuw-Zeeland hervatte ik mijn SAS-training. Mijn vader had nooit de kans gehad om me te zien dienen.

Hoofdstuk 10

1ste NZSAS GP, Militaire basis Papakura, 1985

Het intense regime van de SAS-cyclus was waarschijnlijk het beste elixer voor mij in die tijd. Doordat ik me in de training kon storten, werd mijn aandacht van de dood van mijn vader afgeleid. Ik had het geluk dat verscheidene van mijn goede vrienden uit Singapore ook aan de cursus deelnamen: Pete, Ex, Dave en big Hoki, die allemaal te hulp schoten en me steunden in deze moeilijke periode.

Omdat mijn vaardigheden op het gebied van seinen en geneeskunde niet meer up-to-date waren, doorliep ik deze cursussen opnieuw. De cruciale cursus voor mij was 'patrouilleprocedures', die bij mijn eerste poging mijn struikelblok was geweest. In deze cursus leerde je de broodnodige vaardigheden van de vierkoppige SAS-patrouille, de pijler van een cavalerie-squadron.

De cursus patrouilleprocedures stelde zowel mentaal als fysiek hoge eisen en bleek vaak de meest veelzeggende factor te zijn bij het slagingspercentage, na de selectie zelf. Het cursuspakket omvatte een breed scala van vakken, waaronder patrouilletechnieken, observatiepostinrichting en routine, contactprocedures, hinderlagen, boobytraps, doelwitverkenning van dichtbij en nog veel meer. Dit alles culmineerde in een laatste oefening die zowel het individu als de patrouille testte op alle pas verworven vaardigheden.

Deze keer was ik vastbesloten het te halen, en gewapend met mijn Singapore-ervaring had ik het zelfvertrouwen om er zeker van te zijn dat ik niet weer de mist in zou gaan. Dit gevoel werd bewaarheid en aan het eind van de cursus ontving ik een geestdriftig rapport dat mijn laatste twijfels wegnam. Ik had niet alleen mezelf gerehabiliteerd, maar het systeem had ook in mij geloofd door me toe te staan terug te komen, en dat geloof had ik gerechtvaardigd.

Patrouilleprocedures was ook een cursus die de deelnemers aan de cyclus tot een hechte groep maakte, omdat je gedwongen was op elkaar te vertrouwen en in elkaar te geloven. Een bijna onoverwinnelijk gevoel van kameraadschap ontwikkelde zich in de loop van enkele weken; er werden vriendschappen voor het leven gesloten. Vier van ons van deze lichting zouden bij het 22ste SAS-regiment komen.

Bij de patrouillecursus begonnen we aan het gevreesde 'combat survival'. Ik had deze cursus al tijdens mijn eerste cyclus gedaan (en was daarbij zeseneenhalf kilo afgevallen), dus voor mij was de druk er wel een beetje af. Ik zou meedoen met de eerste twee instructieweken, maar hoefde godzijdank niet aan de laatste oefening mee te doen.

Combat survival was precies wat de naam suggereerde. Omdat een SAS-patrouille vaak ver achter de vijandelijke linies moet opereren, is de kans groot dat je gevangen genomen wordt. Het doel van deze cursus was te leren overleven in een vijandige omgeving, uitgaande van het ergste scenario: dat de patrouille zijn hele uitrusting kwijt is geraakt, op de vlucht is voor de vijand en zelf zijn kostje bij elkaar moet scharrelen.

Voor dat doel worden verscheidene technieken onderwezen om de kans op overleving zo groot mogelijk te maken: navigeren op sterren, planten en dieren herkennen, jagen en vallen zetten, gebruik van verzamelpunten, geïmproviseerde kleding en onderdak, ontwijken van mensen en honden, en tot slot verzet bij ondervraging. Het laatste is een buitengewoon interessante week waarin voormalige krijgsgevangenen hun ervaringen komen vertellen en echte ondervragers lezingen komen geven over de methodologie van hun beroep.

De cursus als geheel is best plezierig en zeker leerzaam, tot aan de laatste oefening, die gewoonweg slopend is. Het scenario van die oefening heeft een beproefde vorm. De kandidaten verzamelen zich, worden geblinddoekt en in trucks naar een vooraf bepaalde plaats vervoerd: meestal de verlaten wildernis van het militaire oefenterrein Waiouru. Bij aankomst worden ze midden in de nacht per patrouille gedropt, krijgen een geïmproviseerde kaart mee, krijgen te horen waar hun eerste verzamelpunt is en moeten dan oplazeren. De patrouille neemt de identiteit aan van vier ontsnapte gevangenen uit een krijgsgevangenkamp die proberen uit handen van de vijand te blijven door zelf eten te zoeken en via een reeks verzamelpunten verder te trekken. Tegelijkertijd zijn er de jagers die over allerlei middelen beschikken, zowel op de grond als in de lucht, die proberen de vluchtelingen opnieuw te vangen.

De cursus wordt altijd midden in de winter gehouden, zodat je het de hele tijd gegarandeerd koud hebt, nat en hongerig bent en je ellendig voelt. Het is vooral ontmoedigend als je op een verzamelpuntagent een zak met de 'rantsoenen' voor de volgende vierentwintig uur in je koude, verdoofde handen gedrukt krijgt. Als je er later in kijkt, blijken er twee boterhammen per persoon, twee of drie aardappels en een stuk rauwe pens in te zitten. Om van te watertanden!

Aangenomen dat je niet wordt gepakt, trek je gedurende een week van het ene verzamelpunt naar het andere, voordat je je laat pakken en wordt onderworpen aan een afmattende verhoorfase. Naam, rang, nummer en geboortedatum is de enige informatie die je mag prijsgeven; als je meer loslaat, kun je opstappen.

Zo'n dertig uur later wordt in de verhoorkamer plotseling je blinddoek losgemaakt en staat je trainingsofficier tegenover je die 'Einde oefening' zegt. Dat is een van de meest gedenkwaardige momenten van je leven. Je neemt dankbaar een kop dampende, mierzoete thee in ontvangst en wordt naar een kamer geleid waar voldoende eten staat om een leger te voeden. Eindelijk durf je te denken: 'Goddank dat het voorbij is!' Een voor een komen de andere deelnemers binnen, allemaal met die verdwaasde maar opgeluchte uitdrukking op hun gezicht. Dan begin je allemaal tegelijk te praten en lijkt het ineens niet meer zo erg te zijn geweest.

De volgende middag verzamelen de cursisten zich in de bar met de rest van de groep. Zonder plichtplegingen roept de commandant de kandidaten die geslaagd zijn naar voren om zijn beroemde beige baret in ontvangst te nemen, met een gevleugelde dolk erop. Overbodig te zeggen dat het bier rijkelijk vloeit tot in de kleine uurtjes. Terugkijkend op de avond waarop ik mijn baret ontving, had ik nooit kunnen denken dat binnen vijf jaar vier van deze trotse soldaten hun dienst bij de NZSAS zouden beëindigen en het helemaal over zouden doen in een land dat twintigduizend kilometer ver weg lag.

Het in ontvangst nemen van je onderscheiding is echter nog niet het einde van je cyclus in Nieuw-Zeeland. In tegenstelling tot zijn beroemdere Britse tegenhanger gaat de training door om vaardigheden te leren als vernietiging, bergbeklimmen, amfibische infiltratie, gespecialiseerde oorlogvoering (ook bekend als anti-terrorismetraining) en een parachutecursus voor degenen die geen paratraining hebben gehad.

Tijdens de cursus bergbeklimmen kreeg ik een voorproefje van het gevaarlijke leven bij de SAS. De eerste fase van de cursus werd gegeven in Leigh, een idyllische plek op een paar uur rijden van Auckland. Eerst vond ik het nogal angstaanjagend. Ik vond het maar niks om tegen een steile rotswand op te moeten klimmen met een touw dat bevestigd was aan kleine wiggen van metaaldraad als enige beveiliging. Naarmate de dagen verstreken en mijn zelfvertrouwen toenam, begon ik er echter plezier in te krijgen.

We moesten eerst technieken oefenen op grote stukken afgebroken rots die aan de voet van de steile rotswanden lagen voordat we aan de klippen zelf begonnen. Al gauw volgden de beklimmingen, die steeds langer en moeilijker werden. Maar, zoals met alles bij de SAS, net als je denkt dat je het allemaal wel onder de knie hebt, gaan ze het militaire element erbij halen. Plotseling klom ik midden in de nacht tegen een vijftig meter hoge wand op met een rugzak en een geweer op mijn rug. Dit is de echte wereld.

Toch lukte het me om heelhuids en redelijk ongeschonden door deze fase heen te komen. Daarna gingen we verder met bergbeklimmen en overleven op de noordpool, waarvoor de basistraining ook plaatsvond in Leigh. Je hebt een berg nodig om bergbeklimmers op te leiden, dus we koersten naar het zuiden. Op het hoge centrale plateau van North Island ligt de 2797 meter hoge, soms actieve vulkaan Mount Ruapehu, die de streek domineert en de heerst over zijn kleinere en minder illustere zustervulkanen Tongariro en Ngauruhoe. In het skioord van de berg leken we een droevig stelletje, gekleed in een allegaartje van witte en groene camouflagekleding en met rugzakken op toen we naar de top liepen, langs de horden trendy skifanaten met al hun Gucci-spullen. Het was in deze fase van de cursus dat we het gezegde 'Spot niet met de berg' in ons vocabulaire opnamen. Iedereen die enige tijd op een berg heeft doorgebracht, of het nu is om te skiën of om te klimmen, weet hoe veranderlijk, gevaarlijk en onvoorspelbaar het weer in de bergen kan zijn.

We hadden tweederde van de afstand naar de hut afgelegd toen de storm losbarstte. Er leek geen waarschuwing te zijn. Het ene moment was er een stralend blauwe lucht, en het volgende was het overal wit om je heen. Binnen enkele minuten werden we gebombardeerd door sneeuw en ijs dat met honderd kilometer per uur werd meegevoerd. Als je meer dan een meter zicht had, was het veel. De kracht van de storm was zodanig dat het alleen te verdragen was als je er in elkaar gedoken met je rug naar toe ging zitten; staand had je geen kans het geweld te weerstaan.

Onze instructeurs beseften al gauw dat dit een hachelijke situatie was. Ze begeleidden met zijn drieën veertien beginnende klimmers, van wie de meeste nog nooit op een berg waren geweest, laat staan in zulke omstandigheden. Hoewel we maar een paar honderd meter van de top en de veiligheid van de berghut verwijderd waren, zouden we hem onmogelijk kunnen vinden in dit weer, zoals het ook onmogelijk was om veilig terug naar beneden te gaan voor het donker werd. De instructeurs overlegden snel met elkaar en besloten dat onze enige optie was te blijven waar we waren tot de storm was uitgeraasd.

Intussen werden we bestookt met steeds groter wordende ijskegels. Phil, een van de instructeurs, kwam naar Pete, Bomber en mij toe en schreeuwde boven de wind uit: 'We blijven hier. Pak je schep en graaf een sneeuwhol.'

We hadden een paar dagen daarvoor een les gehad over het maken van sneeuwholen, maar dat was in een veilig en gerieflijk leslokaal. Dat we het geleerde in deze omstandigheden in de praktijk moesten brengen voerde de praktische toepassing van een les wel erg ver door. Ik begon te worstelen met de sluitingen van mijn rugzak. Les één, bewaar je schep buiten op je rugzak: de sluitingen waren stijf bevroren. Bomber was erin geslaagd zijn schep te pakken en ik leende hem om ermee op mijn rugzak te slaan tot het ijs loskwam en ik bij mijn eigen schep kon.

De eerste klus was de rugzakken ingraven, want de wind was zo sterk geworden dat ze naar beneden zouden waaien als we ze niet vasthielden. Daarna groeven we een geul van ongeveer twee meter diepte en anderhalve meter lengte, die loodrecht op de windrichting stond. Het duurde een eeuwigheid, vooral omdat we na tien minuten geen gevoel meer in onze handen hadden, zodat we onze handschoenen uit moesten doen om onze bevroren vingers onder onze oksels te verwarmen. Toen ze weer warm waren en het gevoel terug was, was de pijn ondraaglijk, maar het enige alternatief was bevriezing of nog erger.

Bomber, een fanatieke bodybuilder en voormalig boordschutter van hooguit 1,65 meter, schepte als een bezetene, waardoor hij zijn greep op de schep verloor, die met een sneeuwvlaag in de nacht verdween.

We wisselden het werk af met zijn drieën; twee groeven en een probeerde een sneeuwmuur te maken tegen de storm, wat niet erg wilde lukken. Toen de greppel klaar was, moesten we het hol zelf graven. Onder normale omstandigheden is dat al heel moeilijk, laat staan in deze omstandigheden. We moesten loodrecht op de greppel een ingang uitgraven voordat we aan het hol zelf konden beginnen. Het werk ging nu een stuk makkelijker omdat we uit de wind stonden.

De instructeurs liepen constant heen en weer tussen de groepjes, erop toeziend dat het model juist was en dat we voldoende maatregelen namen tegen bevriezing en onderkoeling en dergelijke. 'Blijf altijd op elkaar letten,' adviseerden ze steeds als ze weggingen.

Tegen drie uur 's morgens had elke groep zich veilig ingegraven, en het was geweldig om van de storm verlost te zijn. We moesten echter nu meer dan ooit op onze hoede zijn. Er kan zich gemakkelijk koolmonoxide ophopen in een sneeuwhol, tenzij je een ventilatiegat maakt. Dit deden we door een skistok door het dak te drukken, maar er moest steeds iemand wakker blijven om het gat open te houden.

Ondanks de beschutting tegen de wind was het vreselijk koud binnen; onze lichamen trilden hevig in een poging weer warm te worden. Geen van ons had de pooluitrusting die nodig was om langere tijd deze omstandigheden te doorstaan; we waren uitgerust voor een gerieflijk verblijf in een berghut. Het was de bedoeling dat we overdag in de sneeuw zouden werken en bij het eerste teken van slecht weer naar de relatieve luxe van de hut zouden terugkeren.

We hielden om beurten twee uur de wacht om de ingang en het ventilatiegat open te houden, maar vooral om degenen die probeerden te slapen in de gaten te houden. Er stond constant een pot thee klaar.

Tegen negen uur 's morgens was de storm nog steeds niet afgenomen en moest er een nieuwe cruciale beslissing worden genomen. Zouden we blijven waar we waren tot de storm was uitgeraasd of zouden we proberen naar beneden te gaan uit angst dat de storm of onze eigen lichamelijke toestand zou verslechteren? Onze instructeurs kozen voor het laatste, en binnen een uur waren we op de terugtocht. Achteraf gezien heeft dit besluit ongetwijfeld levens gered. Toen iedereen nog relatief sterk was, kon je beter een poging wagen dan afwachten.

Het was een nachtmerrie om naar buiten te stappen in de storm. Na enkele uren beschutting leek het nog erger om me er vrijwillig weer aan bloot te stellen.

We begonnen aan onze langzame afdaling, nog steeds met slechts enkele meters zicht. We liepen achter elkaar en hielden degenen voor en achter ons steeds in de gaten. Langzaam maar zeker daalden we en geraakten we uit de klauwen van de sneeuwstorm tot we eindelijk, als een oase in de woestijn, het verlaten toevluchtsoord van het skiveld en ons basiskamp bereikten.

Van alle gevaarlijke situaties waarin ik me heb bevonden, staat deze onuitwisbaar in mijn geheugen gegrift, om verscheidene redenen. Ten eerste waren we groen en ongetraind, en dankzij vertrouwen in onze instructeurs, onze eigen vermogens en onze kameraden, overleefden we een beproeving die veel ernstigere consequenties had kunnen hebben. Lessen die je door harde ervaring leert, vergeet je niet meer, en ik heb veel lessen geleerd op die berg. Het schrijnendste van alles was echter wat er een paar jaar later op dezelfde berg met een andere expeditie gebeurde.

Een groep van negen soldaten, onder wie twee instructeurs, was op weg gegaan naar de berghut voor een oefening toen er een sneeuwstorm opstak. Een van de instructeurs slaagde erin terug te keren naar het reddingscentrum en sloeg alarm. Door de slechte omstandigheden werd de groep pas drie dagen later teruggevonden, en toen het reddingsteam bij hen kwam, waren er twee dood en leden de overlevenden aan onderkoeling en bevriezing. Tot op de dag van vandaag besef ik wat een geluk wij hebben gehad dat dat ons niet is overkomen.

Het werd kerstvakantie en daarna werd ik bij het B-Squadron, Air Troop ingedeeld. De NZSAS heeft slechts twee squadrons, 'met afwisselend een jaar een 'groene rol', dat wil zeggen de conventionelere sferen van SAS-infiltratie en patrouilleren, en een jaar een 'zwarte rol', die het anti-terreurteam omvat. Het B-Squadron was bezig de verantwoordelijkheid van het anti-terreurteam over te nemen, en degenen van ons die er pas bij waren, werden gelijk in het trainingsprogramma ingepast.

Ik was bij de fase van de gespecialiseerde oorlogvoering als beste scherpschutter uit de bus gekomen, net voor Pete. Vier jaar later zou ik deze prestatie herhalen bij de 22ste SAS-cursus, tot grote ergernis van Pete. Uiteraard herinnerde ik hem er nooit aan.

Wicky, die net als ik bij de MAGS had gezeten, was de beste scherpschutter die mij de kneepjes van het vak zou bijbrengen. Scherpschutters eten van twee walletjes wat het anti-terreurteam betreft. Ze trainen in hun eerste capaciteit en ook in hun tweede, als 'aanvallers'.

Er was altijd een hoop rivaliteit tussen de twee groepen; de scherpschutters hadden de bijnaam Julies, naar hun zendercode 'Juliet' en ook vanwege hun schijnbaar makkelijkere taak. De aanvallers, daarentegen, hadden de eer bekend te staan als 'nut nuts' omdat je alleen maar hersens ter grootte van een pinda nodig hebt om door een raam te zwaaien en een doel op enkele meters afstand te raken. Ondanks dit alles had men wederzijds respect voor elkaars professionaliteit, waardoor het veel op een grote familie leek.

De twee commandanten van de groep waren totaal verschillende karakters. Brozzo, de commandant van de aanvalsgroep, was een van mijn instructeurs geweest tijdens de cyclus en was net terug bij het B-Squadron na voltooiing van zijn werk bij de trainingsafdeling. Hij was ongeveer 1,75 meter lang, woog zo'n 83 kilo en was een fitheidsfanaat, zeer professioneel en een geboren leider die de mensen om hem heen inspireerde. Agressief en prestatiegericht als hij was, nam hij ook de rol van instructeur voor het onderdeel ongewapende strijd op zich, een rol waar hij erg van genoot, gewoonlijk ten nadele van de rest van ons. Of het nou werk was, rugby of zuipen, je kon er donder op zeggen dat hij er middenin zat.

Phil, de commandant van het scherpschutterteam, was zo relaxed dat hij bijna sliep. Hij was lang en mager en was net terug na een vrijwillige afwezigheid van enkele jaren waarin hij had gevochten voor de door Zuid-Afrika gesteunde Namibische strijdkrachten tegen Angolese terroristische rebellen. Gewapend met deze ervaring en een hoop nieuwe ideeën, transformeerde hij de training van het scherpschuttersteam door veel technieken te introduceren die hij tijdens zijn actieve dienst had opgedaan. Gehard door de jaren waarin hij op terroristen joeg in de Afrikaanse bush, was het enige wat zijn bloeddruk kon verhogen de gedachte dat hij lichamelijke training moest doen of het feit dat de bar zou sluiten voordat hij opnieuw had kunnen bestellen. Een van zijn favoriete kunstjes was om een 'kop van een barbaar'-doel met gestrekte arm vast te houden en vervolgens zijn scherpschutters op te roepen het vuur erop te richten van honderd meter afstand.

De eerste drie maanden van de anti-terreurtraining waren intensief, omdat elk aspect van de benodigde vaardigheden geoefend, gerepeteerd en uitgevoerd moest worden tot het een tweede natuur werd. Voor het scherpschuttersteam werden drie van de vijf dagen per week doorgebracht met schiettraining, gewoonlijk op bewegende doelen op zeshonderd meter afstand. De overige twee dagen werden gewijd aan aanvalstraining en alle bijkomende vaardigheden: snel touwklimmen, abseilen, gevecht op korte afstand, inval met explosieven en nog veel meer. Daarnaast werd het team als geheel minstens een keer per maand (en altijd beginnend op vrijdagmiddag) getraind in een gijzelingsscenario, waarin zo veel mogelijk elementen werden geïntroduceerd om elke soldaat, elke groep en elke commandant tot het uiterste te testen.

Voor een jonge, leergierige soldaat waren dit opwindende tijden. Hoewel ik genoten had van mijn tijd bij de infanterie, was dat niet te vergelijken met de realistische en unieke training die je bij de SAS kreeg. Hiervoor was ik bij het leger gegaan.

Hoofdstuk 11

1ste NZSAS GP, 1989

Dankzij een herschikking van de operationele leiding van de eenheid, werd het verblijf van het B-Squadron bij het anti-terreurteam verlengd van een jaar tot bijna twee jaar. Dit leek oppervlakkig gezien geen probleem te zijn, maar met de beperkingen die het anti-terreurteam zijn opgelegd weten zelfs de beste commandanten op het laatst niet meer hoe ze herhaalde training kunnen vermijden. Ik was dan ook blij toen ik eindelijk de scherpschutters- en aanvalsspullen kon inleveren. Het prettigste moment was echter toen ik de nagel aan mijn doodskist, mijn pieper, kon inleveren. Het is geen lolletje om tweeëntwintig maanden lang binnen dertig minuten oproepbaar te moeten zijn.

Bij die eerste squadronparade eind oktober ging het erom de mannen die nog niet waren geslaagd voor hun infiltratievaardigheden, en dat waren er nogal wat, bij te spijkeren. De oude rotten gingen ofwel terug naar hun oude troepen voor verdere training, of gingen verder met andere cursussen.

Samen met vijf anderen, onder wie Pete en Marsh, begon ik aan de militaire vrije-valcursus bij luchtbasis Whenuapai. De cursus zou zes weken duren, als het weer en de vliegtuigen het toestonden, en tegen die tijd moest je in staat zijn een stabiele vrije val uit te voeren, zowel HAHO (high altitude, high opening) als HALO (high altitude, low opening) navigatie en formaties onder scherm, 's nachts, met volle bepakking (rugzak, koppel en wapen).

De eerste dagen van de cursus brachten we in het leslokaal door om meteorologische theorie te leren en berekeningen om te bepalen waar je neerkomt. In de gigantische hangar oefenden we vrije-valhoudingen, schermcontrole en noodprocedures.

Noodprocedures, niet alleen voor de vrije val maar voor elk type parachutespringen, nemen een belangrijkere plaats in dan bij andere vakken. Dat komt, denk ik, omdat je al in een verhoogde staat van paraatheid verkeert. Kennis kan averechts werken, vooral als je op het punt staat om voor de eerste keer uit een vliegtuig te stappen op enkele duizenden meters hoogte. Het idee dat je met meer dan honderdzestig kilometer per uur ter aarde stort is niet bepaald aantrekkelijk. Je enige troost bestaat uit twee voorverpakte stukken ragfijne zijde, die met talloze nylon koorden aan je rug zijn bevestigd – de zekerheid tussen jou en een voortijdige dood.

Dat soort gedachten ging door mijn hoofd toen ik op drieduizend meter hoogte in de Hercules C130 zat, die tegen de wind in boven Waitemata Harbour vloog, enkele minuten voordat ik mijn eerste sprong in het onbekende zou wagen. Wat het allemaal nog erger maakte, was dat ik de dag daarvoor ook al zo ver was geweest, maar dat de sprong op het laatste moment werd afgelast omdat er bewolking was gekomen die de dropzone de hele dag aan het oog onttrok. Nu, vierentwintig uur later, keek ik naar Ben en Charlie op de geopende staartklep, elk vastgehouden door een instructeur, terwijl een andere op de vloer lag uit te kijken naar het visuele springpunt. Toen, na een handgebaar en een klap op hun rug, waren ze weg.

Nu waren Rock en ik aan de beurt. We stonden op de staartklep in de peilloze diepte te staren. Het constante gedreun van de motoren en de zuigende maalstroom om mijn benen vermengden zich met het gebonk in mijn oren.

'Twee minuten.' De oproep ging vergezeld van een overeenkomstig handgebaar, en de instructeur duwde ons tot op een meter van de diepte. Hoewel ik me van alles om me heen bewust was, voelde ik me net een robot. Ik deed wat ik moest doen, of ik wilde of niet.

'Klaar.' De dertig seconden waarschuwing klonk in mijn oren, kort daarop gevolgd door het geschreeuwde 'Go' en een klap op mijn schouder.

Ik dook uit het vliegtuig en was even verbaasd over de stilte van de lucht om me heen, maar dit duurde maar even, want toen kwam ik buiten het vacuüm direct achter het vliegtuig in de volle kracht van de slipstream. Ik boog mijn rug en trok tegelijkertijd mijn schouders naar achteren om in de kikkerhouding te komen die mijn val stabiel zou maken. Hoewel ik me nergens aan vast kon houden, was mijn houding stabiel en ik kon eindelijk ademhalen, al was ik nog te onzeker om van het uitzicht te genieten.

Plotseling dook mijn instructeur breed grijnzend voor mij op en stak zijn duim op. Toen nam hij me in de zeik door om me heen te vliegen en mijn benen in de juiste positie te brengen alvorens weg te vliegen om toe te kijken terwijl ik aan het trekkoord trok.

Bij onze eerste twee sprongen werden onze parachutes automatisch geopend. Dit gebeurde met een apparaatje dat op luchtdruk werkte en voor elke sprong moest worden afgesteld. Als de juiste druk werd bereikt, ging de parachute (in dit geval) of de reserveparachute open, afhankelijk van de afstelling.

Desondanks oefenden we evengoed het zelf openen van de parachute. Ik controleerde mijn hoogtemeter. Na dertig meter moest ik aan het koord trekken. Ik kruiste een paar keer mijn armen voor me om aan te geven dat ik op het punt stond mijn parachute te openen en was me ervan bewust dat zelfs deze geringe beweging mijn val destabiliseerde. Met een plop werd de automatische parachuteopener in werking gezet en in een paar seconden vertraagde mijn snelheid van honderdzestig naar ongeveer vijfentwintig kilometer per uur.

De kracht waarmee de parachute opengíng was enorm. Ik had het gevoel dat mijn rug in tweeën werd gereten en de pijn in mijn sinussen en trommelvliezen na de snelle afname van snelheid en druk was ondraaglijk. Maar het ergste was nog de gedachte dat ik mezelf van het laatste voorbehoedsmiddel had voorzien en een zware operatie nodig zou hebben om het restant van mijn mannelijkheid uit mijn buikholte te laten verwijderen.

Ik controleerde het scherm, liet de stuurlijnen los en kneep in mijn neus om mijn oren open te krijgen. Ik oriënteerde me op de dropzone en stelde het harnas bij zodat mijn stembanden weer op de juiste hoogte kwamen en nam toen even de tijd om van het spectaculaire uitzicht te genieten.

Op de springschool is er een gezegde onder degenen die de treklijncursus doen: 'Je landt niet, je komt neer!' De kracht waarmee je op de grond komt is enorm, en de standaard-T10-legerparachute is niet de beste.

Hoewel de vierkante MT1X een bestuurbare parachute is met alle eigenschappen van een gewone sportparachute, alleen wat groter om zware ladingen te kunnen vervoeren, weet je pas hoe hard de impact kan zijn als je met een vrije-valparachute hebt gesprongen. Daarom naderde ik de dropzone met het natuurlijke cynisme van een paratroeper.

De instructeur op de dropplaats maakte gebruik van bordjes zoals bij vliegtuigen worden gebruikt, en bij de laatste vijftig meter zwaaide hij ermee om me een indicatie te geven wanneer ik mijn parachute moest uitwaaieren. Ik had me voor de zekerheid al ingesteld op een 'rechtsvoor'-landing, en toen ik uitwaaierde, reageerde de parachute dienovereenkomstig en zakte op het laatste moment in elkaar zodat ik een redelijk zachte landing had. Omdat ik zo gespannen in de 'parahouding' hing, kwam ik toch op mijn reet terecht en probeerde met een koprol mijn schaamte te verbergen. Ik haalde de parachute binnen, borg hem op, pakte mijn tweede parachute en begaf me naar de taxiënde C130. Ik kon niet wachten tot ik het over kon doen. Het was het spannendste wat ik ooit had gedaan.

Het minimale aantal vrije-valsprongen die je nodig had om te slagen, was veertig, waarvan een bepaald aantal overdag, 's nachts, met bepakking en lang doorvliegen onder het scherm. Halverwege de cursus ging er iets mis waardoor het bijna onmogelijk werd om het vereiste aantal sprongen in de beschikbare tijd te maken.

Het vliegtuig dat we gebruikten was de Andover, omdat er te weinig C130's waren om een week of zes constant door ons te kunnen worden gebruikt. Een van de Andovers had na x duizend uur een grondige inspectie ondergaan, waarbij was vastgesteld dat een groot aantal klinknagels op de romp ontbrak of amper vastzat. Binnen een uur stond elke Andover in het land voor onbepaalde tijd aan de grond, in afwachting van een grondige inspectie. Ons springrooster ging van twee keer per dag naar twee keer per week. Gelukkig kwam er hulp uit onverwachte hoek.

Het B-Squadron van het 22ste SAS was gekomen voor een uitwisseling/trainingsreis van twee maanden in Australië en Nieuw-Zeeland. B-Squadron Air Troop zou bij ons worden geplaatst in Whenuapai voor hun 'Fast Glide' oefening, hetgeen inhield dat ze elke dag tot zes keer zouden springen, gebruik makend van hun eigen C130. Het duurde amper een dag voordat we toestemming kregen om hun vliegtuig te gebruiken, en vanzelfsprekend werd het aanbod beloond. Al gauw waren we weer op de goede weg en uiteindelijk haalden we ruim op tijd het magische aantal van veertig sprongen.

Het was voor het eerst dat ik met een andere eenheid van speciale strijdkrachten samenwerkte, en het werd een mijlpaal in mijn militaire loopbaan. Tegen het eind van onze cursus had de 22ste SAS-operatie een diepe indruk gemaakt op Pete en mij.

Het hoogtepunt van de Britse reis was een rugbywedstrijd tussen de twee SAS-eenheden, en B-Squadron 22ste SAS dacht een goede kans te maken tegen hun minder illustere tegenstander.

Big Ken was al twee jaar bij B-Squadron 22ste SAS. Hij had de NZSAS verlaten in het jaar dat ik uit Singapore terugkeerde en had datzelfde jaar de 22 SAS-selectiecursus met succes doorlopen. Als overal inzetbare achterhoedespeler was ik een nuttige speler die redelijk kon presteren maar nooit geweldig. Ken daarentegen was een uitstekende rugbyspeler van 1,80 meter die meer dan honderd kilo woog. Hij was karakteristiek voor zijn peloton in die tijd, dat in het regiment liefkozend het 'sumopeloton' werd genoemd. Bijna de hele Britse groep bestond uit leden van het sumopeloton, en de meesten waren buitenmaats.

Elke keer als ik hem tegenkwam, begon Ken erover dat zij de rugbykampioenen van het regiment waren en dat hij zich erop verheugde om ons mores te leren, vooral mij. Hij zei dan altijd: 'Wat dacht je te kunnen doen, Neus, als ik door die scrum heen breek en je inmaak met een verschrikkelijke tackle?'

'Laat me niet lachen. Je moet zeker twintig kilo afvallen voordat je mij te pakken kunt krijgen. Het enige wat jij zult zien is de kleur van mijn noppen als ik je voorbij ren naar de trylijn,' en zo ging het maar door.

De dag van de wedstrijd brak aan. Er was zoveel belangstelling voor dat iedereen die geen dringende dingen te doen had, de middag vrij kreeg om te kijken. De thuisclub, waaronder ik, had de laatste dagen een haka (Maoridans) geoefend om de wedstrijd een beetje sfeer te geven met een traditionele uitdaging. Helaas bestond het halve team uit Pakeha (import-Nieuw-Zeelanders), en onze meelijwekkende pogingen om de uitdaging eer aan te doen bleek zo gênant, dat er zoveel mogelijk van ons naar de achterhoede werden verbannen, waar we ook inderdaad thuishoorden. Uiteraard brachten de bleekscheten er op de dag zelf geen moer van terecht, maar onze maten die vooraan stonden deden de eenheid eer aan, en de haka had het gewenste effect op ons allemaal: we waren klaar om er tegenaan te gaan.

Wat een hoop rugbyspelers overal ter wereld niet beseffen, is dat rugby voor Nieuw-Zeelanders geen spelletje is; het is een religie, een manier van leven, en iets dat we uiterst serieus nemen. Of het om een competitie gaat of gewoon een vriendschappelijke wedstrijd, je kunt vrienden zijn voor en na de wedstrijd als je in verschillende teams zit, maar als de wedstrijd aan de gang is, ben je elkaars vijand.

De regimentssergeant-majoor, die bij de provinciale kampioenschappen scheidsrechter was, had de leiding van het spel, en hij wist vanaf de eerste keer dat hij op zijn fluitje blies dat hij zijn handen vol zou hebben. De eerste twintig minuten waren een massavechtpartij waarin beide partijen probeerden de overhand te krijgen. Er werd heel weinig rugby gespeeld. De helften waren verkort tot dertig minuten om de thuisploeg minder voordeel te geven, maar tegen het eind van de eerste helft gaf de score aan dat dit niet had gehoeven. Met dertien tegen nul voor ons hielden de Britten uitstekend stand. Maar de tweede helft was een heel ander verhaal.

We begonnen de tweede helft met het voornemen om het spel niet te laten bepalen door de weggeeftactiek van het B-Squadron en lieten snelle ballen op de achterhoede los, met onmiddellijk resultaat. Op het laatst hadden we achtenveertig punten. De enige smet was een dubieuze poging tot onderschepping (ik ben ervan overtuigd dat de sergeant-majoor medelijden met ze had) nota bene gescoord door Dinger. Toen hij scoorde, leek het wel alsof ze de wereldcup hadden gewonnen, zo gingen ze tekeer.

Ik scoorde zelf ook een keer, maar het mooiste was het moment waarop ik om Ken heen danste en hij het nakijken had. Ik keek zelfs om toen ik bij de trylijn kwam, en zag nog net dat hij de achtervolging opgaf en twee vingers naar me opstak. Dat moment memoreer ik altijd graag als hij lastig wordt, en we weten allebei dat er onweerlegbaar bewijs van de gebeurtenis voorhanden is: er is een video-opname van, en ik ben de trotse eigenaar van een exemplaar van de band. Ken heeft hem nog niet kunnen vinden.

Deze crosstraining tussen de Kiwi's en de British Special Forces bleek de katalysator te zijn waar zowel Pete als ik op hadden gewacht. We hadden overwogen om ontslag te nemen bij het Nieuw-Zeelandse leger en ons geluk overzee te beproeven bij de selectiecursus van de 22ste SAS, maar het bezoek van B-Squadron gaf de laatste impuls.

We voelden ons als rugbyspelers op het reservebankje, week in, week uit, erop gebrand om te spelen, om te bewijzen wat we waard waren, zonder ooit een kans te krijgen. Als soldaten in het Nieuw-Zeelandse leger kregen we niet de gelegenheid om onszelf te testen, dus was het noodzakelijk dat we verder van huis gingen.

Dit was niet iets dat uniek was voor onze generatie soldaten; de weg naar 22 SAS was al eerder gebaand. Vanaf de oorlog in Vietnam was er een constante stroom Kiwi's van wat toen het 1ste Ranger Squadron SAS heette naar de moedereenheid. Ambitieus, zelfverzekerd en vastberaden genoeg om twintigduizend kilometer te reizen, alles te riskeren en opnieuw te beginnen, waren de meesten geslaagd. Het was een stroom die niet door 22 werd aangemoedigd, maar er werd ook niets gedaan om hem tegen te houden. Op het afscheidsfeest van B-Squadron nam ik Ken apart en vertelde hem wat we besloten hadden. Zelfs in zijn beschonken toestand steunde hij ons besluit: 'Tof, man, dan kan ik je afbeulen op de Fan.'

Pete en ik hadden besloten dat we ons zouden richten op de selectie van augustus 1990, negen maanden later en we stemden onze plannen daarop af. Allereerst moesten we ons ontslag indienen. We werden afzonderlijk ondervraagd door onze commandant en daarna door de bevelhebber, maar toen de reden van ons vertrek duidelijk werd, probeerden ze ons niet tegen te houden en wensten ze ons veel geluk.

De trip naar Maleisië van het B-Squadron in januari van het volgende jaar bleek de laatste oefening te zijn waaraan we deelnamen met de Kiwi-eenheid. Het squadron ging op de luchtbasis van Whenuapai aan boord van een C130 voor de tweedaagse vlucht naar Malakka, Maleisië.

Binnen enkele dagen waren we in de routine: acclimatiseren, verkenningen, patrouilleadministratie en voorbereiding voor de volgende drie weken. Aanvankelijk nam het squadron deel aan een uitwisseling met onderdelen van het Maleisische leger en hield korte cursussen voor hen over onderwerpen variërend van hinderlagen tot spoorzoeken. Op hun beurt gaven de Maleisiërs een korte jungle survival cursus, onder leiding van een van de Ibans onder hen.

De oefening was mijn eerste gelegenheid om naar Maleisië terug te keren sinds ik het bataljon verlaten had, en het land was in drie jaar tijd enorm veranderd. Oefenterreinen die ik goed gekend had, voorheen weelderig oerwoud, hadden plaatsgemaakt voor plantages, wegenstelsels en snelwegen. Op de laatste oefening was dit overduidelijk. In de betreffende gebieden waren het jaar daarvoor verkenningstochten gehouden. De patrouilles infiltreerden naar hun respectievelijke operatiegebieden en troffen daar in plaats van jungle oliepalmplantages aan en talrijke dorpjes waarvan de bevolking ruime hoeveelheden arbeidskrachten leverden. De oefening was meteen een stuk minder stimulerend.

In onze laatste week kregen we vijf dagen vrij, waarop enkelen van ons besloten van de gelegenheid gebruik te maken om een nostalgische tocht ten zuiden van de grens te maken om Singapore te verkennen.

De Labourregering van David Lange had het lot van de Nieuw-Zeelandse inzet in Singapore vroeg in 1987 bezegeld en verklaarde dat de Nieuw-Zeelandse strijdkrachten hun operaties in het land zouden afbouwen om de streek in 1989 voorgoed te verlaten.

Toen ik aan de Maleisische kant van de grens zat te wachten tot we Singapore in mochten, kwamen er allerlei prettige herinneringen bij me boven. Na jungleoefeningen in het noorden, keerden we altijd via deze route naar Singapore terug, en als je eenmaal bij de grens was, wist je dat je slechts een half uur verwijderd was van een goede douchebeurt, een goede maaltijd en meer dan een paar welverdiende biertjes.

Onze week in Singapore was een beetje een anticlimax. We probeerden allemaal de sfeer van een voorbij tijdperk op te roepen. We gingen naar onze oude favoriete trefpunten, maar zonder de ruwe grappen van een stuk of twintig Kiwi-infanteristen of het gejengel van 'Ten Guitars' was het niet hetzelfde.

Binnen een paar dagen na aankomst in Singapore maakte ik een bedevaart naar Dieppe Barracks om te zien wat daar van over was. Toen ik in mijn huurauto de Sembawang Road af reed en de helling op die toegang gaf tot het kamp, zag ik meteen dat er nogal wat veranderd was.

De hoge hekken van gaas met prikkeldraad aan de bovenkant die het garnizoen omgaven hielden mij wel buiten, maar ik kon er doorheen kijken. Ik staarde naar de overwoekerde gazons, vaalbruine barakken en met bladeren bedekte wegen. Het garnizoen was nauwelijks herkenbaar. Ik werd overspoeld door een golf van droefheid, want het drong tot me door dat het Dieppe dat ik gekend had en waarvan ik had gehouden niet meer bestond.

Op dat moment zag ik een analogie tussen wat ik voor mij zag en mijn eigen weg die ik weldra zou gaan bewandelen. Aan alles komt ooit een eind; de tijd van Dieppe tijd was voorbij, net zoals mijn tijd in het Nieuw-Zeelandse leger binnenkort voorbij zou zijn. Het was tijd om verder te gaan.

De week ging snel voorbij, en weldra zaten we weer aan boord van de C130 op weg naar Nieuw-Zeeland. De tweedaagse reis gaf Pete en mij de tijd om een aanvalsplan te bedenken voor de maanden voor ons vertrek naar Engeland.

Mei 1990 was de maand die Pete en ik hadden gekozen voor ons ontslag uit het Nieuw-Zeelandse leger, en hij kwam met rasse schreden naderbij. Toen de administratieve en logistieke rekeningen met de NZSAS waren vereffend, moesten we alleen nog afscheid nemen van de groep en het squadron, hetgeen gepaard ging met enorme sloten drank. Bij het officiële groeps 'zuippartijtje' werden toespraken gehouden en decoraties verstrekt. De hoop, verwachtingen en beste wensen van de Kiwi-SAS werden aan ons doorgegeven.

Ik geloof dat het tot dat moment niet echt tot me doorgedrongen was hoeveel vertrouwen de leden van de eenheid in ons hadden, of hoe zwaar de trots en eer van ons Kiwi-squadron op onze schouders rustte. Er werd veel van ons verwacht, aan beide kanten van de wereld. De Kiwi's wilden dat we lieten zien dat ze 'goed vechtmateriaal' leverden, dat zich met de besten kon meten. De Britten verwachtten echter tegelijkertijd dat ex-Kiwi-SAS-kandidaten het goed deden en boven het gemiddelde presteerden, en terecht.

Het afscheidsfeest van het squadron was veel relaxter, maar ook emotioneler. De gemoedelijke sfeer van het B-Squadron, de oprechte warmte en het respect dat de jongens voor elkaar koesterden was iets unieks, en ik wist dat ik dat erg zou missen. Tot op de dag van vandaag zijn de vriendschappen die in deze groep zijn gesloten blijven bestaan en kunnen zo weer worden opgepakt zelfs als er in jaren geen contact is geweest.

Hoofdstuk 12

22ste SAS-selectie, 1990

De verwachtingen drukten zwaar op onze schouders toen Pete en ik aan boord gingen van het vliegtuig naar Singapore, het eerste deel van onze reis naar Engeland. Een paar van onze maten kwamen ons uitzwaaien, maar Pete en ik zijn allebei niet goed in afscheid nemen, dus we hielden het zo kort mogelijk.

Toen het vliegtuig opsteeg en naar het noordwesten zwenkte om aan zijn lange vlucht naar Australië en verder te beginnen, vingen we een laatste glimp van ons vaderland op. Pete pakte mijn hand en schudde hem stevig.

'Daar gaan we dan,' zei hij breed grijnzend. 'Veel geluk.'

'Ja, jij ook,' antwoordde ik, maar ik vroeg me tegelijkertijd af: 'Zou ik nog terugkomen?'

Het was een warme zomerdag toen we eindelijk landden in Lyneham, waar Blue, een sergeant-majoor in het 22ste SAS, ons opwachtte. Hij was sinds lange tijd de contactpersoon voor Kiwi's die uit het NZSAS naar Hereford vlogen, een reis die hij zelf vele jaren eerder had gemaakt toen zijn dienst in Vietnam erop zat.

De rit naar Hereford verliep snel. Blue vertelde rustig wat ons de komende dagen te wachten stond en wees ons onderweg op interessante dingen of plaatsen. Hoewel ik al eerder in Engeland was geweest, had dat bezoek eigenlijk alleen maar uit een enorme zuippartij van een week in Londen bestaan en ik had nooit het platteland of de huizen gezien waar ik nu langsreed. Je kon wel over de Elizabethaanse of Victoriaanse geschiedenis leren in een klaslokaal in Nieuw-Zeeland, maar het was heel wat anders om architectonische voorbeelden uit die periodes te zien: huizen met rieten daken, vakwerkhuizen, huizen met muren die zo scheef hingen dat ze de zwaartekracht tartten, het was gewoonweg fascinerend.

Tien kilometer voor Hereford sloeg Blue af naar het noorden. Hij vertelde dat wij in een van de vele kleine randgemeenten van de stad zouden verblijven. We reden door een schilderachtig dorpje en stopten bij een oude cottage.

'Hier wonen jullie de komende maanden. Kom mee naar binnen, dan zetten we thee.'

Blues cottage was een voormalige sheriffwoning uit de 17de eeuw. Hij had hem in de loop der jaren liefdevol gerestaureerd en gemoderniseerd, zodat het van alle gemakken was voorzien maar tevens de charme van de oude wereld bezat. De hele familie was thuis om ons te verwelkomen. Ze waren eraan gewend dat er regelmatig nomadische bezoekers voor een paar maanden bij hen introkken.

Na een korte rondleiding gingen we met Blue in de keuken zitten en namen het actieplan voor de komende weken door voordat de selectie in augustus zou beginnen.

'De andere jongens hebben een oude Chevette achtergelaten die jullie mogen gebruiken, maar hij moet opnieuw worden gekeurd. Jullie moeten ook jullie rijbewijzen inwisselen voor Britse en de auto laten verzekeren.'

'Het kost ongeveer tweehonderd pond om hem te verzekeren als jullie kunnen bewijzen dat jullie geen claims in Nieuw-Zeeland hebben, anders wordt het een stuk duurder,' voegde Blue's vrouw Gail eraan toe. 'Ik breng jullie morgen wel naar Hereford en laat jullie zien waar je het allemaal kunt regelen.'

We waren nog amper in het land of er werd al een aanslag gepleegd op ons budget. De weken daarna zou blijken dat het een kostbare noodzaak was om over een auto te kunnen beschikken.

Het had allemaal zo makkelijk geleken in Nieuw-Zeeland: het leger uit, een ticket kopen en op een vliegtuig naar Engeland stappen, opleiding volgen, selectie beginnen. Een eitje.

De berg administratie die onze aankomst had veroorzaakt, was niet te geloven. We hadden niet alleen met onze persoonlijke zaken te maken, zoals het openen van een bankrekening, autodocumenten, ziektekosten- en andere verzekeringen, maar ook met de militaire zaken, die twee keer zo ingewikkeld waren.

Normaliter moest een soldaat vier jaar in het Britse leger hebben gediend voordat hij aan de SAS-selectie mee mocht doen. Hij zat dan al in het systeem. In ons geval was er geen geschiedenis om op terug te vallen, we hadden niet eens een eenheid die ons kon steunen voor de selectie. We moesten ons dan ook voor een groot deel erin bluffen. Onze toelatingsroute was dat we bij het R-Squadron 22ste SAS gingen, de grondafdeling van het gewone regiment.

We konden deelnemen aan de selectietrainingscursus die door 22 werd gegeven. Dit bleek vele gunstige neveneffecten te hebben, zoals het verkrijgen van inzicht in de verwachtingen van 22 SAS en de mogelijkheid om tegelijkertijd wat geld te verdienen, wat hard nodig was.

De administratieve rompslomp die aan het proces voorafging nam een middag in beslag, en bij sommige dingen hadden we Blue's hulp nodig om er wijs uit te worden.

Af en toe kwamen er mensen langs om ons te verwelkomen en geluk te wensen, onder wie Big Ken, die laat in de middag kwam.

'Hé, Neus,' galmde er door het huis. 'Dus je bent toch gekomen om afgedroogd te worden!'

Ken gaf Pete en mij een hand en vervolgde: 'Ik neem jullie zaterdagochtend mee naar Brecon om de Fan te bezoeken. Zorg dat je om acht uur klaarstaat.' Ken had de beleefdheden kennelijk alweer gehad.

Penn-y-Fan en de bijbehorende mars die bij de selectie bekend staat als de Fandans, was een van de eerste slopende tochten die je binnen een bepaalde tijd moest maken (de staf van de opleidingsafdeling bepaalde de tijd afhankelijk van de omstandigheden van die dag). Aspiranten moesten een rugzak en een geweer dragen. Het was een zeer zware en beruchte tocht die bedoeld was om het kaf van het koren te scheiden, en een minimumnorm te stellen voor de rest van de cursus.

Die zaterdag kregen we voor het eerst te zien wat de maanden daarna ons tweede huis zou worden: de Breacon Beacons. Toen we door het idyllische landschap van Wales reden, vingen we steeds vaker een glimp op van wat voor ons lag, tot we tussen enorme heuvels door kronkelden waar alleen maar gras groeide en af en toe een groepje bomen. Oude stapelmuurtjes scheidden de weiden van elkaar waarin door de wind geteisterde schapen graasden, onbewust van de eindeloze stroom voertuigen die langskwam.

We moesten even wennen aan de files overal in het land. Omdat ik uit Auckland kwam, was ik gewend aan grote aantallen auto's, maar als je in Nieuw-Zeeland buiten de steden kwam, kon je een relatief vrije weg verwachten. Hier was dat niet het geval. De gigantische, constante verkeersstroom overal was frustrerend en niet te bevatten.

We reden dieper de bergen in tot Ken op het laatst naar ons doel wees dat groot en dreigend opdoemde tussen de omringende heuvels.

'Daar links.' We rekten ons uit om de bergpiek te zien.

'Je kunt nu de helling van Penn-y-Fan zien.'

De Fan stak trots boven de Brecons uit, aan een kant door een smalle richel verbonden met een lagere top, en aan de westkant een steile rotswand, alsof hij miljoenen jaren geleden door een enorme bijl in tweeën was gekliefd.

We parkeerden op de parkeerplaats van de Storey Arms aan de voet van de heuvels en laadden een stel dagrugzakken uit waar warme kleding, eten en een thermosfles met thee in zaten. Hoewel het weer er goed uitzag, had ik jaren geleden door schade en schande geleerd dat je het weer in de bergen niet kon vertrouwen. Elk jaar eisten de Brecons hun tol van onverschrokken wandelaars die de ruige hellingen beklimmen. Het reddingsteam dat in de Beacons gevestigd is, heeft de handen vol aan mensen die zo onverstandig zijn om te gaan klimmen zonder de juiste voorzorgsmaatregelen te nemen.

Ken nam de leiding en voerde ons langs een voetpad dat langzaam door de lagere regionen van Penn-y-Fan kronkelde. Vanaf de voet kon ik de hoogte van de berg niet goed schatten, omdat de top het grootste deel van de tijd aan het zicht was onttrokken door een lagere bergkam.

Wat als een rustige wandeling begon werd al gauw een inspannende trektocht. De helling werd snel steiler naarmate we hoger kwamen. Nu was de ware aard van het beest te zien. Zijn kale hellingen, met schalie en blokken leisteen die her en der verspreid lagen, getuigden van de bodemverheffingen die hier lang geleden hadden plaatsgevonden. Hoewel het er onheilspellend uitzag, was het tegelijkertijd majestueus.

Het duurde ruim anderhalf uur om de top te bereiken. We zweetten allemaal en waren lichtjes buiten adem van de inspanning.

'Vanaf hier kun je de volle omvang van de Fan Dance zien,' zei Ken toen hij weer op adem was gekomen.

Het was inderdaad een spectaculair schouwspel. Je had een indrukwekkend uitzicht over het omringende landschap, iets voor op een ansichtkaart.

'Jullie kunnen er maar beter van genieten, want als jullie met de selectie bezig zijn, krijg je daar geen tijd meer voor.'

Ken beschreef de route die de kandidaten moesten volgen, wat erop neerkwam dat de Fan twee keer beklommen moest worden. Vervolgens wees hij andere punten aan die relevant waren op andere testtochten van de selectie. Pete en ik luisterden aandachtig en probeerden zoveel mogelijk informatie in ons op te nemen. Als je daar op die top stond kon je makkelijk ontmoedigd raken door de omvang van de klus die ons te wachten stond. Het terrein was al lastig genoeg zonder de extra belemmeringen van tijds- en gewichtshandicaps.

'We gaan naar beneden in het tempo dat je aan moet houden als je marcheert. Dat komt neer op ongeveer zes kilometer per uur.'

Daar gingen we, met een snelheid die in mijn ogen levensgevaarlijk was, hoewel ik het later gewoon zou gaan vinden. Het was een enorm tempo, zeker als je ook nog bepakking of een wapen mee zou moeten zeulen. Voorbijgangers die niet zo verknipt waren als wij, keken stomverbaasd toe toen we half rennend, half springend langs de steile hellingen naar beneden raceten.

We bereikten heelhuids het dal en de veiligheid van de parkeerplaats, maar we waren aanzienlijk meer buiten adem dan na de beklimming.

'Wat een idiote manier om een berg af te dalen,' kreunde ik hijgend. 'Dat is vragen om gescheurde gewrichtsbanden en pezen of nog erger!'

'Maar iedereen moet het doen, Neus, dus het kan kennelijk wel.'

'Het is gewoon een kwestie van wennen, denk ik,' zei ik toen mijn ademhaling weer normaal werd. 'Maar ik moet er niet aan denken dat ik niet door de selectie kom door een blessure.'

Pete en ik waren ons er allebei volledig van bewust wat voor effect een blessure zou hebben op onze kansen bij de selectie. Het hele proces was erop gericht om je uithoudingsvermogen te vergroten terwijl je steeds zwaardere en moeilijkere taken moest uitvoeren. Er was geen tijdsruimte waarin je lichaam kon herstellen. Als je in een vroeg stadium een blessure opliep, kon je het verder wel vergeten. De gedachte dat we niet door de selectie zouden komen kwam nooit bij ons op, maar de angst een blessure op te lopen was altijd aanwezig. We hadden noch de luxe van een inkomen, noch een thuisbasis om op terug te vallen als we geblesseerd raakten.

De terugrit naar Hereford gaf me de gelegenheid na te denken over de uitdaging waar we voor stonden. Toen ik op de top van de Fan stond was de realiteit van de situatie eindelijk tot me doorgedrongen. Falen was geen optie; het was mijn eer te na om me te laten verslaan door de ontberingen en eisen van de selectie. Ik wist dat als ik de Fan Dance kon doen, de rest ook wel goed zou komen.

Toen we terug waren in Blue's cottage, hadden Pete en ik een ernstig gesprek. We beseften allebei hoe belangrijk het was om te trainen om aan de normen te kunnen voldoen, maar ook dat we niet te hard van stapel moesten lopen.

We waren het erover eens dat de Fan Dance ons referentiepunt zou zijn en dat het goed zou zijn om onszelf over vier weken te testen op die route, aangezien we nog acht weken hadden voordat de selectie begon. Door onze vooruitgang op deze manier te meten konden we onze training zonodig veranderen. We pakten een kalender en planden de hele zaak zorgvuldig. We besloten dat vier dagen per week in de heuvels voldoende was om mee te beginnen, en dat we de overige drie dagen andere dingen zouden trainen als hardlopen, fietsen, zwemmen en lopen zonder bepakking. Het meest uitgebalanceerde programma werd twee dagen heuvelwerk met rugzak, een dag alternatieve training, weer twee dagen met rugzak, gevolgd door twee dagen alternatieve training of rust. Dit gaf ons ook de flexibiliteit om de intensiteit op te voeren als dat nodig was.

We begonnen vol energie en enthousiasme aan ons zelfopgelegde trainingsprogramma. Elke ochtend vroeg laadden we onze spullen in de 'Blue Streak' en vertrokken naar Brecon.

In het begin verzetten onze lichamen zich tegen het harde werken, zodat we overal pijn hadden en zowel geestelijk als lichamelijk uitgeput waren. Maar we moesten alleen maar door de pijngrens heen, iets wat we al eerder hadden gedaan bij allerlei verschillende projecten.

Pete en ik hadden allebei triatlontraining gedaan, zij het op een heel ander niveau, waarbij de deelnemers voor een soortgelijke uitdaging stonden en ook over een bepaalde grens moesten.

De dagen van heuvel- en wegwerk regen zich tot weken aaneen en het lichaam reageerde koppig, maar gaf uiteindelijk toe aan de eisen die eraan werden gesteld. Hoewel we geen van beiden dik waren, verbrandden we zoveel calorieën per dag dat zelfs de laatste restjes overtollig gewicht wegsmolten. Er kwamen droge, harde spieren voor in de plaats. Wat eerst zwaar en moeizaam ging, zelfs met weinig gewicht op ons rug, was nu nog nauwelijks een uitdaging. Onze benen verschalkten de steile hellingen met ongewoon gemak.

Maar er bleef nog iets aan ons knagen. Zonder de routes te kennen of de tijd die ervoor stond, konden we niet echt beoordelen of we snel genoeg waren voor de selectie. Het enige wat onze twijfels weg kon nemen was een test op een bestaande route. Het was tijd voor onze Fan Dance.

De Beacons begroetten ons met een verbluffend mooie zomerochtend om onze aanval op de Fan in te zetten. Toen ik aan de zesentwintig kilometer ruig, bergachtig terrein dacht die op ons lagen te wachten, wist ik dat het ons een enorme kick zou geven als we de route in een moordtempo zouden afleggen. Uiteraard zou het tegengestelde gebeuren als we het verprutsten, maar dat zou niet gebeuren.

Ik deed de twintig kilo zware rugzak om en hoorde de versleten draagbanden kraken toen het gewicht zich verdeelde over mijn intussen geacclimatiseerde schouders. Ik keek naar Pete. 'Tijd om de daad bij het woord te voegen, man. Kom op!'

Pete stond met een onbewogen gezicht naar de top te staren. Ik kon bijna zien hoe hij de route en de klim visualiseerde, zo geconcentreerd was hij. Hij was veel meer een denker dan ik en nooit zo impulsief, maar hij was dan ook vijftig jaar ouder, althans, zo zag hij eruit.

Hij keek op zijn horloge en zei: 'Zesentwintig kilometer in nog geen vier uur. Dat is minimaal zeseneenhalve kilometer per uur. Geen probleem, we gaan!'

Met onze stopwatches aan begonnen we op halve snelheid om op te warmen. Binnen tien minuten liepen we voluit, ergens tussen looppas en powerwalk in, de twee afwisselend afhankelijk van de grond. De truc was om er de hele tijd stevig de pas in te houden. Zo snel mogelijk omhoog, wat natuurlijk vertraagde als de helling steiler werd, joggen op de plateaus en rennen bij de afdaling. Dat was de enige manier om de hele weg de vereiste snelheid vol te houden.

Binnen het uur bereikten we de eerste grote hindernis, die bekend stond als de 'Jacobsladder', een naam die de methode om de hindernis te nemen treffend beschreef. Hoewel het slechts een kort stuk heuvel was, een meter of vijftig, moest je bijna recht omhoog klimmen over enorme rotsblokken om bij de top te komen, die daar slechts een paar meter voorbij lag.

We begonnen enthousiast aan de klim, maar moesten al gauw tot een slakkengang vertragen omdat het zo steil was, zodat onze gemiddelde snelheid fors daalde. Wat het nog erger maakte was dat we onze achterstand niet konden inlopen op de terugweg, omdat je bij het afdalen eerder voorzichtig dan snel moest zijn.

Ik was als eerste boven aan de ladder en ging door naar de top. Ik wilde graag als eerste boven zijn, ook al vanuit de behoefte om daar de pijnlijke spieren van mijn dijen en mijn kuiten te ontspannen.

Toen ik op de kam stilstond, verwachtte ik Pete vlak naast me te zien, maar hij was nog ergens achter me. Normaliter kwam Pete vlak achter me aan, of ik achter hem, en liepen we elkaar op te jutten, dus het was heel vreemd dat hij zo achterbleef.

Ik stampte om warm te blijven en riep wat aanmoedigingen in zijn richting. 'Kom op, ouwe zak, we hebben niet de hele dag de tijd.' Ik had het nauwelijks gezegd of ik merkte dat hij niet goed liep. Mijn jovialiteit sloeg meteen om in bezorgdheid. 'Wat is er met je?'

'Ik ben uitgegleden en heb mijn knie verdraaid. Ik voel hem al opzwellen.'

We zwegen even omdat we de gevolgen van deze gebeurtenis niet wilden erkennen. Ik keek hoe laat het was voordat ik mijn rugzak afdeed en de verbanddoos pakte.

'Rol je broekspijp op, dan tape ik je knie in om de zwelling te verminderen.'

Zoals met alle blessures van zacht weefsel was rust, ijs, hoog neerleggen en drukverband de beste behandeling om de blessure in toom te houden en het herstel te bevorderen. De eerste drie elementen kwamen in dit stadium niet in aanmerking, maar ik kon tenminste een drukverband aanleggen om het probleem te verlichten.

Pete gooide zijn rugzak neer, ging erop zitten en deed wat ik gezegd had. Ik haalde het drukverband uit de verpakking en wikkelde het strak om de knie in een poging de bloedtoevoer naar dat gebied tot een minimum te beperken.

'Het doet niet veel pijn,' zei hij, 'maar ik kan het risico niet nemen. Ik geef het op en loop op mijn gemak naar de auto terug.'

Hoewel hij het niet zei, zag ik dat hij erg kwaad op zichzelf was.

'Je bent maar een paar minuten gestopt, dus schiet op. Ik zie je wel aan de andere kant.'

Ik bekeek hem een tijdje voordat ik antwoord gaf. 'Oké dan. Maar kijk uit dat je je niet forceert. We hebben nog tijd zat voor de selectie, dus er is geen reden voor paniek.'

Daarmee hees ik mijn rugzak weer op mijn rug en ging op weg langs de richel in de richting van de Storey Arms. Ik had er flink de pas in, zowel om de verloren tijd in te halen als om niet aan de implicaties van Pete's blessure te hoeven denken.

Ik was ruim op tijd halverwege; de stop van tien minuten op de top had tot nu toe geen effect gehad, maar dat zei nog niets over mijn vorderingen, want de tocht van zestig graden terug de heuvel op was de echte karaktertest. Het volgende uur leek een eeuwigheid te duren. Mijn borst zwoegde en mijn benen kermden onder de constante belasting van de klim, maar ik haalde de top van de Fan binnen de tijd, zodat ik alleen nog maar naar beneden hoefde naar de auto.

Toen ik bij de auto kwam, lag Pete met zijn shirt uit op de grond in het zonnetje. Ik liet de rugzak van mijn pijnlijke rug zakken en keek op mijn stopwatch. 'Drie uur en vijfentwintig minuten, inclusief een korte stop op de top. Mooie tijd,' zei ik. Het was alleen voor mezelf belangrijk dat ik de psychologische grens met succes had overschreden. Ik voelde me sterk, zelfverzekerd en opgetogen. De laatste twijfels waren overwonnen, en ik wist dat ik klaar was.

Pete's blessure bleek zo ernstig te zijn dat hij een week lang niet in de heuvels kon trainen, maar een intensief beleid van fysiotherapie aangevuld met veel zwemmen, hielp hem er snel weer bovenop. We waren echter zo geschrokken dat we allebei ten volle beseften hoe belangrijk het was om je te concentreren op datgene waar je mee bezig was, vooral als je zware lasten droeg.

We besloten dat we onze huidige niveaus op peil konden houden door de resterende weken voor de selectie rustig aan te trainen, zodat we niet te gauw zouden pieken of overtraind zouden raken. Er waren meer dan genoeg heuvels te beklimmen in de weken die aan de testweek voorafgingen.

Stirling Lines, 2 augustus 1990

Pete en ik vielen enorm op toen de eerste parade van selectie 2/90 zich verzamelde op de binnenplaats van Stirling Lines. We stonden daar in onze camouflagepakken zonder enige decoraties die aangaven waar we bij hoorden, zodat we nogal nieuwsgierig werden bekeken.

Het leek wel of het hele Britse leger hier was vertegenwoordigd. Sommige badges die we zagen, waren in onze onwetende ogen op zijn zachtst gezegd bizar, en tot op de dag van vandaag weet ik nog altijd niet bij welk regiment ze hoorden. Er waren, zoals te verwachten viel, heel wat para's aanwezig die zich in kleine groepjes verzamelden. Alleen al de para's maakten zo'n veertig procent van de mankracht uit die 22 SAS op afroep had.

Er werd appel gehouden. We werden in verschillende groepen ingedeeld en kregen barakken toegewezen. De barakken waren in kamers voor tien man verdeeld, en toen ik mijn spullen uitpakte vroeg ik me af hoeveel van die bedden nog bezet zouden zijn over vier weken.

Ik geloof sterk in eerste indrukken. Toen ik mijn kamer binnenkwam, nam ik de jongens om me heen op en schatte hun kansen in, iets wat iedereen waarschijnlijk deed. Onze groep bleek zeer sterk te zijn, en aan het eind van de testweek waren de meeste bedden nog bezet. Dat gold echter niet voor Pete's kamer; hij bleef als enige over.

De selectie ging de volgende dag serieus van start en begon met de standaard militaire conditietest: een korte mars met rugzak en wapen die binnen twee uur moest worden afgelegd en drie kilometer hardlopen binnen negen minuten. Tot mijn verbazing voldeden sommigen niet aan deze criteria en konden meteen vertrekken.

Dag vier was de grote dag voor de kandidaten en iedereen sprak erover. Veel jongens waren al aan hun tweede of derde selectie bezig en kenden de routine uit hun hoofd, maar de Fan Dance was nog altijd het punt dat de doorslag gaf.

Om zes uur 's morgens werden de kandidaten in eindeloze rijen groene trucks geladen voor de intussen vertrouwde rit naar Brecon. Ik had me de avond daarvoor erg zeker gevoeld, maar werd nu een beetje onrustig, wat zich uitte in wagenziekte.

Omdat we met zo velen waren, werden we in twee groepen verdeeld, die elk aan een kant van de mars zouden beginnen. Deze groepen werden weer onderverdeeld in kleine groepjes die vijf minuten na elkaar op weg gingen en elk een instructeur hadden die het tempo aangaf.

'Als je bij de instructeur blijft, haal je het makkelijk,' was het advies van de hoofdinstructeur.

Zodra de mars begon, wist ik dat er iets niet goed zat; ik bleef me misselijk voelen. Mijn benen voelden loodzwaar aan, zelfs aan het begin van de route, en ik had de grootste moeite de leiders bij te houden. De geest was gewillig maar het lichaam wilde niet reageren.

Op de top liep ik een minuut achter op de instructeur, op het punt halverwege een paar minuten, en op de terugweg, weer op de top van Penn-y-Fan, ruim vijf minuten.

Ik bleef de hele tijd op mijn horloge kijken, mat het tempo van de instructeur en vergeleek het met het mijne. Als het zo door zou gaan, zou ik tien minuten na hem aankomen. Dat zou net aan zijn.

Ik voltooide de mars uiteindelijk in drie uur en vijftig minuten, zo'n twaalf minuten na de instructeur, en ik was helemaal op. Op de een of andere manier was het plan helemaal misgelopen. Gelukkig had ik het nog binnen de vier uur gehaald, anders was ik afgevallen.

De Fan Dance had zijn doel bereikt, aanzienlijk geholpen door de hoge temperaturen die de kandidaten die dag teisterden. Verscheidene jongens moesten zowel onderweg als achteraf worden behandeld voor zonnesteken. Deze inkrimping tot een werkbaar aantal was een noodzakelijk kwaad voor de selectiestaf. De opzet was om zo'n veertig kandidaten over te hebben na de testweek om het proces voort te zetten voor de latere junglefase in Brunei.

Ik kon pas 's avonds met Pete praten en merkte toen dat hij zich ook niet goed voelde. Onze vermoedens werden bevestigd toen we later die avond diarree kregen en moesten overgeven. Wat een moment om iets op te lopen. Gelukkig waren de volgende dagen niet zo intensief en hadden we de tijd om te herstellen. Ik kwam al gauw weer op krachten en kon de volgende testen vol enthousiasme afleggen.

De laatste en moeilijkste uitdaging was de uithoudingstest. Deze bestond uit een zware mars van honderd kilometer in bergachtig gebied. We moesten zevenentwintig kilo dragen en de afstand binnen achttien uur afleggen.

Tegen de tijd dat de uithoudingstest aan de beurt is, heeft er al een natuurlijke selectie plaatsgevonden. Degenen die het tot dan toe hebben gehaald, zijn geen types om het zo dicht bij de eindstreep op te geven, dus je kunt verwachten dat meer dan negentig procent het haalt, mits ze geen blessures krijgen.

Het was pikdonker en koud toen we om halfvier in Brecon aankwamen. De nu niet meer zo talrijke kandidaten liepen achter elkaar tegen de steile helling op met tussenpozen van vijf minuten zoals de instructeur had opgedragen.

Het vroege ochtendlicht gaf een rij soldaten te zien die zich kilometers lang ononderbroken uitstrekte, met oranje rugzakjes die van verre zichtbaar waren.

Na zeven uur was ik halverwege, en een paar uur later pauzeerde ik even voor een kop koffie en een hapje eten. Ik was net aan mijn maaltijd begonnen toen ik ruw gestoord werd door twee mannen in camouflagekleding.

'Hallo daar,' zei een van de mannen met een zeer bekakte stem. 'Denk je dat je daar genoeg tijd voor hebt?'

Ik bekeek de twee voorzichtig over mijn dampende kop koffie heen. Ze droegen geen rugzakken en zagen er eigenlijk uit alsof ze een rustige wandeling aan het maken waren.

'Ik lig een stuk voor op mijn schema, dus sta ik mezelf een kwartiertje pauze toe voordat ik verder ga.'

'Je bent geen Engelsman. Waar kom je vandaan, Australië?'

Ik wou dat ik een dollar had gekregen voor elke keer dat iemand me dat had gevraagd sinds ik in Engeland was aangekomen. Je zou haast denken dat mijn land niet bestond.

'Nieuw-Zeeland,' antwoordde ik voorzichtig, ervan uitgaande dat ik tegen een of andere officier sprak.

De man richtte zich tot zijn metgezel. 'Ik wist niet dat we buitenlanders in de selectie hadden.'

'Ja, sir,' antwoordde hij. 'Er zijn een paar Kiwi's bij deze.'

Hij richtte zich weer tot mij. 'Nou, ik zou hier maar niet te lang blijven. Je hebt nog een hele afstand te gaan.'

Hiermee liepen ze weg en waren binnen enkele minuten uit het zicht verdwenen. Ik wist het toen niet, maar dat was mijn eerste kennismaking met de bevelhebber en de regimentssergeant-majoor van 22 SAS.

Pete en ik kwamen elkaar in verschillende fasen van de uithoudingstest tegen en moedigden elkaar dan aan. Naarmate de kilometers toenamen, vertraagde het tempo echter aanzienlijk en begonnen de weken van constant lopen zonder tot rust te kunnen komen hun tol te eisen.

De laatste uren waren de pijnlijkste die ik ooit heb gelopen. Mijn voeten waren opgezet en ik had blaren in mijn legerlaarzen die aanvoelden als lood met glas erin. Het waren dit soort hindernissen, die zowel geestelijk als lichamelijk waren, die je moest overwinnen om de prijs in de wacht te kunnen slepen, een prijs die nu zo dichtbij was.

Toen ik op die laatste top stond en naar beneden staarde naar de prachtige rand met dennenbossen, die steil afliep naar een reservoir met glashelder water dat lag te baden in het vroege avondlicht, flitste het even door mijn hoofd dat er mensen zijn die veel zuurverdiend geld betalen om zulke dingen te kunnen zien. Op dat moment was het enige uitzicht dat belangrijk voor mij was de rij groene trucks die vijf kilometer verder bij een picknickplaats geparkeerd stond, omdat ze het eind van mijn beproeving betekenden.

Tegen de tijd dat ik mijn naam kon opgeven aan de instructeur die bij de wachtende wagens stond, waren bijna zeventien uur verstreken sinds het begin van de test.

Hoofdstuk 13

Voortzetting training, 1990

De dagen na de testweek waren we vrij om uit te rusten, wat hard nodig was nadat we ons lichaam vierentwintig dagen lang aan een stuk door hadden afgebeuld. Het was ook de eerste keer dat het tot ons doordrong wat er de afgelopen drie weken in de wereld gebeurd was. Het nieuws van de Irakese invasie in Koeweit was wel interessant, maar leek niet veel met onze directe situatie te maken te hebben.

Pete en ik werden uitgenodigd voor een hangi die het B-Squadron zou houden in een achtertuin van een van de jongens. Een hangi is een traditionele manier van voedselbereiding van de Maori's op hete stenen in de grond. De Kiwi's: Big Ken, Pete, ik en George, een van de NZSAS-jongens die aan een uitwisseling meedeed, werden geacht de honneurs waar te nemen, maar we hadden er de ballen verstand van. We waren experts in het eten van hangi, niet in het klaarmaken ervan. Maar we wisten ons eruit te bluffen en we hadden een leuke avond met zijn allen, en door de grote hoeveelheden bier voelden onze lichamen wat minder pijnlijk aan.

De volgende fase van de selectie vond plaats in de oerwouden van Zuidoost-Azië, met toestemming van de onafhankelijke staat Brunei. We vlogen met British Airways naar Hong Kong, wat op zichzelf al nieuw voor mij was omdat ik met het Nieuw-Zeelandse leger nooit anders dan met een militair vliegtuig had gereisd. Vanaf Hong Kong moesten we een RAF Tristar naar Brunei nemen, maar door de gigantische troepenconcentratie in de Golf die onverwachts op gang kwam, was er geen vliegtuig beschikbaar om ons daarheen te vliegen. Uiteindelijk zaten we vijf dagen in Hong Kong vast voordat we door Air Brunei werden weggehaald.

Meer dan veertig kandidaten arriveerden in Brunei om aan de jungleselectie te beginnen, en tegen het eind van de vijf weken waren er maar dertien die het hadden gehaald en klaar waren om de uitdaging in Engeland voort te zetten.

De eerste week in Brunei werd gebruikt om te wennen aan de hitte, de vochtigheid en de nieuwe tijdzone, en om patrouilles in te delen en voor te bereiden. De kandidaten bleken zenuwachtiger te zijn voor de jungleselectie dan voor de testweek, wat niet zo verbazend was als je naging dat de meeste soldaten nooit in de jungle waren geweest.

Pete en ik waren niet overdreven zelfverzekerd, maar wel relaxed over deze fase. Tenslotte hadden we de meeste van onze militaire ervaring in dit soort omgeving opgedaan, al was zelfgenoegzaamheid nog steeds niet op zijn plaats.

In de eerste week in het oerwoud trok een derde van onze groep zich vrijwillig terug. De 'groene muur' was gewoon te erg voor sommigen.

Mijn patrouille onderging een aantal veranderingen; alleen Quinny, een stevige Yorkshireman die 'The Cube' werd genoemd, en ik bleven over van onze oorspronkelijke groep.

De eerste navigatiepatrouille die we ondernamen liep bijna uit op een scheldpartij tussen Quinny en mij. Vanwege onze accenten konden we elkaar niet verstaan. We ontwikkelden echter een wederzijds respect voor elkaar in de weken die volgden en we werden vrienden.

Jungleselectie was een van de meest intensieve cursussen die ik ooit had meegemaakt en die elke minuut van de dag opslokte. De patrouilles waren van de vroege ochtend tot de late avond bijna onafgebroken in touw, met lessen over onderwerpen die varieerden van eenvoudige navigatie tot hinderlaagtechnieken.

Er werden schietoefeningen met scherpe munitie gehouden, waarbij de marges voor vergissingen zo klein waren dat een soldaat bij de geringste twijfel van een instructeur al kon inpakken. Onder zulke omstandigheden, waar de kogels letterlijk over je hoofd floten, moest je blindelings op je maten kunnen vertrouwen.

De aanhoudende regen, hitte en benauwde vochtigheid verhoogden de spanning waaronder we stonden nog meer. Daarom was ook voor deze locatie gekozen.

In verschillende stadia moesten we oefeningen doen om de geleerde vaardigheden te testen en te bevestigen onder omstandigheden die een oorlogssituatie benaderden.

Van de vermagerde, vervuilde en ongeschoren kandidaten die na vier weken te voorschijn kwamen, waren er velen die geacht werden niet aan de gestelde eisen te voldoen. De rest kon zich verheugen op een paar vrije dagen voordat ze de volgende hindernis moesten nemen: combat survival.

Toen we terugkeerden uit Brunei, werd het me al snel duidelijk dat de crisis in de Golf niet iets was wat zomaar zou overwaaien. Ik was verbaasd over de snelheid waarmee de Verenigde Staten en Groot-Brittannië zulke grote troepenmachten hadden gemobiliseerd om naar de regio te sturen. Ik kon echter nog steeds niet geloven dat Saddam Hoessein de Veiligheidsraad en de meerderheid van de wereldopinie zou blijven tarten door Koeweit bezet te blijven houden.

Ik dacht terug aan een gesprek dat ik met Blue had gehad op onze eerste avond.

'Let op mijn woorden,' had hij gezegd, 'het begint allemaal binnen een half jaar tot een jaar in de Golf. Dat verzeker ik je.' Ik was er verder niet op door gegaan, maar achteraf gezien was het ofwel een zeer goede gok, of Blue had een zeer scherp inzicht in de gebeurtenissen en de politieke spelletjes die deze streek altijd in hun greep hebben.

Ik verheugde me absoluut niet op de combat survival. De herinneringen aan de cursus in Nieuw-Zeeland en de tien kilo die ik was afgevallen stonden me nog helder voor de geest, ook al was het zes jaar geleden.

Alle onderdelen van de Britse strijdkrachten konden deelnemen aan de cursus, en gasten van andere buitenlandse strijdmachten konden ook op uitnodiging meedoen. Hij werd over een periode van drie weken gehouden en besloeg onderwerpen variërend van verzet bij ondervraging en ontsnappings- en ontwijkingstechnieken tot vallen zetten en voedsel vergaren. Dit alles culmineerde in de laatste oefening waar de deelnemers in hun aparte groepen werden losgelaten op het afgelegen platteland van Noord-Wales om hun kostje bij elkaar te scharrelen en te navigeren via een netwerk van tussenpersonen, en tegelijkertijd te zorgen uit handen te blijven van een omvangrijke groep jagers.

Het was hartstikke koud in Wales in de winter, en ik wilde alleen maar dat de dagen snel voorbij zouden gaan zodat de cursus afgelopen was. Het kwam niet bij me op dat ik een paar maanden later hetzelfde zou moeten doen, maar dan in het echt. De ironie van de situatie ontging me niet toen het zover was.

De cursus eindigde als alle groepen 'gevangen' waren en daarna aan een of ander soort ondervraging waren onderworpen, waarbij de toekomstige SAS-kandidaten een speciale behandeling kregen die bij hun verheven aspiraties paste.

Als de kandidaten de laatste oefening hadden doorstaan zonder te zijn 'doorgeslagen' tijdens het verhoor ontvingen ze de felbegeerde beige baret en blauwe riem, beide versierd met de beroemde gevleugelde dolk.

Vier maanden na het begin van de selectie zaten dertien van ons in de vergaderruimte van de opleidingseenheid toen de hoofdinstructeur binnenkwam met een grote kartonnen doos. Hij liep naar het midden van de kamer, stak zijn hand in de doos en gooide een baret naar elk van ons.

'We zijn hier niet zo formeel, en dit betekent niet dat jullie klaar zijn met de selectie,' zei hij. 'Jullie hebben applicatietraining, paratraining voor degenen die nog niet hebben gesprongen, en daarna zijn jullie een jaar op proef. Dus jullie kunnen het nog makkelijk verpesten!'

Desalniettemin kon hij de trots niet onderdrukken die we allemaal voelden bij het bereiken van ons doel. Vooral Pete en ik waren in onze nopjes, want we hadden alles op het spel gezet om dit te bereiken.

De hoofdinstructeur las vervolgens de lijst voor van wie naar welk squadron ging, en zowel Pete als ik gingen naar het A-Squadron. We waren hier opgetogen over, want het hele regiment wist dat het A-Squadron zeker naar de Golf zou gaan en de anderen moesten dat nog uitvechten.

Ik had de anti-terrorismetraining fascinerend gevonden in Nieuw-Zeeland, maar nadat ik twee volle jaren stand-by had gestaan bij het Nieuw-Zeelandse anti-terreurteam, was de nieuwigheid eraf. Mijn gedachten richtten zich nu op de gebeurtenissen in de Golf en mijn inzet daar met het A-Squadron. Hoewel de tactieken van gevechten binnen en het redden van gijzelaars ongeveer hetzelfde waren, waren er subtiele verschillen in technieken die Pete en ik moesten beheersen, ongeveer zoals in de jungle met de verschillende contactprocedures. We moesten hier assimileren, dus was het belangrijk dat wat we vroeger hadden geleerd te kunnen aanpassen om conflicten te vermijden.

De cursus eindigde in de eerste week van december en kort daarna werden we naar onze squadrons gestuurd, waar men blij was met de broodnodige nieuwe mankracht.

Pete en ik en de nieuwe leden hadden amper de tijd om zich te verzamelen in de groepsruimte van het A-Squadron, laat staan om de andere vijftig jongens van het squadron te ontmoeten, voordat de details van ons vertrek naar de Golf werden bekendgemaakt.

'De 24ste, 22.00 uur met een Galaxy vanuit Brize. Het wapenmagazijn is vanaf zes uur open om persoonlijke wapens op te halen. Het transport vertrekt om halfzeven,' kondigde de sergeant-majoor van het squadron aan.

'Parade op de 23ste om jullie uitrusting in de trucks te laden. De rest van de tijd zijn jullie vrij. Als je het vliegtuig mist, kun je maar beter meteen naar een reisbureau gaan en daar zelf een ticket kopen, want we wachten niet!

'Dat was het: alle stafsergeants en de nieuwe jongens blijven nog even. De rest kan opdonderen en naar de Bun Fight gaan.'

We kregen nu te horen bij welke groepen we waren ingedeeld; ik was bij het scheepspeloton. Ik slaakte een zucht van verlichting, want ik wilde niet weer bij het luchtpeloton.

Nadat ik was voorgesteld aan de hoge pieten van het squadron, werd ik welkom geheten door de baas en de stafsergeant van peloton vier.

'Ik weet dat je niet veel tijd hebt gehad om iedereen te ontmoeten, laat staan om je uitrusting in orde te maken, maar daar heb je nog genoeg tijd voor als we in de VAE zijn en aan de troepenconcentratie beginnen,' legde de baas uit. 'Geniet tot die tijd zoveel mogelijk van je verlof, want het zal voorlopig wel je laatste zijn.'

De Bun Fight is een jaarlijks evenement waarbij het regiment een middag en avond lang uit zijn dak gaat. Normaliter begint de Bun Fight met de rugbyfinale tussen de squadrons en wordt direct gevolgd door de consumptie van enorme sloten drank.

Kerstmis is een van de weinige gelegenheden waarbij het regiment in zijn geheel in Hereford aanwezig is. Over het algemeen mag je van geluk spreken als er op elk ander moment twee squadrons in de stad zijn, dus de Bun Fight is voor iedereen een gelegenheid om bij te praten en een paar biertjes te drinken.

De rugbyfinale werd dit jaar gespeeld door de gecombineerde teams van B-Squadron/Headquarters Squadron en G-Squadron/Signals. Ken had me al benaderd om voor B/HQ-Squadron te spelen toen ik nog bij de opleiding zat, en omdat A-Squadron niet vertegenwoordigd was, was er geen sprake van belangenverstrengeling, dus had ik toegestemd. Ik ging het veld op in een geleende outfit en speelde vervolgens een van de slechtste wedstrijden van mijn leven. Het was een interessante ervaring om samen met sommige jongens te spelen die ik het jaar daarvoor in Nieuw-Zeeland had helpen verslaan. Wat me verbaasde was hun totale gebrek aan teamcoördinatie. Desalniettemin slaagde het B/HQ-team erin die dag met een ruime marge te winnen, omdat hun tegenstanders nog net even slechter georganiseerd waren.

De festiviteiten die avond gaven iedereen de gelegenheid om voor één keer in het jaar met zijn allen uit de plooi te komen. Ik werd de volgende morgen wakker met een afgrijselijke kater, maar die werd enigszins verlicht door het nieuws dat onze vlucht achtenveertig uur was uitgesteld. We zouden toch nog de kerst in Engeland doorbrengen.

De 27ste december was de uiteindelijke datum dat we werden ingezet, een koude en troosteloze winterdag. Toen we in Brize Norton aankwamen, werden we naar een gigantisch vliegtuig gestuurd waarbij de rijen Hercules C130's in het niet vielen. Toen ik de Galaxy binnenging, zag ik rijen landrovers, motoren en uitrustingen, voorraden en munitie op pallets. Het leek wel een pakhuis. Ik zag geen zitplaatsen, dus nam aan dat we een plekje tussen de vracht moesten zien te vinden.

Tot mijn verbazing werd er een ladder uit het plafond neergelaten, die ons naar een verdieping voerde die was uitgerust als een 747, met rijen comfortabele stoelen die zich in de lengte en breedte ervan uitstrekten. Een Amerikaanse gezagvoerder, compleet met .44-Magnumpistool in een schouderholster, wees ons onze plaatsen en deelde maaltijdpakketten uit voor onderweg.

Onze eerste stop was een Amerikaanse legerbasis in Duitsland. Het was mijn eerste kennismaking met een Amerikaanse legerinstelling en nogal een openbaring. De basis was aangewezen als transithalte voor verkeer op weg naar de Golf, en had daar de benodigde faciliteiten voor ingericht. De feesttent die was opgezet om de toevloed van troepen in onder te brengen kon alleen worden beschreven als kolossaal en was heel bijzonder van binnen.

In de tent waren diverse vermaaksfaciliteiten opgezet die je het best kunt beschrijven als een combinatie van een gokhal-annex-videocentrum. Er was van alles, van flipperkasten tot space invaders-spelletjes, en natuurlijk rijen tv's en videorecorders. Over de hele lengte van de tent, een afstand van zeker honderd meter, stonden rijen tafels met spullen en cadeautjes die het Amerikaanse publiek aan hun 'jongens' overzee had gestuurd.

Tot slot waren de wanden van de tent versierd met honderden brieven van schoolkinderen, moeders, vaders, Amerikanen uit alle lagen van de bevolking, die de soldaten op doorreis het beste wensten en hun verzekerden dat God en vaderland voor honderd procent achter hen stonden.

Het was nogal een bizarre ervaring voor iemand uit een klein en conservatief land als Nieuw-Zeeland om deze uitstorting van emoties van volslagen vreemden te zien. De Amerikanen deden de dingen beslist op een andere manier.

Ons korte verblijf in Duitsland duurde slechts enkele uren, en we waren weldra weer aan boord van de Galaxy, op weg naar de Verenigde Arabische Emiraten.

Het eerste wat me opviel in de VAE was de verzengende droge hitte, die totaal anders was dan de hitte vermengd met honderd procent vochtigheid die je in Zuidoost-Azië hebt. Hoewel het winter was, kwam de temperatuur overdag regelmatig boven de dertig graden uit, om 's avonds te dalen tot een aangename achttien graden.

We kwamen aan op een grote legerbasis in Abu Dhabi en werden vervolgens per C130 naar ons trainingsgebied in de woestijn gebracht, niet ver van de stad Manama. Het trainingskamp dat we overnamen was kort daarvoor verlaten door G-Squadron, dat tot grote ergernis van de manschappen na een verblijf van drie maanden in de Golf naar Hereford terugmoest om de anti-terrorismetaken van B-Squadron over te nemen.

De spanningen tussen de VN en Irak liepen hoog op, en de deadline van 15 januari 1991 die Saddam door de Veiligheidsraad was opgelegd om alle troepen uit Koeweit terug te trekken, naderde met rasse schreden.

Het squadron begon systematisch zoveel mogelijk aspecten van oorlogvoering in de woestijn te oefenen, met de nadruk op operaties met op voertuigen opgesteld geschut ondersteund met zware wapensystemen. Ik had de woestijn nog nooit gezien, laat staan erin geoefend, dus ik stortte me er enthousiast in, gretig om zoveel mogelijk te leren in de korte tijd die we hadden.

Het squadron zou als twee halve squadrons worden ingezet, elk met een mix van jeugd, vaardigheden en ervaring, maar zoveel mogelijk de compleetheid van de troep behoudend.

Alle manieren van woestijnoorlogvoering werden geoefend, variërend van het uitgraven van onder het zand bedolven voertuigen tot de volledige actie van nachtelijke aanvallen met mortiervuur en ondersteuning van zware wapens op voertuigen. De dagen waren te kort om alles te doen wat geleerd en geoefend moest worden, maar we deden de basisdingen en de rest zouden we 'al doende' leren.

Oudejaarsavond werd gevierd met massa's kratten bier en de zoveelste herhaling van *Zulu*, die favoriet was bij de jongens. Het enige respijt dat degenen met een kater de volgende dag konden krijgen was dat we om tien uur begonnen, en om het nog erger te maken begonnen we de dag met de parade voor de regimentsarts om elke inenting te krijgen die de mensheid kende.

Velen waren ongerust over het effect dat zo'n grote dosis medicijnen in één keer zou hebben, maar omdat de deadline van januari steeds dichterbij kwam, raakten dergelijke bedenkingen snel op de achtergrond.

Op 13 januari kreeg het squadron vierentwintig uur om zich naar de vooruitgeschoven post voor de Special Forces in Saoedi-Arabië te begeven. Iedereen wist dat er iets aan de hand was. Tot dat moment hadden we geoefend in de hoop dat we op een of andere missie gestuurd zouden worden in geval van volledige vijandelijkheden. Misschien was deze verhoging van paraatheid een goed teken voor die wens.

Door de oefeningen van de afgelopen drie weken was ik op de hoogte van alle standaard operatieprocedures en wapensystemen waar ik in een woestijncampagne mee te maken zou krijgen en wist ik hoe ik me gemakkelijk kon redden als ik vanuit een pinkie leefde. Toen nog geen anderhalve dag later het bevel kwam dat we moesten vertrekken, stapte ik dan ook met kinderlijk enthousiasme aan boord van de C130 die ons naar Saoedi-Arabië en wat er verder in het verschiet lag voerde.

Tegen half januari 1991 stonden twee enorme legers, beide bestaande uit meer dan een half miljoen man, aan weerszijden van de grens tussen Saoedi-Arabië en Koeweit, beide overtuigd van de rechtvaardigheid van hun zaak. Sinds de Tweede Wereldoorlog was er nergens meer zo'n enorme troepenmacht op de been gebracht, en de twee strijdende partijen leken vastbesloten de confrontatie aan te gaan, wat er ook nog aan politieke manoeuvres werd ondernomen.

Op 17 januari 1991 voerden de geallieerde troepen onder leiding van de Amerikanen om drie uur 's morgens luchtaanvallen uit op het Irakese leger en industriële doelen, waarmee het eind van Operatie Desert Shield en het begin van Operatie Desert Storm werd ingeluid. De Golfoorlog was begonnen.

DEEL III

Te gast bij Saddam

Hoofdstuk 14

Krabilah, Noord-Irak

Ik voelde geen pijn, alleen shock, alsof iemand met een voorhamer mijn enkel had verbrijzeld. Ik was ervan overtuigd dat ik mijn rechtervoet was kwijtgeraakt. Ik werd kort maar hevig overspoeld door een golf van misselijkheid. En toen sloeg de pijn toe, die mijn geest, lichaam en ziel totaal in bezit nam.

Ik viel op de grond en dacht er helemaal niet meer aan het mes te gebruiken. Instinctief probeerde ik mijn hoofd met mijn armen te beschermen, een oude gewoonte om rugbyschoenen af te weren als je onder een ruck terechtkwam. De nutteloosheid van dit gebaar werd meteen duidelijk toen een tweede ronde mijn rechter triceps kliefde, mijn hoofd op een haar na missend. De angst sloeg eindelijk toe terwijl de kogels overal om me heen bleven dansen. Ik had allang elke poging tot vertoon van moed laten varen: ik scheet in mijn broek. Terwijl ik gilde van de pijn, frustratie en angst, had ik de tijd om me af te vragen: 'Waar heb ik dit verdomme aan verdiend?' En tot mijn verbazing merkte ik in een moment van absolute helderheid dat ik lag te bidden, ervan overtuigd dat mijn laatste uur geslagen had.

Dit alles duurde hooguit een minuut, maar in mijn toestand leek er geen eind aan te komen. Ik hoopte bijna dat een laatste kogel er een eind aan zou maken.

Het vuren stopte abrupt. De Irakezen beseften waarschijnlijk dat de meelijwekkende figuur die languit voor hen lag niet langer een bedreiging vormde, of misschien was hun munitie wel op. Hoe dan ook, het maakte voor mij weinig uit toen ik daar over de grond kronkelde van de pijn en wanhopig mijn gewonde been vasthield.

Binnen enkele seconden was ik omgeven door tientallen gillende Irakezen die extatisch waren over de gevangenneming van een van de gehate vijanden. Plotseling zaten ze allemaal aan me en staken hun handen in alle mogelijke zakken die de zoeker een trofee of iets van waarde konden opleveren. Mijn duikershorloge was zo weg, waarna een kleine schermutseling plaatsvond over wie de trotse nieuwe eigenaar zou worden. Tegelijkertijd vuurden ze in de lucht en gilden op de oorverdovende manier waarop alleen Arabieren dat kunnen om hun succes te vieren.

Even dacht ik dat ze me totaal vergeten waren, zo uitbundig waren ze, maar al gauw verdween hun carnavalsstemming en begonnen ze met geweerkolven op me in te hakken. De pijn die daarvoor in mijn rechteronderbeen geconcentreerd was, verspreidde zich nu weer door mijn hele lichaam. Wat de kogels niet gelukt was, zou deze aframmeling zeker lukken.

Ik stond op het punt het bewustzijn te verliezen toen ze eindelijk ophielden. Iemand zal zich wel hebben gerealiseerd dat hun slachtoffer niet meer op hun liefkozingen reageerde. Een onderofficier, die de aanzet had gegeven voor de schietpartij, wist de moordzuchtige menigte tot enige terughoudendheid en beheersing te manen, ongetwijfeld in het besef dat de zaak uit de hand dreigde te lopen. Hij beval twee soldaten om me bij mijn armen te pakken en ik werd zonder plichtplegingen naar de weg gesleurd waar een Toyota-pick-up geparkeerd stond.

De angst had me nu volledig in zijn greep. Ik was aan deze mensen overgeleverd en het zag ernaar uit dat er weinig hoefde te gebeuren of een van hen zou me het genadeschot geven. Het feit dat ik nog leefde mocht al een wonder heten.

Een nieuwe groep soldaten die bij het voertuig stonden te wachten nam me nu te grazen. De hele cyclus begon opnieuw. Gelukkig verscheen er een officier op het toneel die een eind maakte aan de pret van de soldaten en alleen de nieuwe jongens een minuut lang hun plezier gunde. Belangrijkere mensen waren zich nu bewust van mijn gevangenneming en wachtten gretig hun kans af.

Een woordenvloed van Arabisch verspreidde de te hoop gelopen manschappen, zodat de officier me voor het eerst goed kon bekijken. In het schemerlicht van de vroege ochtend zag ik niet veel meer dan de contouren van zijn donkergroene legerjack en zwarte baret, maar zijn lachende en knikkende hoofd gaven me de indruk dat hij zeer tevreden was over zijn werk. Hij bleef op een veilige afstand staan en gaf een stel soldaten het bevel me te fouilleren, hetgeen ze met verbazingwekkende tegenzin deden. Ik werd zo timide beklopt dat een toeschouwer zou hebben gedacht dat ik weleens plotseling zou kunnen opspringen en hun kelen doorsnijden.

Het volgende grote drama was dat ze me de Magellan afnamen. De Irakezen, intussen wel veertig man sterk, deden allemaal een stap naar achteren uit angst dat ze een bom hadden ontdekt die elk moment kon ontploffen. Ik zette me schrap voor de schoppen en stompen waarmee de ontdekking ongetwijfeld gepaard zou gaan, maar tot mijn verbazing hervatten ze hun fouillering toen ze beseften dat het apparaatje niets deed. Ik probeerde mezelf te presenteren als volkomen ongevaarlijk voor mijn overweldigers, wat niet moeilijk was omdat ik verging van de pijn. Ik liet me fouilleren, duwen en prikken zoveel als ze wilden om geen nieuwe aanval uit te lokken.

Toen de fouillering afgelopen was, werd er een ander bevel geschreeuwd en werd ik naar de Toyota gebracht. Drie soldaten sprongen achterin om mij gezelschap te houden, terwijl de derde mijn handen gespreid aan de zijkanten van het voertuig bond. Het begon licht te worden en ik kon nog net een laatste blik op mijn omgeving werpen voordat ik een blinddoek voorgebonden kreeg. De communicatiemast die de grens markeerde was duidelijk zichtbaar op de horizon, niet meer dan een paar kilometer verderop. Hij was zo dichtbij dat ik met moeite de tranen van frustratie kon bedwingen. Hij had net zo goed tweehonderd kilometer ver weg kunnen zijn.

Binnen enkele minuten nadat de auto zich in beweging gezet had, was ik mijn richtinggevoel al kwijt. Het was al moeilijk genoeg om mijn verstand bij elkaar te houden, laat staan dat ik de weg die we reden zou kunnen onthouden. De doffe pijn in mijn hele lichaam hield constant aan, maar werd overstemd als de schokkende Toyota mijn gewonde been over de vloer van de pick-up deed stuiteren. Onder het rijden hield een van de bewakers constant de loop van een AK tegen mijn slaap gedrukt; ofwel om zich in evenwicht te houden, of om mij ervan te doordringen dat ik scherp in de gaten werd gehouden.

Op een bepaald moment minderden we vaart tot we bijna kropen, en maakte ik uit de vele Arabische stemmen en de rondvliegende stenen op dat ik door het dorp werd rondgereden zodat iedereen me kon bekijken. De lol was er echter gauw af toen de verontwaardigde bewakers beseften dat ze waarschijnlijk net zo veel, zo niet meer stenen naar hun hoofd geslingerd kregen als ik, en we reden verder.

Onze aankomst werd aangekondigd door mitrailleurvuur in de lucht. Ik voelde tien paar handen die probeerden me uit de truck te trekken, nog voordat ze me hadden losgemaakt. Ik gilde van de pijn toen ze probeerden mijn gewonde been als hefboom te gebruiken om me uit het voertuig te tillen. Dit versterkte alleen maar het boosaardige gelach dat van alle kanten kwam; de sfeer van kwaadaardige bedoelingen was tastbaar.

Nog steeds geblinddoekt werd ik weer meegesleurd over gras en asfalt tot we bij een gebouw kwamen. Tegen die tijd trilde ik hevig van de kou, shock, pijn, uitputting, bloedverlies en angst: angst voor wat ik wist dat er zou gebeuren. Ze eisten allemaal hun tol.

Uit de stroom warme lucht maakte ik op dat we onze bestemming hadden bereikt, en even werd ik drie maanden teruggevoerd in de tijd naar het verhoorcentrum in Hereford. Door de stroom warme lucht wist ik weer precies hoe ik me voelde toen ik voor het eerst de verhoorkamer binnenging, geblinddoekt en verkleumd.

Mijn ogen moesten even aan het licht wennen toen de blinddoek van mijn gezicht werd gerukt, en ik wist meteen dat de overeenkomsten hier ophielden. Ik zag de kille, grimmige gezichten van drie Irakese officieren voor me. De hoogste in rang, en duidelijk de eigenaar van het luxueuze kantoor, zat achter een reusachtig glanzend houten bureau. Hij was kennelijk net wakker, want hij droeg een kamerjas over een legerhemd. In zijn rechterhand brandde een sigaret, waarvan de scherpe rook in een sliert naar het plafond kringelde. De andere twee officieren waren volledig gekleed en droegen waarschijnlijk de rang van kapitein. Ze stonden eerbiedig aan de rechterflank van het bureau op orders te wachten.

Achter in het vertrek hingen talloze gewapende soldaten rond, buiten mijn gezichtsveld maar ongetwijfeld binnen mijn bereik. Een van deze soldaten, de onderofficier die aanwezig was geweest bij mijn gevangenneming, stond achter me en hield mijn armen tegen de zijkanten van de stoel gedrukt alsof zijn leven ervan afhing. Er werd geen woord gesproken, ze staarden alleen maar naar me, met name de bevelhebber. Zijn ogen boorden zich zo giftig in de mijne dat ik zelfs op een afstand van een meter of drie de kille haat erachter kon voelen.

Ik probeerde niet naar iemand in het bijzonder te kijken; in plaats daarvan hield ik mijn blik op de vloer en het Perzische tapijt onder mijn stoel gericht. Op die manier kon ik ook voor het eerst naar mijn aangeschoten enkel kijken. Ik zag tot mijn grote opluchting dat mijn voet er nog aan zat, maar ik zag ook dat hij grotesk misvormd was in mijn met bloed bevlekte canvas woestijnschoen.

De griezelige stilte in het vertrek werd verbroken door rumoer op de gang en er kwam een soldaat binnengesneld die strak in de houding ging staan voor de officieren. Er volgde een kort gesprek tussen de soldaat en een van de kapiteins, waarna de soldaat zich omdraaide en op mij afkwam, terwijl hij een paar oude stalen handboeien uit zijn zak trok. De onderofficier schepte er genoegen in om mijn armen nog verder om de rugleuning van de stoel te wringen zodat de handboeien gemakkelijker omgedaan konden worden. Ervan verzekerd dat ik geen vin meer kon verroeren, stapte een van de kapiteins op me af en bleef net buiten mijn bereik staan.

'Hoe heet je?' vroeg hij in het Engels.

Volgens de Conventie van Genève hoef je bij een verhoor slechts vier vragen te beantwoorden. In het Britse leger worden ze de Grote Vier genoemd: naam, rang, legernummer en geboortedatum. De combat survival cursus die zowel in Engeland als Nieuw-Zeeland wordt gegeven legt er enorm de nadruk op dat je je aan de Grote Vier moet houden; wat ze je ook vragen, je mag niets anders prijsgeven. Uiteraard had ik er het volste vertrouwen in dat de mannen die me ondervroegen zich aan de principes van de conventie zouden houden.

'Coburn, Michael,' antwoordde ik op neutrale, rustige toon.

'En wat is je rang?' vervolgde hij.

Ik was hem ver voor op dat punt, en ik ging hem beslist niet vertellen dat ik een rang had die synoniem was met gewapende eenheden, waar ik beslist geen deel van uitmaakte, en de SAS.

'Soldaat,' antwoordde ik. Tot nu toe ging het goed.

'En, soldaat Coburn, bij welke eenheid ben je?'

Dit was de cruciale vraag; we hadden de laatste twee van de Grote Vier overgeslagen, deze man was op echte feiten uit.

'Het spijt me, meneer,' antwoordde ik zoals voorgeschreven, 'die vraag mag ik niet beantwoorden.' Ik probeerde mijn stem niet-confronterend, beleefd en timide te laten klinken. Mijn gezicht was onbewogen, maar mijn bonkende hart vertelde een heel ander verhaal. Hij zou dat antwoord niet accepteren, dat wist ik, en hij wist dat ik dat wist. Ik wist alleen niet hoe hij zou reageren.

'Wat is je eenheid?' vroeg hij nu wat heftiger.

'Het spijt me, meneer...' Ik kon mijn zin niet afmaken, want hij onderbrak me met een knikje. Ik zag de geweerkolf niet die keihard op mijn gewonde been neerkwam, zodat de schok en de schrik bijna even erg waren als toen ik de eerste keer werd verwond.

De stoel viel om toen ik met de pijn mee probeerde te rollen. Ik slaakte een kreet, terwijl de tranen van de pijn over mijn gezicht stroomden. Ze lieten me ongeveer een minuut zo liggen voordat ze me overeind sleurden om het verhoor voort te zetten.

'Soldaat Coburn,' vervolgde hij, nog steeds zonder een spoor van emotie in zijn stem. 'Kijk eens naar je situatie. Je bent ernstig gewond. Je hebt veel bloed verloren en je hebt dringend een arts nodig. Als je niet met ons meewerkt, krijg je die niet. Hoeveel bloed denk je dat je kunt verliezen?' Hij liet de vraag opzettelijk open in de wetenschap dat deze gedachten al door mijn hoofd draaiden.

Ik had geen idee hoe lang ik het vol kon houden in de toestand waarin ik verkeerde. De langzaam stollende plas bloed onder mijn voeten bepaalde uiteindelijk mijn besluit. Ik wist dat de dekmantel de enige weg was die nog voor mij openlag, en dat hij vol gevaren was, vooral omdat ik in mijn toestand geen woordenstrijd met deze mannen kon aangaan.

Speciale eenheden gaan ervan uit dat je gevangengenomen kunt worden als je diep achter de vijandelijke linies doordringt in oorlogstijd, en dat het volkomen onrealistisch is om te proberen te overleven door alleen de Grote Vier te beantwoorden. Om die reden is het, afhankelijk van je missie, toegestaan om met behulp van een verzonnen verhaal te proberen tijd te rekken voor jezelf en andere leden. Het gevaar van deze tactiek is dat er makkelijk doorheen te prikken is als er andere leden van dezelfde patrouille gevangen worden genomen, want de dekmantel is niet tot in de details uitgewerkt. Daarom is het het beste om het verhaal losjes op de operatie te baseren en alleen de feiten aan te passen. Het was pas echt een probleem om de rugzakken met communicatieapparatuur, explosieven en observatiepostspullen te moeten verklaren die nu ongetwijfeld in handen van de Irakezen waren gevallen. Ze behoorden niet bepaald tot de uitrusting van een pilotenreddingsteam.

Deze gedachten tolden door mijn hoofd toen hij zijn vraag herhaalde: 'Wat is je eenheid?' De vraag werd nog een keer herhaald en mijn armen werden nog steviger vastgegrepen. Ik wachtte even en zei toen zacht: 'Ik ben bij het parachutistenregiment.' Ik probeerde vervolgens nog verslagener over te komen dan daarvoor.

'Nou, dat was toch niet zo moeilijk?' zei hij. 'Zo is het veel beter. We kunnen je zo naar een arts brengen. Je hoeft alleen maar mee te werken.'

Ik liet het trillen en schokken van mijn lichaam weer beginnen, wat niet moeilijk was. Ik moest er zwak en ellendig uitzien, wat ook niet ver bezijden de waarheid was, niet in staat om me te verzetten. Dat was essentieel als ik een kans wilde hebben om me hieruit te lullen.

'Maar het parachuteregiment opereert toch niet driehonderd kilometer achter de vijandelijke linies? Hoe verklaar je dat?' Nu moest ik me op glad ijs begeven.

'Ik ben als hospik verbonden aan het pilotenreddingsteam,' antwoordde ik.

Er volgde een korte discussie tussen de kapitein en zijn superieur. 'Waar is de rest van je team? We weten dat jullie met zijn achten zijn.'

Mijn hersenen werkten nu met de snelheid van het licht om de lijn van zijn verhoor te voorzien en antwoorden te formuleren. Het was echter niet moeilijk om dit verhaal sluitend te maken, ik hoefde de feiten maar een beetje te verdraaien.

'Dat weet ik niet. We zijn elkaar bij de weg kwijtgeraakt en sinds die tijd ben ik alleen.'

Ook dit gaf aanleiding tot een korte discussie, en of er ook een vertaling van mijn antwoord bij zat, weet ik niet. Ik had echter sterk het vermoeden dat de commandant alles wat ik zei kon verstaan. Zijn blik was constant op me gericht tijdens het verhoor.

'Hoe heten de andere leden van je team?' begon de kapitein weer.

'Shit, hoe bluf ik me hier nou uit?' dacht ik, wanhopig naar een oplossing zoekend. De seconden verstreken en het voor de hand liggende antwoord schoot mij te hulp. 'Stommerd! Gebruik gewoon hun bijnamen,' dacht ik.

'Mac, Geordie, Aus, Legs, Dinger...' Ik kreeg niet de gelegenheid om het rijtje af te maken.

'Stop! Wat zijn dat voor namen? Dat zijn geen echte namen!'

Opnieuw kon een stukje waarheid gecombineerd met een leugen als antwoord dienen. 'Ik ben op het laatste moment aan het team toegevoegd; ik doe dit nog maar pas, ik ben een gewoon soldaat. Ik weet niet hoe ze echt heten, ik weet alleen hun bijnamen.'

Het ging goed. Mijn rang en mijn povere antwoorden brachten hun ertoe me af te schrijven als tijdverspilling, althans dat hoopte ik. Het zou ondenkbaar zijn in het Irakese leger dat een gewoon soldaat enige verantwoordelijkheid of belangrijke informatie had in een operatie. Het was in mijn voordeel om dit soort aannamen te stimuleren.

'Wat was je missie?'

Ik probeerde tijd te rekken. 'Sorry, ik snap de vraag niet.'

'In jullie Britse orders wordt de missieverklaring twee keer herhaald, nietwaar?'

Ik stond perplex. Hoewel het geen geheim is, was het laatste wat ik van een Irakese kapitein aan de Syrische grens verwachtte dat hij iets van dergelijke procedures afwist. Dit voorspelde niet veel goeds.

'Neergeschoten coalitiepiloten helpen,' antwoordde ik voorzichtig terwijl ik probeerde mijn geschoktheid over zijn opmerking te verbergen.

'Was je op zoek naar een piloot op de plaats waar onze troepen je vonden?' Zijn stem klonk enigszins opgewonden toen hij dat vroeg, omdat hij waarschijnlijk dacht dat er een belangrijkere gevangene, een piloot, voor het oprapen lag.

Ik moest nu echter voorzichtig zijn. Ik begaf me op zeer gevaarlijk terrein. Ik moest een verhaal verzinnen en zorgen dat ik mezelf niet tegensprak.

'Nee, meneer.' Het was tijd voor een beetje respect.

'Wat deed je daar dan?' vervolgde hij, met enige frustratie hoorbaar in zijn stem.

'Orders afwachten,' antwoordde ik zacht.

'Orders waarvoor?' riep hij gelijk terug.

Op dezelfde timide en respectvolle toon vervolgde ik: 'Ik weet het niet, meneer. Ik ben maar een gewoon soldaat, ze vertellen me niet veel.'

Hij was nu heel dichtbij, en de klap in mijn gezicht overviel me. 'Denk je dat we stom zijn?' beet hij me toe. 'Je moet weten wat je orders waren. Je werkt niet mee!'

De klap had niet veel pijn gedaan vergeleken met de pijn die ik in de rest van mijn lichaam voelde. Ik was er alleen door verrast. Maar het zou niet lang duren voordat hij zijn toevlucht zou nemen tot ernstiger maatregelen. Ik maakte hem kwaad en dat was niet de bedoeling. Ik liet mijn hoofd slap naar opzij hangen en liet het trillen weer beginnen. Het was essentieel dat ik onderdanig overkwam om de ondervrager te laten zien dat hij de baas was.

'Het spijt me, meneer,' begon ik, 'maar ik ben maar een gewoon soldaat. Ze vertellen me alleen maar wat ik weten moet om mijn orders uit te kunnen voeren, en ik doe wat me opgedragen wordt.'

Hij keerde zijn rug naar me toe en liep naar het midden van het vertrek. Nog steeds de andere kant opkijkend zei hij: 'Je was bij de rivier toen we je gevangennamen. Houden de anderen zich daar misschien schuil?'

Dat steeds van de hak op de tak springen deed hij expres om me in verwarring te brengen. Tot nu toe was ik nog samenhangend genoeg om het bij te houden, maar voor hoe lang nog? Ik moest ze ervan zien te overtuigen dat ik oprecht was.

'Ik weet het niet. Ik ben urenlang alleen geweest, ik wist niet eens waar ik was. Ze kunnen overal zijn.'

Hij draaide zich weer naar me toe. 'Hebben ze je alleen gelaten? Die landgenoten van je zijn niet erg attent, hè?'

Ik staarde verslagen naar de vloer.

'Ik snap niet hoe je loyaal kunt zijn tegenover mensen die gevlucht zijn en jou aan je lot hebben overgelaten. Dat zou ik niet kunnen.'

Hij probeerde alle trucs, en ik moest hem iets geven zodat hij het gevoel zou hebben dat hij succes had. 'Het was donker, er werd veel geschoten. Ik was in de war, ik ben maar een hospik.'

Het verhoor werd onderbroken door de geluiden van verscheidene voertuigen die voor het kantoor stopten, gevolgd door het openen en dichtslaan van portieren en tientallen opgewonden gillende stemmen. De kapitein liep naar het raam, keek naar buiten en liep toen naar zijn superieur, die hij iets in zijn oor fluisterde. De commandant draaide zijn hoofd om naar de kapitein te luisteren en wendde voor het eerst sinds ik de kamer was binnengekomen zijn blik van mij af. Er volgde een kort gesprek en daarna een kort bevel van de kapitein aan de bewakers in de kamer.

Twee soldaten kwamen aangesneld. Ze deden mij de blinddoek weer voor en trokken me overeind en de kamer uit. Ik werd door een serie gangen en kamers gesleurd waarbij mijn slappe ledematen tegen allerlei deuren en muren sloegen. Hoewel ik dat toen niet wist, was een ander lid van onze patrouille gevangen genomen en net aangekomen, en halverwege de ochtend zouden ze op een na allemaal in Irakese handen zijn.

De geur van frisse lucht en de geringe warmte van de ochtendzon vertelden me dat ik weer buiten was. Er kwamen meer soldaten aan om mijn bewakers te helpen. Ik voelde verscheidene handen mijn benen en lichaam optillen, zodat ik gelijk sneller ging. Binnen enkele minuten waarschuwde de holle galm van een leeg vertrek me dat ik weer in een gebouw was. Toen mijn blinddoek werd verwijderd, werd mijn vermoeden bevestigd.

De kamer had geen ramen en was vrij klein, op zijn hoogst drie bij drie meter. Hij zag eruit alsof hij haastig van een oude opslagruimte in een geïmproviseerde ziekenboeg was veranderd, met als enige versiering de afbladderende lichtblauwe verf op de muren. Ik was op een behandeltafel gelegd en kon dankzij de rugsteun mijn nieuwe omgeving helemaal zien, in plaats van alleen het plafond.

Buiten mij waren er drie gewapende soldaten in de kamer. Zoals ik al verwachtte, was een van hen de onderofficier. Hij had een bijzondere genegenheid voor mij opgevat; ik was zijn gevangene. Hij stond geanimeerd te praten met de andere twee bewakers, zodat ik de gelegenheid had om hem eens goed te bekijken bij daglicht. Hij had de kenmerkende Saddam-snor, en zijn kleine dikke lichaam schudde toen hij wild met zijn armen zwaaide om zijn woorden kracht bij te zetten. Zoals bij de meeste Arabieren was zijn lichaamstaal een belangrijk expressiemiddel.

Plotseling keerde hij zich naar mij toe en duwde zijn gezicht in het mijne. Zijn animositeit was altijd al duidelijk geweest, maar was nu echt boosaardig. Hij hief zijn rechterhand op en haalde vervolgens langzaam zijn wijsvinger met een snijdende beweging langs zijn hals, terwijl hij knikte en zijn tanden bloot lachte. Zijn bedoelingen waren overduidelijk. Nog steeds grinnikend gaf hij me een stomp tegen de zijkant van mijn hoofd, zodat ik bijna van de tafel viel. Toen liep hij lachend naar zijn twee metgezellen en herhaalde het gebaar.

Ik probeerde voortdurend zijn blik te vermijden en staarde als het even kon naar mijn schoenen. Ik was doodsbang voor deze Irakees, en hij leek me niet al te stabiel. Ik merkte dat ik zelfs hoopte dat er een andere ondervrager zou komen, iemand die deze gek in toom kon houden.

Het duurde uren voordat mijn wens eindelijk gerealiseerd werd. In de tussentijd profiteerden de soldaten in het vertrek van hun vrijheid zonder toezicht. Of het nu uit boosheid, frustratie of gewoon boosaardigheid was, ze vermaakten zich door me te stompen, met geweerkolven te bewerken en met onthoofding te bedreigen. De enige troostende gedachte was dat ik in mijn onderbeen was geschoten. Door mijn medische opleiding wist ik dat de slechte bloedtoevoer daar beneden aanvankelijk in mijn voordeel zou werken; het was tenminste onwaarschijnlijk dat ik zou doodbloeden.

Ik wist dat ze me aan het 'bewerken' waren, maar dat ik besefte wat er waarschijnlijk zou gaan gebeuren, maakte de situatie niet veel makkelijker. Hoe langer ik over mijn lot kon nadenken, hoe erger mijn situatie leek. Het was een zeer vernederende en beangstigende ervaring om gedwongen te worden je onafhankelijkheid op te geven, om totaal overgeleverd te zijn aan je vijanden, om je volkomen hulpeloos te voelen.

De aankomst van het nieuwe verhoorteam werd aangekondigd door het geluid van stemmen in de gang, en toen ik één blik op de twee mannen in burgerkleding had geworpen, wist ik dat zij van een totaal andere orde waren. De aframmelingen van de soldaten waren dom en zelden intens, er zat geen gedachte of motief achter. De nieuwe mannen die nu voor mij stonden, zagen er echter uit alsof het toebrengen van menselijk leed hun levenswijze was. Ik wist dat ik geheime politiemannen tegenover me had.

Een voor Arabische normen lange officier met een smoezelige doktersjas over zijn uniform kwam samen met de twee agenten binnen. Ze gingen met zijn drieën aan het voeteneind van de tafel staan, zodat ze mijn volle aandacht hadden. De twee politiemannen hadden tweelingbroers kunnen zijn: zelfde bouw, lengte, glad achterovergekamd haar en voorgeschreven Saddam-snor. Zelfs hun vaalgrijze pakken en donkere dassen waren gelijk, zodat ze eruitzagen als een duo in het theater.

Een van de politiemannen kwam naar voren en inspecteerde nonchalant mijn gewonde been. Hij bewoog de voet om te zien wat voor reactie dat opriep. In een poging om niet van de tafel af te springen door de stekende pijn die door mijn been omhoog schoot, stootte ik hard tegen mijn geboeide handen aan om een deel van de pijn die mijn lichaam onderging een andere richting te geven. Ik kreeg tranen in mijn ogen van de pijn. Tevreden met dit resultaat stapte de politieman achteruit en mompelde iets in het Arabisch om de dokter opdracht te geven me te ondervragen.

'Ik ben dokter Al-Bayeth,' begon hij in perfect Engels. 'Hoe heet u?'
'Michael Coburn,' antwoordde ik.
'Deze twee heren zijn politiemannen, meneer Coburn, en ze willen dat u hun vragen beantwoordt. Ik moet u mededelen dat u geen recht hebt op medische behandeling tot u hun verzoek hebt ingewilligd. Is dat duidelijk?'
Ik knikte. Mijn hart ging weer als een razende tekeer.
'Mooi. U bent zich ervan bewust dat weigeren om mee te werken ernstige gevolgen zal hebben. Ik kan u niet helpen als u niet meewerkt.'
Ik zei weer niets en knikte alleen maar.
'Wat is uw eenheid?'
'Parachutistenregiment,' antwoordde ik.
'Welk deel van het parachutistenregiment?'
'Ik ben verbonden aan het pilotenreddingsteam.'
Hij keek me een minuut lang zwijgend aan. 'U bent geen Engelsman; u hebt geen Engels accent. Bent u Australiër?'
'Nieuw-Zeelander.' Mijn antwoord kwam automatisch, de vraag was me zo vaak gesteld dat ik het eruit flapte voordat ik het antwoord bewust geformuleerd had.
De dokter gaf deze informatie aan de politiemannen door, waarna de ondervraging een andere, meer sinistere, kant opging.
'Dus u bent huursoldaat. U werkt zeker voor de Israëli's.'
De schok was kennelijk van mijn gezicht af te lezen. Deze onverwachte aanpak wilde ik beslist vermijden. 'Nee, ik ben een Engelse soldaat. Ik heb een Engels paspoort. Ik ben in Nieuw-Zeeland geboren en ben pas een paar jaar geleden naar Engeland verhuisd.' Dit kwam er zo snel uit dat ik hoopte dat het overtuigend genoeg was.
'Waarom zou iemand uit Nieuw-Zeeland weggaan om in het Britse leger te gaan? U ziet er niet Brits uit, u ziet eruit als een jood.'
Mijn blikken flitsten heen en weer tussen de politiemannen en de dokter terwijl ik wanhopig probeerde te bedenken waartoe dit zou leiden. Wilden ze niet weten hoe het met mijn uitrusting zat, wie mijn bevelhebbers in Saoedi-Arabië waren, hoeveel andere pilotenreddingsteams er in Irak opereerden? Dat waren de belangrijke vragen waar ik antwoorden op had bedacht. Ik verwachtte geen vragen over mijn etnische afkomst en of ik een huursoldaat zou zijn!
'Ik ben geen Israëli, en ik werk ook niet voor ze,' zei ik nadrukkelijk. 'Ik ben soldaat, hospik in het Britse leger.'
'We weten dat de Israëli's commando's naar Noord-Irak hebben gestuurd. Daar was u toch?'
Ik hield mijn mond. Deze vragen gingen helemaal de verkeerde kant

op. De Arabische paranoia over Israël was overduidelijk. Als de Irakezen een verband tussen Israëlische commando's die operaties in Irak uitvoerden en de Britten of Amerikanen konden bewijzen, zou dat de Irakezen nog meer munitie verschaffen voor hun pogingen om de steun van de Arabische landen in de coalitie te destabiliseren.

'Nee, zo zit het helemaal niet,' zei ik.

'Maar we hebben u gevangen genomen, alleen, bij de Syrische grens. U bevindt zich in Krabilah. Dit is Noord-Irak. Deze feiten kunt u niet ontkennen.' Er klonk walging door in zijn stem. 'U spreekt niet goed Engels. Ik heb acht jaar in Harley Street gewerkt, ik ken de Engelsen. U bent een Israëlische spion!'

Ik wist niet of dit een spel was of dat ze me echt voor een Israëlische agent aanzagen. Maar ik wist wel dat mijn situatie zo mogelijk nog wanhopiger was als ze dit echt geloofden.

'Kijk maar op mijn identiteitsplaatjes, die bevestigen dat ik de waarheid spreek.' Mijn identiteitsplaatjes hingen nog om mijn nek, zo slecht hadden ze me gefouilleerd. Er zaten nog wel meer dingen in mijn kleding verborgen, maar daar had ik op dat moment niets aan.

'Waar zijn uw identiteitsplaatjes dan?'

'Om mijn nek.'

De dokter wendde zich tot de politieman en vertaalde al deze informatie in het Arabisch. Er werd een order naar de onderofficier geschreeuwd, die gedienstig naar voren snelde. Hij nam mijn identiteitsplaatjes van me af en gaf ze aan de politieman, die ze weer aan de dokter doorgaf om te vertalen. De identiteitsplaatjes zelf hingen aan een koordje en waren met zwart isolatieband aan elkaar geplakt zodat ze niet tegen elkaar konden rammelen. Wat de dokter echter veel interessanter vond, waren de twee morfinespuitjes die ook met tape aan het koord waren bevestigd.

'Waarom draagt u morfinesulfaat om uw nek?' vroeg hij.

Dit was een prachtkans om mijn dekmantel te staven door de waarheid een beetje te verdraaien. 'In geval van nood kan ik het slachtoffer direct helpen en zijn pijn verlichten. Het scheelt tijd als ik niet in mijn eerstehulpkist hoef te zoeken.'

Dit antwoord leek de dokter te bevallen, en hij nam de tijd om zijn metgezellen uitgebreid uit te leggen wat de spuitjes waren en waar ze voor dienden. Daarna ging hij weer verder. 'Zijn de acht mannen in uw team dus allemaal artsen?'

Deze vraag had ik al een tijdje verwacht, en het leek me het beste om er een beetje omheen te draaien, zodat ik wat ruimte had om me er uit te kletsen als ze de rugzakken in de woestijn, met alle niet-medische spullen, met mij in verband zouden brengen. 'We zijn allemaal medisch geschoold.'

'Bent u bezorgd om uw verwondingen?'

Weer dat veranderen van onderwerp. Kreeg iedereen in dit land een cursus verhoortechnieken of zo?

'Ja,' zei ik gedwee.

'Ik zal er nu iets aan gaan doen. Maar u moet beseffen dat onze dappere soldaten en de weerloze burgers die u vermoord hebt, voorgaan.'

Ik knikte weer. Ik had geen zin om in deze retoriek betrokken te worden.

'We spreken elkaar nog.' Daarmee verlieten hij en de twee politiemannen het vertrek.

Ik twijfelde er niet aan dat ze heel gauw terug zouden komen. Hoe langer ik mijn verhoor kon rekken, hoe meer kans de anderen hadden om over de grens weg te komen. In een plotselinge opwelling van zelfmedelijden vloekte ik inwendig om de pech die ik had gehad waardoor ik degene was die gevangen was genomen. Het was niet eerlijk.

Deze gedachtegang werd onderbroken doordat er weer iemand binnenkwam: een tenger mannetje met een smerige witte jas aan, die waarschijnlijk bedoeld was om aan te geven dat hij medicus was. Met een brede grijns haalde hij twee bandages uit een vuile jaszak en begon ze om de bebloede rechtermouw van mijn hemd te binden en, nog gekker, om de buitenkant van mijn rechterschoen. Toen hij klaar was, deed hij nog altijd grijnzend een stap achteruit om zijn werk te bewonderen en stak zijn duim naar me op. Ik lachte terug en dacht bij mezelf: Ja, goed gedaan, jochie, lul dat je er bent.

Hij bleef naast me staan en nam me nieuwsgierig van top tot teen op.

Ik maakte van de gelegenheid gebruik om iets te drinken van hem los te krijgen. 'Water, water,' zei ik terwijl ik mijn tong uitstak en slikbewegingen maakte. Hij begreep het direct en verdween, om even later terug te komen met een kop ijskoud water.

Hij goot het vocht langzaam in mijn mond. Het smaakte naar nectar. Ik had me niet gerealiseerd hoe uitgedroogd ik was; er was zo veel gebeurd dat het waarschuwingsmechanisme van mijn lichaam was overstemd door een heleboel andere eisen. Toen de laatste druppel op was, gebaarde ik om een tweede, die hij welwillend ging halen. Mijn oude makker de onderofficier bevond zich echter ook nog steeds in het vertrek en naar zijn mening was één kop wel genoeg voor me. Hij schopte de hospitaalsoldaat de kamer uit en schold hem na toen hij wegliep.

Toen ik weer alleen was met mijn bewakers, bereidde ik me voor op een nieuwe aframmeling, maar tot mijn verbazing hielden ze zich op een afstand en zaten in een hoek van de kamer zachtjes met elkaar te praten. Ik was nu het eigendom van het ministerie van Binnenlandse

Zaken, en de geheime politie hield er niet van als er mensen aan hun eigendommen zaten.

De rest van de dag kroop voorbij. Wat het nog erger maakte was dat ze me alleen hadden gelaten zodat ik onafgebroken kon stilstaan bij mijn huidige situatie en mogelijke lot. Ik wist niet dat ze me alleen maar met rust lieten omdat ze nu Andy, Dinger en Mal hadden om mee te spelen, die op dat moment allemaal kennismaakten met de Irakese gastvrijheid. Het systeem beschikte niet over voldoende middelen om vier verhoren tegelijk af te nemen, maar dat zou nog veranderen.

Door de omstandigheden van mijn gevangenschap en mijn toestand was het erg moeilijk voor me om positief te blijven. Er schoten allemaal beschuldigingen door mijn hoofd: waarom was die klotehelikopter niet op komen dagen? Hoe waren we elkaar kwijtgeraakt? Wat was er mis met de communicatie? Waar was de AWACS? Waarom was de helikopter er niet als de straaljagerpiloot ons toch gehoord had? Waar zijn de anderen? Waarom ben ik de enige sukkel die gepakt is? Deze vragen bleven ook maar door mijn hoofd malen: waarom was ik niet verder naar het oosten gekropen voordat ik probeerde door de Irakese linies heen te sluipen? Waarom was Andy verdomme niet van de weg afgeslagen waar ik gezegd had dat hij af moest slaan? Hoe moet het nou als ik gangreen in mijn been krijg? Moet het dan worden afgezet?

Ik was hard op weg zelf mijn ergste vijand te worden door elke handeling, elke beslissing die ik had genomen te ontleden. Het was een zware last voor me dat we hadden gefaald. Gedurende de volgende weken zouden de bovenstaande vragen en nog vele andere mij constant bezighouden.

Vroeg in de avond kreeg ik opnieuw bezoek, en dit keer werd het trio begeleid door een onverwachte gast, de politieman uit de taxi.

'Herkent u deze man?' vroeg de dokter agressief terwijl de politieman glimlachte en knikte.

'Nee, ik geloof het niet,' probeerde ik hoopvol. Maar de agent had intussen mijn schouder beetgepakt en praatte opgewonden in het Arabisch tegen de anderen. Hij klonk een stuk zekerder dan ik.

'U hebt met deze man in een taxi gezeten,' vervolgde de dokter. 'Een van de mannen uit die auto is nu dood. U hebt hem vermoord!'

Mijn gezicht bleef onbewogen terwijl ik mijn best deed om niet te laten merken dat ik geschrokken was en zweette. Waar heeft hij het over? Er was niets met ze aan de hand toen we ze achterlieten. Misschien had die dikke vent een hartaanval gekregen nadat ik hem uit de auto had gesleurd. Ik probeerde te bedenken hoe een van de passagiers kon zijn gestorven, maar er kwam niets in me op. Hij zal wel bluffen om me aan het praten te krijgen.

De woordenstrijd putte me uit, maar één ding was zeker: de agent had me herkend.

'Waar is de rest van uw criminele handlangers?' vroeg de dokter toen de agent de kamer uit was. 'U moet ons helpen als u wilt blijven leven.'

'Ik zweer u dat ik het niet weet,' zei ik. Ik gedroeg me weer onderdanig in de hoop dat hij me zou geloven. 'Toen we de taxi verlieten werd er veel geschoten. Het was heel donker, en ik was erg bang.' Ik keek de twee ondervragers aan. 'Ik ben maar een hospik. Ik ben de anderen kwijtgeraakt en ik heb ze niet meer gezien.'

Ik wist niet of het verhoor nu de goede kant op ging of juist niet. Ik had de indruk (die later onjuist bleek te zijn) dat de Irakezen nog steeds de anderen niet te pakken hadden. Maar aan de andere kant voelde ik daardoor nog sterker de hachelijke situatie waarin ik me bevond.

Plotseling duwde een van de geheime agenten zijn klembord in de handen van de andere en kwam woedend op mij af.

Pats. De rug van zijn hand kwam keihard tegen de zijkant van mijn hoofd, direct gevolgd door een tirade van Arabisch in mijn gezicht. Als dit het spelletje van de goede politieman tegenover de slechte was, dan wisten ze dat verdomd goed te spelen.

'Meneer Michael,' klonk het zacht en redelijk achter me vanuit de deuropening, 'u helpt ons niet. U helpt uzelf niet. Waarom blijft u tegen ons liegen? We weten dat u deel uitmaakt van een Israëlisch commandoteam dat als terroristen Irak binnensluipt om onschuldige Irakese mensen, vrouwen, kinderen en oude mensen te verwonden en te doden. Waarom geeft u dat niet gewoon toe? Dan kunnen we daarna uw wonden verzorgen.'

Ik kon deze nieuwe ondervrager niet zien en antwoordde: 'Zoals ik al zei, ik ben geen Israëli. Ik ben geen commando. Ik behandel mensen, ik ben hospik. Ik ben niet in Irak om mensen te doden.'

Ik begon in verwarring te raken, en ik had moeite om ze bij te houden. Het leek wel alsof er geen enkel deel van mijn lichaam was dat geen pijn deed, en de mentale pijn was ook niet gering. Ik was doodmoe. Ik had geen idee hoeveel bloed ik was kwijtgeraakt, maar de vermoeidheid maakte me duidelijk dat mijn lichaam de zware belasting met moeite aankon.

De nieuwe ondervrager kwam voor me staan, een Arabier in burger met een sigaret tussen zijn vingers. Hij was klein en gedrongen, had voor de verandering een niet voorgeschreven Saddamsnor en hij behoorde ongetwijfeld tot dezelfde school als de andere twee politiemannen in het vertrek. Hij was duidelijk hun chef.

'We hebben alle tijd. Je zult een hele tijd hier te gast zijn, dus kun je maar beter meewerken en ons alles vertellen wat je weet.'

Ik werd niet meer zo vaak geslagen. Dat hoefde ook niet; ik was er zo slecht aan toe dat ze anders helemaal geen zinnige antwoorden meer uit me zouden kunnen krijgen.

'Hoeveel huurlingen zoals u opereren er momenteel in Irak? Wanneer zijn de Israëli's van plan binnen te vallen? U werkt niet mee. U liegt, waarom bent u in Irak? Waarom bombardeert u onze vrouwen en kinderen? Jullie joden kunnen het Irakese volk nooit verslaan.' Zo ging het maar door, met slechts kleine variaties op hetzelfde thema, maar je kon erop rekenen dat Israël erin voorkwam.

Ik wist niet meer hoeveel tijd er was verstreken. Er leek geen eind te komen aan het constante bombardement, en mijn herhaalde ontkenningen werden niet geaccepteerd. Ik snapte niet waarom hun ondervraging zo cryptisch was. Ik zag geen logische reden om deze lijn voort te zetten, hoewel ik wel makkelijker mijn ware beroep kon verhullen.

Ze wilden dolgraag bewijzen dat Israël de ware reden was achter mijn aanwezigheid in Irak, alsof andere tactische of operationele kennis waarover ik zou kunnen beschikken niet belangrijk was. Misschien konden ze zich niet voorstellen dat een gewoon soldaat over belangrijke informatie kon beschikken, zodat ze me dan maar het beste medeschuldig konden verklaren aan een Amerikaans-Israëlisch complot om hun land binnen te vallen.

Het feit dat andere Arabische naties, Saoedi-Arabië en Koeweit bijvoorbeeld, zich tegen Irak opstelden, kwam niet in hun redenering voor. Zoiets kon niet worden erkend, dat was onmogelijk. Alles was gericht op anti-Amerikaans-Israëlische retoriek.

Enkele minuten na het vertrek van de agent kwam de vriendelijke hospitaalsoldaat weer terug, rolde mij de gang op en liet mij met twee bewakers achter. De onderofficier verdween tot mijn grote opluchting en kwam niet meer terug.

Het decor van de gang verschilde niet veel van dat van de kamer die ik zojuist had verlaten; het voornaamste verschil was dat de afbladderende verf roze was in plaats van lichtblauw. Ik werd naast de hoofdingang geparkeerd zodat iedereen die dat nog niet gedaan had naar me toe kon komen om de vijand eens goed te bekijken.

Niet lang daarna werd ik weer weggereden, een aangrenzende kamer in die als veldhospitaal dienst deed. Er hing een lamp in het midden van de kamer waar een lange, zwarte operatietafel onder stond die bedekt was met opgedroogd bloed. Ernaast stond een roestvrij stalen karretje met allerlei chirurgische instrumenten erop; de vloer was bezaaid met weggeworpen verbandmateriaal, hechtnaalden en bloederig verband. Het zag er niet vertrouwenwekkend uit, maar ik was al zover dat het me allemaal niets meer kon schelen. Ik wilde alleen dat mijn been werd verzorgd.

Vrolijk kletsend legden de twee bewakers me op de operatietafel. Ik denk dat ze eindelijk beseften dat er weinig kans was dat ik zou ontsnappen of problemen zou veroorzaken. Na zestien uur werden mijn handboeien eindelijk afgedaan en ik masseerde dankbaar mijn opgezwollen handen en polsen.

Een jonge verpleegster van hooguit achttien kwam de kamer binnen, gekleed in een groen operatieschort en de traditionele witte hoofddoek die moslima's vaak dragen. Ze begon zich bezig te houden in de buurt van de tafel, duidelijk nieuwsgierig naar de buitenlander die daar voor haar lag.

De pijn van mijn uitgerekte blaas werd nog erger dan de pijn in mijn been. Een hele dag is lang ook al ben je uitgedroogd. Ik hoopte dat ze Engels verstond en begon mijn ongemak uit te leggen. 'Ik moet naar de wc.'

'Ik zoek wel een emmer,' antwoordde ze in uitstekend Engels. Ze ging de kamer uit om kort daarna terug te keren met een grote witte verfemmer. Ze gaf me de emmer, verontschuldigde zich en verliet de kamer.

Vijf minuten later was ze terug, nam de emmer van me over en zette hem onder de tafel. 'Ik hoop een verpleegstersopleiding te kunnen volgen in Engeland,' zei ze plotseling. 'Londen is een geweldige stad, ik weet dat ik het er naar mijn zin zal hebben. Kom je uit Londen?'

'Nee, sorry,' zei ik. Dit kon weleens een valstrik zijn. 'Ik was van plan om naar Londen te gaan toen de oorlog begon. Zodra hij voorbij is, ga ik erheen,' zei ze eenvoudig, alsof de enorme strijdmachten die nu tegenover elkaar stonden en met elkaar schermutselden slechts een ongelukkige en onbeduidende hobbel in haar plannen vormden.

De deur vloog open en dokter Al-Bayeth schreed binnen, dit keer niet gevolgd door zijn politieschaduwen. 'Hoe voel je je, Michael?' vroeg hij vriendelijk, zonder een spoor van de animositeit waarmee zijn eerdere vragen gepaard waren gegaan.

'Erg moe,' antwoordde ik naar waarheid.

'Je hebt heel wat bloed verloren, en ik ben bang dat je nog wel meer bloed zult verliezen voordat ik klaar ben met het uitsnijden van je wond.'

Ik luisterde aandachtig; hij klonk tenminste als een echte chirurg.

'We kunnen het ons permitteren om je twee eenheden bloed te geven, maar daar zul je het mee moeten doen. Je lichaam zal zelf het tekort moeten aanvullen.'

Hij pakte mijn rechterarm en onderzocht de wond in mijn triceps. 'Je hebt veel geluk gehad. De kogel is er net onder het oppervlak in- en uitgegaan. Geen probleem.'

Ik was blij dat hij dat dacht. Ik voelde me niet zo gelukkig op dat moment.

Toen hij het verband om mijn voet losmaakte, veranderde de uitdrukking op zijn gezicht. Hij keek zeer geconcentreerd. Zelfs dit eenvoudige proces was bijzonder pijnlijk voor me en hij schudde zijn hoofd, terwijl hij iets in het Arabisch mompelde. Mijn schoen was nog niet eens uit.

'Ik kan toch nog wel lopen?' vroeg ik angstig. Deze vraag had me al uren beziggehouden.

'We zullen zien,' antwoordde hij, nog steeds naar de voet kijkend.

Hij draaide zich om en pakte een groene canule van het karretje. Hij pakte mijn rechterarm stevig beet en zei: 'Ik ga dit in je arm inbrengen zodat ik de algehele verdoving en vloeistoffen kan toedienen.'

De scherpe prik maakte me duidelijk dat hij de ader had gevonden. Ik voelde de korrelige weerstand toen de plastic huls plat tegen mijn huid werd gedrukt. De dokter verwijderde de metalen geleider en gooide hem op de grond toen hij zich weer naar het karretje omdraaide. Dit keer kwam hij terug met een injectiespuit, gevuld met een dikke witte vloeistof. Hij drukte licht op de zuiger zodat er een klein straaltje uitspoot. De naald werd weer op de grond gegooid en het uiteinde van de spuit werd in de canule geplaatst. Toen hij de vloeistof in mijn aderen spoot, zei hij: 'Probeer je er niet tegen te verzetten. Probeer te ontspannen.'

Ik draaide mijn hoofd en zag de jonge verpleegster mijn vrije hand vasthouden, en het laatste wat ik me herinnerde was haar bleke gezicht dat goedaardig naar me lachte terwijl ik mijn bewustzijn verloor.

Hoofdstuk 15

Bagdad

Met een schok kwam ik bij, totaal gedesoriënteerd en in het donker. Mijn suffige hersenen probeerden mijn huidige omstandigheden te begrijpen. Waar was ik? Waarom voelde dit niet aan als een ziekenhuisbed? Het begon me langzaam te dagen; het Arabische gepraat dat achter mijn hoofd plaatsvond drukte me met mijn neus op de deprimerende feiten. Ik probeerde te gaan zitten maar ik was stevig vastgebonden aan een smalle brancard. Na een paar minuten realiseerde ik me ineens dat ik bewoog; ik bevond me achter in een kleine Hi-Ace.

Mijn ogen wenden langzaam aan de omgeving van de geïmproviseerde ambulance: de drie soldaten voorin, de kleine raampjes aan weerszijden van het voertuig, een infuusstandaard waar een bijna lege halveliterzak bloed aan hing, en het slangetje dat naar mijn rechterarm kronkelde. Ik keek aarzelend naar mijn voeten, niet wetend of ik bang of hoopvol moest zijn. Ik had nog steeds mijn camouflagebroek aan; de dokter had de stof gewoon opengeknipt om bij mijn been te kunnen komen, en mijn hele rechteronderbeen zat in het verband. Toen ik naar het eind van mijn been keek en zag dat mijn voet nog op zijn plaats zat, was ik enorm opgelucht, bijna euforisch. Maar toen ik probeerde mijn enkel een beetje te bewegen, keerde ik snel tot de werkelijkheid terug. Er schoot een intense pijn van het aangedane gebied door mijn been omhoog, en ik had amper bewogen. Het genezingsproces zou lang gaan duren.

Ik kon niet uit het raam kijken, maar ik had toch geen idee waar we heen gingen. Het doordringende gejengel van Arabische muziek begon door de auto te circuleren, samen met de stem van een van de bewakers die verwoede pogingen deed wijs te houden. Het was niet om aan te horen.

Ik kon niet al te helder denken en had geen idee waarom ik werd overgebracht; het leek een slecht teken. Alsof ze mijn gedachten konden lezen, reed de auto plotseling de weg af en doofde de koplampen. Mijn hart bonkte weer als een gek. Dit was het dan. Ik zou uit de auto worden gesleurd, door het hoofd worden geschoten en in de woestijn worden achtergelaten, het zoveelste oorlogsslachtoffer. Mijn rol was uitgespeeld.

De wagen stopte en de Irakezen bleven zitten; de muziek jengelde door. Ze staken al pratend sigaretten op en hadden totaal geen belangstelling voor mij achterin. Na enkele minuten werd duidelijk wat de echte reden was waarom we van de weg af waren gegaan. Er klonken zware, weergalmende dreunen niet zo ver weg terwijl er grote schokgolven door de woestijn scheurden. Geallieerde oorlogsvliegtuigen lieten duizendponders vallen op nietsvermoedende Irakese doelen.

Het duurde even voordat ik begreep hoe ze konden weten dat ze de weg af moesten, maar toen kwam de herinnering aan de patronen van het luchtafweergeschut die met een boog de lucht ingingen weer bij me boven. Mijn begeleiders hadden dat ongetwijfeld gezien en hadden besloten dat ze beter voorzichtig konden zijn. Dat vond ik prima, het laatste wat ik kon gebruiken was een verveelde piloot van een gevechtsvliegtuig die haast niet kon wachten tot hij een doel mocht bestoken, maar moest wachten tot de vlucht bommenwerpers dood en verderf hadden gezaaid onder de Irakezen beneden.

Er ging een half uur op deze manier voorbij voordat het geluid van de bommenwerpers ophield en mijn bewakers weer de weg op durfden. Ik was nu helemaal wakker en kon mijn situatie beoordelen. Mijn aanvankelijke angst om in de woestijn te worden terechtgesteld was verdwenen, maar dat nam niet weg dat ik geen idee had waarom of waarheen ze me vervoerden.

Het voertuig reed langzaam door de nacht, waarschijnlijk nog geen dertig kilometer per uur. Niet lang na de eerste stop weergalmde het geluid van een volgende luchtaanval, zodat de chauffeur opnieuw van de weg af ging. Dit keer stopten we echter niet naast de weg, maar reden we de woestijn in. Blijkbaar reden we over een of ander spoor.

Toen ik vanuit mijn liggende positie naar buiten probeerde te kijken, doemde er een enorme grijze massa op, waarvan de façade gebouwd was als de top van een zeshoek. Twee betonnen stutten met perfecte hoeken ondersteunden een dak van drie tot vier meter dikte, dat uit hetzelfde materiaal was vervaardigd. Het zag eruit alsof het tegen bommen bestand was. Het bouwwerk was niet hoger dan vijf meter, maar door de enorme omvang viel de auto in het niet. Ik was er zeker van dat het een of andere militaire basis was, maar ik had geen idee wat het precies was.

Twee Irakese soldaten kwamen naar het voertuig toe toen het bij de hoofdingang stilhield. Nadat zij en mijn begeleiders elkaar hadden begroet, voerden ze een opgewonden gesprek, gevolgd door veel gebaren in mijn richting. Voordat ik besefte wat er gebeurde, werden de achterdeuren van de bestelwagen opengerukt en werd ik naar buiten gesleurd, omgeven door een meute gillende Irakese soldaten.

Het begon weer slagen, schoppen en stompen te regenen, alleen was ik nu zodanig aan de brancard vastgebonden dat ik mezelf niet kon beschermen. Het sierde mijn bewakers dat ze ingrepen en probeerden de meute terug te dringen. Het drong kennelijk tot hen door dat de situatie uit de hand begon te lopen, terwijl ze alleen maar hadden willen pronken met een gevangen vijandelijke soldaat.

Plotseling verscheen er een groot, dik Iraaks gezicht boven het mijne. De doordringende zwarte ogen van de man puilden bijna uit zijn hoofd van kwaadheid. Hij pookte zijn vinger in mijn gezicht en beet me in gebroken Engels toe: 'Voor ons ben je geen man; je bent een vrouw!' Waanzinnig lachend liep hij weg, en het duurde enkele seconden voordat zijn woorden tot me doorgedrongen waren. Maar toen maakte ik me ineens niet meer druk over de aframmelingen. Er kon me iets veel ergers te wachten staan.

Ik werd snel door reusachtige metalen schuifdeuren, waarboven een groot portret van Saddam Hoessein hing, het complex binnengerold, waar zijn geheimen langzaam werden onthuld. Achter het lage profiel van het bouwwerk ging een doolhof van gangen, kantoren en straatjes schuil. Dit was een ondergrondse legerbasis, een bunker die aan het zicht van de dolende geallieerde bommenwerpers was onttrokken en waarvan de omvang niet te peilen was.

Mijn brancard kwam tot stilstand in een van een reeks duistere gangen. Gelukkig hadden we de blaffende menigte achter ons gelaten. Er begonnen Irakese officieren te voorschijn te komen uit nabije vertrekken en weldra stond er een grote groep om mij heen, pratend over mijn ellendige toestand, grappen makend en lachend. Ik was geen vijand voor wie ze bang hoefden te zijn.

Een van de officieren sprak me in vrij goed Engels aan, wellicht om te pronken met zijn kennis. 'Ik ben in Londen geweest. Het is een geweldige stad.'

Ik keek op naar zijn vriendelijk lachende gezicht; deze man was absoluut niet geïnteresseerd in een verhoor.

'Je zult gauw naar Bagdad worden gebracht, mijn hoofdstad. Dat is ook een fantastische stad vol van geschiedenis en bezienswaardigheden. Je zult genieten van je verblijf daar.'

Mijn blik ging snel langs de verzamelde gezichten en ik zag verschillende uitdrukkingen, variërend van nieuwsgierigheid tot uitgesproken walging en haat. Ik had het gevoel dat zijn opmerkingen ietwat optimistisch waren.

Het bombardement moest vrij snel voorbij zijn geweest, want we bleven niet lang en ik werd teruggereden naar de wachtende auto, dit keer genegeerd door de passerende soldaten. Tot mijn grote opluchting vertrok de auto weer, zonder verdere toespelingen op mijn seksuele status, en vervolgde zijn weg naar de hoofdstad.

De rit was nogal schokkend. We moesten nog twee keer van de weg af om ons voor bommenwerpers te verbergen. Terwijl de bewakers in bunkers schuilden, lieten ze mij in de afgesloten auto achter. Hoewel dit voorkwam dat ik weer werd afgeranseld door nieuwsgierige Irakezen, liep ik wel de kans geraakt te worden door een vriendelijk, grillig warmtezoekend projectiel, dat makkelijk op de warme motor van de auto af kon komen. Het zag er in beide gevallen slecht voor me uit.

De zon was helemaal op tegen de tijd dat we de buitenwijken van Bagdad bereikten. De flatgebouwen met wasgoed aan elk balkon torenden boven ons uit toen we door ontelbare straten reden. We hadden al spoedig onze eindbestemming bereikt en de auto moest voor het eerst stoppen sinds we de stad binnenkwamen. Ons doel was een groot complex met meerdere verdiepingen, omgeven door een hoge omheining met prikkeldraad erop. Het complex werd bewaakt door talloze soldaten die rode baretten droegen: de beruchte Republikeinse Garde.

De auto was gestopt omdat er zich zoveel mensen bij de ingang hadden verzameld, en toen een van hen zich realiseerde dat er zich een buitenlander in de auto bevond, brak de hel los. Voor de zoveelste keer sinds ik gevangen was genomen stak het schrikbeeld van de heerschappij van het gepeupel zijn lelijke kop op. Onder hysterisch gekrijs verdrong de menigte zich om de auto, sloeg tegen de zijkanten en schommelde hem heen en weer in een poging om bij me te kunnen komen. Ik denk dat mijn bewakers net zo bang waren als ik, want als de menigte me te pakken zou krijgen, zouden zij ook slachtoffer zijn geworden van de uitzinnige aanval.

De soldaten van de Republikeinse Garde bij de poort reageerden echter onmiddellijk op het gevaar, openden de poorten en maakten een weg vrij door de menigte, zodat de auto naar de relatieve veiligheid van het complex kon doorrijden.

De geïmproviseerde ambulance stopte voor een tamelijk nieuw uitziende ingang, die zo te zien bedoeld was om gewonden toe te laten. Ik was naar een militair hospitaal overgebracht.

Er heerste een misleidende sfeer van rust in het hospitaal nadat de honderden uitzinnige burgers waren buitengesloten. Zonder haast of plichtplegingen werd ik uit de auto gehaald en naar de ontvangsthal van het gebouw gereden waar complete chaos heerste.

Overal waar ik keek, lagen gewonde Irakezen op de grond, waarvan negentig procent een of ander soort uniform droeg. Hospitaalsoldaten, verpleegsters en artsen renden van de ene gewonde naar de andere, namen de situatie op en snelden weg met degenen die dringend medische bijstand nodig hadden.

Mijn eigen verwondingen vielen in het niet vergeleken bij sommige afgrijselijke gevallen om me heen. Voor het eerst kreeg ik een steek van schuldgevoel. Ik maakte deel uit van de macht die deze jonge mannen in deze toestand had gebracht, verlamd, verbrand en in stukken gereten op de vloer van een ziekenhuis. Misschien was het niet de schuld van de geallieerde strijdkrachten dat de oorlog was begonnen, maar de eenvoudige soldaten om me heen hadden ook geen keus gehad.

Er verscheen ineens een dokter voor me, geagiteerd en moe, ziek van wat hij moest aanzien.

'We verwachtten u al,' begon hij. 'Bent u Michael Coburn?'

'Ja,' antwoordde ik tam.

Hij vermeed het me recht aan te kijken en begon het verband van mijn gewonde been af te halen. Bij elke lichte beweging kromp ik ineen van de pijn. Hij negeerde mijn protesten en verwijderde het laatste stuk verband, zodat de voet zelf zichtbaar werd, die intussen vreselijk misvormd was. Het was voor het eerst dat ik de gelegenheid kreeg om naar mijn verwonding te kijken, en ik was diep geschokt toen ik de zwarte, blauwe en gele voet zag die twee keer zo groot was als normaal. Het was niet het been van iemand die weer zou kunnen lopen.

De dokter liep naar het hoofdeinde van mijn brancard en begon driftig op een bord te schrijven. Plotseling stopte hij en riep: 'Waarom wilt u deze kloteoorlog?'

Ik was verbijsterd. Ik kon niet geloven dat hij echt dacht dat het Westen was begonnen. Stom genoeg probeerde ik antwoord te geven: 'Wij zijn de oorlog niet begonnen. Irak is Koeweit binnengevallen.'

Dit riep een vinnige aanval op het Westen, George Bush, Margaret Thatcher en John Major op, en verder op iedereen die hij maar kon bedenken. De tirade hield pas op toen hij zich omdraaide en vol walging wegliep, op weg naar waardiger patiënten die zijn aandacht nodig hadden.

Ik bleef vrij lang met mijn twee bewakers achter; niemand anders leek in mijn aanwezigheid of toestand geïnteresseerd te zijn. Op een gegeven moment kwam een jonge soldaat naast me staan en begon in verbazend goed Engels tegen me te praten: 'We hebben veel van jullie bommenwerpers neergehaald deze week.' Ik gaf geen antwoord, maar keek hem oplettend aan. 'Vannacht alleen al hebben we er vijfentwintig vernietigd. Nog even en jullie hebben niets meer over.'

'Jullie soldaten zijn zeer goede schutters,' antwoordde ik, niet wetend wat ik anders moest zeggen. Ik wilde niet weer een uitbarsting oproepen door te zeggen dat zijn gegevens niet klopten. Zijn volgende opmerking bracht me echter danig van mijn stuk.

'Jij bent de enige overlevende van de soldaten in het noorden. De anderen zijn gedood.' Het was een nuchtere uitspraak, zonder emotie, en hij klonk heel overtuigend.

De gedachten raasden door mijn hoofd. Ik moest proberen meer informatie van deze man los te krijgen. Waren alle anderen dood? Er waren genoeg patronen in de rondte gevlogen die nacht, en er waren zeker genoeg Irakezen aanwezig geweest.

'Hoeveel lichamen zijn er gevonden?' vroeg ik voorzichtig. Ik verwachtte een snauw of een klap voor mijn brutaliteit.

'Vier,' zei hij zonder te aarzelen. Mijn hart sloeg over. Wat was er in godsnaam gebeurd?

'Er liggen nog twee anderen in het ziekenhuis,' vervolgde hij. 'Jullie reddingshelikopter is ook neergehaald. In het wrak zijn ook acht lijken gevonden.'

Wat betekende dat? Dat er twee anderen van de patrouille in het ziekenhuis lagen of twee man uit de helikopter? Hoe dan ook, het was deprimerend nieuws. De jonge soldaat bleef nog een paar minuten kletsen, maar wat hij zei drong niet echt tot me door; het was voornamelijk retoriek over hoe geweldig de Irakese strijdkrachten waren en wat een fantastisch werk ze deden. Mijn gedachten dwaalden af naar het verlies van mijn kameraden. Ik voelde me ineens vreselijk alleen. Toen de jonge soldaat merkte dat ik niet meer antwoordde, ging hij op zoek naar ander gezelschap, mij achterlatend met mijn bewakers en mijn gedachten.

De tijd verstreek langzaam en ik werd grotendeels genegeerd in de ziekenhuisdrukte om me heen. Uren later kwam een hospitaalsoldaat mijn bewakers vragen stellen. Daarna duwden ze me met zijn drieën door een reeks gangen en dubbele deuren tot we bij een kleine, schone operatiekamer kwamen. Toen de hospitaalsoldaat was weggegaan, kwamen de artsen er al gauw aan en kregen mijn bewakers het bevel achter in de kamer te gaan staan. Een van de artsen, de anesthesist naar ik aannam, had meteen een hekel aan me. Hij was in de vijftig, nogal dik en slechts een meter vijfenzestig lang, en extreem vurig in zijn haat tegen het Westen. Ik bood hem een perfecte gelegenheid om lucht te geven aan die haat. Volkomen onverwachts gaf hij me een serie klappen op mijn hoofd die ik niet kon ontwijken, terwijl hij in het Arabisch tegen me tekeerging. Dit was nog niet genoeg voor hem. Hij pakte een injectiespuit met een lange naald, hield die naast mijn rechteroog en gebaarde wat hij zou gaan doen. Ik was als de dood. Geslagen worden door een ouwe lul was nog draaglijk, maar als hij ook nog en passant een oog verwijderde, behoorde hij niet meer tot de medische wereld maar hoorde hij eerder bij de Gestapo thuis.

Zijn metgezel, die de chirurg moest zijn, zag dat de zaak uit de hand liep en schoot mij te hulp door de ziedende anesthesist te kalmeren. Mijn bewakers vonden de situatie nogal amusant; ze stonden grinnikend tegen de muur geleund. Toen hij zag dat hij de situatie onder controle had, richtte de chirurg zijn aandacht weer op mijn been en begon het kompres te verwijderen dat in de wond was gepropt.

Ik gilde van de pijn, mijn vrije been kreeg een stuiptrekking en gaf hem een trap voor zijn hoofd. Tot mijn verbazing nam hij geen wraak op mij, maar begon hij zijn collega uit te schelden omdat hij me geen verdoving had gegeven. Dit werd snel rechtgezet. Ik keek met afgrijzen toe hoe de anesthesist het ene buisje met gore gele substantie na het andere in mijn lichaam pompte via de canule die nog in mijn arm zat. Ik telde drie shots voordat ik aan het middel bezweek. Mijn laatste bewuste gedachte was: 'Ik ben er geweest, hij gaat me een overdosis geven.'

Mijn hersenen registreerden een caleidoscopisch doolhof van rokerige kleuren. Ik had het gevoel alsof ik buiten mijn lichaam zweefde. Alle pijn en angst waren verdwenen. 'Als dit de dood is, is het zo gek nog niet,' schoot het door mijn hoofd voordat een stekende pijn tot mijn bewustzijn begon door te dringen. Langzaam krabbelde ik terug naar het heden, als een dronkaard die wakker wordt met een enorme kater, en werd de bron van de pijn duidelijk. Iemand sloeg me in mijn gezicht.

Eindelijk gingen mijn ogen open. Voor me stond weer een groepje mannen in burger, van wie een met zijn handen tegen mijn hoofd sloeg om me wakker te maken. Zodra mijn ogen aan het licht gewend waren, begon het verhoor. De politiemannen benutten de gouden gelegenheid om een verward brein open te breken.

'Meneer Michael,' begon een van hen. 'Wat doet u in Irak?'

Ik kon nog niet antwoorden en keek verward naar de man op. Mijn gebrek aan reactie maakte de politieman nog bozer, en ik kreeg meteen weer een draai om mijn oren om mijn geheugen op te frissen. Deze agent wilde vanaf het begin zijn gezag doen gelden; dit was geen lieverdje.

'Wat doe je in Irak?' schreeuwde hij in mijn gezicht.

Plotseling voelde ik een golf van misselijkheid in me opwellen als gevolg van de medicijnen die me waren toegediend. Ik ging met een ruk rechtop zitten en greep een half lege waterkan die op de tafel naast me stond. De agent deed een stap achteruit, zich onmiddellijk realiserend wat er ging gebeuren, en duidelijk bang dat hij mijn maaginhoud over zijn goedkope pak zou krijgen. Ik begon heftig te kokhalzen, maar mijn lege maag gaf alleen gele gal op. Het was bijna vier dagen geleden dat ik voor het laatst had gegeten, maar vreemd genoeg had ik niet echt honger.

De agent hervatte zijn verhoor vanaf een gepaste afstand, blij dat mijn gekokhals over was.

'Waarom ben je in Irak?'

'Ik ben hier om neergeschoten piloten te helpen,' antwoordde ik eenvoudig.

'Gelul!' riep hij meteen. 'Je bent geen Engelsman. Je bevond je op honderden kilometers afstand van de Amerikaanse en Britse linies, dicht bij de Syrische grens en niet ver van Israël. Voor wie werk je?'

'Daar gaan we weer,' dacht ik. 'Het verveelt ze nog steeds niet.'

Ik kende mijn antwoord nu bijna uit mijn hoofd. 'Ik ben soldaat in het Britse leger. Ik ben geen spion. Ik werk niet voor de Israëli's.'

'Je bent geen Engelsman. Je bent een huurling. Geef het toe. Waarom ben je in Irak?'

Het ging maar door, steeds hetzelfde liedje. Het was makkelijk te ontkennen, en ik hoefde nauwelijks moeite te doen om te liegen. Zolang ze deze lijn bleven volgen en ik ze ervan kon overtuigen dat ik geen spion, huurling of Israëlische agent was, of een andere geheime functie vervulde, was mijn dekmantel veilig. Het was een gevaarlijk spel, maar het hielp enorm om me voor te doen als de domste soldaat ter wereld. Ik moest echter uitkijken dat ik mijn ondervragers niet al te veel frustreerde.

Een half uur ondervraging was voldoende voor dit stel, zelfs het slaan begon te vervelen. De groep verliet vol afkeer het vertrek en liet me weer alleen met mijn bewakers.

Ik kon me nu ongestoord concentreren en keek eens goed naar mijn been, dat gedeeltelijk met gips was omgeven. Ik zag mijn rechtervoet, die nog steeds geel en enorm gezwollen was, en elke poging om het enkelgewricht te bewegen veroorzaakte een felle pijn. Wat me echter verontrustte was dat ik in de voet zelf niets voelde, alsof hij niet aan mijn been vastzat.

Terwijl ik mijn nieuwe omgeving bekeek vroeg ik me af wat daarvan de oorzaak kon zijn. Ongetwijfeld ernstig beschadigde zenuwuiteinden. Het vertrek was verbazend chic. Een modern ogende, smetteloos schone kamer met vier nieuwe ziekenhuisbedden, die afgezien van het mijne allemaal leeg waren. De wanden waren versierd met bruin en geel mozaïek. Ik had het idee dat ik daar niet lang zou verblijven.

Ik bewoog me ongemakkelijk op het bed. De schaafwonden op mijn rug waren ontstoken en raakten doorgelegen. Ik moest me nodig wassen. Voor het eerst viel het me op dat ik mijn vuile, bebloede camouflagepak nog aanhad; niemand had eraan gedacht me andere kleren aan te trekken. Niet dat ik dat erg vond, want dat betekende dat ik nog mijn ontsnappingskaart, kompas en mijn riem met goudstukken had.

Een van de bewakers kwam met een bord dadels naar me toe. De honger waar ik tot dusver niet veel acht op had geslagen, kwam plotseling hevig opzetten en ik accepteerde het hapje dankbaar. Ik was net met de derde dadel bezig toen er een stel nieuwe bezoekers aankwam. Schuldbewust gristen de bewakers het bord weg en gingen in de verste hoek staan.

De zes nieuwkomers waren gekleed in een mengeling van dure zijden pakken, legerkleding en witte doktersjassen. Ze dromden om het voeteneind van mijn bed en knikten en mompelden met elkaar. Een van hen, een gedistingeerd uitziend man van achter in de vijftig, begon uiteindelijk te praten. Aan de hoeveelheid goud op zijn uniform te oordelen, had hij een hoge rang, waarschijnlijk was hij generaal.

'Uw wond is met succes uitgesneden en we gaan u nu een antibioticakuur voorschrijven.' Aan zijn houding en gedrag viel te merken dat hij eraan gewend was dat mensen naar hem luisterden.

'Dank u,' antwoordde ik. Ik wist niet wat ik anders moest zeggen.

Hij knikte even en vervolgde: 'U zult voorlopig niet kunnen lopen, en daarna zult u merkbaar hinken. Uw been heeft nogal wat verbinding in de enkel en voet verloren. De kogel heeft de meeste kleine botjes vernietigd die het draaien mogelijk maken. Begrijpt u dat?'

Ik knikte. 'Ja meneer.'

'De tijd zal leren hoe ver het herstelt. Het verwijderen van dood weefsel was ongecompliceerd en er lijkt geen spoor van infectie te zijn op dit moment.' Hij keek me even over zijn halve brilletje aan. 'Ik moet zeggen dat u zich bijzonder gelukkig mag prijzen dat u niet ernstiger gewond bent geraakt.'

Dat hoefde hij me niet te vertellen. Ik wist dat ik enorm veel geluk had gehad dat ik in het bed lag en nog ademde.

Hij gebaarde met zijn arm zonder te kijken waar hij naar wees. 'Kolonel Al-Bayeth blijft u verzorgen. Hij bezoekt u als de tijd het toelaat.'

Ik bestudeerde de gezichten van het groepje opnieuw en pikte nu de lange gestalte van de dokter eruit, gekleed in legeruniform. Het uniform en het feit dat ik hem niet in Bagdad had verwacht hadden me op het verkeerde been gezet.

Na deze laatste opmerking verliet de 'generaal' met zijn gevolg de kamer. Dat kwam goed uit, want mijn blaas stond bijna op springen.

'Toilet, toilet?' vroeg ik aan een van mijn bewakers terwijl ik naar mijn kruis wees.

Een van de soldaten begreep het meteen en rende de kamer uit, om bijna direct terug te keren met iets waar ik in kon plassen. Terwijl ik met moeite op het bed manoeuvreerde, probeerde een van de bewakers in zijn onschuld mij te helpen door de gesp van mijn riem los te maken en mijn broek open te doen. Door deze eenvoudige handeling kwam een van mijn gekoesterde geheimen aan het licht. Toen hij de riem optilde, verstarde hij; de riem was veel zwaarder dan nodig was om alleen maar een broek omhoog te houden. Hij draaide de riem om en zag het isoleerband waarmee het goud was bedekt en aan de riem was bevestigd. Hij pakte de riem af en maakte het band los. Zijn blik van verwarring en vervolgens herkenning toen er een gouden sovereign in zijn hand viel, was onbetaalbaar.

Hij duwde de riem onder zijn arm en stopte de munt in zijn vrijwel tandeloze mond om erop te bijten. De vreugde was direct van zijn gezicht af te lezen. Hij wendde zich tot zijn partner en begon triomfantelijk tegen hem te brabbelen. Dat ik plassen moest was geheel vergeten. Ik had geen idee hoe die twee deze ontdekking zouden opnemen. Hoe kon ik verklaren waarom een domme soldaat een fortuin aan goud om zijn middel droeg? Een huurling deed dat vast wel.

Ik hoefde me echter geen zorgen te maken: deze twee jongens waren niet van plan om hun superieuren te vertellen dat ze goud ter waarde van tweeduizend pond hadden gevonden. Ze waren het al aan het verdelen. Ze staken hun duimen naar me op en er werd weer in munten gebeten en gelachen. Ik grinnikte mee. Ik kon er toch niet veel meer aan doen. Het treurige was echter dat het goud nooit gevonden zou zijn als de bewaker me niet had geholpen; mijn kleren werden daarna niet meer aangeraakt.

Laat in de middag eindigde mijn vijfsterren-ziekenhuisaccommodatie. Twee hospitaalsoldaten kwamen me halen en reden me door het ziekenhuis, begeleid door mijn bewakers. Dit keer verlieten we het gebouw echter via een dienstingang. De brancard hobbelde over een met grind bedekt parkeerterrein op weg naar een reusachtig gebouw van baksteen waarvan de muren bedekt waren met door kinderen gemaakte muurschilderingen.

Toen we het gebouw naderden, sloegen we rechtsaf door een brede, met beton geplaveide steeg die tussen het gebouw en een cellenblok liep. De bunkerachtige constructie bevatte talloze kleine kamertjes die allemaal een getralied raam hadden die op de steeg uitkeek. Verscheidene soldaten in grijze uniformen hingen rond, zaten in kleine groepjes te roken en te lachen en besteedden weinig aandacht aan me toen ik langs werd gereden.

De hospitaalsoldaten stopten halverwege en reden de brancard een hal zonder deur binnen. Links van mij zag ik een kamer met twee bedden. Op het ene bed lag een gerimpelde oude Arabier die constant hoestte en eruitzag of hij het niet lang meer zou maken. Op het andere bed zat een man van ergens in de veertig die somber naar me staarde terwijl ik de kamer ertegenover werd ingeduwd.

Hoewel ik verwachtte ooit in een cel te worden gezet, had ik nooit verwacht dat de omstandigheden zo slecht zouden zijn. De gevangenisafdeling van het ziekenhuis was de smerigste plek die ik ooit had gezien. Ik werd op een oud ziekenhuisbed getild dat zo te zien nog nooit was schoongemaakt. De matras zag zwart van de opgedroogde bloedvlekken en de vloer was er nog erger aan toe.

Mijn bewakers en de hospitaalsoldaten zeiden me gedag en lieten me onder de hoede van mijn nieuwe bewakers achter, van wie een op de achtergrond rondhing, begerig om zijn nieuwste gast op te eisen. Mijn nieuwe bewaker kwam naar me toe en ketende me aan de ijzeren reling van het bed. Ter controle gaf hij er een flinke ruk aan waardoor mijn arm bijna uit de kom schoot. Toen hij zeker wist dat ik niet weg kon komen, glimlachte en zwaaide hij naar me, waarna de deur dichtviel en op slot werd gedraaid.

In de weken daarna was Grumpy, zoals ik hem noemde, mijn hoofdcipier en het gezicht dat ik elke ochtend zag als ik wakker werd. Hij was eind veertig en veteraan van de oorlog tussen Iran en Irak en diende hier de tijd tot zijn pensionering uit.

Onze omgang begon niet al te best. Hij wantrouwde me nogal; ik vertegenwoordigde tenslotte de vijand die dag en nacht zijn stad bombardeerde. Maar naarmate de tijd verstreek, werd hij wat losser, en tegen het eind van mijn internering kwam hij vaak binnen om Arabische begroetingen uit te wisselen en me in gebroken Engels te vertellen over de Irakese overwinningen die af en toe plaatsvonden. Hij kwam me ook wel eens een vrucht brengen; een verrukkelijke luxe.

Hoofdstuk 16

De straftijd

Toen mijn celdeur dichtviel, drong het plotseling tot mij door dat het afgelopen was. De opwindende rit in de achtbaan die al sinds mijn aankomst in Engeland aan de gang was, was onverwacht gierend tot stilstand gekomen.

De laatste maanden waren zeer hectisch en druk geweest; de gebeurtenissen van de afgelopen week waren een wervelwind van actie. Pas nu, nu ik alleen, gewond en overgeleverd aan de genade van mijn overweldigers in bed lag, kon ik overdenken hoe hachelijk mijn situatie was. Hoe lang zou ik tussen deze vier muren moeten vertoeven? Er begon zich een zware depressie van mij meester te maken waar ik steeds harder tegen moest vechten toen de dagen zich tot weken aaneenregen. Ik werd gekweld door steeds dezelfde, niet te beantwoorden vragen die door mijn hoofd maalden.

Hoe lang zou de oorlog nog duren? Weet iemand dat ik nog leef? Is er van de anderen nog iemand in leven? Ben ik de enige die gevangengenomen is? Waarom was er geen hulp gekomen na ons contact met de straaljagerpiloot? Gaat het goed met de anderen? Wat gaat er gebeuren als ze er achterkomen dat ik heb gelogen? Wanneer komen gevangenen vrij? Zou ik een tweede Terry Waite kunnen worden? Ik was bijna in tranen uitgebarsten, zo overspoeld werd ik door zelfmedelijden.

Ik was gespannen en in de war, en ik wist niet of ik de schuld van onze mislukking aan mezelf of aan anderen te wijten had. Twee vragen hielden me echter dringend bezig: wat was er in godsnaam met de heli gebeurd? Waarom had de AWACS onze oproepen niet beantwoord? Als een SAS-patrouille in de shit zit en hulp inroept, komt er iemand. Dat behoort tot het grondbeginselen achter de operaties van het regiment. Als je eropuit bent om mensen honderden kilometers achter vijandelijke linies te sturen, moet je iets van ondersteuning bieden voor het geval het mis gaat. Elke patrouille heeft ooit wel eens hulp nodig. Dus dat leidde weer tot andere vragen: waarom had het systeem in dit geval gefaald? Zaten we zo fout dat we niet meer te helpen waren? En zo ja, waarom dan?

Alleen als ik sliep werd ik even verlost van deze constante innerlijke strijd die me bijna gek maakte en me aan mezelf deed twijfelen. Ik wist dat ik mijn gedachten op iets anders moest richten om geestelijk gezond te blijven. Er kwamen herinneringen bij me op aan twee combat survivalcursussen, en met name aan verhalen die twee voormalige krijgsgevangenen hadden verteld. Hun ervaringen in soortgelijke, en in veel gevallen slechtere omstandigheden, gaf me inspiratie over hoe ik met mijn situatie om moest gaan. Deze mannen waren erin geslaagd te overleven, een van hen zelfs zeven jaar lang, dus dat zou mij ook lukken. Een van die verhalen benadrukte hoe belangrijk het was om iets te vinden om je op te concentreren, met name bij eenzame opsluiting.

Een Amerikaanse majoor, een voormalige piloot, had ons verteld dat hij was neergeschoten toen hij boven Noord-Vietnam aan het bombarderen was. Hij werd gevangengenomen en gemarteld door de Noord-Vietnamezen en hij was rijp voor zelfmoord toen hij iets vond dat zijn geloof inspireerde en voorkwam dat hij zijn verstand verloor. Hij begon in gedachten een droomhuis te ontwerpen en te bouwen. Hij tekende de plannen, maakte het terrein bouwrijp, groef alle fundamenten, goot al het beton, trok alle muren op en sloeg elke spijker in. Elke stap van het ontwerpen en het bouwen herschiep hij in zijn hoofd. Hij werd vrijgelaten na vier jaar eenzame opsluiting en hij had in al die tijd geen blank gezicht gezien. Toen hij terug was in de Verenigde Staten bouwde hij zijn droomhuis.

Het zou moeilijk zijn om positief, optimistisch en geconcentreerd te blijven, maar het alternatief was geen optie. Het was een kwestie van overleven.

Ik begon dus aan mijn geestelijke conditionering en nam allereerst mijn nieuwe omgeving systematisch op. Een klein, getralied venster waar voor een deel nog glas in zat, keek uit op de steeg. Het licht dat er doorheen viel wierp zeer hoekige schaduwen in de kamer; schaduwen die ik later ging interpreteren als een grove zonnewijzer. Mijn bewakers zaten vaak onder het raam te praten, koffie te drinken of met hun dominostenen op een harde houten tafel te slaan.

De kamer zelf was ongeveer drie bij vijf meter. De verbleekte, gevlekte en afbladderende lichtgroene muren boden vaak een vorm van escapisme waarin ik tussen het verslechterende schilder- en pleisterwerk verborgen beelden, vormen of getallen kon zien.

Het gelige plafond bestond uit een massa plaggen waarvan in de loop der tijd stukken pleisterwerk waren losgeraakt zodat erboven een twijfelachtig betonnen dak zichtbaar was. In het midden hing een peertje in een kapotte fitting; de stroomdraden lagen bloot en waren geoxideerd. Het licht deed het zelden en veroorzaakte bijna altijd kortsluiting. De bewakers gaven het uiteindelijk op en namen hun toevlucht tot zaklantaarns.

De eenvoudige deur, die naar links scharnierde en naar binnen toe opengging, was van metaal en had geen speciale kenmerken, behalve om hem af te sluiten. Hij werd afgesloten met twee grendels aan de buitenkant die op hun beurt met hangsloten werden gesloten. Het gerammel van de sleutels van de cipier en het wegschuiven van de grendels zou het hoogtepunt van mijn dagen worden, een manier om bij benadering de tijd te bepalen of een indicatie dat er eten in aantocht was, of iets wat mogelijk veel onheilspellender was.

Ik gleed met mijn geboeide hand langs de zijkant van het bed om te zien hoeveel bewegingsvrijheid ik had. Ongeveer een halve meter, maar dat was een schrale troost in mijn huidige toestand. Waar ik me op dit moment wel zorgen om maakte was dat de handboei te strak zat zodat mijn pols klopte. Ik moest zo snel mogelijk Grumpy zien over te halen om de handboei losser te doen, maar helaas zou de gelegenheid zich de eerste uren niet voordoen.

Toen de dag vorderde en het nieuws bekend werd, verscheen er een bijna onafgebroken stoet Irakese soldaten voor het raam die allemaal een glimp wilden opvangen van de 'duivelse westerling'. Vaak maakten ze het snijdende gebaar langs de hals of slaakten een hoge overwinningskreet waarbij ze zichzelf op het hoofd sloegen.

In de loop der weken werd er bij de ergste vertoningen vaak een geweer of pistool door het raam op me gericht en liet men het mechanisme afgaan. De toeschouwers barstten in lachen uit als ze me automatisch in elkaar zagen kruipen als de hamer tegen een lege patroonkamer sloeg. Deze mannen waren niet al te bekwame soldaten en ik had weinig vertrouwen in hun vermogen om Russische roulette te spelen, met name ten koste van mij. Hoewel mijn bewakers geen van mijn kwelgeesten in de cel toelieten, deden ze niets om ze daarbuiten te ontmoedigen.

Er vielen lange, lage schaduwen over de linkerkant van de muur tegen de tijd dat het gerammel van de sleutel in het slot en het terugschuiven van de grendels Grumpy's bezoek aankondigden. Intussen waren mijn pols en mijn opgezwollen hand geheel gevoelloos geworden en stonden mijn blaas en darmen op knappen.

Toen Grumpy binnen kwam wandelen met een kom bruine rijst en een stuk brood in zijn hand, wat in het vervolg mijn standaarddieet zou vormen, begon ik meteen 'Toilet, toilet!' te roepen, in de hoop dat dit eenvoudige verzoek voldoende zou zijn om allebei mijn problemen te verlichten.

Hij aarzelde even en zette toen het voedsel op de vloer, waarna hij de cel verliet. Kort daarop kwam hij terug met een plastic sandaal die hij aan mijn niet gewonde blote voet schoof en maakte mijn handboei los. Daarna ging hij zo staan dat ik op zijn schouder kon leunen.

De effecten van de zwaartekracht op mijn wond leerden me een snelle, scherpe les zodra ik mijn been van het bed zwaaide. Het bloed dat plotseling naar de wond stroomde veroorzaakte zoveel pijn dat ik meteen weer moest gaan zitten, mijn been moest optillen en de situatie opnieuw moest beoordelen. De oplossing bleek te zijn dat ik mijn rechterbeen naar achteren moest zwaaien en het in die positie moest houden. Het was niet ideaal en niet gemakkelijk, maar het werkte.

Met mijn arm om Grumpy's schouders en zijn arm om mijn middel hinkten en liepen we de cel uit. In de hal sloegen we rechtsaf en toen kreeg ik het angstaanjagende toilet in het oog. De stank die af en toe mijn kamer in dreef had een waarschuwing voor me moeten zijn, maar evengoed was het tafereel dat zich voor me ontvouwde een zware schok. Ik staarde met bijna morbide fascinatie naar het kleine open hokje waarin zich een klein, langwerpig gat boordevol uitwerpselen en urine bevond.

Grumpy hielp me tot aan de deuropening, gaf me de gelegenheid om steun te vinden tegen de deurpost, en trok zich vervolgens terug in de toegang tot de centrale hal op nog geen drie meter afstand. Ik bleef stokstijf staan en hield me aan de deurpost vast alsof mijn leven ervan afhing, terwijl ik me afvroeg hoe ik het probleem het best kon aanpakken zonder in de stinkende bende op de vloer terecht te komen. Ik moest er niet aan denken dat ik uit zou kunnen glijden en met mijn kont in die troep terecht zou komen.

De plee was een typisch Arabische constructie, een porseleinen gat in de vloer met aan weerszijden een verhoginkje om je voeten op te zetten. Het waterreservoir bevond zich hoog aan de muur erachter en er liep een roestige buis vandaan naar de pot beneden.

Ik bedacht een plan van aanpak, raapte mijn moed bijeen en waagde de stap. Mijn lichaam kon mijn twijfel niet langer verdragen. Ik hinkte het hokje in en slaagde erin de ergste smurrie te vermijden en mijn goede voet op een van de voetsteunen te krijgen, terwijl ik me aan de buis staande hield. In deze positie liet ik mijn broek of wat er nog van over was (de rechterpijp was halverwege mijn dij afgeknipt) zakken. Ik stak mijn gewonde been naar voren en liet me langzaam op mijn hurken zakken, onderwijl de buis vasthoudend.

Het maakte niet uit dat ik niet gemakkelijk zat, de natuur ging gelukkig snel zijn gang en ik was in enkele seconden klaar. Tot mijn afgrijzen ontdekte ik plotseling echter dat er een belangrijk ingrediënt ontbrak: wc-papier. Ik keek tevergeefs om me heen en toen viel mijn blik op een stuk slang dat aan een kraan aan de muur was bevestigd.

'O, shit', vloekte ik inwendig, 'Ik moet mijn reet afvegen met water en mijn hand terwijl ik een evenwichtskunstje doe.' En dan mocht ik nog hopen dat er water uit de kraan zou komen. Dat was gelukkig het geval en ik slaagde erin om de procedure te beëindigen. Tegen het eind van mijn gevangenschap kon ik deze noodzakelijke oefening met gemak in het donker uitvoeren. Misschien iets voor in het Guinness Book of Records.

Ik kleedde me weer snel aan en hinkte naar het wasbakje in de foyer. Grumpy was nergens te bekennen. Er lagen een paar gebroken stukken zeep en ik maakte er gebruik van om mijn handen zo goed mogelijk te desinfecteren. Daarna kwam Grumpy weer terug om me naar de cel en terug in bed te helpen. Hij liet mijn handboei af zodat ik mijn avondmaal kon eten.

Na deze ervaring zorgde ik dat ik voortaan voorbereid was op mijn toiletbezoeken. Door kleine stukjes van het beddenlaken te scheuren die ik als wc-papier kon gebruiken en die in mijn zak of achter de standbuis te verbergen, zorgde ik ervoor dat mijn handen en mijn kont zo min mogelijk contact maakten. Ik voelde er weinig voor om diarree of iets ergers te krijgen. Mijn lichaam en mijn immuunsysteem hadden al genoeg te verduren.

Er was een tafeltje naast mijn bed gezet waar een kan water en een plastic beker op stonden. Grumpy gaf me vier veelkleurige tabletten en zei dat ik die in moest nemen. Het was kennelijk zijn verantwoordelijkheid om daarop toe te zien, en hij nam die taak serieus. Ik deed de tabletten in mijn mond en deed alsof ik ze doorslikte met een beker water, maar ik hield ze onder mijn tong verborgen.

Grumpy was tevreden gesteld en liet me ongeboeid achter om mijn maaltijd te eten. Zodra het me veilig leek, spuugde ik de tabletten op mijn hand uit om ze te bekijken. Ik hoopte dat ik een aanwijzing zou vinden omtrent hun herkomst of doel, maar dat was niet zo. Het waren twee wit met rode capsules en twee wit met gele. Ik werd er niets wijzer van.

'Nou ja, als ze me hadden willen doden, hadden ze dat allang gedaan,' redeneerde ik en slikte de hele zooi alsnog door. Ik hoopte eigenlijk dat het antibiotica waren.

Het eten van de rijst was op zichzelf al een interessante oefening, en het leerde me een les die ik niet licht zou vergeten. Niets in Irak bleek eenvoudig te zijn.

Ik viel hongerig op de eerste lepel aan, maar het werd bijna een ramp. Terwijl ik stevig op de gekookte bruine korrels kauwde, brak ik bijna mijn tanden op talloze harde dingetjes die als steentjes aanvoelden. Ik spuugde de rijst weer uit in de kom en controleerde met mijn vinger of er tanden gebroken of afgebrokkeld waren; het voelde wel zo aan. Er kwam niets aan het licht en ik begon de vochtige, half gekauwde rijst te onderzoeken. Ik vond inderdaad een stuk of zes steentjes die me bijna mijn gebit hadden gekost. Ik had niet het idee dat ze er opzettelijk in waren gestopt; het was waarschijnlijker dat ze in de pan hadden gezeten waar de rijst in was gekookt. Vanaf dat moment controleerde ik zorgvuldig elke lepel voedsel voordat ik hem in mijn mond stak, om te voorkomen dat ik mijn tanden zou breken.

Grumpy kwam ongeveer een uur later terug om de lege kom op te halen en de handboei weer vast te maken, die hij dit keer niet te strak deed. Hij verliet de kamer en vergrendelde de deur achter zich toen de ondergaande zon de kamer van de laatste restjes zonlicht begon te beroven. Binnen een uur was het volledig donker in de cel.

Ik lag naar het donkere plafond te staren en kon me eindelijk ontspannen toen de nacht, de oude bondgenoot, mij weer in een troostende omhelzing nam. In de weken daarna zou ik verlangend uitzien naar de troost die de nacht bracht, een ontsnapping aan de realiteit die me overdag van alle kanten bombardeerde. Het gebeurde slechts hoogst zelden dat de bewakers me 's nachts stoorden; zij waren liever onder elkaar, en ik was liever alleen.

Maar er was helaas een belangrijk nadeel aan de duisternis verbonden. De nacht luidde de komst in van zwermen geallieerde bommenwerpers, dezelfde massale formaties die ik nog maar een paar dagen geleden had gezien toen de Chinook bij moest tanken. Tornado's, Jaguars, Stealths en talloze andere gevechtsvliegtuigen maakten gebruik van de duisternis om hun duizenden kilo's oorlogsmateriaal op de Irakese hoofdstad en andere nietsvermoedende doelen te gooien.

Zodra de nacht was gevallen, begonnen de sirenes te loeien en zochten overal in Bagdad batterijen luchtafweergeschut wanhopig naar de gehate vliegtuigen.

Een van deze batterijen bevond zich pal boven mijn kamer: een met zandzakken versterkt emplacement dat boven in de wal was uitgegraven, naar ik aannam. De eerste keer dat zijn dodelijke wapens werden geactiveerd, was ik doodsbang. Ik had nooit een luchtafweerpositie op het terrein van een ziekenhuis verwacht, laat staan pal boven me. Ik denk dat de Irakezen niet voor niets voor deze positie hadden gekozen; ze waren slim genoeg om te weten dat de bommenwerpers een positie zo dicht bij een bekend ziekenhuis niet zouden aanvallen.

Af en toe waren 's nachts de geluiden en trillingen van ontelbare tonnen bommen in mijn kamer te horen en te voelen. Vaak kwamen ze dichter bij dan me lief was. Dit deed bij mij de vraag rijzen of ik niet onbedoeld het slachtoffer zou kunnen worden van vriendschappelijk vuur. Zou na alles wat ik had meegemaakt een verdwaalde geallieerde bom mijn ondergang worden?

Deze eerste vierentwintig uur leerden me negentig procent van de lessen die ik nodig had om mijn gevangenschap te overleven. De kleinste en onbeduidendste dingen konden vaak zo veel betekenen, en na een paar weken van deze routine deden ze dat ook.

In het begin verstreken de dagen eindeloos langzaam. Kort na het aanbreken van de dag kondigde het gerammel van Grumpy's sleutels zijn komst aan. Zijn eerste taak was de kan met urine legen die ik 's nachts tot aan de rand had gevuld, onmiddellijk gevolgd door onze tango naar de wc.

Terug in de cel bracht hij me dan mijn ontbijt, bestaande uit een half stokbrood en een klein glaasje dikke, zoete thee met munt. Af en toe kreeg ik als extraatje een grote klodder in aluminiumfolie verpakte margarine voor op het brood. Ik leerde al snel dat als ik niet alle margarine gebruikte, het restant weer werd meegenomen, waarna het wel een week kon duren voordat ik weer wat kreeg. Daarom gebruikte ik de margarine spaarzaam en bewaarde de rest voor later in een stuk folie onder mijn matras.

Een dag of wat na mijn aankomst moest Grumpy hebben besloten dat de vloer zelfs voor mijn ellendige bestaan te vuil was, want hij begon aan een soort grote schoonmaak. Hij kwam binnen en gooide verscheidene emmers water met desinfecterend spul erin in de rondte, en ging er vervolgens met een stokdweil overheen. Dit werd een wekelijkse gebeurtenis, en het duurde niet lang of de vloer zag er bijna acceptabel uit.

Helaas gold dat niet voor het toilet, dat een hopeloos geval was en met dienovereenkomstige minachting werd behandeld. Grumpy deed zijn best om de wc door te spoelen met wat emmers water, uiteraard vanaf een veilige afstand, maar niet met de benodigde regelmaat. Ik kon het hem niet kwalijk nemen, en het was om eerlijk te zijn ook een klus die ik niemand toewenste.

Toen ik nog niet zo lang gevangen zat, verscheen er een andere cipier op het toneel; hij loste Grumpy vroeg in de avond af en bleef tot het licht werd. Hij was een kleine, magere man van begin dertig met een totaal ander karakter dan zijn collega. Vanaf de eerste keer dat ik hem zag tot de dag dat ik de ziekenhuiscel verliet, was zijn vrolijke, besnorde gezicht nooit zonder glimlach. Hij had ze ongetwijfeld niet allemaal op een rijtje, maar ik ben ervan overtuigd dat het niet in zijn aard lag om anderen onvriendelijk of boosaardig tegemoet te treden, wat een vreemde eigenschap was voor een cipier.

Hij heette Djamel, iets wat hij me binnen enkele uren na onze eerste ontmoeting toevertrouwde, maar ik noemde hem stiekem Dopey. Ik had getwijfeld tussen Dopey en Happy, maar wat de doorslag had gegeven was zijn 'lichten aan maar niemand thuis'-blik die aan de gelijknamige stripfiguur deed denken.

Grumpy, Dopey en ik stelden een dagelijkse routine in die bijna tot een ritueel werd in zijn regelmaat, met Grumpy die me 's morgens verwelkomde en Dopey die de nacht uitgeleide deed.

Ik werd er zo bedreven in om de tijd af te lezen aan mijn geïmproviseerde zonnewijzer, dat ik ongedurig werd als mijn kom rijst te laat arriveerde, en ik sloeg in gedachten met mijn vuist op tafel om mijn voedsel op te eisen.

Een paar dagen na mijn komst kwam er een auto de steeg in die onder een rieten afdak tegenover mijn cel werd geparkeerd. Elke ochtend stapte een van de bewakers erin om hem te starten en liet de motor draaien tot hij gierde en er dikke rookwolken uit de uitlaat kwamen. Dit overtuigde hen er kennelijk van dat het voertuig het goed deed. Op sommige ochtenden weigerde de startmotor echter mee te doen, zodat de verzamelde bewakers gedwongen waren het weerspannige voertuig een half uur lang de steeg op en neer te duwen in de hoop dat de motor aan zou slaan. Als de motor eindelijk aansloeg werd er zo uitbundig gejuicht dat het leek alsof Irak de wereldcup had gewonnen.

Na een week bedrust en regelmatig eten was ik voldoende aangesterkt om na te gaan denken over hoe ik wat oefeningen zou kunnen doen. Ik voelde er niets voor om te laten merken dat ik me sterker voelde dan ik eruitzag, dus besloot ik mijn oefeningen 's nachts te doen. Mijn training zou bestaan uit honderd beenheffingen, gevolgd door honderden aangepaste opdruk- en strekoefeningen. Het was geen probleem om mezelf in de juiste positie te brengen om de strekoefeningen te doen, maar voor het opdrukken kwam heel wat meer kijken.

Ik schoof mijn geboeide arm zo ver mogelijk naar beneden, trok mijn benen op en stak ze onder mijn rechterarm door, waarna ik me zachtjes op de grond liet zakken. Staande op een been met mijn gewonde been naar achteren gebogen, gebruikte ik het bed als bankje om opdrukoefeningen te doen. Om de paar minuten pauzeerde ik even om te controleren of er geen bewakers in de buurt waren die mij konden horen.

Het was geen geweldig trainingsprogramma, maar het gaf me een enorme kick dat ik: a) mijn bewakers te slim af was; b) dat ik op eigen kracht iets deed om mijn herstel te bevorderen; en c) dat ik mezelf een doel verschafte, iets om overdag naar uit te kijken. Het was een manier om de eentonigheid te doorbreken en het vormde een uitlaatklep voor alle ingehouden fysieke energie en frustratie.

De nachtelijke luchtaanvallen beroofden me van enkele uren slaap, maar hadden verder weinig invloed, hoewel ze soms dreigender leken. Ik wist dat het enigszins riskant werd als de bewakers op mysterieuze wijze verdwenen en de artillerie boven me plotseling uitzinnig begon te vuren. Door het gedreun van bommen die niet ver van mij vandaan insloegen, vielen er brokken kalk van het plafond of de muur die op de vloer of op mijn hoofd uiteenvielen. De bewakers hoorde ik dan urenlang niet, tot ze het veilig genoeg vonden om terug te keren en met een zaklantaarn door het raam te schijnen om te kijken of ik nog heel was.

Dat alles was echter niets vergeleken met een paar incidenten waarbij de intimiderende kracht van een bom van tweeduizend pond op nog geen honderd meter van het blok terechtkwam en de restanten van mijn ruit eruit sloeg en mij uit bed blies. Ik was me doodgeschrokken en bleef bijna de hele nacht onder het bed zitten tot ik er zeker van was dat de vliegtuigen naar hun bases teruggekeerd waren. In deze gevallen weigerden de bewakers terug te komen zolang het donker was en ik was zelf ook niet bepaald ingenomen met de piloten daarboven.

De ervaring leerde me echter al gauw in te schatten wanneer het tijd was om onder het bed te gaan schuilen. Als de bewakers het verstandig vonden om hem te smeren, dook ik gelijk onder het bed. Dat bood niet veel bescherming, maar het was beter dan niets.

Al na korte tijd kon ik gebruik maken van Dopey's vriendelijke aard door telkens als hij voor het eten mijn handboei afdeed overdreven mijn pols te gaan masseren. Als hij daarna de boei weer omdeed voor de nacht, vroeg hij altijd of hij niet te strak zat. Op deze manier slaagde ik erin om de handboei zeer los om mijn pols te krijgen, en in combinatie met de ijzige kou gaf dat me voldoende speling om mijn hand eruit te trekken.

Toen ik 's nachts een zekere mate van 'vrijheid' had verworven, begon ik een ontsnappingsplan te bedenken voor het geval de gelegenheid zich zou voordoen. De meest waarschijnlijke hulp kon ik van de luchtaanvallen verwachten. Een verdwaalde bom zou een deel van de cel kunnen vernielen en tegelijk mijn bewakers, maar daar schoot ik niet veel mee op in mijn toestand. Ik kon amper van mijn bed naar de wc hinken, laat staan lopen of rennen. Op eigen kracht kon ik niet ver komen, maar mijn mobiliteit zou op een gegeven moment wel verbeteren.

Ik besloot vervolgens dat ik aan een Arabische tulband moest zien te komen, wat de perfecte vermomming is om mee door de straten van Bagdad te zwerven. Ik had mijn ontsnappingskaart en mijn kompas nog, zodat ik niet geheel blind was. Het uiteindelijke doel was een voertuig stelen en koerszetten door de woestijn in zuidelijke richting naar de grens met Saoedi-Arabië, waarbij ik tanks en vliegtuigen moest zien te vermijden.

Het enige wat ik dus nodig had was dat er een deur of muur zou worden weggeslagen door een bom die tevens alle bewakers doodde maar de auto buiten intact liet. De bewakers zouden zo welwillend moeten zijn om de sleutel in het contact te laten zitten en ik zou in een zodanige conditie moeten zijn dat ik er gebruik van zou kunnen maken. Temidden van alle verwarring hoefde ik alleen maar de auto van het ziekenhuisterrein af te rijden en in de nacht te verdwijnen; kon het nog makkelijker?

Het plan stelde niet veel voor, maar ik had weinig anders om me aan vast te houden op dat moment. Ik kon me niet voorstellen dat Grumpy en Dopey me een tulband zouden willen lenen om me vervolgens te helpen om naar Saoedi-Arabië te hinkelen.

Hoe langer ik in de cel bleef, hoe zekerder ik ervan werd dat de Irakezen me niet wilden doden. Ik begreep niet waarom, maar ik was er erg blij om. Alles in hun dictatoriale maatschappij wees op een totaal gebrek aan medelijden met degenen die als vijanden van de staat werden beschouwd, en ik viel beslist in die categorie. Ik kon niet vermoeden dat Saddam Hoessein een grote beloning gaf voor elke westerling die levend gevangen werd genomen, en van plan was om die gevangenen als onderhandelingspionnen te gebruiken als alles mis zou gaan.

Van tijd tot tijd kreeg ik bezoek van een commandosergeant van de Republikeinse Garde, die ik de bijnaam Rambo gaf. Hij was ongeveer even groot als ik en kwam binnengewalst met zijn bruin met groene uniform keurig in orde en een kastanjebruine baret als een pannenkoek stevig op zijn hoofd gedrukt. Zijn Engels was heel goed en hij vertelde me met trots verhalen over recente Irakese overwinningen. Hij had altijd een sigaret in zijn hoofd en kwam plotseling opdagen alsof hij al die tijd voor mijn deur op wacht had gestaan. ‘Goede morgen, meneer Michael,’ was zijn vaste openingszin (Arabische namen beginnen met de achternaam en daarna de voornaam), waarna hij beleefd naar mijn gezondheid informeerde.

We wisselden wat beleefdheden uit en hij bood me bij elk bezoek een sigaret aan hoewel ik altijd bedankte, en daarna begon hij met zijn propagandapraatje. ‘Gisteravond hebben we zevenentwintig Amerikaanse vliegtuigen neergehaald.’ Om de een of andere reden bleken de slachtoffers altijd alleen Amerikanen te zijn. ‘En we hebben veel gevangenen gemaakt bij verscheidene geslaagde operaties in het zuiden.’ Ik knikte dan en feliciteerde hem, schijnbaar onder de indruk van zijn dubieuze statistische gegevens.

Op een keer probeerde ik hem zover te krijgen dat hij een tandenborstel voor me mee zou brengen. Mijn gebit was al niet te best omdat ik het in mijn jeugd te veel verwaarloosd had, maar twee weken zonder enige verzorging baarde me toch wel zorgen. Ik had mijn toevlucht genomen tot draadjes die ik uit mijn deken of laken trok om mee te flossen. Hij beloofde dat hij een tandenborstel voor me mee zou brengen, maar dat deed hij niet.

Rond deze periode ontdekte ik dat ik niet alleen was in mijn cel; ik had een aantal ongewenste bedgenoten verworven die eropuit waren om mijn leven zo ongemakkelijk en onaangenaam mogelijk te maken. Op een ochtend werd ik wakker met verschrikkelijke jeuk en zag ik kleine beten op mijn schouders en in mijn nek. Toen ik het gebied ging onderzoeken, bleken er talloze grote luizen in mijn haargrens te zitten. Ik nam aan dat mijn lichaamswarmte ze had uitgebroed uit de matras of de deken. Zonder behandeling zou ik niet van deze hinderlijke parasieten af kunnen komen, dus het enige wat ik kon doen was dagelijks mijn hoofd onderzoeken en de luizen die ik ving doodknakken.

Na drie weken werd de denkbeeldige schulp waarin ik me had teruggetrokken aan stukken geslagen; het gevoel van zekerheid dat ik kreeg door het systeem te misleiden bleek een illusie te zijn.

Op een middag begon mijn adrenaline te stromen toen ik meerdere voetstappen voor mijn deur hoorde. Het geluid van de sleutel in het slot en van grendels die werden teruggeschoven op een ongebruikelijk tijdstip, was genoeg om me voor te bereiden op iets ongewoons. Ik zou niet worden teleurgesteld.

Grumpy stapte naar binnen, onmiddellijk gevolgd door twee goedkoop geklede mannen die alleen maar afgezanten van de geheime politie konden zijn. Ze voerden een kort gesprek met elkaar in het Arabisch, vermoedelijk om te bevestigen dat de politiemannen de juiste persoon hadden, waarna Grumpy discreet de cel verliet.

Ik was door zo veel verschillende gezichten ondervraagd, dat ik niet wist of ik hen al eerder had gezien. Een van hen had een klembord in zijn hand – ik vroeg me af of dat hier een teken van autoriteit was – en hij nam het woord.

'U bent Michael Coh-bun?' vroeg hij in Engels met een zwaar accent.

'Ja,' antwoordde ik.

Hij kwam naast het bed staan, naast mijn geboeide hand, en bekeek me van top tot teen. Knal. De achterkant van zijn klembord sloeg plotseling tegen mijn gezicht. De tranen sprongen me in mijn ogen, en mijn neus, die het ergst was geraakt, begon langzaam te bloeden.

Ik was echter vooral verrast, stomverbaasd dat de totaal onverwachte aanval was uitgelokt doordat ik alleen maar bevestigde hoe ik heette. De redenering achter de aanval zou me al gauw duidelijk worden.

'Meneer Michael,' vervolgde hij, 'u hebt tegen ons gelogen. U bent zeer gevaarlijk man.' In andere omstandigheden zou ik in de lach zijn geschoten om zijn opmerking en zijn uitspraak. Dit kon hij niet menen. Op dat moment was ik het zieligste voorbeeld van een gevaarlijke man dat je je maar bedenken kon.

'Bij welke eenheid bent u?'

'Ik ben hospik.' Knal! Weer een klap, alleen pijnlijker nu.

Vreemd genoeg welde er een golf van hevige woede in me op die zo intens was dat ik me met moeite kon beheersen. De verleiding om de Irakees op zijn bek te slaan met mijn vrije hand was overweldigend; maar ik wist dat ik het dan wel kon schudden. Zelfs de minste aanwijzing van wat ik dacht kon al fataal zijn.

Ik probeerde niet naar hem te kijken, terwijl ik de hele tijd dacht: 'Vuile klootzak. Ik zou je zo in elkaar kunnen slaan, zelfs met een gewond been.' Het kwam niet bij me op dat mijn plotselinge lef het gevolg moest zijn van mijn verbeterde conditie. Dat was tenminste een slag gewonnen.

'Meneer Michael,' begon hij weer met zijn zware accent, 'we weten alles. U bent Irak binnengevlogen met twee Chinookhelikopters, die we hebben gehoord; u bent gedropt naast de noordelijke aanvoerroute, op de verkeerde plek. U was met zijn achten.' Hij zweeg weer en keek me aan. Plotseling zonk de moed mij in de schoenen. Ik was geschokt. Mijn mond werd droog en er liep een koude rilling langs mijn rug. Ik had wel verwacht dat ze er uiteindelijk achter zouden komen, maar ik had gedacht dat dat uit mijn mond zou zijn, niet op deze manier. Ik zat flink in de stront.

'We hebben nog een ander gevangengenomen.' Ik dacht razendsnel na. Het drong langzaam tot me door wat dat betekende. Als mijn verhaal ook maar iets afweek van dat van die ander, zou het er erg beroerd voor mij uitzien.

'Het spijt me, meneer,' antwoordde ik in een poging om tijd te winnen en een manier te verzinnen om me hier uit te lullen. 'Die vraag mag ik niet beantwoorden.'

Het duurde niet lang om me op andere gedachten te brengen. Zijn vuist en klembord lieten me voelen hoe hij over mijn antwoord dacht. Terwijl mijn lippen opzwollen, smeekte ik inwendig: 'Sla alsjeblieft niet op mijn been.' Hij scheen er plezier in te scheppen mijn gezicht te verbouwen, maar de gewonde enkel zou een veel effectievere en makkelijkere oplossing bieden. In dit stadium negeerde hij mijn been volkomen. Maar hoe lang nog?

Hij deed een stap naar achteren om zijn handwerk te bekijken en vervolgde: 'Andy McNab, Vince Phillips, Bob Consiglio, Steve Lane...'; zijn uitspraak was afschuwelijk slecht toen hij de namen van alle patrouilleleden, inclusief de mijne, voorlas. 'Ze hebben ons alles verteld. Iedereen is nu tevreden, al uw vrienden worden goed verzorgd. U kunt niet meer tegen ons liegen.'

Ik staarde hem geschokt aan en wist niet wat ik zeggen moest. 'O, shit!' dacht ik. 'Wat gaat er nu gebeuren?'

'U bent bij de SAS. U bent een commando, een sluipmoordenaar in Irak. U bent hier om onze raketten te zoeken en Amerikaanse vliegtuigen op te roepen ze te vernietigen. En ook om vezeloptiekkabels op te blazen. Dit is de waarheid, toch?'

Ik had tijd nodig om na te denken, om al deze nieuwe informatie te verwerken en een plausibele verklaring te bedenken, maar ik had geen tijd, en de politieman leek alles al te weten. Welke kant mijn op hol geslagen gedachten ook op gingen, ik kon geen uitweg vinden. Ik was nu echt de lul.

'Ja,' mompelde ik verslagen. Hoeveel was de informatie die ik had ook eigenlijk nog waard na drie weken? Niet de moeite waard om me nog langer voor in elkaar te laten slaan.

'Aha,' reageerde hij op gemoedelijke toon alsof hij het tegen een stout kind had, 'dit is veel beter. Dus u geeft toe dat u deel uitmaakt van Bravo two zero?'

'Ja,' zei ik weer. Als ze alles al wisten, wat het geval leek te zijn, zou ik er weinig aan kunnen toevoegen.

'Dat is goed. We hebben drie van uw vrienden in een andere gevangenis.' Dit nieuws beurde me plotseling op, maar ik had geen tijd om er bij stil te staan, want nu begon het echte verhoor pas goed.

'Hoeveel SAS-mensen opereren er in Irak?'

'Ik heb geen idee,' antwoordde ik oprecht.

'U moet enig idee hebben, ze behoren tot uw regiment. U werkt niet mee!' Zijn stem werd boos en hij haalde uit om me te slaan.

'Luister,' begon ik snel, 'ik ben soldaat. Wat denkt u dat een soldaat weet? Ik ben pas een paar maanden geleden bij het regiment gekomen en ik ben nog in opleiding. Ik weet bijna niets van de SAS.'

Hij dacht hier even over na. Voor het eerst deed de andere politieman een duit in het zakje door zijn collega in het Arabisch een andere vraag voor te zeggen.

'Hoeveel tanks gebruikt de SAS? Welke types zijn het?'

'Godallemachtig,' vloekte ik inwendig. 'Waar heeft hij het nou weer over?' Het regiment gebruikte geen tanks, hoewel sommige van de wagens serieuze artillerie aan boord hadden. Ik dacht snel na. Als de Irakezen geloofden dat de jongens in tanks rondscheurden, zou ik ze niet uit de droom helpen.

'Hoeveel het er zijn, weet ik niet, maar het zijn Scorpions.' Ik was niet bepaald een tankspotter, dus ik had weinig kennis om op terug te vallen. Ik vermoedde dat ze niet zouden geloven dat het regiment operaties uitvoerde in Russische T-62's, en de licht gepantserde Scorpionverkenningstanks leken me uitermate geschikt.

Dit antwoord lokte een opgewonden gesprek tussen de twee uit. 'Hoeveel SAS-troepen denk je dat er in Irak opereren?'

'Moeilijk te zeggen,' loog ik. 'Tweehonderd, misschien nog wel meer.' Ik vond het lekker om ze wat valse informatie te kunnen geven.

'En vliegtuigen?'

Ik kwam nu goed op dreef, maar ik moest wel opletten dat mijn antwoorden geloofwaardig bleven. 'Massa's vliegtuigen, bommenwerpers, gevechtsvliegtuigen, helikopters. Ze hebben alles.'

Nu ik 'meewerkte', waren de politiemannen best vriendelijk. De ondervraging werd nog zo'n tien minuten voortgezet en ging vaak een bizarre kant op. Hoe ze aan hun ideeën kwamen, mag Joost weten. De hoofdondervrager maakte een eind aan het verhoor en vroeg toen plotseling: 'Wilt u misschien worden overgeplaatst naar dezelfde gevangeniscel als uw vrienden?'

Dit verbaasde me enigszins. Ik zou denken dat het een slecht idee was om een stel bekende 'gevaarlijke mannen' bij elkaar in een cel te plaatsen. Uiteraard antwoordde ik dat ik dat heel fijn zou vinden. De politieman knikte en zei tot afscheid: 'We zullen zien of dat mogelijk is.'

Meteen na hun vertrek kwam Grumpy binnen alsof hij zich ervan wilde verzekeren dat ze me niet onder hun jas hadden verborgen bij het weggaan. Het zat hem niet lekker dat ik geslagen was, en later die middag kwam hij me een sinaasappel brengen, alsof het zijn schuld was en hij zich wilde verontschuldigen.

Toen ik weer alleen op bed lag en ongestoord kon nadenken, merkte ik dat er allerlei tegenstrijdige emoties door me heen gingen. Ten eerste waren Andy en twee anderen nog gezond en wel, tenzij er iets vreselijks was gebeurd. Maar wat was er met de overige vier gebeurd? Hij had een andere naam genoemd tijdens het gesprek, maar door zijn accent had ik hem niet verstaan.

'Ik ben blij dat ik niet de enige ben die gevangen is genomen,' dacht ik egoïstisch, maar meteen daarna kreeg ik een schuldgevoel. Ik had niet het recht om blij te zijn dat anderen mijn lot deelden. Misschien waren ze er wel erger aan toe dan ik.

De waarheid was dat ik niet eeuwig in mijn eentje in een Irakese gevangeniscel wilde blijven, en de wetenschap dat enkele van mijn maten ook hier in Bagdad waren, kikkerde me vreemd genoeg nogal op. Als de Irakezen bereid waren me bij Andy en de anderen te plaatsen, zou mijn leven een stuk draaglijker worden, en als de politieman woord hield, zou ik binnenkort weer bij hen kunnen zijn. Helaas was dit wishful thinking. Ik zou pas met de anderen worden herenigd op de dag van mijn vrijlating.

Nu mijn geheim algemeen bekend was, verwachtte ik helemaal slecht behandeld te worden. Tenslotte was het wel een groot verschil of je hospik was of een 'sluipmoordcommando'. De eerste blijk van verandering, die overigens niet in mishandeling resulteerde, was dat Rambo me de volgende dag kwam ondervragen. Hij zag er nog verzorgder uit dan anders.

'Zo, meneer Michael,' begon hij terwijl hij rechtop voor mijn bed ging staan. 'U bent dus geen hospik maar een commando!'

Ik keek naar hem op, haalde mijn schouders op en knikte.

'Weet u, hier in Irak hebben we de Republikeinse Garde, de beste commando's ter wereld. We moeten heel hard trainen, begrijpt u?'

Ik knikte weer.

'Ik zal u een voorbeeld geven van onze training. We moeten veertig kilometer hardlopen met bepakking, de Eufraat overzwemmen met de bepakking boven ons hoofd, en dan nog eens twintig kilometer hardlopen om te mogen vechten.'

Ik knikte ernstig terwijl hij sprak en onderdrukte mijn ongeloof. Hij besloot met een vraag. 'Uw training, is die ook zo?' Hij probeerde me natuurlijk uit mijn tent te lokken, maar daar trapte ik niet in.

'Nee,' antwoordde ik, 'onze training is lang zo zwaar niet. Dan zou niemand slagen.'

Hij leek zeer ingenomen met dit antwoord. 'Ja, de Irakese Republikeinse Garde is een elitekorps. Dat zullen jullie troepen wel merken als ze tegenover ons komen te staan. Ze kunnen niet winnen, wij zijn onverslaanbaar.'

Na deze pr-retoriek gaf hij me een stukje informatie waar ik van ophoorde. 'Een van uw andere commando's ligt nog in het ziekenhuis. Net als u kan hij trots zijn dat hij nu Iraaks bloed heeft.' Sinds mijn aankomst had ik flarden informatie opgevangen over een andere gewonde westerling, en dit was tot nu toe de sterkste bevestiging daarvan. Maar de vraag bleef: wie was het?

Toen Rambo weg was, bleef ik daarover nadenken. Toen ik bij mijn vrijlating eindelijk antwoord op mijn vraag kreeg, was ik stomverbaasd.

Een van mijn favoriete fantasieën als ik het moeilijk had, was dat de jongens al schietend mijn cel zouden komen binnenvallen en me mee zouden nemen naar een gereedstaande helikopter die me weg uit Irak en in veiligheid zou brengen.

Op een nacht, niet lang na het laatste verhoor, werd ik na zo'n droom wakker van het geluid van kleine wapens die werden afgevuurd en dacht ik dat mijn droom uitkwam. Ik merkte al snel dat dit niet het geval was toen er met een zaklantaarn door het raam werd geschenen, vergezeld door een hand die een pistool vasthield. De soldaat haalde de pal naar achteren en wilde schieten, maar werd op het laatste moment tegengehouden door een van zijn maten. Terwijl ze in het Arabisch overlegden, lag ik meelijwekkend kronkelend op het bed te wachten tot ik voor de tweede keer zou worden neergeschoten. Dit was duidelijk geen spelletje. Op het laatst werd het wapen teruggetrokken en renden de soldaten weg. Zwaar ademend, met bonkend hart en doodsbang bleef ik liggen luisteren. Wat was er in godsnaam aan de hand?

Overal om me heen bleef het vuurgevecht woeden die nacht, nooit te dichtbij, maar ook weer niet al te ver weg. De bewakers vonden de situatie ernstig genoeg om te verdwijnen tot het schieten afgelopen was. Of ze waren bang voor hun eigen leven, of ze waren als versterking nodig. Om alles nog ingewikkelder te maken gingen de luchtaanvallen ook onafgebroken door, hoewel er slechts sporadisch met luchtafweergeschut werd geschoten.

Indertijd probeerde ik een verklaring te zoeken voor wat ik gehoord had. Misschien was het een poging van de coalitietroepen om de hoofdstad in te nemen. De poging om me neer te schieten staafde deze theorie; mijn overweldigers zouden me liever dood zien dan gerepatrieerd. Maar het ontbreken van zwaardere wapens ondersteunde dit niet. Het kon een poging zijn geweest een gijzelaar te bevrijden, maar het geweervuur leek van alle kanten te komen. Een operatie als deze zou hoogstwaarschijnlijk slechts een of twee doelen hebben gehad, en zeker niet zoveel dat het op een huis-aan-huisgevecht zou zijn uitgelopen.

De volgende ochtend waren mijn bewakers erg ingetogen en spraken op fluistertoon tegen elkaar. Grumpy sprak nooit tegen me als hij mijn ontbijt binnenbracht, en deze ochtend en de volgende kreeg ik alleen maar een kop hete, zoete thee. Wat er die nacht gebeurd was had hen allemaal de stuipen op het lijf gejaagd.

Pas lang na mijn vrijlating kwam ik er achter dat enkele afvallige generaals van Saddams regime hadden geprobeerd een coup te plegen, een wanhopige poging om de despoot omver te werpen en de Irakezen te redden van een oorlog die het land verwoestte. De coup werd bloedig onderdrukt door de Republikeinse Garde in opdracht van Saddam en mislukte. Van de aanstichters van de couppoging werd nooit meer iets vernomen.

De resterende dagen van mijn gevangenschap waren een beetje saai na alles wat er gebeurd was. De normale routine werd weer hervat, hoewel Grumpy toeschietelijker werd en vaak mijn handboei uren achter elkaar af liet. Ongeveer een week voor mijn vrijlating nam hij het ook op zich om mijn persoonlijke fysiotherapeut te worden. Ik betwijfel of hij officieel gekwalificeerd was voor dit beroep, maar het kan zijn dat hij veel ervaring had.

Elke ochtend na het ontbijt kwam hij de cel binnen en begon mijn gewonde voet op en neer te bewegen om te voorkomen dat het pas gevormde kraakbeen het enkelgewricht zou vastzetten.

Hoe betrekkelijk deze verzorging was, bleek toen ik eindelijk in Hereford terugkwam; ik werd onmiddellijk onder toezicht van de kampfysiotherapeut gesteld, die me weken lang tweemaal per dag behandelde. Deze sessies bestonden uit behandelingen van mijn enkel die zo pijnlijk waren dat ik een uur voor elke sessie grote hoeveelheden pijnstillers moest nemen. Dit hielp niet echt om de pijn te verlichten, maar verdoofde hem een beetje, wat niet wegnam dat bij elke geforceerde beweging de tranen in mijn ogen sprongen.

Twee minuten met Grumpy de fysiotherapeut was op zichzelf een vorm van marteling waar ik urenlang van moest bijkomen; ik zweer dat de indrukken van mijn handen nog in het stalen frame van dat ziekenhuisbed staan.

Ruim een week voor mijn vrijlating werden de bombardementen op de stad aanzienlijk geïntensiveerd. Overdag regende het om de paar uur kruisraketten, en 's nachts gingen de luchtaanvallen bijna ononderbroken door. Hoewel ik dat toen niet wist, viel dit samen met het begin van de grondoorlog, en de week van de grootscheepse aanval op de hoofdstad was bedoeld om het moreel te ondermijnen en de operationele coördinatie van Bagdad tot bijna het nulpunt terug te brengen.

Na een week stopte dit intensieve bombardement plotseling zonder duidelijke reden. De eerste dag en nacht zonder gillende sirenes of het gedreun van luchtafweergeschut waren ongewoon stil, en er daalde een vreemde sfeer van onrust op het cellenblok neer. De volgende morgen stapte Grumpy mijn cel binnen en kondigde vol trots aan dat er een grote oorlog was afgewend, dat beide zijden zich op het laatste moment hadden teruggetrokken dankzij het onverzettelijke leiderschap van Saddam Hoessein.

Ik kon het niet geloven. 'Is de oorlog voorbij?' vroeg ik, terwijl ik mijn best deed om mijn hoop te onderdrukken.

'Ja, ja,' antwoordde Grumpy. Afgelopen, Insha-Allah.'

Ik vond deze informatie nogal twijfelachtig, hoewel ik later, toen ik ongeboeid op bed lag, speculeerde dat de Irakezen misschien eindelijk hadden besloten om uit eigen beweging Koeweit te verlaten. Die nacht lag ik lang en ingespannen te luisteren naar aanwijzingen dat de campagne doorging, maar er gebeurde niets.

De volgende dag kwam Grumpy binnen en vertelde me het nieuws. 'Vijf dagen, jij weg.' Hij maakte een opgaande beweging met zijn hand. 'Het is voorbij.'

Ik durfde hem niet te geloven. Ik kon toch niet zo gauw worden gerepatrieerd? Het zou maanden van diplomatie en onderhandeling vergen om krijgsgevangenen vrij te krijgen.

Een uur later kreeg ik bezoek van een ander gezelschap, dit keer bestaande uit medici, onder leiding van mijn oude vriend dokter Al-Bayeth.

'Hoe voel je je vandaag, Michael?' vroeg hij vriendelijk terwijl hij mijn enkel bekeek. 'O, deze hechtingen hadden er al weken geleden uit gemoeten.' Hij richtte zich tot een van zijn metgezellen en ratelde iets in het Arabisch, alvorens het woord weer tot mij te richten. 'Er is geen infectie, maar ik zal de wond laten schoonmaken.' Dit was de eerste keer dat er naar mijn voet werd gekeken sinds ik vijf weken daarvoor in deze cel was gezet.

Op het laatst stelde ik een vraag. 'Ik heb geen gevoel in mijn tenen. Betekent dat dat ik niet goed meer zal kunnen lopen?'

'Je zult mank lopen, dat is zeker. Maar het gevoel moet uiteindelijk terugkomen wanneer je zenuwuiteinden zich herstellen.' Hij zweeg even. 'Je weet dat de oorlog is afgelopen.' Het was geen vraag, maar een constatering. 'Nu moeten we aan de wederopbouw van Irak beginnen.'

We praatten nog een paar minuten, voornamelijk over de waarschijnlijke gevolgen van mijn verwonding. De dokter had veel ervaring met het behandelen van schotwonden en hun uiteindelijke gevolgen. 'Je zult niet meer kunnen rennen.'

Deze opmerking deed me pijn. Ik was een fitnessfanaat en hield van allerlei sporten: triatlon, rugby, basketbal en nog een heleboel andere. Betekende dit dat het daarmee was afgelopen?

De laatste opmerking die hij maakte voordat hij de kamer verliet, verraste me volledig en bracht me een beetje in verlegenheid. 'Zou je een vriendin willen?'

'Wat zegt u?' vroeg ik in totale verwarring.

'De verpleegster die me met je operatie heeft geholpen in de kliniek, zij wil graag je vriendin zijn,' verklaarde hij. 'Ze gaat binnenkort naar Londen om te studeren.'

'Shit!' vloekte ik in mezelf. Het laatste wat ik wilde was iemand kwetsen vlak voor mijn vrijlating. 'Dat is erg aardig, maar ik ben al verloofd.' Dit zou ik beslist nooit aan Sue vertellen.

'O, nou ja, geen probleem. Ik zal wat aantekeningen voor je maken die je mee kunt nemen. Ik wens je vaarwel en een snel herstel.'

Ik bedankte hem, zei hem ook vaarwel en slaakte een zucht van verlichting toen hij de kamer uit was. 'Godallemachtig! Eerst in elkaar geslagen en dan bijna getrouwd, over tegenstrijdigheid gesproken. Wat zijn dit voor mensen?'

Ik heb dokter Al-Bayeth nooit meer teruggezien, maar ik ben ervan overtuigd dat ik het aan hem te danken heb dat ik mijn voet nog heb en nog kan lopen.

Ik was niet meer geboeid, en de deur van mijn cel zat ook niet meer op slot; er had een totale ommekeer plaatsgevonden. Hoewel ik het goede nieuws nog niet helemaal vertrouwde, was ik toch optimistisch over wat me de komende dagen te wachten stond. Die laatste vijf dagen waren tenslotte niets, aangenomen dat de situatie niet veranderde.

De volgende dag dacht ik even dat mijn vrijlating toch niet door zou gaan toen er zware dreunen door Bagdad weerklonken. Zeker tien minuten lang gierden de geluiden van straalmotoren en nabranders boven de stad, maar de luidste dreunen werden vreemd genoeg niet vergezeld door schokgolven.

Grumpy kwam later de cel binnen en legde uit dat het geluid afkomstig was van Irakese straaljagers die luchtparades uitvoerden om de overwinning te vieren. De meerderheid van de Irakese luchtmacht was aan het begin van de oorlog naar Iran gevlucht, en nu kwamen de heldhaftige piloten en hun vliegtuigen weer terug om hun recht om in het Irakese luchtruim te vliegen weer op te eisen. Grumpy vertelde verder hoeveel overwinningen de Irakezen in de lucht hadden behaald, hoe tientallen Amerikaanse vliegtuigen waren neergeschoten door de veel betere Irakese piloten, enzovoort, maar ik luisterde al niet meer. Ik was zo opgelucht dat het me niets kon schelen wat voor flauwekul Saddam zijn mensen op de mouw spelde.

Die nacht werd ik tussen twaalf en een gewekt door Dopey, twee mannen in burger met AK-47's en een andere man die mijn cel binnenkwamen. Ik was meteen op mijn hoede, want ik was er nog altijd niet zeker van dat me nu niets meer kon gebeuren. Mijn blik ging nerveus heen en weer tussen de onbekende gezichten toen ik de nieuwkomers met groeiende angst opnam.

Degene die geen wapen droeg, haalde een vel papier te voorschijn en begon het bij het licht van een zaklantaarn voor te lezen. 'U bent Michael Coburn?'

'Ja,' antwoordde ik, op van de zenuwen.

'Ik ben een vertegenwoordiger van de Rode Halvemaan. Ik kom uw gegevens controleren, en daarna wordt u overgebracht. Begrijpt u mij?'

Ik kreeg plotseling een droge mond en mijn hart begon te bonken. Waarom werd ik midden in de nacht overgeplaatst als de oorlog voorbij was? Ik vond het maar niks.

'Ja,' antwoordde ik aarzelend.

Er begon een gesprek tussen Dopey en de rest, en voor ik het wist werd ik uit bed gehaald en in een geblindeerde bestelwagen op een brancard gelegd. Het werd steeds erger.

De achterdeuren werden dichtgedaan en afgesloten, waarna we wegreden. De wagen kronkelde meer dan een half uur door de straten van de hoofdstad. De rit leek mij een beetje te veel op mijn eerste excursie vanaf de Syrische grens en al die gevoelens van kwetsbaarheid en hulpeloosheid kwamen in een keer terug. Waarom werd ik zo heimelijk overgebracht? Het voorspelde niet veel goeds.

De wagen kwam met een ruk tot stilstand en er kwamen opgewonden stemmen van alle kanten en handen die tegen de zijkanten sloegen.

Ik was niet vastgebonden en ging rechtop zitten. Ik keek angstig naar de achterdeuren die opengingen. Het gedempte licht van een paar gloeilampen die hoog aan een muur hingen waar de wagen naast geparkeerd stond, maakte het allemaal nog dreigender. De verlichting onthulde een groep soldaten in allerhande niet bij elkaar passende militaire kledingstukken, die allen een glimp van de nieuwe gevangene wilden opvangen.

Er zat geen herkenbaar gezicht tussen, en het drong tot me door hoezeer ik mijn 'vertrouwde' omgeving in het ziekenhuis was gaan waarderen. Doordat ik alle eigenaardigheden en karaktertrekken van mijn vorige bewakers, Grumpy en Dopey, van nabij kende, was de angst voor het onbekende grotendeels uit mijn gevangenschap verdwenen, maar dit was niet langer het geval. Ik was weer terug bij af.

Verscheidene paren handen werden in de auto gestoken en ik werd eruit gehaald, maar niet op een ruwe manier. Ik werd ondersteund door twee soldaten die me naar een enorme metalen deur begeleidden.

Toen we door de deur waren, werd het me al snel duidelijk dat dit geen vakantieoord was. De betonnen vloeren waren in de loop der tijd glad gesleten door duizenden paren voeten van gevangenen. Toen ik langs een reeks kleine metalen deuren werd gevoerd die zich aan weerszijden van de gang bevonden, werd het me overduidelijk dat dit een gevangenis was.

'Commando?' vroeg een van de soldaten die naast me liep.

'Ja,' antwoordde ik eenvoudig. Dit lokte onmiddellijk weer nieuwe hoge overwinningskreten uit, vergezeld van het masochistische slaan op het eigen hoofd. Waarom iedereen het nodig vond om op zijn eigen hoofd te slaan was mij een raadsel, maar zolang hij van mijn hoofd afbleef, mocht hij van mij zijn gang gaan.

Uiteindelijk stopten we voor een cel bijna aan het eind van de hal, naast een scherp ruikend toiletblok. Een snelle blik op de toiletfaciliteiten gaf me de indruk dat deze beter waren dan wat ik gewend was, maar ook weer niet zoveel beter. Mijn bewakers hielpen me de openstaande deur door en legden me op een kleine rieten mat, de enige luxe in de kleine cel. De deur sloeg dicht en ik lag in het donker.

De eerste stralen ochtendlicht lieten niet lang op zich wachten en vielen de cel binnen via een klein rechthoekig gat hoog in een van de muren. Ik ging tegen een muur aan zitten en bekeek de deprimerende realiteit van mijn nieuwe verblijf. Je zou de cel op zijn zachtst gezegd Spartaans kunnen noemen. De dunne rieten mat die op sommige plaatsen versleten was, vormde de enige bescherming tussen mijn lichaam en de harde koude vloer eronder. De kamer was ongeveer twee bij anderhalf bij drie meter, een rechthoekige doos, geheel gebouwd van beton, op de stevige metalen deur na, die eruitzag alsof hij een aanval van een squadron tanks zou kunnen doorstaan.

Naast me stond een blauwe plastic bak met een kop erin: mijn eetgerei. In de rechterhoek, onder het raam, bevond zich een ondiepe betonnen geul in de vloer die onder de muur doorliep en duidelijk als toilet bedoeld was.

'Vuile klootzakken,' riep ik inwendig tegen degenen die me hadden wijsgemaakt dat ik vrijgelaten zou worden. Ik moest bijna janken van frustratie. Dat ik eerst aan de vrijheid had mogen ruiken en dat die weer voor mijn neus was weggegrist, was een verpletterende nederlaag voor mijn moreel. Ik merkte dat ik verlangde naar de eenzaamheid en de vertrouwde gezichten waarmee ik in het ziekenhuis omringd was. Alles was beter dan deze nachtmerrie.

Ik moest weer denken aan lessen van de survivaltrainingscursus: 'Je moet bij de eerste gelegenheid die zich voordoet besluiten te ontsnappen, want hoe verder je komt in de procedure die ze je laten doorlopen, hoe dieper je in vijandelijk gebied verzeild raakt. Je bewakers zullen er professioneler uitzien, en de detentiecentra zullen veel strenger beveiligd zijn. Door al die dingen zul je nog weinig mogelijkheden hebben en wordt het des te moeilijker om een ontsnapping op touw te zetten.'

Deze voorspelling kwam nu uit, want uit deze cel zag ik geen uitweg. Ik zou me weer moeten oppeppen, aanpassen en me concentreren op het voornaamste doel: overleven.

DEEL IV

Vrijlating

Hoofdstuk 17

Vrijheid

Een paar uur lang zat ik alleen maar naar de muur te staren en probeerde ik niet aan mijn lot te denken, maar dat lukte niet erg. De geluiden van deuren die open en dicht gingen, haalden me uit mijn mijmeringen. Met elke deur die open en dicht ging, kwamen de geluiden dichterbij. Ik zag in gedachten de bewakers de gang afwerken tot ze bij de laatste cel, de mijne, waren.

Het geluid van metaal op metaal luidde mijn beurt in toen er na elkaar vier sloten werden geopend. 'Dat is ook overdreven,' dacht ik. 'Het duurt verdomme al tien minuten om de deur te openen als je de sleutels hebt!'

Ik keek chagrijnig naar de bewaker die in de deuropening stond en me wenkte om hem mijn bord en kopje te geven. 'Wat voor troep zou ik hier te eten krijgen?' vroeg ik me af toen ik hem de kom gaf. De bewaker stapte even de cel uit en kwam terug met een kom vol met heerlijk uitziend eten en een kop dampende thee. Ik stond perplex. De deur sloeg dicht en er werd slechts één slot dichtgedraaid.

Twee gekookte eieren, wat zout, een flink stuk stokbrood, boter, daddeljam en een sinaasappel: dit was hemels. Ik schrokte het eten naar binnen, uit angst dat iemand het zou komen afpakken, en likte daarna de kom uit. Ik had er spijt van dat ik er niet wat langer over had gedaan.

Hooguit een half uur later ging de deur weer open en stapte er een oudere heer binnen met verscheidene documenten in zijn hand. 'U bent meneer Michael Coburn?' vroeg hij op gespannen toon, bijna ademloos.

'Ja.'

'We sturen u vandaag naar huis. Wilt u alstublieft deze kleren aantrekken?' Ik kreeg een geel pak, een broek en een jasje waar POW (prisoner of war) op stond.

De deur sloeg weer dicht en ik bleef verward achter. Wat was er in godsnaam aan de hand? Dit was bijna surrealistisch. Droomde ik?

Zou ik wakker worden van Grumpy die de deur opendeed? Ik durfde niet te veel te hopen dat dit echt was en dat ik op het punt stond te worden vrijgelaten. Ik verwisselde mijn stinkende camouflageshirt voor het gele jasje, maar liet de broek op de vloer liggen. Ik kon hem niet over het gips om mijn voet krijgen. De pijpen waren te smal.

Binnen enkele minuten ging de deur weer open en kwam er een stokoude, smoezelig uitziende man binnengestapt met een bak vuil water en een oud veiligheidsscheermes. Ik zag onmiddellijk wat er stond te gebeuren en probeerde wanhopig een kennelijk verplichte scheerbeurt te vermijden.

Het was niet zozeer dat ik iets tegen scheren had, maar ik ben iemand die van nature een zware baardgroei heeft, en mijn baard was meer dan vijftig dagen niet gewassen of aangeraakt. Het scheermes zag er nogal smerig uit, vol met gezichtsharen van de andere gevangenen die het geluk hadden gehad het voor mij te mogen gebruiken.

Met groeiend afgrijzen keek ik hoe de oude man met een kwast schuim vormde en dat vrijwel droog op mijn gezicht wilde aanbrengen. Vervolgens nam hij het volkomen botte scheermes en begon er enthousiast mee op mijn baard in te hakken. De tranen van de pijn liepen over mijn wangen toen elke afzonderlijke haar er werd uitgerukt in plaats van afgesneden. De geheime politie kon nog wat van deze man leren.

Het hele proces duurde verscheidene minuten, waarna mijn kin en hals een rauwe en bloedende bende waren. Hij deed alsof hij het scheermes schoon probeerde te maken voordat hij zich weer tot me richtte en vroeg: 'Snor?'

Er zat een brede massa haar onder mijn neus en op een deel van mijn gezicht die je een snor zou kunnen noemen, maar ik was niet van plan hem nog een kans te geven. 'Nee, hoeft niet,' zei ik krachtig, terwijl ik mijn handen omhoog hield. Hij begreep het, pakte zijn spullen en ging weg.

Mijn stemming was dramatisch veranderd vergeleken met een uur daarvoor, en ik kon mijn opwinding over mijn vrijlating niet onderdrukken. Het was ongelooflijk. Als er iets tussen was gekomen, zou dat een ramp hebben betekend.

Ik hoorde alle deuren opengaan en tientallen paren voeten door de gang schuifelen. Ik keek verwachtingsvol naar de deur, wanhopig wachtend tot het mijn beurt was om naar buiten te worden geholpen. Het geluid van metaal op metaal kondigde het openen van de deur aan en werd onmiddellijk gevolgd door de binnenkomst van de ambtenaar, nog altijd met de papieren in zijn hand. Hij stond stil en keek naar mijn been, gewaarschuwd door het feit dat ik niet het hele krijgsgevangenenuniform droeg.

‘Waarom heeft u de broek niet aangetrokken?’ vroeg hij.

‘Ik krijg hem niet over het gips heen, de pijpen zijn te strak,’ antwoordde ik. ‘Ik heb een schaar nodig om een pijp open te knippen.’ Het laatste wat ik wilde was dat ik in de gevangenis moest blijven omdat er geen broeken waren die groot genoeg waren voor mijn gipsbeen.

De ambtenaar riep iets in het Arabisch en er kwam meteen een bewaker met een mes aan. Er werd een snee in de stof gemaakt en de pijp werd tot aan het kruis opengescheurd. Toen trok ik mijn camouflagebroek uit, met de kaart en het kompas er nog in, en trok de gele broek aan. Het was geen geweldige ruil, maar daar zat ik nu niet mee. Ik ging hier weg!

‘De snor staat u goed,’ zei de ambtenaar vriendelijk. ‘Ik zou hem houden als ik u was.’

Ik gaf geen antwoord. Bijna elke man die ik in Irak had gezien had een snor.

Toen ik me verkleed had, kwam er een bewaker binnen die me overeind hielp. Onzeker hinkend werd ik door de nauwe deuropening heen de gang op geholpen, waar ik voor het eerst sinds weken een blank gezicht zag. In een rij tegen de muur stonden een stuk of twintig gevangenen, die er allemaal slecht uitzagen, en ik werd erbij gezet. De bewaker liet me los zodra ik me tegen de muur staande kon houden; het appel was al begonnen.

Ik was zo druk bezig de gezichten te bekijken, dat ik bijna mijn eigen naam miste toen hij opgelezen werd. Ik kon nog net ‘Ja’ roepen voordat hij opnieuw opgelezen werd. Ik zocht wanhopig naar een bekend gezicht, maar dat was er niet.

Na het appel liepen alle gevangenen zwijgend achter elkaar naar de hoofddeur. Met een arm tegen de muur om mezelf in evenwicht te houden, hinkelde ik achter hen aan, maar kon ze niet bijhouden. Een van de bewakers greep een gevangene in zijn kraag en stuurde hem terug om mij te ondersteunen.

‘Gaat het?’ vroeg hij vriendelijk met een Amerikaans accent. ‘Kom, ik help je wel.’

‘Dank je,’ antwoordde ik voordat de bewaker ons verbood te praten.

We haalden de rest in bij de ingang naar het hoofdgebouw, waar zich een korte rij had gevormd bij twee grote bussen waar de gevangenen een voor een in moesten stappen. Terwijl we wachtten, liep er een Irakees langs de rij die ons met de smerigste sterk riekende aftershave bespoot die ik ooit had geroken. Maar ja, wij roken nou ook niet bepaald lekker.

Eindelijk was het mijn beurt om naar buiten te stappen in het vroege ochtendlicht en de frisse lucht. Zelfs het korte stukje van de deur naar de bus was al zalig. Terwijl ik door de bus hinkelde, bekeek ik de gezichten nog eens. In hun ogen las ik dat ze er net zo aan toe waren als ik en baden dat dit echt was en geen truc. Plotseling stond ik stil. Was dat Andy die daar bij dat raam voor zich uit zat te staren alsof hij zich niet bewust was van zijn omgeving? In het langslopen probeerde ik oogcontact met hem te krijgen, maar hij leek het niet te merken of hij herkende me niet. Misschien zou ik mezelf ook niet hebben herkend.

Twee bewakers in burger met AK's sprongen als laatsten in de bus. Met veel vertoon werden de gordijntjes in de bus dichtgetrokken, meer om te voorkomen dat wij gezien zouden worden dan dat wij Bagdad zouden zien, vermoedde ik. De dubbele deuren gingen sissend dicht en de motor kwam brullend tot leven. We vertrokken.

Niemand sprak toen de bus zich langzaam een weg baande door het vroege ochtendverkeer. Niemand bewoog zijn hoofd om toch vooral maar geen aandacht van een bewaker te trekken waardoor we opgehouden zouden kunnen worden. Uit mijn ooghoek ving ik af en toe een glimp op van het leven buiten, maar de gordijntjes maakten een goed zicht op de stad vrijwel onmogelijk, in ieder geval als dat onopgemerkt moest blijven.

Na zo'n vijftien tot twintig minuten gingen we van de hoofdweg af en hielden stil. De deuren gingen open en een van onze bewakers stapte uit, terwijl de ander bij de deur op wacht ging staan. Voor het eerst begonnen er hoofden te bewegen, werden er gordijntjes opzij geschoven en werd ik verrast door wat ik zag. We waren gestopt bij de parkeerplaats van een groot, modern hotel.

De bewaker bij de deur gebood iedereen op te staan en uit te stappen en telde ons onderwijl af. Zodra ik uit de bus sprong, kwam een jonge vrouw met een Rode Kruisbadge op me te hulp en bood me haar schouder aan om op te leunen. 'Ik help je wel,' zei ze. 'Ik ben Louise, arts bij het internationale Rode Kruis.'

Ik keek om me heen en zag dat er nog veel anderen waren die zich onder de gevangen hadden begeven om hun steun te geven en te bemoedigen. Ze zeiden tegen iedereen dat alles goed zou komen. Een van hen, een lange, gedistingeerde heer, verhief zijn stem om boven de anderen uit te komen en zei: 'Heren, mag ik even uw aandacht, alstublieft.' Hij sprak uitstekend Engels met een licht accent. 'U bent zojuist formeel overgedragen aan het Internationale Rode Kruis. Als u zich naar het hotel wilt begeven, dan kunnen we met het administratieproces beginnen dat nodig is om u naar Saoedi-Arabië te repatriëren.'

Hij sprak heel kalm, en zijn manier van doen gaf de aanwezigen, waaronder ook de Irakezen, een rustig gevoel. Subtiliteit en tact waren vereist om de overdracht te voltooien, geen starre eisen of harde woorden. Hij had de situatie perfect ingeschat.

Ik werd al naar de ingang van het hotel geloodst door de vrouw terwijl de bemiddelaar nog sprak, en binnen enkele seconden was ik binnen. In de foyer passeerden we twee Irakezen in burger die een balie bij de hoofdingang bemanden.

'Wie zijn dat?' vroeg ik. Het antwoord wist ik al.

'Irakese geheime politie. Er is een grote kans dat ze gaan proberen een van jullie als gijzelaar te nemen, dus we hebben het hotel laten omsingelen door Irakese commando's die jullie moeten beschermen. De situatie hier is op dit moment netelig.'

Ze leidde me langs de hoofdbalie, een enorm ding van zwart glanzend marmer, een receptiekamer in waar andere gevangenen op in rijen opgestelde brancards lagen. Ze hielp me naar een lege brancard en ik ging er dankbaar op liggen. 'Dank je Louise,' zei ik, enigszins gegeneerd omdat ik de hulp van een vrouw nodig had.

'Graag gedaan, we zijn hier om te helpen. Maar,' vervolgde ze, 'ga alsjeblieft niet zonder een van ons door het hotel lopen, zelfs niet naar het toilet. De gezonde gevangenen zijn voor de veiligheid naar de derde verdieping gebracht, maar we kunnen niet met de brancards naar boven. We nemen de dreiging van een gijzeling serieus en je loopt hier beneden meer kans om gekidnapt te worden.'

Ik knikte. 'Maak je geen zorgen, ik kom nergens zonder hulp.'

Louise vervolgde: 'Er blijft altijd iemand van ons in de kamer, en als je naar het toilet moet, zoeken we iemand om met je mee te gaan.' Ze zei dit allemaal alsof het de normaalste zaak van de wereld was dat een jonge vrouwelijke arts in Bagdad gewonde krijgsgevangenen hielp ontsnappen aan de klauwen van de Irakese geheime politie.

'Maakt deze vrouw, maken deze mensen zich geen zorgen om hun eigen veiligheid?' dacht ik. Ik vermoedde dat de Irakezen maling hadden aan de neutraliteit van de Zwitsers of aan hun hulporganisatie. Ik keek naar Louise die langs de brancards liep en met anderen praatte, een vriendelijk woord hier, een ondersteunende hand daar, en verbaasde me over haar moed. Ze geloofde in de overtuiging dat niemand tegen de activiteiten van het Rode Kruis in durfde te gaan. Ze had meer vertrouwen dan ik.

Ik staarde naar het hoge versierde plafond met kristallen kroonluchters en vroeg me af wat er met de rest van de jongens was gebeurd. Ik keek naar links en zag daar een dunne, bleke figuur met een afgrijselijk uitziende beenwond liggen, waar over de hele lengte metalen pennen uitstaken. Zijn gezicht was bedekt door een slordige snor, die veel op de mijne leek. Toen we elkaar aankeken drong het plotseling tot me door dat ik deze man kende.

'Mac?' vroeg ik aarzelend, 'ben jij het?'

'Mike?' antwoordde hij. 'God, we dachten dat je dood was.'

Ik kon het niet geloven, mijn sergeant-majoor van het A-Squadron, de man die me naar het B-Squadron had gestuurd, lag naast me, bijna onherkenbaar.

'Jezus, Mac, je ziet er niet uit.'

'Dat moet jij nodig zeggen!'

Daar had ik niet aan gedacht. Ik leek waarschijnlijk niet erg meer op de man die twee maanden daarvoor uit Saoedi-Arabië was vertrokken.

'Wat is er in godsnaam met jou gebeurd?'

'Ik was bezig met een doelverkenning van een Irakese installatie toen we op de vijand stuitten. Jocky probeerde aan ze te ontkomen, maar we kwamen in een enorm veld met een lage prikkeldraadversperring terecht en die draaide om de assen van de wielen. Toen we probeerden los te komen, werd er op de wagen geschoten en werd ik achter in mijn been geraakt. Mijn hele been was naar de kloten. Keith en Jocky besloten te voet verder te gaan in de hoop de Irakezen in het donker af te schudden. Ze hebben mij gedragen.'

Ik probeerde me Jocky en Keith, twee niet al te grote jongens, voor te stellen terwijl ze het loodzware lijf van Mac meetorsten.

'Toen John me probeerde te dragen, kon ik verdomme nog met mijn handen bij de grond!' We moesten allebei lachen; dat ging nu makkelijk.

'Maar goed,' vervolgde hij, 'we schoten niet op en onze achtervolgers haalden ons snel in, dus beval ik ze om mij achter te laten.'

Hij zweeg even om me de gelegenheid te geven me de situatie voor te stellen. Hij had wel lef om zo'n beslissing te nemen.

'Jocky vroeg me of ik wilde dat hij er een eind aan maakte voor me, maar ik wou liever mijn kansen wagen met de Irakezen.'

'Ja, ik zie het voor me,' antwoordde ik. 'Nee hoor, Jocky, ik blijf hier gewoon een tijdje bloeden.' We lachten weer.

'We brachten een tourniquet op mijn been aan, en toen zei ik dat ze moesten opsodemieteren. De Irakezen vonden me toen het licht werd, en nu ben ik hier.'

'Heeft de geheime politie je te pakken gehad?' vroeg ik, begerig naar meer details.

'Ja, ik lag in een veldhospitaal aan allerlei infusen en toen kwamen zij binnen, duwden de dokter opzij en rukten alle infusen los. Toen zeiden ze dat ze me dood zouden laten bloeden als ik hun vragen niet beantwoordde. Dus ik heb ze verteld wat ze wilden weten, want dat was niet geheim en ze hadden daar een pinkie om naar te kijken.'

'Met mij is ongeveer hetzelfde gebeurd,' antwoordde ik, en ik vertelde hem mijn eigen verhaal en dat van de patrouille, voor zover ik het kende.

'We ontvingen een boodschap op de 319, ongeveer tien dagen na jullie inzet, met de mededeling dat jullie werden vermist en dat we naar jullie moesten uitkijken, maar jullie operatieterrein lag wel honderd kilometer van het onze af.

'Tien dagen?' Ik kon het niet geloven. 'Waarom hebben ze jullie niet meteen gewaarschuwd?'

Mac haalde zijn schouders op.

We praatten nog een tijdje door. Hij vertelde dat de generaal die hem aan zijn been had geopereerd in Harley Street gepraktiseerd had. We waren het erover eens dat de medische verzorging, als hij eenmaal gegeven werd, zeer goed was.

Ik hield Louise staande toen ze langsliep omdat ik nieuwsgierig was of het Andy was die ik had gezien. 'Ik zal een boodschap naar boven sturen om te zien of je vriend daar is,' antwoordde ze, waarna ze met haar Florence Nightingale-taken verder ging.

Binnen enkele minuten stond Andy naast me, nog altijd in het bezit van zijn groene donsjack. Hoe hij het voor elkaar gekregen had om dat te houden zonder dat het was afgepakt door een geïnteresseerde Irakese soldaat, begreep ik niet.

'Alles goed, Kiwi?' zei hij in zijn zware cockneydialect terwijl hij me een hand gaf. 'Ik dacht dat je dood was.' Ik was inderdaad nogal snel op de grond gevallen, maar dat was voordat de soldaten het vuur hadden geopend.

Andy draaide zich om en herkende Mac. 'Godsamme, Mac, wat doe jij hier?' Ze gaven elkaar een hand en Mac vertelde zijn verhaal nog eens aan Andy.

Zodra het even kon onderbrak ik hem, omdat ik wilde weten hoe het de anderen was vergaan. 'En Dinger, Bob, Mal en de rest, waar zijn die?'

Andy hield halverwege een zin zijn mond, maar niet voor lang. 'Dinger en Mal zijn gisteren vrijgelaten, die mazzelkonten.'

'Dus het gaat goed met ze, ze zijn ongedeerd?' vroeg ik weer.

'Ja hoor, het gaat prima met ze. Ze zijn zich nu waarschijnlijk aan het bezatten in Hereford.'

Daar had ik zo mijn twijfels over, maar ik liet Andy uitspreken.

'Maar goed, ik zag je op de grond vallen en de wadi in vliegen.'

'En toen dacht je dat ik dood was?' viel ik hem in de rede.

'Ja, precies. Dus ik vluchtte honderd meter de wadi in, sloeg weer af naar het noorden en stak de weg over. Ik moet vlak bij de grens zijn geweest toen het licht werd, dus ging ik een slaapplaats zoeken. Ik vond een kleine duiker en heb me daar in verstopt tot het donker werd.' Hij zweeg even.

'Maar die klootzakken vonden me. Ze sleurden me uit de duiker en brachten me naar een garnizoen bij de grens. Daar zag ik dat ze Dinger ook hadden gepakt.'

'En Bob of Legs?' vroeg ik.

'Geen idee. Dinger was bij Legs toen hij werd opgepakt en zei dat Legs er slecht aan toe was. Maar goed, ze begonnen me in elkaar te slaan om me aan het praten te krijgen, maar ik hield zeker een week stand. Tegen die tijd wist ik dat ze Mal ook hadden en we werden allemaal zwaar aangepakt.'

Terwijl Andy doorratelde, vinkte ik inwendig de namen af: Dinger, Mal, Legs, Andy zelf, nog drie vermist.

'Ik besloot ze alles te vertellen. Het was het niet waard om voor doodgeslagen te worden.' Hij had gelijk; geen van ons beschikte over belangrijke informatie, ook Mac niet.

'De Irakese communicatie verliep waarschijnlijk niet zo best, want het duurde bijna drie weken voordat duidelijk werd dat ik bij de patrouille hoorde,' zei ik, de draad van het verhaal oppakkend. 'Ik dacht dat ik me eruit had gebluft, de geheime politie was niet blij toen ze beseften dat ik al die tijd had gelogen.'

Andy begon weer. 'Toen we in Bagdad aankwamen, hebben de bewakers ons samen in een cel gezet.'

'Wat, waren jullie de hele tijd dan met zijn drieën?' vroeg ik ongelovig. 'Vuile mazzelpikken. Mac en ik hebben al die tijd alleen gezeten.'

Louise onderbrak onze reünie met slecht nieuws. 'Het spijt me, maar het weer is te slecht om jullie vandaag weg te brengen. De vlucht is tot morgen uitgesteld, mits de omstandigheden dan goed zijn.'

'En de Irakezen?' vroeg ik. 'Geeft dat geen problemen met hen?' Ik zag de soldaten al het hotel binnenstormen en iedereen terugslepen naar de gevangenis voor de nacht.

'We willen dat iedereen die daartoe in staat is naar de derde verdieping gaat,' antwoordde Louise met een niet al te vaste stem. Dit was duidelijk iets wat ze niet gepland hadden; de repatriëring moest snel gebeuren voordat men zich kon bedenken. Dit gaf degenen die tegen de vrijlating van gevangenen waren een gelegenheid om tegen het besluit in te gaan.

'Drie van ons slapen vannacht hier bij de gewonden.' Louises stem klonk opgewekt, maar haar gezicht verried haar spanning. Dit was een gevaarlijke situatie voor alle betrokkenen. Ze lachte tot slot naar ons en liep door om het nieuws aan anderen te gaan vertellen.

'Nou, dan ga ik maar naar boven,' zei Andy terwijl hij opstond.

'Tot later.' En met die opmerking was hij weg, schijnbaar onbewust van de hele situatie.

De rest van de dag verliep zonder incidenten. De stemming was wat ingetogener dan voorheen, nu het gecharterde vliegtuig door een storm niet kon landen. Louise zat samen met een man in het midden van het vertrek rustig te praten of te lezen, klaar om hulp te bieden als dat nodig was.

Ik had de twijfelachtige eer om Mac te helpen zijn behoefte te doen. Hij had de laatste dagen last van diarree en was in zijn huidige toestand niet in staat om zelf naar de wc te gaan. Wat we nodig hadden was een steek, een artikel dat je niet gauw in een hotel zult aantreffen, dus improviseerde ik door de bovenkant van een van de afvalbakken af te halen. Daarmee hadden we een po die Mac onder zijn kont kon schuiven en die hij meteen vulde, tot zijn grote opluchting. Nadat hij de po aan mij had teruggegeven, zette ik hem zo ver mogelijk van onze brancards vandaan en delegeerde de verantwoordelijkheid voor het legen ervan naar Louise, die dat zonder commentaar deed. Zij liever dan ik.

Niemand had verwacht dat de gevangenen de nacht in het hotel zouden doorbrengen, dus er was weinig voedsel beschikbaar. De Irakezen waren zo vriendelijk om ons wat brood en rijst te brengen, wat verdeeld werd onder degenen die het dieet wilden voortzetten dat ze als gast van de Irakezen hadden genoten.

De extra uren gaf het Rode Kruispersoneel de tijd om alle administratie af te handelen die nodig was voor onze overdracht van Irak naar Saoedi-Arabië. We kregen Rode Kruis-identiteitskaartjes, ons enige legitimatiebewijs, en er werd een namenlijst opgesteld die vergeleken werd met de lijst van vermisten die door de coalitietroepen was verstrekt.

Louise kwam nog een keer langs met een lijst van nog vermiste personen die aan alle aanwezige gevangenen werd getoond. Alle informatie die licht kon werpen op hun toestand of waar ze zich bevonden kon van pas komen als het Rode Kruis de Irakezen ondervroeg.

Ik las de lijst met namen. Door de namen van degenen die inmiddels bekend waren, was een rode streep gehaald. Ik zag mijn eigen naam het eerst, misschien omdat ik er onbewust naar toe werd getrokken, en daarna kwamen er anderen naar voren uit de lange lijst: Consiglio, Robert; Philips, Vincent; Lane, Stephen; hun namen waren niet doorgestreept. Degenen van ons die hier waren en degenen die vrijgelaten waren, Mal en Dinger, waren wel doorgestreept. Ik las de lijst een paar keer door voordat ik plotseling besefte dat Geordie er niet op stond. Wat betekende dat?

Ik gaf de lijst aan Louise terug en kon alleen bevestigen dat Bob, Vince en Legs in ieder geval in Irak waren geweest, en dat ze misschien de naam van Geordie aan de lijst moest toevoegen. De gedachte dat we Irak zouden verlaten zonder te weten wat er met de anderen was gebeurd, stond me erg tegen.

Ondanks de spanning verliep de nacht zonder incidenten, maar helaas was het weer nog altijd slecht. Naast de dreiging ontvoerd te worden begon nu een praktischer reden tot bezorgdheid zijn kop op te steken. De gewonden, van wie velen er ernstiger aan toe waren dan ik, hadden dringend medische aandacht nodig. Het Rode Kruis beschikte in het hotel niet over de middelen om deze situatie het hoofd te bieden.

De mensen liepen in de grote receptieruimte rond en tuurden af en toe door de reusachtige ramen naar de patrouillerende Irakese soldaten of om te zien of er verandering was in de grijze, door wind geteisterde lucht. Een van de piloten naast me was nog maar twee dagen daarvoor neergeschoten en vertelde dat het Irakese leger op de vlucht was geslagen zodra de grondoorlog was begonnen. Ik kon bijna niet geloven dat zo'n enorme krijgsmacht op zo'n manier kon worden verslagen, maar ik ging niet klagen over hun gebrek aan vechtlust.

Toen de dag vorderde, werden de goden ons iets gunstiger gezind en namen de hoge winden af, hetgeen uitzicht bood op vertrek.

'We hebben bevestiging gekregen uit Riaad dat de vliegtuigen onderweg zijn,' zei Louise opgewonden tegen iedereen. 'De internationale pers heeft er lucht van gekregen en staat rijen dik voor het hotel. Jullie zijn beroemd.'

'Dat wordt een probleem, hè?' zei ik tegen Mac.

'We moeten kijken of ze ons door de achterdeur naar buiten kunnen smokkelen of zoiets,' antwoordde Mac. 'Alles liever dan breeduit op de voorpagina van *The Sun* te staan.'

Het was zo geregeld dat er net als eerst twee bussen zouden komen om de gevangenen van het hotel naar het vliegveld te brengen. De afstand van de ingang van het hotel tot waar ze geparkeerd zouden staan was niet groot, maar zeker genoeg om de verzamelde wereldmedia een goede blik op iedereen te gunnen.

Andy was intussen teruggekeerd, samen met een paar bemanningsleden van de Tornado van de RAF. 'We worden toch in een ambulance vervoerd?' zei ik tegen de coördinator van het Rode Kruis. 'Waarom laat je die dan niet naar een zij-ingang of zo komen, dan maken we gebruik van de aftocht van de rest om ongezien weg te komen.'

'Ja, en we kunnen ook onze jacks over onze hoofden doen om de aandacht van de ambulance af te leiden,' opperde een van de piloten, duidelijk genietend van de dramatiek.

De vertegenwoordiger van het Rode Kruis vond de geheimzinnigheid niet zo nodig, maar was bereid te helpen als wij het zo wilden.

Het uur van vertrek brak aan. De foyer van het hotel stond vol met krijgsgevangenen en hun begeleiders. De onderdrukte opwinding was bijna tastbaar. Alle aanwezigen wilden zo snel mogelijk uit Irak weg om de nachtmerrie achter zich te laten en te worden verenigd met vrienden en familie, maar waren nog altijd bang dat er op het laatste moment iets mis zou gaan.

De gereedstaande bussen openden hun deuren ten teken dat de uittocht kon beginnen en wij gingen naar buiten via een dienstingang. Twee mensen van het Rode Kruis droegen Macs brancard en Andy hielp mij door de gang naar de uitgang en daarna de gereedstaande ambulance in. Mac werd snel op zijn plaats gezet en de gordijnen en de deuren werden gesloten. Toen de motor startte, dacht ik: 'Lieve God, laat dit alstublieft waar zijn.' Het was niet de eerste keer dat ik mijn toevlucht nam tot het gebed sinds ik gevangen was genomen. Hoewel ik geen religieus mens ben, merkte ik vreemd genoeg dat ik daarin in mijn moeilijkste momenten enige troost vond. Ik had het opperhoofd ook beslist een schuldbekentenis beloofd als Hij me hier heelhuids uit redde.

Intussen gaven drie van onze RAF-vrienden een schitterende vertoning weg van 'de mannen die niet geïdentificeerd wilden worden'. Met hun jassen over hun gebogen hoofden vestigden ze alle aandacht van de media op zich zodat ons voertuig onopgemerkt bleef.

Binnen enkele minuten waren we weg, achternagezeten door auto's vol met fotografen, verslaggevers en cameramensen. Ik hield de gebeurtenissen buiten nauwlettend in het oog, glurend langs de rand van het gordijntje dat ons tegen de paparazzi beschermde, en het verbaasde me dat er zo weinig vernield was in de stad. Ik had verwacht dat de stad een platgegooide puinhoop zou zijn die aan de Blitzkrieg deed denken, maar de enige schade die ik zag was hier en daar een verwoest gebouw, meestal met het belendende perceel nog geheel intact.

We reden op deze manier verder naar het vliegveld, constant achtervolgd door de pers.

Bij de ingang van het vliegveld moesten ze hun prooi echter laten schieten en met lede ogen toezien dat we doorreden naar de twee gereedstaande Zwitserse 727's.

Ik wilde zo ontzettend graag in dat vliegtuig stappen, dat ik er bijna van kwijlde. Mijn hartslag begon op hol te slaan bij de gedachte dat ik binnen een half uur de lucht in zou gaan en Irak voorgoed vaarwel zou zeggen. De deuren gingen open. Andy sprong naar buiten en hielp daarna mij uit de ambulance. Mac wilde zo graag volgen dat hij bijna probeerde zelf uit te stappen, maar de man van het Rode Kruis hield hem tegen en liet hem wachten tot er voldoende hulp beschikbaar was. Toen Mac aan boord werd gebracht, had ik me al achter in het vliegtuig geïnstalleerd.

Zoals te verwachten viel, duurde het slechts enkele minuten om het vliegtuig in te laden met zijn ongeduldige vracht. Ons vliegtuig was voornamelijk gevuld met Britten en Amerikanen, en het andere met Koeweiti's en andere leden van de Arabische coalitie.

De hoofdcoördinator van het Rode Kruis liep door het vliegtuig, gaf ons allemaal een hand en wenste ons geluk. Tot dat moment had ik me niet gerealiseerd dat ze niet met ons mee vlogen, maar er moesten nog ruim driehonderd Koeweiti's worden gerepatrieerd. Hun taak zat er nog lang niet op.

Toen de deuren eindelijk dichtgingen en de turbines tot leven kwamen, dacht ik aan de pretentieloze bescheidenheid en zekerheid waarmee deze mensen hun werk deden. Ze plaatsten zichzelf in de handen van bekende tirannen om volslagen vreemden te helpen en te beschermen – vreemden die nog niet zo lang geleden de architecten waren geweest van iets wat zij totaal verafschuwden. Als dat geen altruïsme was.

Het vliegtuig rolde over de startbaan en taxiede naar het verste punt. Daar keerde het om zich voor te bereiden op het vertrek. Toen de stuwkracht toenam en het vliegtuig vooruit schoot, zag ik de laatste beelden van Irak voordat we door grijze wolken werden opgeslokt. Bagdad, ooit een centrum van activiteit en een juweel van het Midden-Oosten, verdween nu onder het vliegtuig. Het was niet meer wat het geweest was. De inwoners hadden de woede van het Westen over zich heen gekregen, en Saddam Hoessein bleef, schijnbaar onoverwinnelijk, buiten schot en was nog steeds gevaarlijk.

Enkele seconden later was de stad geheel uit het zicht verdwenen en begon het gespannen wachten. Iedereen aan boord maakte zich zorgen om dezelfde dingen. Het zou heel gemakkelijk voor de Irakezen zijn om een raket op het vliegtuig af te sturen. We moesten een flinke afstand afleggen voordat we de veiligheid van de grens hadden bereikt. De minuten kropen voorbij en hoewel er veel gepraat werd, was de stemming bedrukt, alsof iedereen aan het aftellen was.

Plotseling verscheen er een stel Amerikaanse F16's aan onze stuurboordkant. Een van de piloten manoeuvreerde zijn vliegtuig zodanig dat het recht boven onze vleugel hing. Hij kwam zo dichtbij als hij maar durfde, rukte zijn zuurstofmasker af en stompte meerdere malen met zijn linkervuist in de lucht. Ineens steeg het vliegtuig hoog boven de vleugel uit, maar nog wel in zicht, en voerde een zijwaartse rol naar rechts uit, waarbij het naar alle kanten staniolstroken uitstrooide. Daarna ging het weer boven de vleugel vliegen, zo dichtbij dat ik het opgewekte gezicht van de jonge piloot kon zien. Deze beweging werd steeds herhaald, en elke keer probeerde de piloot hem nog beter uit te voeren. De boodschap was duidelijk: 'Maak je geen zorgen, jongens, jullie hebben niets meer van de Irakezen te vrezen. Wij brengen jullie naar huis.' Bij de andere vleugel verschenen twee Tornado's. Ook deze kwamen vlak bij de vliegtuigromp vliegen. Deze piloten waren iets gereserveerder maar even opgetogen, met stralende gezichten. Terwijl ik van de ene vleugel naar de andere keek, begonnen de tranen van opluchting ongegeneerd te stromen. Nu we de grens van Saoedi-Arabië overstaken in twee passagiersvliegtuigen, beschermd door een escorte van gevechtsvliegtuigen, wist ik dat ik eindelijk vrij was.

Hoofdstuk 18

De thuisreis

De sfeer aan boord van het vliegtuig was uitgelaten. Er werden gesprekken gevoerd van het ene eind van het vliegtuig naar het andere, en de feeststemming was zodanig dat het op het begin van een georganiseerde vakantie leek.

Voordat we in Riaad landdden, meldde een Amerikaanse luitenant-kolonel, de gezagvoerder aan boord, dat iedereen zou uitstappen in volgorde van rang, maar dat de Koeweiti's die bij ons waren vanzelfsprekend op de eerste plaats kwamen. Andy, Mac en ik besloten dat we daar niet aan mee zouden doen en dat we in het vliegtuig zouden blijven tot we door vertegenwoordigers van onze eenheid zouden worden opgehaald. De beledigde kolonel kwam naar ons toe om hierover te praten, maar toen hij besefte dat hij met drie mensen van Special Forces te maken had, waarvan er twee gewond waren, veranderde zijn houding volledig.

'Ik wou even tegen jullie zeggen dat ik vind dat jullie fantastisch werk doen,' zei hij met een sterk Texaans accent. 'Het is mij een eer en een genoegen om jullie de hand te mogen schudden.'

Aanvankelijk dacht ik dat hij dit sarcastisch bedoelde, maar toen hij verder sprak besefte ik dat hij er werkelijk trots op was ons te ontmoeten. Het was een openlijke blijk van emotie waar degenen onder ons die een conservatievere achtergrond hadden niet aan gewend waren. Hij bleef zeker tien minuten met ons praten tot het vliegtuig snel begon te dalen en hij terug naar zijn plaats moest voor de landing.

De internationale luchthaven van Riaad stond volgepakt met hoogwaardigheidsbekleders en media uit alle landen die hadden deelgenomen aan de verdrijving van Saddams leger uit Koeweit, en uit talloze andere landen die vanaf de zijlijn hadden toegekeken. Het vliegtuig was nauwelijks tot stilstand gekomen voordat de trap werd opgesteld en de voorste deur werd geopend. Toen de voormalige krijgsgevangenen begonnen uit te stappen, zag ik dat de rode loper voor ons was uitgelegd, met name voor de Koeweiti's die als eersten met triomfantelijk geheven armen uitstapten.

Andy, Mac en ik zouden nooit aan een dergelijk openbaar welkom kunnen deelnemen. Ons werk en onze identiteit dienden geheim te blijven vanwege het vertrouwelijke karakter van vroegere, huidige en toekomstige operaties waar misschien slechts enkele mensen ooit het fijne van zouden vernemen.

Terwijl de aandacht van de wereld gericht was op degenen die het vliegtuig via de voorkant verlieten, werd er discreet een ambulance naar de uitgang onder de staart gereden. Wij drieën werden onopgemerkt uit het vliegtuig gehaald en vlot naar een C130 vervoerd die aan de andere kant van de luchthaven op ons stond te wachten.

Eenmaal aan boord van de Hercules werden we onmiddellijk naar een nabij vliegveld gevlogen waar we opnieuw moesten overstappen, dit keer in een RAF 727-medivacvliegtuig met bestemming Luchtmachtbasis Akrotiri, Cyprus. In de 727 werden we opgewacht door een ontvangstcomité, en elke krijgsgevangene kreeg een collega toegewezen die als zijn verzorger zou optreden. De mijne was Mick, een maat met wie ik door de selectie was gekomen, al moet ik toegeven dat ik Pete of Ken had verwacht, maar dat kon de pret niet drukken.

Nu, terug bij onze eigen mensen, konden we echt ontspannen en de zorgen aan degenen om ons heen overlaten. Na een kort onderzoek door de medische staf aan boord, mocht ik naar voren gaan en bij de jongens zitten, terwijl Mac helaas achter in het vliegtuig moest blijven op een brancard. Er werden whisky en sigaretten uitgedeeld, maar toen de eerste goede maaltijd in maanden werd geserveerd, werd deze met boegeroep ontvangen. Kipcurry op een bedje van rijst, nota bene! Desalniettemin was het pure luxe om je op een maaltijd te kunnen storten zonder bang te hoeven zijn dat je je tanden erop brak.

Ik hoorde toen dat Geordie erin geslaagd was om Irak te verlaten door helemaal naar Syrië te lopen. Tot enkele dagen geleden dacht het regiment dat hij de enige overlevende van de patrouille was. Het was een schitterende prestatie als je naging dat niemand anders het had gered, maar toen ik er later met hem over sprak zei hij dat het hem zonder de nachtkijker niet gelukt zou zijn!

Het bleek pas dat enkelen van ons gevangengenomen waren toen Dinger en Mal live op *Sky News* verschenen toen ze aan de Jordaniërs werden overgedragen. Een van de echtgenoten had toen kennelijk het regiment op de hoogte gebracht. Bijgevolg werd iedereen overrompeld en konden er geen maatregelen worden genomen om de identiteit van Dinger en Mal voor de media verborgen te houden.

Later hoorde ik dat toen de Irakese militairen zich wilden overgeven, een van de allereerste voorwaarden voor een staakt-het-vuren was geweest dat alle gevangenen onmiddellijk moesten worden vrijgelaten.

De Amerikanen hadden duidelijk een pijnlijke les geleerd in Vietnam en waren vastbesloten dat die zich niet mocht herhalen. George Bush en Norman Schwarzkopf kregen in dat opzicht mijn volledige goedkeuring.

Naderhand ontmoette ik generaal Schwarzkopf in Hereford, nadat de patrouille hem een résumé had gegeven over onze missie in Irak, en kon ik hem persoonlijk bedanken. Ik moet zeggen dat ik hem een van de meest charismatische mensen vind die ik ooit heb ontmoet. Hij bedankte ons voor onze moed en toewijding, en zijn oprechte begrip voor onze benarde toestand, de manier waarop hij mij een hand gaf en me bedankte voor wat we gedaan hadden, zijn me altijd bijgebleven. Het was een eer om hem te mogen ontmoeten.

Cyprus was slechts enkele uren vliegen, en voor we het wisten kregen we de beroemde vakantiebestemming in zicht. We werden allemaal met ambulances van het vliegveld naar het basisziekenhuis in Akrotiri gebracht, waar we werden opgewacht door hordes verveelde verpleegsters en artsen. Er was een enorm receptiecentrum opgezet om alle gewonden op te lappen tot ze in staat waren naar huis te reizen.

Een verpleegster van het Britse Rode Kruis die ons vanaf Saoedi-Arabië had begeleid, voerde me in een rolstoel door de doolhof van gangen naar een tweepersoonskamer die voor Andy en mij gereserveerd was. Binnen enkele minuten had het nieuws van onze aankomst zich over de bijna lege afdelingen verspreid en stond Dinger ineens bij de deur. Zijn intussen broodmagere, gekwelde gezicht klaarde helemaal op toen hij mij zag. Hij kwam naderbij en omhelsde me. 'Hoe gaat het, man?' vroeg hij met een oprecht warme stem. 'Ik dacht dat je dood was.'

'Dat dacht ik zelf ook,' antwoordde ik. 'Het heeft weinig gescheeld.'

Toen verscheen Mal in de deuropening en werd het tafereel herhaald, waarbij ik bijna werd platgedrukt door de grote Australiër.

'Wat is er met je been gebeurd, Mike?' vroeg Mal toen hij me eindelijk had losgelaten.

'Ik rende niet snel genoeg,' antwoordde ik om de situatie een beetje luchtiger te maken. Nog even en we zouden allemaal in tranen uitbarsten als we zo doorgingen.

'Jullie Kiwi's lopen altijd een beetje achter met de vaardigheden van het vak,' zei Dinger. 'Als je bij het B-Squadron komt, zal ik je het een en ander leren.' Dit leek er meer op. Wat bijdehante opmerkingen over en weer en we waren zo weer in een betere stemming. We gingen nog even zo door totdat er onopgeloste vragen boven kwamen drijven. Ik wist dat Dinger en Mal hier al een paar dagen waren en stelde de brandende vraag: 'Wat is er van Legs, Bob en Vince geworden?'

Dingers stemming veranderde onmiddellijk; de pijn was van zijn gezicht af te lezen. 'Legs is dood,' zei hij eenvoudig. 'Dat weet ik zeker. Van Bob weet ik het niet.'

Ik zweeg verbijsterd. Ik wist niet wat ik zeggen moest toen het tot me doordrong.

'Voor Vince geldt hetzelfde,' voegde Mal eraan toe. 'Maar we hebben geen bevestiging van de Irakezen gekregen.'

Niemand zei iets. Iedereen was in zijn eigen gedachten over een vermiste kameraad verzonken. Wat was er in hemelsnaam misgegaan?

Ik kreeg niet de gelegenheid om hierover te praten, want Andy kwam binnenstappen met een zak vol prulletjes in zijn hand.

'Hoi, jongens,' zei hij. Hij gooide de zak op het bed en vroeg: 'Wil je hier wat van hebben, Kiwi? Een walkman, een horloge, scheerspullen, van alles. Ik heb er een paar weten te scoren.'

Dinger en Mal gaven Andy een hand. Ze hadden hem kennelijk een paar dagen eerder voor het eerst weer gezien.

'Luister eens,' vervolgde Andy, 'die eikels willen ons nu allemaal ondervragen. Hereford wil dat dat meteen gebeurt. Ik ga eerst, en dan komen jullie een voor een, oké?'

'Andy, kun je eerst een verpleegster of iemand anders vragen of ze iets voor me hebben tegen hoofdluis?'

'Tuurlijk, Kiwi, geen probleem.' En hij ging op zoek.

Ik vroeg aan Dinger: 'Wat is er met jou gebeurd?'

Dinger keek me even recht aan, nadenkend over zijn antwoord. 'Toen dat laatste contact misliep, werd er van alle kanten op ons geschoten en zag ik jullie helemaal niet meer. We liepen meteen tegen een stel Irakezen op. Ik schoot mijn Minimi op ze leeg van anderhalve meter afstand, dat was geweldig. Toen stormden Legs en ik naar de rivier, in de verwachting dat de rest achter ons aan zou komen, maar toen we daar aankwamen, zagen we dat we alleen waren. We begonnen naar het noorden te lopen langs de oever en toen hoorden we dat ze ons achtervolgden. Ze schoten op alles wat bewoog. We konden alleen nog maar naar de rivier. Er lag een bootje aan een ketting, maar die konden we niet ongemerkt losmaken. Als we het slot kapot hadden geschoten, zouden ze ons zo te pakken hebben gehad. Ik voelde er niet veel voor om het water in te gaan, we waren tenslotte een paar uur daarvoor allemaal bijna onderkoeld geweest. Maar Legs stond erop, hij nam de beslissing, dus we dumpten onze spullen en gingen het water in.'

'Jezus, Dinger,' riep ik hoofdschuddend uit. 'De Eufraat is daar meer dan zeshonderd meter breed. Het moet ijswater zijn geweest.'

'Het was inderdaad verschrikkelijk,' vervolgde Dinger. 'Eerst zwommen we zo'n zestig, zeventig meter, en toen kregen we grond onder onze voeten. We konden niets zien en dachten eerst dat de rivier daar smaller was en dat we aan de overkant waren. Maar het bleek natuurlijk een eilandje te zijn, te klein om ons op te verbergen, dus we moesten het water weer in. Ik wou niet, ik was kapot, maar Legs wist me over te halen en we sprongen er weer in. Het was stervenskoud, de stroom was sterk en we werden een eind stroomafwaarts gevoerd.

We probeerden zo veel mogelijk naast elkaar te blijven om elkaar aan te moedigen, maar toen we op zo'n vijftig meter van de overkant waren, hield Legs op met praten. Het lukte me om hem vast te pakken en mee naar de oever te sleuren, maar hij kon bijna niet meer op zijn benen staan. Ik was er zelf ook niet veel beter aan toe.'

Ik kon het me makkelijk voorstellen hoe ze met zijn tweeën moeizaam uit het water kropen en zich de modderige oever op sleepten, met drijfnatte, loodzware kleren en tot op het bot verkleumd. Ik had naar die brede, gezwollen rivier gekeken en gedacht: 'Dat in geen geval!' maar zij hadden het wel gedaan. Wat een lef.

'Maar goed, we zijn uit het water gekomen en vonden niet ver vandaar een boerenschuurtje. We waren allebei aan het eind van onze krachten, maar Legs werd echt apathisch. We hadden last van onderkoeling. De rest van de nacht probeerde ik hem en mezelf zo goed mogelijk warm te houden door op elkaar te gaan liggen en zo, maar het was stervenskoud, weet je.' Ik zag de pijn op Dingers gezicht terwijl hij zijn verhaal vertelde. Hij had zich net zo hulpeloos gevoeld als ik.

'Afijn, die morgen was Legs verward, bijna bewusteloos. Hij was aan het wegglijden, dat wist ik. Het enige wat ik nog voor hem kon doen was hem naar een ziekenhuis brengen. Er waren een paar boeren aan het werk op nabijgelegen akkers, dus toen heb ik Legs naar buiten gesleept zodat ze ons zagen. Ze lieten hun gereedschap vallen en gingen weg, waarschijnlijk op zoek naar de soldaten. Legs begreep me niet, maar ik probeerde hem duidelijk te maken dat het me speet, maar dat ik hem niet meer kon helpen en dat hij naar een ziekenhuis moest. Voor ik het wist, hadden ze ons te pakken. Ik had niet eens kunnen vluchten als ik had gewild. De rest weet je.'

'En Legs?' vroeg ik zacht.

'Het laatste wat ik van hem zag, was dat hij op een brancard in een ambulance werd geschoven, daarna werd ik zo in elkaar geschopt dat ik niet veel meer merkte.'

'Maar je denkt dat hij het niet gered heeft?' vroeg ik weer.

'Anders was hij nu wel hier geweest,' antwoordde Dinger hoofdschuddend.

Andy, Dinger en Mal wisten dit natuurlijk al, maar voor mij was het een enorme schok. Om de een of andere reden had ik altijd gedacht dat het allemaal wel goed zou aflopen. Ik weet niet of dit wishful thinking was of dat je geest gewoonweg weigert in het tegendeel te geloven. Maar nu, terwijl ik Dingers verhaal tot me door liet dringen, voelde ik een kille leegte van binnen. Dit was geen oefening waarbij mensen weer tot leven kwamen zodra de scheidsrechter met de witte armband eraan kwam. Dit was definitief.

'We weten het nog steeds niet zeker,' zei Mal. Hij zei het echter met weinig overtuiging.

Ik moest het hele verhaal weten, waarom de patrouille uit elkaar was gevallen, wat er met Mal, Vince en Geordie was gebeurd. Ik wilde begrijpen hoe deze ramp zich had kunnen voltrekken, maar daarvoor had ik meer feiten nodig.

'Kom op, Mal,' zei ik. 'Vertel me de rest.'

'Tja,' zei Mal, 'waar moet ik beginnen? Ik denk dat het ongeveer een half uur later was voordat we in de gaten kregen dat we elkaar waren kwijtgeraakt, en toen was het al veel te laat. Geordie zocht de omgeving af met de nachtkijker, probeerde de TACBE, en we bleven een half uur wachten op de plek waar we waren in de hoop dat de rest ons zou inhalen, maar dat gebeurde niet. Toen besloten we maar naar het noorden verder te gaan, Geordie voorop en Vince en ik achter hem aan. Misschien zouden we elkaar wel weer tegenkomen; zo onwaarschijnlijk was dat nou ook weer niet, onze koersen kunnen niet veel uit elkaar gelegen hebben.

Voordat het licht werd, gingen we in een ondiepe greppel liggen. We hadden het koud, maar het ging nog; dat wil zeggen totdat het begon te sneeuwen. Toen het donker werd, waren we er allemaal slecht aan toe en functioneerden we op de automatische piloot.

Toen het donker was en we verder wilden gaan, bleek het heel slecht gesteld te zijn met Vince. Achteraf gezien denk ik dat hij toen al aan onderkoeling leed. Hij kon zijn wapen niet eens meer goed vasthouden. Geordie had het ook moeilijk; ik had waarschijnlijk de minste last. Niettemin ploeterden we door de sneeuwstorm naar het noorden; we hadden geen keus. Ik nam de leiding en navigeerde, en Geordie volgde met Vince. Hoe verder we naar het noorden kwamen, hoe slechter het weer werd, en daarmee het zicht. Al die tijd was Vince achteruit gegaan zonder dat Geordie of ik het merkten. Vince was altijd zo'n keiharde, dus we hadden gewoon niet verwacht dat hij zo'n opdonder had gekregen van die dag dat we blootgesteld waren aan de elementen.

De ijzel en de kou waren al erg genoeg, maar de wind deed ons pas echt de das om. We konden er niet aan ontkomen. Dus we liepen door, probeerden in beweging te blijven en warm en alert te blijven. Het was een nachtmerrie.

'En toen gebeurde het, ik weet niet precies hoe... We raakten Vince kwijt, we letten niet goed op, we waren verdoofd van de kou en we konden niet helder meer denken.

Geordie riep naar me dat hij Vince niet meer zag. Aanvankelijk maakte ik me geen zorgen; dat was al vaker gebeurd en dan waren we gestopt, teruggelopen en dan kwam hij er na een minuut of zo aan. Maar dit keer was het anders. We stopten en begonnen te zoeken, maar zonder resultaat. We begonnen in paniek te raken, het werd zo langzamerhand hopeloos. We moesten hem vinden; de omstandigheden waren zo slecht dat we zo goed als blind alle kanten op schuifelden.

Na een half uur besloot Geordie dat we door moesten gaan, anders zouden wij het ook niet redden. We hadden er een korte discussie over, eigenlijk ruzie, denk ik, maar hij was tenslotte hoger in rang dan ik. Hoe dan ook, ik ben gezwicht, en dat is iets waar ik de rest van mijn leven mee zal moeten leven. Ik heb Vince daarna niet meer gezien.'

Het bleef lang stil toen ik deze informatie tot me door liet dringen. Ik verbrak de stilte met een vraag waarop het antwoord eigenlijk allang duidelijk was. 'Denk je dat hij de nacht heeft kunnen doorkomen?'

'Het ging steeds slechter met hem, daarom strompelde hij een andere kant op en raakte ons kwijt. Ik denk dat hij het nog geen half uur langer kan hebben volgehouden onder die omstandigheden.'

Ik zag aan Mals gezicht hoe schuldig hij zich erover voelde, maar hij had niets aan de situatie kunnen veranderen. Misschien zouden ze allemaal aan onderkoeling zijn bezweken als ze nog langer naar Vince waren blijven zoeken. Net als met Legs was het een zware beslissing geweest die ze hadden moeten nemen.

Mal vervolgde: 'We liepen de hele nacht door, ik voorop om te navigeren en Geordie achter me, tot we toen het licht werd een schuilplaats zochten. Eerst verliep de dag zonder incidenten, maar later kwam er weer zo'n kloteherder op ons af.'

'Echt waar?' onderbrak ik hem. 'Weer een herder? De Irakese woestijn moet ervan vergeven zijn!'

'Geordie vond dat we die herder moesten doden, maar dat wou ik niet,' vervolgde Mal. 'Ik vond het zinloos om die vent zomaar te vermoorden, en dit keer hield ik voet bij stuk. Geordie was er trouwens heel slecht aan toe. Hij was onderkoeld en kon nog amper lopen; ik denk dat zijn voeten open lagen omdat zijn schoenen niet goed pasten. Ik vond dat ik beter in staat was de situatie te beoordelen dan hij.

Het was duidelijk dat we niet nog zo'n nacht zouden overleven, dus besloot ik te proberen met de herder te gaan praten om zoveel mogelijk informatie in te winnen. We zouden dan aan de hand van die informatie kunnen besluiten wat ons te doen stond, ook als dat betekende dat we hem dan evengoed moesten doden. Ik gaf Geordie niet veel kans om tegen te spreken en begon gewoon met die oude man te praten. De communicatie was een ramp, maar door in het zand te tekenen en te wijzen en dergelijke, maakte hij me duidelijk dat er niet ver van daar een nederzetting was met een auto.

Hiermee gewapend besloot ik de herder te volgen. Ik dacht dat als hij me naar de nederzetting bracht, ik de situatie van daaruit zou kunnen inschatten en hopelijk een manier zou kunnen vinden om onze situatie te verbeteren. Dan zou ik alleen nog maar Geordie hoeven ophalen, wat geen probleem was omdat er een uitstekend referentiepunt op de kaart stond.

Na een verhitte discussie ging Geordie hier met tegenzin mee akkoord. Ik gaf hem mijn koppelriem, verborg mijn M16 onder mijn hemd en volgde de herder op een afstand.

We liepen een paar uur heel langzaam en ik bleef een behoorlijk stuk achter hem. Toen besloot ik om hem heen te gaan en kort daarna zag ik in de verte een huisje met twee witte 4x4's ernaast. Ik was de koning te rijk. Nu was er tenminste weer hoop.

Nog altijd met mijn wapen onder mijn kleren liep ik op het huis af op het moment dat de eigenaar van het voertuig naar buiten kwam. Hij zag me, riep naar iemand in het huis en rende naar een van de auto's. Toen ik mijn wapen pakte en me op de grond liet vallen, kwamen er soldaten uit het huis. Allereerst schoot ik op de man die probeerde weg te rijden, en daarna op de eerste drie soldaten die uit het huis kwamen. Helaas was toen mijn munitie op. Ik kroop zo snel mogelijk in de dichtstbijzijnde auto, maar er zaten geen sleuteltjes in. Er viel een afgrijselijke stilte toen het vuren stopte en er een AK47 door de kapotte voorruit op me gericht werd. Maar die man vuurde niet.'

Ik staarde Mal ongelovig aan. 'Je doodde een aantal van hun maten en de soldaten lieten je in leven?'

'Ze compenseerden dat door me ongeveer een uur als voetbal te gebruiken,' antwoordde Mal.

Ik kon het nog steeds niet geloven. 'Dat verbaast me niets!'

'Ja, weer een leven genomen! Dat was waarschijnlijk het tweede tijdens deze missie. Maar goed, ik kwam in een verhoorcentrum terecht dat geleid wordt door de geheime politie en de Republikeinse Garde. Ik hing het verhaal van het pilotenreddingsteam op; ik zei dat ik tandarts was, geen soldaat, en dat mijn helikopter ergens in de woestijn was neergestort. Ze geloofden me niet. Ze dachten dat ik deel uitmaakte van de achtkoppige patrouille uit het noorden. Elke dag dreigden ze me dat liegen zou eindigen in verminking en de dood. Ze kwamen met een tandarts en een dokter aan om mijn verhaal te controleren en die bevestigden dat mijn kwalificaties authentiek waren.

Na negen dagen verhoor waarbij mijn fysieke conditie rap was achteruit gegaan, stopte het ineens allemaal. Mijn verhaal werd geaccepteerd, mijn verhoorders boden hun excuses aan voor de slechte behandeling en legden uit dat ze eigenlijk geen slechte mensen waren, maar dat het tenslotte oorlog was. Mijn situatie ging er enorm op vooruit; mijn wonden werden verzorgd en ik kreeg eten. Ik dacht dat ik hoog en droog zat, zolang mijn verhaal maar overeind bleef.

Een paar dagen lang ging alles relatief goed, tot het moment waarop ze binnen kwamen stormen met het volledige verhaal van de patrouille. Ze hadden me helemaal door en ze waren niet onder de indruk. De leugens waren aan het licht gebracht en de soldaten reageerden hun woede op mij af door me bijna de hele nacht af te ranselen.

Tegen de ochtend besloten ze ermee op te houden, waarschijnlijk omdat ze vreesden dat ze me bijna dood hadden geslagen. Er kwam een arts binnen die vermoedde dat ik een schedelfractuur had, maar ik moet zeggen dat de tandarts in mij zich meer bezorgd maakte om de toestand van mijn gebit. Wat me echt verbaasde was dat ze oprecht bezorgd leken te zijn om mijn welzijn en ik werd niet meer mishandeld. Maar dat was beslist mijn derde leven.'

'Geen wonder dat ze zo kwaad op je waren,' zei ik. 'Ze hebben waarschijnlijk hele pelotons de woestijn ingestuurd om naar een niet bestaande helikopter te zoeken.'

'Nou ja, hoe dan ook, ze besloten te vergeven en te vergeten. Ik denk dat ze blij waren dat het laatste puzzelstukje op zijn plaats was gevallen. Ik werd van de verhoorcel naar een militaire gevangenis overgebracht, waar ik bij Andy en Dinger in de cel mocht.

We zijn bij elkaar gebleven tot Dinger en ik een paar dagen geleden op de Jordaanse grens werden vrijgelaten. Afgezien van de persconferentie was het daarna allemaal rooskleurig.'

'Persconferentie?' vroeg ik, onderwijl naar Dinger kijkend. 'Wat bedoel je, wat voor persconferentie?'

Dinger beantwoordde de vraag. 'De Jordaniërs hebben een persconferentie gehouden met alle vrijgelaten krijgsgevangenen erbij. We werden gedwongen achter een tafel te gaan zitten voor de wereldmedia, we moesten in wezen voor ze paraderen.'

'Wat een nachtmerrie,' dacht ik. Zo wanhopig naar je vrijheid verlangen en dan plotseling merken dat je identiteit over de hele wereld bekend wordt gemaakt; ik was er nog goed van af gekomen.

Plotseling kwam er een bizarre gedachte in me op en ik keek Mal weer aan. 'Hé Mal, waar is die klotecamera eigenlijk gebleven?'

Mal keek me een beetje verward aan, maar toen het hem begon te dagen verscheen er een brede grijns op zijn gezicht. 'Natuurlijk,' lachte hij, 'de Irakezen kunnen een mooie vergroting laten maken van jou terwijl je zit te schijten!'

Dinger, die niets van het incident met het fototoestel afwist, vroeg: 'Waar hebben jullie het over?'

Na een korte uitleg zaten we allemaal te grinniken, waarmee de spanning van de laatste vijf minuten er weer af was. Door zo kort na de gebeurtenissen hun belevenissen te vertellen, maakten ze ze als het ware opnieuw mee. Hun gezichtsuitdrukking en hun onveranderlijk nuchtere toon verrieden hun onderdrukte emoties. Ik had waarschijnlijk ook zo geklonken toen ik hen op de hoogte bracht van mijn avonturen.

Ons onderonsje werd verbroken door Andy's terugkeer. Hij had een verpleegster bij zich die verscheidene flessen met ontsmettingsmiddelen in haar handen had. Tot mijn verbazing had ik er behoefte aan weer alleen te zijn om alle informatie te verwerken die ik zojuist had ontvangen en om te proberen er wijs uit te worden, te begrijpen waarom en hoe het allemaal was gebeurd.

'Oké Andy,' zei ik, 'als je me even naar de badkamer brengt, dan kan ik het bad vol laten lopen en dit spul erin doen.' Ik was van plan om de luizen uit te roeien en alles wat ik verder misschien nog had opgelopen. Een uurtje of zo in een bad liggen was precies wat mijn geplaagde lichaam nodig had.

Andy bleef bij me om me in het bad te helpen en verdween toen om zich aan het verhoor te onderwerpen. Ik liet me in het hete water zakken dat rood zag van de chemicaliën en ontsmettingsmiddelen. Het was zalig om me voor het eerst in meer dan twee maanden weer te kunnen wassen. Het water werd meteen zwart van het vuil, en er kwam een enorme korst van mijn voetzool af waar de kogel naar buiten was gegaan. Ik liet het bad drie keer leeg en weer vol lopen, tot het water helder bleef en ik er zeker van was dat alle parasieten die zich op mijn lichaam hadden gevestigd verdwenen waren.

Met een handdoek om mijn middel rolde ik mezelf ruim een uur later naar mijn kamer terug en trok de nieuwe kleren aan die voor me waren klaargelegd. Mijn gele gevangeniskleren lagen aan het voeteneind van mijn bed, een verfrommelde hoop goedkoop, stinkend textiel. Ik dacht erover om ze weg te gooien, maar misschien kon ik ze beter bewaren als een soort pijnlijk aandenken aan alles wat er in de laatste maanden was gebeurd. Ik stopte ze in een plastic tas, die ik naast mijn bed zette. Het was op dat moment nog de vraag of ik wel aan het verleden herinnerd wilde worden.

Zeven weken na mijn eerste operatie werden de hechtingen eindelijk uit mijn enkel gehaald. Maar het nieuws dat ik zo graag wilde horen – Hoe zou ik herstellen? Zou ik weer kunnen hardlopen? Hoe zou het eindresultaat zijn? – was nog steeds niet duidelijk; de tijd zou het leren. Mijn arm was wel goed genezen ondanks het feit dat de Irakezen niet de moeite hadden genomen hem te behandelen. Er was alleen nog maar een klein roze litteken te zien waar de kogel er doorheen was gegaan.

De dagen daarna werden doorgebracht met verhoren, allerlei onderzoeken, telefoontjes met familieleden en dierbaren en eindeloze maaltijden van heerlijk machtig voedsel.

De verhoren zelf vonden binnen de eerste zesendertig uur plaats, omdat de druk om Hereford op de hoogte te stellen van de acties van de patrouille steeds groter werd naarmate de tijd verstreek. Terwijl ze plaatsvonden, hing de speciaal uit Engeland overgevlogen kamppsychiater op de achtergrond rond, wachtend op zijn beurt om met ons aan de slag te kunnen en deze gelegenheid voor het bestuderen van posttraumatische stresstoornis zo goed mogelijk te benutten.

Ik had vanaf het begin duidelijk gemaakt dat ik niet met een psychiater wenste te spreken. Wat mij betrof ging het hem niet aan wat ik dacht of voelde. Het enige psychologische gesprek dat ik nodig had zou plaatsvinden met een stel goede vrienden bij een paar biertjes in het plaatselijke café. Dat was wat ik wilde, en dat liet ik hem weten. Na ons eerste gesprek, dat slechts vijf minuten duurde, viel hij me niet meer lastig.

In die tijd kregen we ook eindelijk te horen hoe het met Legs, Vince en Bob was afgelopen. Legs en Vince waren inderdaad bezweken aan de gevolgen van onderkoeling, terwijl Bob was gestorven als gevolg van een schotwond in zijn borst. Hun doodskisten werden naar Saoedi-Arabië gestuurd nadat hun lichamen toonbaar gemaakt en gebalsemd waren door de Irakezen. Vandaar werden ze rechtstreeks naar Engeland overgevlogen voor autopsie en identificatie door familieleden. Ik raakte in verwarring door het nieuws: het ene moment voelde ik me opgetogen over mijn vrijlating; het volgende voelde ik me schuldig dat ik zo blij was terwijl mijn maten waren gestorven. Hoewel ik al die tijd al had geweten dat het onwaarschijnlijk was dat ze het overleefd hadden, was er zolang ze vermist werden altijd nog een kans dat ze over het hoofd waren gezien en ergens in een ziekenhuis of gevangenis in Irak lagen weg te kwijnen. Deze ijdele hoop was nu voorgoed vervlogen.

Alle krijgsgevangenen werden rusteloos. Er zaten familieleden en vrienden te wachten die in sommige gevallen in geen maanden iets van hun dierbaren hadden vernomen. Het zou niet lang duren voordat ongeduld in boosheid zou omslaan.

Met dit in gedachten kwam er eindelijk iemand bij zijn verstand en gaf het bevel de 727 startklaar te maken. Er waren genoeg onderzoeken geweest. De psychiater kreeg te horen dat hij zijn koffer moest pakken, en verdere gesprekken konden wel wachten. Het was tijd om naar huis te gaan.

Het weer in Engeland was zo slecht dat de grond pas vlak voor de landing in zicht kwam. Van alle kanten stroomde de regen op het vliegtuig neer. De 727 schudde toen hij zwoegend tot stilstand begon te komen. Ik staarde weer uit het raampje toen het asfalt en de gebouwen langs flitsten en zag de twee Augusta 109's van het regiment klaarstaan om ons naar Hereford te brengen. De piloot van de 727 negeerde de terminal en manoeuvreerde het vliegtuig tot binnen vijftig meter van de plek waar de helikopters stonden. Binnen enkele minuten waren we overgestapt, en plotseling waren we aan de laatste etappe bezig, een vlucht van twintig minuten naar Stirling Lines.

Hoofdstuk 19

Hoofdkwartier van het 22ste SAS-Regiment, Stirling Lines, maart 1991

Ik zat op het puntje van mijn stoel, met mijn been en mijn krukken naar voren gestoken, en liet mijn blik door de schaars gemeubileerde kamer dwalen. Er stond een gigantisch glanzend bureau tegenover ons dat die kant van de kamer beheerste. De muren waren slechts versierd met een enkele plaque, schilderij of memorabilia van het regiment. Ik had niet nerveus horen te zijn, maar het gevoel dat ik me al eerder in deze situatie had bevonden, in een soortgelijk kantoor voor een man van dezelfde rang, bleef op de achtergrond aanwezig. Ik moest mezelf dwingen eraan te denken dat ik me op vriendschappelijk terrein bevond.

'Goedemiddag, mannen.' De commandant kwam vastberaden binnenstappen door een deuropening die zich uit het zicht bevond, getooid met zijn camouflagepak en blauwe regimentskoppelriem. Het was een lange man met weerbarstig zwart haar en hij schreed naar de plek waar wij zaten. Ik wilde gelijk met Andy, Dinger en Mal opstaan, maar hij stond erop dat ik bleef zitten terwijl hij ons een hand gaf.

Door de deur waardoor wij waren binnengekomen verscheen een assistent met een dienblad met daarop een fles champagne en vijf hoge, smalle glazen. De man zette het blad neer en verdween discreet, de deur achter zich dichttrekkend. De kolonel pakte een stoel en ging in de hoek tegenover ons zitten. Zijn openingszin zal me de rest van mijn leven bijblijven: 'Voordat we beginnen, heren, wil ik jullie mededelen dat jullie niet voor de krijgsraad hoeven te verschijnen.'

De stilte was oorverdovend, ik trok wit weg en ik voelde mijn mond openvallen bij het horen van deze woorden. Waar had hij het in godsnaam over? Krijgsraad? Ik bekeek de man nog eens goed om te zien of hij een geintje maakte, maar hij keek gewoon terug zonder een spoor van emotie te tonen. Ik wierp een snelle blik op de anderen, die allemaal ongelovig keken. Hij neemt ons in de maling, dacht ik. Hij heeft geen idee wat we hebben doorgemaakt!

Hij boog zich over het tafeltje, schonk de champagne in en gaf ons elk een glas alsof hij niets gezegd had. Vervolgens hief hij zijn glas, toastte op onze terugkeer en dronk. Nogal beduusd volgden we zijn voorbeeld.

Toen ik mijn glas hief, flitsten mijn gedachten terug naar enkele weken daarvoor. Beelden van de angst en de pijn van mijn schotwond, de afranselingen die ik had gekregen, van de eenzaamheid van de cel, van de gevoelens van wanhoop en twijfel, van Bob, Vince en Legs. Het glas lag op mijn lippen maar ik dronk niet.

'Ik wil meteen alle misverstanden uit de weg ruimen,' vervolgde hij, 'dus als jullie vragen hebben over wat er gebeurd is, barst maar los.'

Ik keek naar Andy in de verwachting dat hij de kolonel zou bombarderen met een aantal van de miljoenen vragen waarmee ik mezelf de afgelopen twee maanden had gekweld, maar hij zei niets. Misschien had hij het gevoel dat hij zich op glad ijs zou begeven en wilde hij daarom niet als eerste het woord doen.

Dinger, direct als altijd, had geen last van dergelijke scrupules. 'Sir, wat is er met onze communicatiemiddelen gebeurd?'

'Jullie hadden de verkeerde frequenties meegekregen,' antwoordde hij zonder er doekjes om te winden. 'Die werkten niet zo ver naar het noorden. Ik ben aan het onderzoeken hoe dat heeft kunnen gebeuren. En wat jullie satcom betreft, daar hebben we geen verklaring voor.'

'En de TACBE's?' reageerde Mal meteen. 'Waarom heeft de AWACS nooit onze oproepen om hulp beantwoord?'

'Jullie bevonden je driehonderd kilometer buiten het bereik. De AWACS werkte alleen in de zuidelijke gebieden, Saoedi-Arabië, Koeweit. Ik weet niet wie jullie heeft verteld dat jullie daar bereik hadden, maar het was niet zo. En jullie hadden niet naar Syrië moeten gaan.'

Andy werd eindelijk wakker. 'Maar dat was het plan, sir, de hele patrouille was erbij toen de dienstdoend officier tegen ons zei dat Syrië de bestemming was als we moesten ontsnappen.'

'Daarvan ben ik op de hoogte en het is aan de orde gesteld.'

De temperatuur in de kamer begon op te lopen. Het ontsnappingsplan van de patrouille had ons in feite weggevoerd van ons cruciale ondersteuningselement. Deze bekentenis toonde een ongelooflijke breuk in de communicatie tussen de bevelvoerende elementen van het regiment, en daar was nu niets meer aan te doen.

'Wat is er met de procedure voor verbroken contact gebeurd?' vroeg Dinger weer. 'Waarom hebben ze ons geen nieuwe radio gebracht?'

'Met die S60's in de buurt kon ik geen vliegtuig naar jullie toe sturen tot we precies wisten wat er aan de hand was. Ik had maar weinig vliegtuigen beschikbaar en vier halve squadrongroepen om te ondersteunen. Ik kon hen niet op het spel zetten tot de situatie was opgehelderd.'

Dit antwoord stelde me niet tevreden. 'In dat geval, waarom heeft u dan geen helikopter met het reddingsteam gestuurd toen u onze noodoproep ontving? Ons verzamelpunt bevond zich op kilometers afstand van de S60's.'

Zijn antwoord was direct en duidelijk en behoefde geen nadere uitleg. 'In dat stadium van de oorlog werden er bijna elke nacht scuds op Israël afgeschoten. Ik zou een squadron mannen voor een scud hebben opgeofferd. De prioriteit was ze tegen te houden, einde verhaal.'

Er volgde weer een stilte toen de gruwelijkheid van die uitspraak tot ons doordrong. Als de SAS-hiërarchie bereid was tientallen mensen op te offeren omwille van een scud, dan was onze hulpkreet onbeduidend geweest in het grote plan, en dat plaatste de patrouille meteen in een totaal ander licht.

Ik had geen vragen meer, ik had het antwoord dat ik nodig had en de onzekerheid zou nu niet meer aan mij knagen. Het was niet onze fout, en dat was het nooit geweest. Ons lot was bezegeld door degenen die de leiding hadden, vanuit de luxe van een veilige locatie. Slecht uitgerust en slecht geïnstrueerd waren we er alleen op uitgestuurd en men had het niet nodig gevonden ons dat te vertellen. 'Zo nodig op te offeren' was misschien een onaangename beschrijving, met name onder soldaten, maar ik wist nu dat dit in ons geval de juiste was.

'Het was oorlog en er moesten moeilijke beslissingen worden genomen,' vervolgde de commandant. 'Het lijkt nu wellicht moeilijk te rechtvaardigen, maar op dat moment was dat de realiteit van de situatie.'

Het was inderdaad moeilijk te rechtvaardigen, vooral gezien de gevierde totale superioriteit in de lucht van de coalitie en het vermogen van de Amerikanen om binnen vierentwintig uur een reddingsoperatie uit te voeren. Onder deze omstandigheden klonk zelfs het excuus dat er geen vliegtuigen beschikbaar waren ongeloofwaardig. Maar nog belangrijker was dat deze beslissingen, het gebrek aan actie of steun toen de patrouille in nood was, uiteindelijk hadden bijgedragen tot de dood van drie mannen en de gevangenneming en marteling van vier anderen.

Toen de omvang van de opmerkingen van de officier tot me doordrongen, besefte ik dat ik het regiment niet langer in hetzelfde licht zou kunnen zien; het voetstuk waarop ik het had geplaatst was er onder vandaan geschopt. Het waren niet de strijdende mannen die het probleem vormden; die waren uitstekend. Meer toegewijde soldaten kon je je niet wensen – dat moesten ze wel zijn, anders hadden ze daar niet gezeten. Het was mijn geloof in het systeem dat stukgeslagen was, een systeem met een ongeschreven code die zei dat je kunt verwachten dat je gesteund wordt als er iets misgaat.

Zodra de bevelvoerende officier zijn verklaring had uitgesproken, was ik mijn Nieuw-Zeelandse naïviteit kwijt en hadden de bevelhebbers van het regiment mijn vertrouwen verloren. Loyaliteit en vertrouwen zijn dingen die niet licht worden gegeven en niet als vanzelfsprekend mogen worden beschouwd; ze moeten worden verdiend. Om dergelijke geschenken te ontvangen, en geschenken zijn het, moet men ze op gelijke wijze beantwoorden, ze koesteren en nooit misbruiken. Wie het ook geweest was die het besluit genomen had om ons verzoek om hulp te negeren, ik zag het als misbruik van onze loyaliteit en ons vertrouwen, en ik zou nooit toestaan dat zoiets nog eens gebeurde.

Mijn gedachten dwaalden nu en dan af terwijl de commandant meer vragen van de anderen beantwoordde. Ik had mijn belangstelling voor het gesprek verloren, ik wilde alleen nog maar weg uit deze kamer. Als ik te lang bleef stilstaan bij de antwoorden die ik had gehoord, zou ik in mijn huidige gemoedstoestand in tranen of in woede zijn uitgebarsten. Gedurende mijn gevangenschap had ik mezelf de hele tijd verwijten gemaakt. Ik was ervan overtuigd dat ik verantwoordelijk was voor het falen van de patrouille en voor mijn gevangenneming. Het was nooit in me opgekomen, zelfs niet in mijn donkerste uren, dat we in de steek waren gelaten.

Dinger stelde een vraag die me weer tot leven bracht: 'Waarom heeft u niet gewoon een vliegtuig gestuurd om vanuit de lucht te controleren wat er met ons aan de hand was?' Ik hoorde aan zijn stem hoe boos hij was.

'Daar heb ik niet aan gedacht,' antwoordde de commandant.

'En hoe zit het dan met die Amerikaanse piloot die we via de TACBE hebben benaderd?' vroeg Andy.

'Hij vergat verslag uit te brengen over jullie bericht. Hij dacht er pas drie dagen later aan om het te melden, en toen was het voor jullie natuurlijk al te laat.'

We schudden verbaasd onze hoofden. Fundamentele vergissingen langs de hele commandolijn, met name na het droppen van de patrouille, hadden ons lot bezegeld.

De discussie ging nog zo'n veertig minuten door voordat de kolonel er een eind aan maakte. Ik moest hem nageven dat hij niet had geprobeerd de schuld op anderen af te schuiven; hij had alle beschuldigingen op zijn eigen schouders neer laten komen. Hij was de hoogste in rang in het regiment, afschuiven was er niet bij.

Er werden geen verontschuldigingen aangeboden; het was eenvoudig een kwestie van feiten uitwisselen zoals ze hadden plaatsgevonden.

Het feit dat de commandant toegaf dat er fouten waren gemaakt, ontsloeg hem echter niet van zijn verantwoordelijkheid.

'Ik ben van plan een open debriefing voor het regiment te houden over wat er met Bravo two zero is gebeurd,' zei de kolonel ten slotte. 'Ik verwacht dat jullie allemaal binnen twee weken een uitgebreid schriftelijk verslag inleveren over wat er gebeurd is.' Hij stond op, de audiëntie was voorbij.

We schuifelden zwijgend de kamer uit, elk in zijn eigen gedachten verzonken, elk proberend de omvang van zijn onthullingen te rijmen met wat wij dachten dat er mis was gegaan. Maar in het licht van kritieke zaken als het tekort aan landrovers en benodigdheden, onvoldoende informatie over de vijand, het terrein en het weer, incorrecte frequenties, overhaaste planning, slechte uitwisseling van informatie, slechte besluitvoering en pure pech, was onze zelfkritiek overdreven en grotendeels onterecht geweest. Deze externe factoren, gekoppeld aan de onzekere factoren in een oorlog, hadden de patrouille bij elke stap gedwarsboomd.

De debriefing van het regiment zou het laatste, officiële, hoofdstuk zijn in het verhaal van Bravo two zero, maar werd niet benut om de onderhavige zaken aan te pakken.

Het bleek dat er jaren voor nodig waren om het proces af te ronden. Af en toe viel er een nieuw, voorheen onbekend of schijnbaar irrelevant puzzelstuk op zijn plaats. Enkele stukjes van deze puzzel hebben me ertoe aangezet dit boek te schrijven.

De twintig minuten durende rit van Hereford naar het noorden was snel voorbij en voor ik het wist stopte de chauffeur voor de voordeur van de schilderachtige cottage. Blue en Gail stonden klaar om me te begroeten. Ik slingerde mezelf uit het voertuig, hobbelde op mijn krukken naar hen toe en stopte om Blue's uitgestoken hand te drukken. 'Alles goed, Mike?' vroeg Blue, bescheiden glimlachend. 'Welkom thuis.'

Het was een van de herenigingstaferelen die ik steeds opnieuw had opgevoerd terwijl ik gevangen zat; om de een of andere reden had ik vaak het gevoel gehad dat ik het tafereel vanuit mijn cel uitvoerde. Toen het dan eindelijk gebeurde, op precies dezelfde manier als ik me had voorgesteld, besefte ik dat het in zekere zin mijn gevangen gemoed was geweest dat me probeerde voor te houden dat alles goed zou komen; dat terugkeren naar Hereford en het weerzien van mijn vrienden het definitieve einde zou inluiden van de nachtmerrie die ik had doorstaan.

Terugkijkend op deze periode zie ik nu hoe ik geleden heb. Er was een groot gapend gat in mijn ziel geslagen dat dringend moest genezen. Door de steun van Pete, Ken en andere goede vrienden wist ik dat er één plek was waar ik echt wilde, nee moest, zijn: thuis in Nieuw-Zeeland. Daar zou ik mijn demonen te ruste kunnen leggen en het genezingsproces een aanvang kunnen laten nemen.

Het was een koude, zonnige lenteochtend toen de doodskisten, gedragen door onberispelijk geüniformeerde mannen van het B-Squadron in een langzame mars St Martins werden binnengedragen.

De kerk zat stampvol met SAS-soldaten uit heden en verleden, die allemaal waren gekomen om de laatste eer te bewijzen. Er lagen een koppelriem en baret van het regiment en medailles op de met vlaggen gedrapeerde kisten toen ze langzaam over het middenpad naar de kansel werden gedragen. De aanwezigen, die herinnerd werden aan hun eigen sterfelijkheid, keken in plechtige stilte toe.

Er werden lofredes voorgelezen en psalmen gezongen in een sfeer die zo geladen was met emotie dat men er wel door geraakt moest worden. Het was echter niet alleen maar een emotionele uitvloeiing van verdriet, want er was ook een vloedgolf van boosheid onder degenen die pas uit de Golf waren teruggekeerd, een gevoel dat deze dienst niet had hoeven plaatsvinden.

Eenmaal buiten viel het oorverdovende geknal van de saluutschoten stil en begon een eenzame hoornblazer de 'Last Post' te spelen als laatste saluut voor de gevallenen.

Terwijl ik daar op de begraafplaats van het regiment stond, voelde ik me plotseling heel erg geïsoleerd en alleen. De schoten en de hoorn hadden net zo goed voor mij kunnen klinken. Tranen van verdriet en verlies werden onbeschaamd de vrije loop gelaten toen de mannen langs de graven liepen en met gebogen hoofd de laatste eer bewezen.

Verscheidene maanden na onze terugkeer uit Irak arriveerden er vertegenwoordigers van de VN in Stirling Lines om degenen te zien die krijgsgevangenen waren geweest, met het doel om verklaringen op te nemen over hoe de Irakezen ons hadden behandeld. Er was een commissie in het leven geroepen die moest proberen schadevergoeding van de Irakese regering los te krijgen als compensatie voor de slechte behandeling van zowel burgers als militairen.

De voormalige krijgsgevangenen kregen een nummer toegewezen om onze veiligheid te handhaven en onze identiteit te beschermen; ik kreeg Soldier Five toegewezen.

Epiloog

Het gedreun van een enorme bom die ergens in het centrum van de stad explodeerde was goed te horen vanaf mijn positie op het dak. Aan de omhoog kringelende zwarte rook was te zien waar de explosie ongeveer had plaatsgevonden.

Ik droeg geen camouflagekleding of een geweer meer; die had ik twee maanden eerder omgeruild voor een chic pak en een handbediende Motorola-radio. Ik was nu burger. Zeven jaar na de Golfoorlog had ik eindelijk besloten het regiment te verlaten, en nu toerde ik de wereld rond als veiligheidsadviseur.

'Wat denk je ervan, Kiwi?' vroeg Mike, de baas van Stirling Security, zich bewust van de vooraanstaande cliënten die we bij ons in de villa hadden.

Ik liet mijn verrekijker zakken en bekeek het bedrieglijk pittoreske uitzicht voor mij. Fundamentalistische terroristen hadden zojuist weer een bom laten afgaan, de vierde binnen een uur, een geconcentreerde aanval aan de vooravond van de verkiezingen die over twee weken zouden plaatsvinden.

'Ik denk dat we moeten blijven zitten waar we zitten tot de situatie wat gekalmeerd is,' antwoordde ik. 'Het is maar een klein stukje naar het hotel terug, en met ons escorte kunnen we dat binnen tien minuten doen.'

'Dat lijkt me een goed idee,' zei Mike. 'Ik zal de escortejongens pizza's voor ons laten halen.'

Onze cliënten voegden zich met bezorgde gezichten bij ons op het balkon van de villa. Het waren burgers, mannen en vrouwen die er niet aan gewend waren aan dit soort gevaren bloot te staan. Daarom hadden ze Mike en mij ingehuurd om te beoordelen of ze hier konden blijven om hun zaak voort te zetten. Er kwam een punt waarop het najagen van geld in botsing kwam met de risico's voor hun eigen leven; wij waren hier om te zorgen dat dat niet zou gebeuren.

Terwijl ik naar de skyline bleef turen, rijen witte huizen en flats, de enorme natuurlijke haven die zich uitstrekte tot in de bijna eindeloze horizon, dacht ik na over de gebeurtenissen die me naar dit punt hadden gevoerd.

Ik had het regiment verlaten, maar niet het werk. Dit was gewoon een andere stationering, een andere reis, net zoiets als Noord-Ierland, Zuid-Amerika of Bosnië. Het enige verschil was dat de gigantische groene machine die dertien jaar lang mijn levensbloed was geweest, nu niet meer daadwerkelijk bij me was, maar wel qua opleiding en lessen.

Na de Golf had ik op het punt gestaan om de poort uit te lopen, teleurgesteld, verward en in de steek gelaten. Toen kwam Sue weer in mijn leven. Zij was het medicijn dat mijn misbruikte zelf nodig had. Binnen enkele dagen na mijn terugkeer waren we weer samen, en met haar aan mijn zij werd het merendeel van mijn problemen onbelangrijk. Haar houding ten aanzien van wat er was gebeurd was het tegengestelde van wat ik verwacht had. Ze maakte grappen over mijn verwonding om het allemaal wat luchtiger te maken, en als we zonder mijn krukken op pad waren, dreigde ze een skateboard te huren zodat ze me achter zich aan kon slepen. Zonder te klagen masseerde ze elke avond urenlang mijn gewonde enkel om de pijn te verlichten. Haar constante steun en liefde overtuigden me ervan dat zij de vrouw was met wie ik de rest van mijn leven wilde doorbrengen, en uiteindelijk trouwden we.

Een maand na mijn vrijlating kreeg ik verlof om naar Nieuw-Zeeland terug te gaan om de vrienden en familieleden te bezoeken naar wie ik had verlangd. Het was een zeer emotionele tijd voor alle betrokkenen, maar het meest aangrijpende deel van de reis was de paar dagen die ik bij de Kiwi-eenheid in Papakura doorbracht. Dit waren mannen van mijn eigen soort, mannen die begrepen waar ik vandaan kwam en, voor alles, mannen die ik kon vertrouwen. Ik dronk te veel, praatte te veel en plengde een paar tranen met maten die ik als broeders beschouwde. Tegen de tijd dat ik in het vliegtuig terug naar Engeland stapte, was ik aardig op weg weer mezelf te worden. Het duurde vele maanden voordat de nachtmerries eindelijk afnamen, maar die reis naar Nieuw-Zeeland had een stevige basis gelegd voor mijn toekomstige herstel.

Mijn revalidatie nam ruim een jaar in beslag omdat talloze bezoeken aan het Revalidatiecentrum in Headly Court en een operatie aan mijn enkel mijn volledige terugkeer naar het werk uitstelden. De grootste stimulans kreeg ik echter voordat ik zelfs maar aan het intensieve revalidatieproces was begonnen.

Niet lang na mijn terugkeer naar Hereford werd ik weer op het kantoor van de commandant ontboden. Nadat hij me een stoel naast zijn bureau had aangeboden, kwam de kolonel meteen ter zake. 'Ik heb je medische dossier gelezen en ik vind dat je ontslag moet nemen op medische gronden en teruggaan naar Nieuw-Zeeland.'

Ik was met stomheid geslagen. Ik had geen idee hoe ik daarop moest reageren. Wat verwachtte hij dat ik zou zeggen? 'Dank u voor uw beslissing, ik stel het zeer op prijs dat u me eruit lazert?' Ik zat daar zonder iets te zeggen, koortsachtig zoekend naar een gepast antwoord. Misschien testte hij mijn vastberadenheid, om te zien of ik nog wel hart voor de zaak had.

'Dat is niet wat ik wil, sir,' antwoordde ik. Hoewel ik er wel over had gedacht om zelf weg te gaan, had ik nooit verwacht eruit te worden gewerkt.

'Oké dan,' vervolgde hij, 'we zullen afwachten hoe je herstel verloopt. Maar je moet wel beseffen dat je dagen in het Sabre Squadron voorbij zijn.'

Ik knikte, inwendig schuimbekkend. 'Ik zal hem wel eens laten zien wat ik wel en niet kan, en ik ben degene die bepaalt of ik weg wil of niet.' Dat gesprek stimuleerde me om juist door te zetten.

Toen ik bijna veertien maanden na mijn verwonding eindelijk de Battle Fitness Test haalde, had ik het gevoel dat ik voor de derde keer door de selectie heen was gekomen. Maar wat belangrijker was, was dat ik bewezen had dat de sceptici ongelijk hadden.

Zelfs de artsen hadden nog bedenkingen over mijn terugkeer naar actieve SAS-taken. Ik moest flink aandringen om toestemming te krijgen weer aan het werk te gaan. We sloten een compromis door te zeggen dat ik begreep dat er enig voorbehoud was met betrekking tot het soort werk waaraan ik mocht deelnemen, al begreep ik niet hoe ze dachten dat ooit in de gaten te kunnen houden.

Achteraf gezien hadden de artsen en anderen het herstelvermogen van een jong, gezond lichaam en een positieve geest danig onderschat.

'We zullen je enkel moeten fixeren, dat is de enige manier om de pijn te stoppen,' hadden de chirurgen gezegd. Pijn was iets waarmee ik wel kon leven, daar had ik me al bij neergelegd; en als ik de keuze had tussen pijn en functioneren, of geen pijn en niet functioneren, had ik geen keus.

Misschien wel het beste argument om in het regiment te blijven, kwam toen mijn revalidatie en terugkeer naar het werk verzekerd waren. Ik was een stuk wijzer geworden en zag in dat het niet uniek was wat ik had meegemaakt. Het regiment was, evenals andere eenheden, steeds opnieuw slecht voorbereid en te enthousiast ten strijde getrokken, vertrouwend op de moed en de vastberadenheid van de mannen op de grond die het gewenste spectaculaire succes moesten bewerkstelligen.

Rampen zoals Bravo two zero konden in de toekomst alleen worden voorkomen door ervaring, door lessen die door schade en schande werden geleerd en onthouden. Als overlevende was ik het aan mezelf, het regiment en aan Bob, Vince en Legs verplicht om de gewonnen ervaring aan anderen door te geven. Ik hield dit ethos voor me zolang ik nog bij de SAS zat.

Ik koester geen wrok tegen de Irakezen. Ze deden alleen maar hun werk, zoals ik mijn werk deed in hun land. Als de situatie omgekeerd was geweest, als het mijn stad was geweest, mijn vrienden, mijn familie die dag in dag uit gebombardeerd werden, wie zegt dan dat ik anders zou hebben gehandeld? Eén ding is zeker, dr. Al-Bayeth heeft ervoor gezorgd dat mijn enkel niet verder achteruitging en hij heeft misschien zelfs de amputatie van mijn voet voorkomen. Daarvoor ben ik hem dankbaar.

Toen ik uiteindelijk in 1997 het regiment verliet, had ik geen idee wat de toekomst me te bieden had. Ik had geen werk, geen inkomen, alleen maar de wens te stoppen met het leven dat ik jarenlang had geleid.

Wat bracht me er uiteindelijk toe om weg te gaan? Ik had het gevoel dat het regiment me niets meer te bieden had, en eerlijk gezegd had ik niet langer de wens of de toewijding om te proberen me te onderscheiden.

In een carrière als deze kom je op een bepaalde leeftijd op een punt waar je meerdere kanten uit kunt, waar je een uiterst belangrijke beslissing moet nemen. Ik kwam op dat punt toen ik drieëndertig was, en ik besloot dat het tijd was om iets anders te gaan doen, tijd om een nieuw leven en een nieuwe carrière te beginnen zolang ik nog jong en gezond genoeg was om dat te doen.

In een brief aan de toenmalige bevelhebber zette ik mijn redenen uiteen waarom ik weg wilde en tevens hoe ik over de gebeurtenissen in de Golf dacht. Tijd is een goede heelmeester en in de loop der jaren had ik leren leven met wat er met de patrouille gebeurd was, maar dat betekende niet dat ik het was vergeten. Ik heb er geen spijt van dat ik ten strijde ben getrokken, want dat was een van de redenen waarom ik uit Nieuw-Zeeland was weggegaan en bij de SAS was gegaan, en ik hield ook het regiment zelf niet verantwoordelijk voor het lot van de patrouille.

Wat de schuldvraag betreft, zou je echter denken dat degenen die uiteindelijk verantwoordelijk zijn, het karakter zouden hebben om ruiterlijk voor hun fouten uit te komen. Leiders over de hele linie maken fouten; een goed leider is iemand die dit toe kan geven en ervan leert. Dit is tot dusver nog niet gebeurd.

Afgezien van Bravo two zero heb ik genoten van mijn tijd bij het regiment en ik verlang zelfs nu nog weleens naar die spannende tijd terug.

Het verbreken van de gelederen

Vroeg in 1998 nam ik het weloverwogen besluit dat de tijd rijp was om de gebeurtenissen te boek te stellen die tijdens missie Bravo two zero hadden plaatsgevonden. Dit besluit was het directe gevolg van de boeken en films die over Bravo two zero waren uitgebracht, publicaties die door het ministerie van Defensie waren toegestaan en die uiteindelijk veel negatieve reacties en speculaties hadden opgeroepen. Hierdoor was de patrouille in een verkeerd daglicht gesteld, wat Mal en mij ertoe deed besluiten dat het tijd was de zaak recht te zetten.

De verdeeldheid werd nog verder aangewakkerd door de 'geen commentaar'-houding van het ministerie van Defensie in zake de Britse Special Forces. Tijdens de civiele rechtszaak voor het Hooggerechtshof, waar de Britse regering de publicatie van *Soldier Five* (*Missie Bravo two zero*) probeerde tegen te houden, bleek dat het ministerie van Defensie voorpublicaties had ontvangen van *Storm Command* van generaal Peter de la Billiere, *Bravo Two Zero* van Andy McNabb en *The One That Got Away (De achtste man)* van Chris Ryan, die allemaal nieuwe informatie bevatten met betrekking tot Bravo two zero. Het ministerie van Defensie had wijzigingen in deze boeken aangebracht alvorens publicatie ervan toe te staan, zodat er een geselecteerde versie van het verhaal van de patrouille voor het publiek beschikbaar kwam.

Tijdens de hoorzitting werd verwezen naar de interne memo's van het ministerie van Defensie met betrekking tot de onderzoeksprocedure voor *Soldier Five*, en met name die van *Bravo Two Zero* en *The One That Got Away*. Een deel van een memo over *Bravo Two Zero*, daterend van 2 augustus 1993, luidde:

'Hoewel ik geen reden zie waarom we deze vergunning prioriteit zouden moeten geven boven andere, belangrijkere zaken, dienen we dit toch door te drukken en te proberen zo behulpzaam mogelijk te zijn.'

Een memorandum van 14 juni 1995 aan de minister van Defensie en ander personeel van het ministerie over Ryans boek *The One That Got Away* verklaarde over de voorgestelde publicatie als tv-serie:

'... In dit geval zijn er geen grote problemen... omdat het materiaal al eerder in een of andere vorm is verschenen...

In de loop van het boek levert Ryan kritiek op Vince Phillips, een patrouillelid dat het niet heeft overleefd. De familie van de heer Phillips dient te worden gewaarschuwd voor de op handen zijnde publicatie.'

De laatste opmerking met betrekking tot Ryans boek vond ik bijzonder kwetsend. Het ministerie van Defensie had de beledigende aard van sommige opmerkingen van Ryan en het effect dat dit op zijn familie zou hebben gesignaleerd, maar deed er niets aan om het effect van deze kritiek te voorkomen. Het uitblijven van effectieve actie wekte bovendien geen loyaliteit op onder de SAS-soldaten. De rechter van het Hooggerechtshof verwees in zijn uitspraak naar:

'De publicatie van deze boeken en de inhoud ervan heeft aanleiding gegeven tot grote ontsteltenis bij de leden van de SAS en in het bijzonder bij de resterende leden van de Bravo two zero-patrouille. Het bezwaar van de resterende leden was dat beide boeken de rol van de auteurs overdreven en geheel fictieve incidenten bevatten. Er werd vooral bezwaar geuit tegen het feit dat de auteur van *The One That Got Away* een patrouillelid dat later aan onderkoeling stierf de schuld gaf van de moeilijkheden waarin de patrouille geraakte. De gedaagde getuigde dat de wens om deze onterechte smet op de reputatie van een overledene weg te nemen later een van de voornaamste motieven werd om zijn verhaal op papier te zetten.

De schok voor de SAS-leden in het algemeen en voor de patrouilleleden in het bijzonder, werd nog verergerd toen de films van de boeken werden uitgebracht. De drie patrouilleleden die geen boeken hadden geschreven, probeerden het regiment over te halen om een openbare verklaring af te leggen. Hoewel het ministerie van Defensie een verklaring had gepubliceerd, vond de gedaagde deze nogal onverschillig, en hij voelde zich teleurgesteld en boos over het gebrek aan steun dat de patrouilleleden betoond werd.'

Het ministerie van Defensie droeg bij aan de ondermijning van haar eigen 'geen commentaar'-beleid door geen pogingen te doen publicatie van deze boeken tegen te houden. Zo'n beleid is misschien het beste als het om echt vertrouwelijke informatie gaat, maar ik, en anderen met mij, classificeer het verhaal van Bravo two zero als een uitzondering gezien zijn brede verspreiding onder het publiek. In dit geval is 'geen commentaar' nooit het juiste beleid geweest, niet voor de families van de overledenen, niet voor de overige patrouilleleden die bleven zwijgen en vooral niet voor het welzijn van de SAS-gemeenschap als geheel.

Toen ik het besluit had genomen, besefte ik dat ik, als ik eindelijk mijn mond open zou doen, me op een weg zou begeven die me officieel zou uitstoten van een gemeenschap waar ik het grootste deel van mijn volwassen leven voor had opgegeven. Ik was echter bereid dit offer te brengen om een overleden kameraad en zijn familie recht te doen – iets wat al veel langer geleden had moeten gebeuren – en om datgene recht te zetten wat overdreven en geromantiseerd was.

Mijn doel was om de waarheid bekend te maken en het publiek in staat te stellen zelf een oordeel te vellen aan de hand van de juiste feiten.

Na zes weken van intensief schrijven was de voorlopige versie voltooid en had ik mijn gedachten omgezet in bladzijden getypte kopij die stroomden als een doorgebroken dijk. Tegen half september van datzelfde jaar was het manuscript bijna voltooid in zijn uiteindelijke vorm en was het klaar om ter beoordeling aan de relevante partijen te worden voorgelegd. De voornaamste hiervan waren de NZSAS en het Britse ministerie van Defensie, en de reacties van deze twee organisaties hadden niet meer met elkaar in tegenspraak kunnen zijn.

De bevelvoerende officier van de NZSAS schreef: '...het (*Soldier Five*) is een grotendeels onschuldig document dat de reputatie van de NZSAS, zoals u hoopte, geenszins aantast.'

De reactie van het Britse ministerie van Defensie vormde hiermee een schril contrast. Binnen enkele dagen na ontvangst van het manuscript dreigde het ministerie van Defensie gerechtelijke stappen te zullen ondernemen tegen de Britse uitgever Hodder & Stoughton, en begon tegelijkertijd een soortgelijke druk uit te oefenen op de voorgestelde Nieuw-Zeelandse uitgever Reed Publications.

Er was afgesproken dat Hodder & Stoughton het manuscript ruim voor de publicatie naar het Britse ministerie van Defensie zou sturen, en dat Reed hetzelfde zou doen met de Nieuw-Zeelandse SAS. De enige reactie die via de uitgevers werd ontvangen, was echter onmiddellijke dreiging met een rechtszaak als tot publicatie zou worden overgegaan. Het ministerie verliet zich als basis voor hun handelwijze op een geheimhoudingscontract dat ik in 1996 onder druk had moeten tekenen.

Het contract zelf, dat naar men beweert geïntroduceerd werd in een poging onthullingen van 'SAS-insiders' aangaande operaties van Special Forces in te tomen, was verplicht voor SF-leden; weigering om te tekenen resulteerde in RTU (return to unit; door de SAS-soldaten zelf opgevat als ontslag uit het regiment). Juridisch advies was niet beschikbaar, de ondertekenaar mocht geen kopie hebben of aan een externe adviseur tonen, en binnen de regimenten, zowel SAS als SBS, heerste een groot wantrouwen over het werkelijke doel van het contract.

Om de zaken nog ingewikkelder te maken, dwong het ministerie van Defensie nu iedereen met wie het in contact kwam een allesomvattende geheimhouding af die iedereen de mogelijkheid ontnam om buiten een door het ministerie aangewezen forum over de zaak te spreken.

Aanvankelijk was deze tactiek nogal verwarrend, maar al gauw werd duidelijk dat het aanvalsplan van het ministerie van Defensie erop gericht was om allereerst tegen elke prijs de publicatie tegen te houden, ongeacht de verdiensten van het boek, en daarna mij zodanig te isoleren dat ik me niet in een positie zou bevinden waarin ik het ministerie juridisch of praktisch kon wraken.

Deze verdeel-en-heerstactiek had aanvankelijk enig succes: Hodder & Stoughton gaf al betrekkelijk snel toe en Reed werd verplicht van publicatie af te zien.

Ondanks al deze manoeuvres had ik nog steeds geen idee wat het ministerie op het boek tegen had, afgezien van het feit dat de 'hele zaak' geheim werd geacht, wat een belachelijke stelling was omdat ik me tijdens het schrijven bijzonder veel moeite had getroost om de onthulling van vertrouwelijke informatie te vermijden en omdat talloze andere verslagen al in de openbaarheid waren gebracht.

De reden om het ministerie van Defensie het manuscript te geven was om het de gelegenheid te geven zijn bezwaren naar voren te brengen. Dit was altijd de gebruikelijke procedure geweest en is dat vreemd genoeg nog steeds, getuige het onderzoek van het ministerie en toestemming voor de publicatie van het boek *Eye of the Storm*, geschreven door voormalig SAS-sergeant-majoor Peter Ratcliffe, vier dagen voor het begin van mijn civiele rechtszaak in Nieuw-Zeeland.

Uiteindelijk kwam er een delegatie van advocaten van het ministerie van Defensie en van de Britse ambassade in Nieuw-Zeeland naar het hoofdkwartier van Reed's Auckland, gewapend met documenten en attesten die bedoeld waren om het bestuur van Reed's duidelijk te maken dat dit boek de ernstigste schending van de Britse nationale veiligheid vormde sinds de ontdekking en arrestatie van dubbelspion George Blake.

Het volstaat te zeggen dat Reed niet onder de indruk was. Maar belangrijker was dat er buiten medeweten van mijn juridische adviseurs, de uitgever en mij, achter deze imposante sluier van nationale veiligheid memo's door Londen vlogen die deze claim in het geheel niet staafden. Deze memo's kwamen aan het licht als onderdeel van het proces voor het Hooggerechtshof dat in september 2000 in Auckland begon en ondermijnden de positie en de beweegredenen van het ministerie.

In een memo van 25 september 1998, geschreven door de kolonel-commandant van de SAS, werd in verband met mijn voorgestelde boek het volgende gezegd:

'... gezien de aard van de inhoud van het boek en het volledige verslag van de ervaringen van Bravo two zero in voorgaande publicaties, kunnen we niet aanvoeren dat we geschaad kunnen worden door publicatie van materiaal in dit boek dat aantoonbaar en specifiek schadelijk is voor de nationale veiligheid.'

Na deze memo werd echter in een volgende brief van dezelfde kolonel-commandant aan premier Tony Blair gesteld dat mijn boek de eerste schending was van het geheimhoudingscontract en dat het krachtig aangeklaagd diende te worden in de gerechtshoven in het Verenigd Koninkrijk en Nieuw-Zeeland. Uiteraard werd het eerdere interne memorandum van 25 september 1998 niet genoemd. De brief suggereerde veeleer het tegendeel met de opmerking:

'Het niet nemen van strenge maatregelen zal leiden tot verdere publicaties die nog meer schade kunnen aanrichten...'

De conclusie in deze brief was dat mijn boek schade zou aanrichten, hoewel de interne beoordeling van het ministerie van Defensie aangaf dat er geen sprake kon zijn van schending van de nationale veiligheid.

Wellicht had een zorgvuldigere samenvatting van de omstandigheden en details van *Soldier Five* in dit stadium het Britse ministerie van Defensie vele jaren van procesvoering en miljoenen ponden belastinggeld kunnen besparen.

Op dat tijdstip gaf het algemene uitstel van het boek en de weigering het probleem te bepalen me reden tot ongerustheid, dus droeg ik mijn Engelse advocaten op naar de advocaat van het ministerie van Financiën te schrijven om te proberen hen uit te horen. In de brief van 8 oktober 1998 werd het volgende voorgesteld:

'... het lijkt me constructiever om... u uit te nodigen het onderzoek voort te zetten zoals in het contract wordt voorzien... en aan ons te kennen te geven... welke passages u problemen opleveren, en de redenen daarvoor. Daarna kunnen we met onze cliënt overleggen en met u bespreken hoe het boek zodanig geredigeerd kan worden dat het voor u aanvaardbaar is.'

Het ministerie van Defensie had niet de beleefdheid hierop te reageren. Dit was zeer frustrerend, aangezien ik er ook op had gewezen dat ik het boek had geschreven om alle feiten op een rijtje te zetten. Je zou toch denken dat het ministerie dat zou waarderen gezien de historische controverse rond Bravo two zero.

De feitelijke reactie van het ministerie was dat het mijn advocaat naar Londen ontbood, waar hij een geheimhoudingscontract moest ondertekenen voordat hij aan de vergadering mocht deelnemen. In het contract stond dat hij niets van de gesprekken of het materiaal dat hij te zien kreeg mocht onthullen, ook niet aan mij!

Wat me naast het spreekverbod kon worden doorgegeven was dat het ministerie van Defensie een reeks permanente, levenslange contracten had opgesteld die ik moest tekenen. Ik zou deze niet vooraf mogen zien en verder moest ik een contract tekenen dat ik de aard van de permanente contracten aan niemand zou onthullen, vooral niet aan mijn vrouw. Ik werd verwacht me bij Whitehall te melden, het geheimhoudingscontract te ondertekenen, en daarna zou ik de permanente contracten mogen lezen en moeten tekenen, waarvan ik geen exemplaren mocht behouden.

Het déjà vu-gevoel dat ik kreeg was zo sterk dat ik mezelf moest knijpen. Deze situatie vertoonde griezelige overeenkomsten met het tekenen van het geheimhoudingscontract in Hereford in 1996. Het was niet te geloven, maar ze probeerden dezelfde truc opnieuw uit te halen. Er was nu echter een groot verschil: ik maakte niet langer deel uit van de strijdkrachten en ze konden me op geen enkele manier dwingen tegen mijn wil te tekenen. Dit keer had ik het recht en de vrijheid om te doen wat ik wilde, en ik besloot te weigeren.

Helaas had deze intimiderende houding op andere fronten succes, met name bij de betrokken uitgevers. Ik ben er in feite zeker van dat de grijze mannen in Whitehall op dat moment dachten dat ze de hele zaak voor de kerst rond zouden hebben.

Waar het ministerie van Defensie echter geen rekening mee had gehouden was het diepgewortelde gevoel van morele gerechtigheid dat in mijn binnenste brandde. Een gevoel dat dit moest gebeuren, dat het boek gepubliceerd diende te worden, dat het echte verhaal, wat mij betrof, gehoord moest worden. Deze passie hebben mijn vrouw en mij tijdens onze beproeving staande gehouden.

De weken regen zich aaneen tot maanden, en nog steeds was er geen oplossing in zicht. Het ministerie van Defensie was intussen met een verklaring gekomen waarin werd gezegd dat het hele boek vertrouwelijk was en aan verbodsprocedures onderhevig, uitgezonderd de hoofdstukken die over mijn diensttijd in Nieuw-Zeeland gingen en de inleiding.

Tegen half december 1998 naderden de processen voor Reed Publishing, waardoor deze niet meer zo enthousiast was over het project als voorheen. Ze zag een lange, moeizame strijd voor zich, ondanks een recente overwinning van Television New Zealand bij het Hooggerechtshof en het hof van beroep in Nieuw-Zeeland tegen het ministerie van Defensie betreffende materiaal dat met mijn boek te maken had. Uiteindelijk zond de TVNZ een documentaire over het hele relaas uit.

Eind februari 1999 reisde ik naar Nieuw-Zeeland om zelf te kijken hoe de zaken ervoor stonden, want de communicatie met de directie van Reed werd vanuit Engeland steeds lastiger, wat op zich al verdacht was. Ik regelde een onderhoud met Reed en de sfeer was duidelijk gespannen. Ik vernam dat er begin maart een datum voor een hoorzitting tussen Reed en het ministerie van Defensie in het Hooggerechtshof was vastgesteld.

Enkele dagen voor de hoorzitting, waar Reed mij zou vertegenwoordigen als medegedaagde, werd mij echter telefonisch medegedeeld dat Reed zich uit de procedure, en daarmee de publicatie, had teruggetrokken en dat ik er alleen voor stond.

Zoals iedereen die bij procesvoering betrokken is geweest wel weet, is het niet bepaald goedkoop om advocaten in te huren, en in een gecompliceerd geval als dit, dat bovendien nog in twee landen moest worden uitgevochten, rezen de kosten zo langzamerhand de pan uit. Als het zo doorging zou ik failliet gaan, of in het gunstigste geval moeten opgeven wegens geldgebrek, wat volgens mij de bedoeling was van het ministerie van Defensie. Mijn financieringsbron, ons spaargeld, was bijna uitgeput, en aangezien het ministerie onbeperkte bronnen kon aanboren, zag de toekomst er zeer somber uit.

Te elfder ure kwam er echter hulp uit onverwachte hoek. Ik weet niet of het puur geluk was of een groter plan, maar ik werd naar een advocaat in Auckland verwezen, en na een telefoongesprek maakten we een afspraak op zijn kantoor.

Southern Cross Barrister Chambers bevindt zich op de hoek van High Street en Victoria Street in het centrum van Auckland. De twaalfde verdieping is het domein van verscheidene juridische bureaus, en Warren Templeton had daar een strategisch gelegen kantoor in de noordelijke hoek, met uitzicht tussen de wolkenkrabbers door op Aucklands Rangitoto Channel: ideaal om de jachten van de America's Cup te zien die voorbij kwamen op weg naar hun training en wedstrijden in de Hauraki Gulf.

Ondanks alle juridische twisten van de afgelopen zes maanden had ik persoonlijk nog geen enkele advocaat ontmoet en wist dus niet wat ik moest verwachten.

Ik denk dat als ik met een onzekere persoon te maken had gekregen, ik het had opgegeven, al was hij nog zo competent geweest. Warren bleek echter verre van onzeker te zijn. Hij was van middelbare leeftijd en in goede conditie, met donker, grijzend haar en had een innemende, open persoonlijkheid die je gelijk op je gemak stelde en mij kracht en vertrouwen inboezemde. Dit waren karaktertrekken die de volgende viereneenhalf jaar goed werden benut, vooral toen ik onder enorme druk stond door de procesvoering van het ministerie van Defensie. Warren deed zelf veel aan sport en een van zijn passies was rugby.

Hij was niet geïntimideerd door de gedachte aan een grote tegenstander en was gaarne bereid de moeilijke uitdaging aan te gaan. Toen onze relatie zich in de loop van de volgende jaren ontwikkelde, werd zijn passie voor zijn Crusader-rugbyteam in de Super Twelve Competition slechts geëvenaard door mijn passie voor het Auckland Bluesteam. Bijgevolg ontaardden vele van onze telefoongesprekken op de late avond, die aanvankelijk over de rechtszaak gingen, in vurige discussies over de twee teams waar we respectievelijk supporters van waren. Ik denk dat we evenveel over rugby hebben gepraat als over juridische kwesties.

Toen we ons aan elkaar voorstelden, kwam Warrens secretaresse binnen met mijn geheimhoudingscontract. Warren bood me een stoel tegenover hem aan en begon het document te lezen.

Er viel een stilte toen hij het document zorgvuldig doornam, heen en terug bladerend om sommige passages nogmaals te lezen, terwijl ik steeds zenuwachtiger werd. Op het laatst pakte hij een viltstift uit zijn bureaulade en begon verscheidene passages te markeren. Daarna overhandigde hij het contract aan mij en zei: 'Let op deze punten. Afgezien van het feit dat ze draconisch zijn, zijn ze juridisch gezien twijfelachtig.'

Ik bekeek de gemarkeerde passages en keek hem vervolgens aan, nog altijd in de war en een beetje nerveus. Voor mij zagen de woorden er hetzelfde uit: was dat goed of slecht? Zou hij gaan zeggen dat mijn geval hopeloos was of juist niet? Voordat hij verder ging, vroeg Warren me hem het hele verhaal te vertellen. 'Alles, vanaf het begin.'

De volgende uren vlogen voorbij terwijl ik mijn verhaal vertelde, stukje bij beetje, vanaf de Golfoorlog tot het heden. Warren onderbrak me nu en dan om een vraag te stellen of een bepaald punt te verduidelijken tot hij de hele gebeurtenis overzag. Aan het eind van mijn verhaal was ik geestelijk uitgeput en wist nog steeds niet waar het naar toe zou gaan.

Warren leunde achterover in zijn stoel, keek me over zijn montuurloze brilletje aan en zei:

'Mijn indruk is dat u goede juridische gronden hebt om het contract en de wijze waarop het is ondertekend aan te vechten. Er zijn kenmerken aan deze zaak die uniek zijn en hoewel ik de feiten natuurlijk zorgvuldiger moet overdenken, denk ik dat u sterke argumenten hebt. Bovendien heeft u de moraal en de verdiensten aan uw kant en die zullen u goed van pas komen. Ik weet dat u zich momenteel niet veel kunt veroorloven en dat kunnen we later allemaal wel uitzoeken, maar dit is echt iets wat u zou moeten aanvechten.'

Ik slaakte een zucht van verlichting. Ik had het contract altijd al verdacht gevonden, maar dit was de eerste keer dat iemand daadwerkelijk zei dat dat het geval was. Op deze uitspraak had ik maandenlang gewacht. Eindelijk had ik een positieve, constructieve richting die ik kon volgen. Maar nog belangrijker was voor mij dat Warren me het gevoel gaf dat ik hem kon vertrouwen en dat hij begrip had voor wat ik vertelde, hetgeen op zich al verfrissend was vergeleken met de tegenstrijdige boodschappen die eraan vooraf waren gegaan. Hij probeerde niet de problemen uit de weg te gaan maar analyseerde ze gewoon en gaf daar een weloverwogen mening over.

Dat gesprek heeft me meer gerustgesteld dan alle adviezen die ik daarvoor had gekregen. Warrens steun en toewijding waren precies wat ik nodig had om door te kunnen gaan. Hij zag dat mij onrecht werd aangedaan, een landgenoot in moeilijkheden die hulp nodig had en, wat misschien nog het belangrijkste was, hij zag dat er een fundamenteel moreel recht zat in wat ik probeerde te bereiken.

Warren vervolgde: 'Het eerste wat je moet doen is teruggaan naar Nieuw-Zeeland. Je bent te kwetsbaar in Engeland, en tactisch gezien moet je ervoor zorgen dat de juridische strijd voornamelijk hier wordt gevoerd. Het geeft je ook de mogelijkheid om juridische bijstand aan te vragen, en als je die krijgt, ontslaat dat je van een groot deel van je financiële last en stress. En als je rechtskundige bijstand zou krijgen, geeft dat feit alleen al een signaal af dat je zaak redelijk gegrond is.'

Toevallig hadden mijn vrouw en ik het er al over gehad om uit Engeland weg te gaan; in die tijd waren Nieuw-Zeeland en Europa de opties voor ons. We vonden dat we met die hele controverse rond mij niet in Hereford konden blijven wonen, waar ik dagelijks mensen van het regiment tegenkwam. Het was niet zo dat ze niet met me wilden praten, het merendeel liet me juist weten de moraliteit van mijn standpunt te steunen, maar ik vond het niet prettig ze in die positie te brengen. Tenslotte was het mijn strijd, mijn probleem en niemand anders hoefde daaronder te lijden.

Dit was eigenlijk het signaal dat we nodig hadden om weg te gaan. Twee dagen later vloog ik terug naar Engeland, vol vertrouwen dat Warren mijn belangen, de hoorzitting en al de overige zaken goed in de hand had. Binnen zes weken was het huis in Hereford verkocht en waren Sue en de meiden op weg naar Auckland. Ik was gedwongen nog een tijdje in Engeland te blijven om wat zaken af te handelen, maar ik was blij dat mijn gezin veilig vertrokken was.

Het leven in Nieuw-Zeeland was een verfrissende afwisseling, en voor Sue en de meiden was het natuurlijk een prettige nieuwe ervaring. Ze hadden zich snel aangepast aan hun nieuwe land, een idyllische plek om kinderen groot te brengen, en ze hadden geen weet van de intriges van het ministerie van Defensie achter de schermen.

Intussen had Warren onze verdediging voorbereid. Bovendien had hij kosteloze rechtsbijstand voor mij aangevraagd, die na lang wikken en wegen werd toegekend. Dat was op zichzelf al geen geringe prestatie en het maakte uiteindelijk een enorm verschil voor de wijze waarop mijn zaak werd geregeld maar ook voor de strategieën die werden toegepast bij de verdediging van de gerechtelijke acties.

Een tactische beslissing die Warren me al in een vroeg stadium aanraadde was om het contract te herroepen dat ik getekend had toen ik in Engeland was (om *Soldier Five* niet te publiceren of de inhoud ervan te onthullen zonder het ministerie daar vierentwintig uur van tevoren van op de hoogte te stellen). De redenering hierachter was tweeledig: 1) om het ministerie van Defensie te dwingen het proces met mij als gedaagde te hervatten en 2) om het ministerie tot een proces over de procesgang in Nieuw-Zeeland te bewegen.

Warren deelde dit op 21 juni 1999 per fax aan Londen mee. In deze fax schreef hij dat ik, hoewel ik geen directe plannen had om te publiceren, 'u op de hoogte moet stellen dat enig contract (voor zover nog van toepassing) niet rechtsgeldig is, en dat u bij deze vierentwintig uur vooraf op de hoogte wordt gesteld van deze positie.'

De reactie op deze fax werd me als 'nucleair' beschreven. Ergens in

Whitehall explodeerde iets of iemand en zowel in Engeland als in Nieuw-Zeeland werden nieuwe eenzijdige verbodsprocedures ingediend. Dit hadden we echter verwacht. Warren nam onmiddellijk contact op met de Nieuw-Zeelandse advocaten van het miniserie van Defensie en verklaarde dat er sprake was van dubbele procesvoering en dat ze, aangezien wij niet van plan waren om naar Engeland te gaan, moesten kiezen welk proces ze wilden gaan voeren. Na enig discussie werd de rechtszaak in Engeland opgeschort en kreeg het proces in Nieuw-Zeeland voorrang, zodat het strijdtoneel stevig in onze achtertuin werd geplaatst.

Naarmate de tijd verstreek werd alles een probleem voor het ministerie van Defensie. Het was al een hele toer om inzage te krijgen in de beëdigde verklaringen die tegen mij waren afgelegd. De toegang tot deze documenten, die al onder voorbehoud van geheimhouding bij de rechtbank gedeponeerd waren, werd geweigerd door het ministerie van Defensie en met name de documenten die nu kennelijk nauwkeurig de schendingen van geheimhouding beschreven waar ik naar gestreefd had. De beperkingen om toegang tot deze documenten te krijgen impliceerden dat ze zo bijzonder waren dat ze alleen onder bewaking mochten worden ingezien.

Warren kreeg te horen dat hij slechts met toestemming van de advocaten van het ministerie de documenten alleen mocht inzien, op hun kantoor. Hij mocht geen kopieën maken of mij iets van de vermeende schendingen laten zien. Deze eis werd afgewezen en had tot gevolg dat Warren een verzoek bij het Hooggerechtshof indiende voor gepaste en redelijke toegang. Na een hoorzitting stemde de rechter toe en kreeg het ministerie bevel kopieën van haar 'geheime' materiaal te overhandigen, die in Warrens kantoor zouden worden bewaard waar we er allebei in onze eigen tijd over konden beschikken. Deze bemoeizieke en logge houding was typerend voor het ministerie gedurende het hele proces. Nu de 'geheime' passages eindelijk bekend waren (beperkt tot drieëntwintig passages in plaats van het hele boek), konden we echter stappen ondernemen om hun bewering te weerleggen.

Het duurde verscheidene maanden om een lijst op te stellen die vijfennegentig procent weerlegde van wat volgens het ministerie niet openbaar was gemaakt. We beseften echter dat dit misschien niet genoeg zou zijn voor de rechtbank in verband met de veiligheidsaantijgingen van het ministerie, dus besloot Warren een onafhankelijke militaire deskundige in te schakelen om onze bevindingen te staven. Hij moest speciale toestemming van de rechtbank vragen om de deskundige inzage in de documenten te mogen geven.

Dr. Christopher Pugsley, Nieuw-Zeelander en militair historicus en docent aan de Universiteit van New England, Australië, werd ingevlogen om de lijst te beoordelen. Dr. Pugsley werkte in Warrens huis en kreeg de analyse voorgelegd die wij hadden samengesteld plus de ongeveer twintig SAS-boeken waarnaar ik had verwezen, en een exemplaar van het manuscript. In een weekeinde stelde dr. Pugsley vast dat we in wezen gelijk hadden en dat de zogenaamde vertrouwelijke inhoud van het boek al in een of andere vorm gepubliceerd was. Hierna keerde hij naar Australië terug met de belofte in de nabije toekomst een rapport op te sturen over zijn bevindingen.

Binnen enkele weken na onze ontmoeting werd het echter verdacht moeilijk om dr. Pugsley te bereiken, en nog verontrustender was dat hij Warren niet terugbelde. Het volgende wat we hoorden was dat hem een positie was aangeboden op een van de militaire academies van het ministerie in Engeland. De omstandigheden waaronder hij deze nieuwe betrekking verwierf vond ik opmerkelijk toevallig en zeer zorgwekkend, ofschoon het belangrijker was dat dr. Pugsley niet meer als onze getuige-deskundige kon optreden vanwege belangenverstrengeling.

Zo hadden we nog geen drie maanden de tijd om een andere specialist te zoeken die ons standpunt van niet-vertrouwelijkheid kon staven. Warren zocht heel Nieuw-Zeeland af en kwam op het laatst met een uitstekend alternatief: Dr. Jim Rolfe, voormalig inlichtingenofficier van het Nieuw-Zeelandse leger.

Dr. Rolfe kreeg al het materiaal voorgelegd dat we verzameld hadden, en in de weken daarna verifieerde hij onze bevindingen en voegde er zelfs hier en daar wat aan toe. Tijdens het proces bleek hoe waardevol dr. Rolfe was. Hij gaf deskundige verklaringen over verscheidene, cruciale, gevoelige technische kwesties, en de rechter hechtte meer waarde aan zijn beoordelingen dan aan die van de deskundige van het ministerie.

De onthulling van de documenten van het ministerie was nog een andere grote twistappel en een constante bron van frustratie voor ons. Papieren waarvan we wisten dat ze bestonden, kwamen keer op keer maar niet boven tafel. Warren en ik waren met name getipt over het bestaan van twee cruciale documenten die belangrijk waren om twijfels op te roepen over de positie van het ministerie, dat wil zeggen dat hun contract geldig was, zonder problemen getekend, en dat mijn boek een grote schending van de nationale veiligheid betekende. De terughoudendheid van het ministerie om deze documenten te erkennen had volgende hoorzittingen tot gevolg, tot de documenten maanden na het eerste verzoek eindelijk opdoken. Het eerste document was een brief van 8 november 1996 van de toenmalige bevelhebber van de SBS

(Special Boat Service) aan DSF (Director Special Forces) waarin onder andere vragen werden gesteld over de uitvoering van het geheimhoudingscontract van de Special Forces. Het Special Boat Squadron maakt deel uit van de Engelse Special Forces en het personeel ervan had ook het contract moeten tekenen onder soortgelijke omstandigheden als het SAS-personeel. De SBS-brief van de toenmalige bevelhebber, waar tijdens het proces naar werd verwezen, bevatte onder meer het volgende:

'Er bestaat een diepgeworteld wantrouwen over het doel van het contract... Deze visie krijgt gewicht door de weigering van het ministerie van Defensie de Verklarende Aantekeningen te vrij te geven zodat onafhankelijk juridisch advies kan worden gezocht voordat tot ondertekening wordt overgegaan.

Ik maak me enigszins ongerust over de mogelijkheid dat het ministerie van Defensie gedagvaard kan worden voor het dwingen van de manschappen het contract te tekenen of door manschappen die uit de dienst ontslagen zijn kan worden vervolgd wegens financiële schade.'

Het tweede document, een resumé van een presentatie die half december in Stirling Lines aan SAS-personeel werd gegeven, en overhandigd werd door de man die verantwoordelijk was voor de aanvankelijke schadebeoordeling verklaarde:

'Evenals de kolonel [commandant 22ste SAS] heb ik geen probleem met wat Kiwi [Coburn] te vertellen heeft over de Bravo two zero-ervaring, en dit aspect van de kwestie doet inderdaad niet ter zake.'

Wat echter interessant is, is dat dit document eveneens een andere reden onthulde achter de invoering van de geheimhoudingscontracten voor de Special Forces, een reden die weinig te maken had met de bijna paranoïde visie van het ministerie van Defensie over nationale veiligheid maar meer met het maximaliseren van de inzetbaarheid van de Special Forces met het oog op toenemende concurrentie van andere instanties. In commerciële termen gezegd vormde geheimhouding een effectieve bescherming van de leidende positie van de SAS op de markt. De zaakwaarnemers van het ministerie van Defensie die bij het proces aanwezig waren, maakten zich vooral ongerust over de lijn van Warrens kruisverhoor over dit punt, dat hieronder is overgenomen uit het afschrift van het proces:

'WT: Naar onze mening gaat deze zaak om het opleggen van het contract om de inzetbaarheid van het regiment veilig te stellen, om de concurrentie binnen het Verenigd Koninkrijk voor te blijven en uw klantenbasis te beschermen...

ST: Ja, de reden waarom ik aarzel te antwoorden is omdat het nogal een commerciële draai aan de zaak geeft...

WT: Het zijn uw woorden in uw kruisverhoordocument...

ST: Welke woorden?

WT: Inzetbaarheid, klantenbasis, bescherming van de markt, concurrentie...

ST: Ja.'

Alsof dit allemaal nog niet genoeg was, vochten de advocaten van het ministerie ook nog het recht van Warren en mij aan om ons juridische team uit te breiden om ons te helpen bij de complexe, baanbrekende juridische kwesties.

Voor elk nieuw lid dat Warren probeerde aan te trekken, moest een nieuwe aanvraag bij de rechtbank worden ingediend. Deze mensen moesten geheimhoudingscontracten ondertekenen, wat weer bijdroeg aan de misleidende dekmantel van 'nationale veiligheid' die het ministerie over het hele proces probeerde te werpen.

Het juridische team groeide ondanks deze moeilijkheden. Vele mensen, zowel advocaten als leken, gaven hun tijd en morele steun tegen weinig of geen financiële vergoeding, voor een zaak die niet de hunne was maar die ze evengoed hun steun waardig vonden. Het was een nederig stemmende en bijzondere ervaring hun raad, tijd en moeite te ontvangen en ik zal ze nooit genoeg kunnen bedanken. Onder deze mensen bevonden zich buitengewoon hoogleraar Paul Rishworth en zijn collega professor Julie Maxton, beiden van de Auckland Law School; Grant Illingworth, advocaat, die samen met Warren de verdediging op zich nam; Raynor Asher QC, en Peter Twist, pleiter, die me beiden hielpen met tijd en achtergrondonderzoek voor het proces. Ik ben deze mensen en vele anderen, met name degenen die gevestigd zijn in Southern Cross Chambers, eeuwig dankbaar.

Eindelijk, een jaar of twee nadat het ministerie van Defensie mijn manuscript had ontvangen, vond het proces plaats. Gedurende een periode van twee weken probeerde de Britse regering tevergeefs de pers te bespelen, de rechtbank in een sluier van nationale veiligheid te hullen, en mijn geloofwaardigheid te ondermijnen.

De veiligheidsparanoia van het ministerie van Defensie omtrent dit geval en de rechtszaak in het algemeen vertaalde zich in voorbeelden als schermen die hun getuigen voor het publiek verborgen, samen met voice-overs om hun identiteit voor de tv-kijkers verborgen te houden, bodyguards, heimelijke manoeuvres en het selectief voorlezen van 'gevoelig materiaal'. Deze dingen deden de zaak van het ministerie waarschijnlijk meer kwaad dan goed. Volgens Warren werkte het averechts, een mening die gedeeld werd door de pers die verslag deed van de rechtszaak. Warren stond erop dat onze getuigen, waaronder ikzelf, openlijk en voor iedereen zichtbaar zouden getuigen, met als enige beperking dat de namen niet werden genoemd en het filmen aan banden werd gelegd.

Het was grotendeels aan de bekwaamheid van Warren en Grant, in combinatie met de slechte prestaties onder kruisverhoor van de getuigen van het ministerie, te danken dat het eindresultaat ten gunste van ons in het juiste perspectief werd geplaatst.

Rechter Salmon concludeerde dat ik het contract had getekend onder dwang en overmatige beïnvloeding, zonder juridisch advies, en dat het contract ongeldig was. Ondanks de pogingen van de advocaten van het ministerie om me tijdens het proces te wraken en in diskrediet te brengen, werd mijn getuigenis door de rechter geaccepteerd; en mij en mijn vertrouwen in mijn juridische team, met name in Warren, werd rechtgedaan door het positieve resultaat.

De tweede reden van het ministerie om gerechtelijke stappen te ondernemen, namelijk de vermeende schending van geheimhouding, werd verworpen. Deze uitspraak was met name bevredigend gezien het feit dat Warren al gedurende de achttien maanden voorafgaande aan het proces bij de rechtbank had gepleit dat het vertrouwelijke materiaal voor een groot deel al in de openbaarheid was gebracht. De lijst van het ministerie met drieëntwintig vertrouwelijke onderwerpen was in die tijd al teruggebracht tot vijftien, daarna tot twaalf en tijdens de rechtszaak zelf tot negen. Rechter Salmon oordeelde dat het materiaal hiervan ook al openbaar was gemaakt en dat er alleen wat kleine technische veranderingen in de tekst dienden te worden aangebracht. Het ministerie vocht dit aspect niet verder aan.

Ik denk dat de meeste mensen het wel eens zijn met het concept van geheimhouding op de juiste plaats en in de juiste vorm, maar het contract van het ministerie van Defensie en de wijze waarop het tot uitvoer werd gebracht, was niet de juiste manier om dat te bewerkstelligen.

Hiermee bleek de kous echter nog lang niet af te zijn, want kort na de uitspraak van het Hooggerechtshof gaf het ministerie van Defensie te kennen in beroep te willen gaan, hoewel er nog vele maanden overheen gingen voordat het zover was.

Halverwege 2001 vond de hoorzitting plaats voor het Nieuw-Zeelandse Hof van Appel in Wellington. Het hof zou het beroep aanvankelijk met vijf rechters beoordelen totdat bleek dat een van de panelleden de vader was van een advocaat van het ministerie van Defensie. Uiteraard protesteerden mijn advocaten formeel hiertegen bij het Hof van Appel, wat niet alleen tot gevolg had dat de betreffende rechter werd teruggetrokken, maar ook dat het panel werd ingekrompen tot drie man.

In de loop van de hoorzitting die drie dagen zou duren, probeerden de advocaten van het ministerie van Defensie het hof te overtuigen van de rechtsgeldigheid en de afdwingbaarheid van hun geheimhoudingscontract, en de absolute noodzaak voor herstel van het verbod. Wij bepleitten uiteraard het tegenovergestelde.

Ik had echter vanaf het begin sterk de indruk dat het hof niet bepaald welwillend tegenover het besluit van rechter Salmon stond en aan het eind van de hoorzitting was ik enigszins ontsteld over de precieze redenatie voor de schijnbare vijandigheid van het hof ten opzichte van onze suggesties.

Toch vertrouwden we erop dat de billijkheid van onze zaak opnieuw zou worden vastgesteld als het hof eenmaal de gelegenheid had alle documentatie van het Hooggerechtshof opnieuw te bekijken. Er waren feiten verzameld die elk Hof van Appel substantieel zou moeten verwerpen om een oordeel te kunnen vellen dat tegen het oorspronkelijke oordeel inging, iets dat zowel ongewoon als moeilijk uitvoerbaar was.

Er gingen maanden voorbij zonder dat er iets gebeurde. Hoewel de zaak verscheidene complexe juridische vraagstukken behelsde, was het redelijk te verwachten dat het hof in drie maanden tot een oordeel zou kunnen komen.

Een week voordat een halfjaar was verstreken, kregen we bericht dat het oordeel de volgende dag bekend zou worden gemaakt. Na dit nieuws kreeg Warren een telefoontje van een van de advocaten van de tegenpartij en in de daaropvolgende discussie werd een opmerking gemaakt met de strekking dat we het geschil over het contract zouden verliezen, maar waarschijnlijk ons doel zouden bereiken op grond van Vrijheid van Meningsuiting (vastgelegd in de Bill of Rights van Nieuw-Zeeland) en dat we zouden mogen publiceren.

Inderdaad bleek deze voorspelling griezelig accuraat te zijn, toen Sue, Warren en ik de volgende dag bij de computer zaten om de gemailde beslissing te lezen. Het Hof van Appel had het juist geacht om het eens te zijn met de argumenten van het ministerie van Defensie, namelijk dat als het contract rechtsgeldig was en alle informatie bestreek die door werk van Special Forces was verkregen, dit ook informatie zou omvatten die reeds gepubliceerd was, zodat ik, als het contract werd gehandhaafd, het boek niet mocht publiceren ondanks het feit dat een deel van de informatie al openbaar was gemaakt.

Het was mij een raadsel hoe het Hof van Appel een contract rechtsgeldig kon verklaren als de rechter van het Hooggerechtshof, die in een periode van twee weken alle getuigen had gehoord, de rechtsgeldigheid van het contract krachtig had afgewezen.

Dit boek is niet het forum om in te gaan op de vreemde commentaren waarmee het besluit van het hof doorspekt was, maar in een tegenstrijdige verklaring, die in disharmonie was met de rest van het commentaar op het oordeel, verklaarde de voornaamste auteur het volgende met betrekking tot het contract en zijn tenuitvoerbrenging:

'... er kan geen twijfel over bestaan... dat Coburn onder aanzienlijke morele en economische druk stond om te tekenen. Ik wil niet de indruk wekken overmatig kritisch te zijn over gebeurtenissen die plaatsvonden binnen de restricties van de discipline van de krijgsmacht. Het is echter duidelijk dat de inherente druk op Coburn werd vergroot door het feit dat hij geen extern advies mocht inroepen, met name extern juridisch advies over de vraag of hij zou moeten tekenen en over wat zijn rechten in het algemeen waren. In een civiele situatie zou het zeer laakbaar zijn om een partij van een voorgesteld contract die mogelijkheid te ontnemen...Wat blijft bestaan is echter de inherente dwang waaronder Coburn stond en zijn onvermogen om onafhankelijk advies in te winnen toen hij de reikwijdte van het contract volledig besefte.'

Hoewel het hof toegaf dat deze factoren aanwezig waren, vond het niet dat deze voldoende waren om een contract ongeldig te maken dat binnen de krijgsmacht was gesloten. Deze zaak werd echter behandeld op basis van Engels burgerrecht, niet op basis van militair recht, en je zou toch denken dat de militaire context geen invloed zou mogen hebben op de normale gang van zaken bij het sluiten van een contract. En toch vond het Hof van Appel ondanks dit alles dat herstel van het verbod dat publicatie van *Soldier Five* onmogelijk maakte niet terecht was, een beslissing die het voornamelijk rechtvaardigde op basis van onze argumenten omtrent vrijheid van meningsuiting.

De reactie van het ministerie van Defensie op deze bevindingen was op zijn zachtst gezegd anders. Er waren miljoenen ponden in de zaak gepompt en er was gebruik gemaakt van intriges om de zaak te hinderen, maar toen drie jaar later door de media in Londen gevraagd werd hoe het ministerie over de beslissing van het Nieuw-Zeelandse Hof van Appel dacht, zei de woordvoerder van het ministerie eenvoudig: 'Hij [Coburn] heeft recht op zijn mening.'

Door de handhaving van het geheimhoudingscontract creëerde het Hof echter een nieuwe reeks juridische problemen die de publicatie tot een interessante uitdaging maakten, ondanks de beslissing van het hof om herstel van het verbod te weigeren, iets wat weer tot verdere juridische complicaties zou kunnen leiden. Afgezien daarvan vroeg ik bij het volgende gerechtshof, de Geheime Raad in Londen, beroep aan op verscheidene punten.

Toestemming tot beroep bij de Geheime Raad is aan strenge regels gebonden, en Warren moest het kantoor van de New Zealand Attorney General ervan zien te overtuigen dat het beroep gerechtvaardigd was omdat er uitzonderlijke juridische kwesties van algemeen belang bij betrokken waren. Dit succes werd moeizaam behaald, omdat tegenstand van het ministerie van Defensie tot een nieuwe beveiligde hoorzitting leidde die Warren moest voeren.

Naarmate het jaar 2002 vorderde, werd er vanuit onverwachte hoek nieuwe olie op het vuur gegooid. Naar aanleiding van de grote publieke belangstelling die de zaak voor het Hooggerechtshof had opgeroepen, werden Mal en ik benaderd door de producenten van het BBC-programma *Panorama* om een uiteenzetting te geven over Bravo two zero met het doel om de intriges en ongerijmdheden te benadrukken die het verhaal omgaven. Toen de BBC onder het oppervlak begon te graven, kwamen er bizarre en schijnbaar tegenstrijdige feiten aan het licht, die zo ver gingen dat de invalshoek van het programma verschoof van het vertellen van het ware verhaal naar het onthullen van een duidelijk verraad. *Panorama* bracht het afschrift van de logboeken van de patrouille aan het licht, iets dat normaal als geheim zou zijn aangemerkt. Dat afschrift, waarvan uiteindelijk fragmenten op tv openbaar werden gemaakt, bewees zonder twijfel dat de SAS-hiërarchie de oproepen om hulp van de patrouille had ontvangen, maar besloten had ze te negeren.

Dit bewijs bevestigde wat ik en de andere leden van de patrouille al lang gedacht hadden, maar waar we niet absoluut zeker van waren omdat de SAS-officieren die indertijd de leiding hadden, beweerden dat onze boodschappen onverstaanbaar door waren gekomen. Het commentaar van het ministerie van Defensie op de publicatie van het afschrift van het logboek door *Panorama* was: 'Ze lijken authentiek.'

Een andere onthulling die normaliter verloren zou zijn gegaan, gezien het feit dat de Golfoorlog naar de geschiedenisboeken was verwezen, was een van de voorwaarden waar de Special Forces-hiërarchie mee had ingestemd in gesprekken met generaal Schwarzkopf voordat de Special Forces mochten worden ingezet. Deze voorwaarde hield in dat de SAS en de SBS op zichzelf waren aangewezen, iets wat het Britse leger niet aan zijn manschappen meedeelde. Dit feit verklaarde ten dele waarom de SAS-leiding niet bepaald happig was om de hulp van de Amerikanen in te roepen toen die hard nodig was.

Deze feiten waren niet alleen nooit eerder onthuld, maar ze waren ook nog onverteerbaarder gemaakt door het besef dat de patrouille vanaf het begin van de missie was misleid, met name op het punt van hulp op de grond, als die nodig mocht zijn. Dit leverde extra bewijs dat de patrouille als vervangbaar werd beschouwd.

Het ministerie van Defensie weigerde commentaar te geven op de productie van *Panorama*; het gaf geen andere visie en probeerde de uitzending niet tegen te houden, wat ongelooflijk was gezien hun niet aflatende strijd om mijn publicatiepogingen tegen te houden. Misschien raakten ze een beetje uitgeput!

Uiteindelijk werd het aan de voormalige sergeant-majoor van het regiment, Peter Ratcliffe, overgelaten om het quasi-officiële antwoord te geven op de vragen die door het *Panorama*-team naar voren waren gebracht. Hij mocht zijn SAS-boek publiceren dat vier dagen voor het begin van mijn rechtszaak in de schappen lag. Hij had geen contract getekend maar was al bij de SAS toen de contracten in 1996 werden ingevoerd. Waarom hij het contract niet heeft hoeven tekenen is nooit bevredigend verklaard door de getuigen van het ministerie tijdens de rechtszaak. Het *Panorama*-programma liet zien dat zijn standpunt, dat de positie van het establishment vertegenwoordigde, niet het hele verhaal beschreef.

In februari 2003 werd de laatste acte in dit langdurige proces gespeeld en waren we weer terug bij het begin. We stonden voor de Geheime Raad die tegenover Downing Street 10 zelf zetelde.

Het ministerie van Defensie verscheen met een waar bataljon aan advocaten en waarnemers, die de kamer geheel vulden. Net als bij het Hof van Appel brachten Raynor Asher en Warren mijn argumenten naar voren. Hoewel iedereen een beloning ontving via de Legal Services Agency, was Raynors werk weer onbetaalbaar, en Warren en ik waardeerden zijn belangeloze steun enorm. Bovendien gaven Paul Rishworth en Rick Bigwood van de Auckland University Law Faculty veel van hun tijd om de schriftelijke juridische voordrachten voor te bereiden die voor de hoorzitting moesten worden ingediend.

De Engelse Lords van de Raad leken zeer verstoord door het feit dat een zaak die zo belangrijk was dat de procureur-generaal voor Engeland en Wales erbij betrokken was en die de Engelse regering wraakte, door het rechtssysteem van Nieuw-Zeeland werd gehoord in plaats van door de Engelse gerechtshoven, waarmee ze voorbijgingen aan het feit dat het de Britse regering was geweest die hier in de eerste plaats voor had gekozen.

In hun besluit zelf zeiden de Lords dat ze 'verontrust' waren over het feit dat ik geen rechtskundig advies had gekregen over het contract, hoewel ik daar indertijd om had gevraagd. Ze gingen echter niet zo ver dat ze zeiden dat ik 'bovenmatig was beïnvloed' of 'onder dwang' had gehandeld, ook al accepteerden ze, net als het Hof van Appel, dat ik onder zware druk had gehandeld.

De Geheime Raad stemde in met het besluit van het Nieuw-Zeelandse Hof van Appel, maar met een meerderheid van 4 stemmen tegen 1. Lord Scott, de andersdenkende, was het absoluut niet eens met de andere Lords en verklaarde dat hij het eens was met de feitelijke bevindingen van de rechter van de Hoge Raad.

Nu, vijf jaar later, hebben we weer het punt bereikt dat we *Soldier Five* aan het grote publiek presenteren, nu de juridische verwarring met het oog op publicatie bij de Geheime Raad is opgehelderd. De ongerijmdheid van de hele zaak is echter dat het ministerie van Defensie de Bravo two zero-onthullingen vanaf het begin had kunnen beperken door zich te beroepen op de Official Secrets Act, maar besloten had dat niet te doen.

Een positief bijproduct van dit hele juridische proces is dat het ministerie van Defensie erkend heeft dat Vince Phillips nooit belasterd had mogen worden, zoals in sommige eerdere publicaties is gebeurd. De familie Phillips ontving uiteindelijk in 2003 een officiële erkenning van dit feit van de staatssecretaris van Defensie, voordat de hoorzitting bij de Geheime Raad begon. Waarom ze zo lang na dato besloten dit officieel te erkennen begrijp ik niet, maar ze hadden het jaren eerder moeten doen.

Ik blijf een toegewijd supporter van de SAS, omdat ik tien jaar van mijn leven als soldaat heb doorgebracht in deze specialistische eenheid. Het is van het grootste belang dat leden van de SAS een blind vertrouwen hebben in elkaar en in alle niveaus van de bevelvoering. Dat is een belangrijk onderdeel van het ethos binnen de eenheid, iets waardoor deze overal ter wereld zo effectief kan opereren.

Wanneer dat broodnodige vertrouwen wordt beschaamd, wordt dat als verraad gezien en het is geen toeval dat buitenstaanders die de gebeurtenissen van die tijd onderzoeken Bravo two zero ook in dit licht beschouwen.

Ik was er, samen met anderen in de SAS, indertijd sterk op tegen dat de verschillende publicaties, waaronder films, aan het publiek werden onthuld zonder dat het ministerie van Defensie iets deed om ze tegen te houden. Zoals uit dit boek blijkt en uit de juridische stappen die ik heb ondernomen om het recht te krijgen de zaken recht te zetten, hebben de onthullingen me sterk aangegrepen. Ik heb geen spijt van wat ik heb gedaan en ik zou het allemaal weer doen als ik me nu in die situatie zou bevinden.

Hoewel er ruim tien jaar verstreken zijn sinds de eerste Golfoorlog, geloof ik dat de principes waarvoor ik gestreden heb nog altijd relevant zijn. Ik ben ten strijde getrokken en ben bijna gestorven voor de vrijheden die de Britse regering getracht heeft te onderdrukken, en dat is de treurigste aanklacht van allemaal.

Tot slot wil ik me richten tot de families van Bob, Vince en Steve, want het is gepast dat het boek daar eindigt, en het was tenslotte mijn wens om het juiste verhaal van Bravo two zero te vertellen, die de zaak aan het rollen heeft gebracht. Jullie kunnen trots zijn in de wetenschap dat jullie dierbaren hebben bewezen dat ze moedige mannen met karakter waren, en ik ben er trots op naast zulke soldaten te hebben mogen dienen. Deze drie mannen hebben de ultieme prijs betaald voor hun loyaliteit; ze hebben hun leven gegeven opdat anderen de vrijheid kunnen hebben waar zijzelf niet meer van kunnen genieten.

Opdat we niet vergeten.

Verklarende woordenlijst

AAA	anti-aircraft artillery - luchtdoelgeschut
APC	armoured personnel carrier - gepantserd personeelsvoertuig
AWACS	airborne warning and control system - vliegende radarpost
claymore	lichte, draagbare anti-personeelmijn
CO	commanding officer - bevelvoerend officier
CSAR	combat search and rescue - reddingsteam
CTT	counter-terrorist team - anti-terrorismeteam
cyalume	chemische lichtstaaf die geactiveerd wordt door hem te breken
deconflictie	ervoor zorgen dat vriendschappelijke strijdkrachten niet op elkaars operatieterrein komen
DF	direction find - richtingzoeker
dinkie	landrover met korte wielbasis
DSF	Director Special Forces
EMU	electronic message unit
ERV	emergency rendezvous - verzamelplek in noodsituatie
FGA	fighter ground attack
falaise	term in Franssprekende Noord-Afrikaanse landen voor het hoge terrein waar verscheidene wadi's of droge waterlopen samenkomen
FOB	forward operations base - vooruitgeschoven operatiebasis
FRV	final rendezvous - definitieve verzamelplek
GPMG	general purpose machine-gun - machinegeweer voor diverse vormen van inzet
GPS	global positioning system
M203	M16-geweer met 40mm-granaatwerper eronder
Minimi	licht machinegeweer waar 5.56mm-munitie uit dozen of magazijnen in gaat
OC	officer commanding - bevelvoerend officier
pinkie	landrover met lange wielbasis
PSI	permanent staff instructor
RHQ	regimental headquarters - hoofdkwartier van het regiment
RNZIR	Royal New Zealand Infantry Regiment
RSM	regimental sergeant major
RTU	return to unit - de zak krijgen
RV	rendezvous - verzamelplek
S60	57mm-luchtdoelgeschut
SAS	Special Air Forces
SATCOM	satellite communications, ook wel TACSAT genoemd
SBS	Special Boat Service
SF	Special Forces
shamag	Arabische hoofddoek
SNCO	senior non-commissioned officer - onderofficier
Squeezer	slang-benaming voor een Australiër
TACBE	tactical beacon - tactisch radiobaken
TACSAT	satellite communications, ook SATCOM genoemd
UKSF	UK Special Forces
wadi	droge waterloop

Andere *true crime*-titels van Tirion:

Het rauwe levensverhaal van ex-dealer Cameron White, die overdag een respectabele baan heeft, maar 's nachts de drugsscene afstruint op zoek naar drugs voor zichzelf en zijn 'vrienden'. Een reeks ongepolijste snapshots van bijna-arrestaties, afkickpogingen en confrontaties met gangs en drugsbazen.

ISBN 90.4390.704.9

De opkomst en ondergang van een New Yorkse maffiabaas, gezien door de ogen van zijn zoon. Die moet onder ogen zien dat zijn liefhebbende vader een koelbloedige moordenaar blijkt te zijn en dat ook hijzelf verstrikt is geraakt in het criminele milieu. Een onthutsend perspectief op de georganiseerde misdaad.

ISBN 90.4390.592.5

Als undercoveragent bij de Britse politie infiltreert David Corbett in de zwaarste criminele milieus. Maar terwijl hij het vertrouwen van dealers, wapenhandelaren en moordenaars weet te winnen, brengt een corrupte politieman zijn leven in gevaar. Als de stress hem ten slotte te veel wordt, laat ook zijn werkgever hem vallen. Een meeslepende getuigenis.

ISBN 90.4390.593.3